Kerstin Garde

Liebe ist Chefsache

Roman

PIPER

Mehr über unsere Autoren und Bücher:
www.piper.de

ISBN 978-3-492-50231-3

Redaktion: Theresa Schmidt-Dendorfer
Covergestaltung: © Traumstoff Buchdesign traumstoff.at
Covermotiv: unter Verwendung von Bildmaterial von LaInspiratriz
und Maryia Naidzionysheva/shutterstock.com

1. Kapitel

»Hast du ihr Gesicht gesehen? Sie sah aus wie ein Vampir! Mir ist das Herz fast in die Hose gerutscht.«

»Das arme Ding. So etwas Peinliches. Und alle haben es mitbekommen!«

Der Wasserhahn rauschte. Für einen winzigen Moment hörte das Geschnatter ihrer Kolleginnen auf.

»Wo ist sie eigentlich hin?«

»Keine Ahnung.«

Jetzt erklang das Dröhnen des Handtrockners.

»Vermutlich weggelaufen. Was blieb ihr auch anderes übrig?«

»Ich möchte wirklich nicht in ihrer Haut stecken.«

Tanja und Pauline verließen den Waschraum und ließen die Tür mit einem Knall ins Schloss fallen. Das Gebläse rauschte fröhlich weiter.

Sid hatte die ganze Zeit die Luft angehalten, bis sich ihre Wangen aufgeblasen hatten und so dick geworden waren, dass die Haut spannte. Keuchend öffnete sie den Mund und rang nach Atem. Das würde noch fehlen. Ohnmacht durch missglückte Selbstsuffokation. Zumindest waren diese Hühner jetzt weg.

›Das ist der mit Abstand schlimmste Tag in meinem Leben!‹, stand in dicken Lettern auf der Innenwand der Kabine gekritzelt, in der sich Sid versteckt hatte. Wie es aussah, stammte der Spruch von einer Leidensgenossin. Darunter fanden sich, in kleinerer Schrift, weitere Kommentare.

›Meiner auch!‹

›Ich fühl dich, Schwester!‹

Bei den Verschmähten konnte sie sich wohl einreihen und

ihren Namen auf die Liste setzen, wenn sie einen Stift zur Hand gehabt hätte. Sidonie Albrecht, 26 Jahre, Grafikdesignerin und bis gerade eben noch Verlobte von Jonas Witt, dem Promi-Sohn. Begonnen hatte es wie ein Traum … nun endete es mit schweißnassen Händen, klopfendem Herzen und zerkauten Nägeln auf der Besuchertoilette des Standesamts von Berlin-Schöneberg in der hintersten Kabine.

›Life is beautiful‹ – das Leben ist schön. Noch so ein Spruch, der die olivgrüne Wand direkt vor ihrer Nase verschandelte. Wenn einem so etwas auf dem stillen Örtchen einfiel … Sie lachte leise auf.

Ihre Augen brannten vom vielen Weinen, wofür Sid sich verfluchte, denn dieser Mann hatte keine einzige Träne verdient! Sie hatte so fest daran geglaubt, dass sie sich etwas Gemeinsames aufbauen würden, füreinander … bestimmt wären. Auch wenn es noch so sentimental klang. Aber ihr angeblicher Traumprinz ließ sie mir nichts, dir nichts vor einem riesengroßen Scherbenhaufen sitzen.

Sie riss zwei Blätter von der Toilettenrolle und tupfte sich die Augen ab. Eine dunkle Spur zeichnete sich auf dem Papier ab. Zerlaufene Wimperntusche. So zerrupft wie dieses Stückchen Gewebe aussah, so fühlte Sid sich. Alles erschien so unwirklich. Als hätte sie gerade nicht vergebens auf seine Ankunft gewartet, während der Standesbeamte bereits auf seinen vollen Terminplan verwiesen hatte. Hoffentlich wachte sie bald neben Jonas auf, der einen Arm um sie legte und ihr zuflüsterte, dass alles in Ordnung sei. Aber das tat er nicht …

Mam hatte es gleich gewusst. »Jonas und du, ihr seid zwei Dickköpfe, die aufeinanderprallen, keiner gibt auch nur einen Zentimeter nach. Dann habt ihr auch noch dasselbe Sternzeichen! So etwas geht selten gut und ist richtig Arbeit, wenn es funktionieren soll.«

Aber darauf hatte Sid nie viel gegeben, sie glaubte nämlich nicht an Horoskope. Stattdessen hatte sie ihre Gemeinsamkeiten, wie Spontanität, Fantasie, das Gefühlschaos, gemocht. Es war abwechslungsreich und spannend gewesen. Wie Jonas' viele verrückte Ideen. Einmal hatte er ganz spontan nach Kanada auswandern wollen, um dort eine Bar zu eröffnen. Wochenlang hatte er sich ernsthaft mit dem Thema beschäftigt, bis er schließlich für etwas gänzlich anderes entflammt war, nämlich für die Idee, B-Movie-Regisseur zu werden. Ein anderes Mal hatte er sich die Haare pink gefärbt, wegen einer verlorenen Wette mit einem Kumpel. Weil ihm das schließlich nicht gefallen hatte, hatte er sie Millimeter kurz abrasiert. So war er eben. Aber genau das hatte das Leben mit ihm erst interessant gemacht. Ihm eine gewisse Würze verliehen. Und was der eine nicht konnte, hatte der andere ausgeglichen. So funktionierten doch Beziehungen, oder nicht? Gleich und gleich gesellt sich gern. Bei ihnen war es nicht nur einfach Sympathie gewesen, sie hatten einander fast schon magnetisch angezogen. Und als sie sich endlich in den Armen gelegen hatten, hatten sie sich nicht mehr loslassen wollen.

»Aber wohin hat es dich letztlich geführt?«, hörte sie schon Mams Stimme.

Sid saß hier. Allein. In der Besuchertoilette! Und alle waren Zeugen dieser Demütigung geworden.

Sids Eltern, die abwechselnd den Tränen nahe gewesen waren oder vor Wut fast eine Fehde mit Jonas großkotzigem Bruder Phillip angezettelt hatten, der sich wiederum sein schadenfrohes Grinsen nicht verkniffen hatte, sowie ihre Cousine Ingrid, die eigentlich nur schnell zum Buffet gewollt hatte, damit der ätzende Tag möglichst schnell rum war.

Ätzend! Ja, das war er, dieser Tag. Einfach ätzend.

Und dann war da natürlich noch der ganze Witt-Clan, Jonas' berüchtigte Familie, die sich aus Personen zusammensetzte, die alle eins gemeinsam hatten: eine naturgegebene Überheblichkeit, allen voran Tamina Witt, die bekannte Schlagersängerin und Jonas' Mutter. Ursprünglich hatte sie aus der Trauung ein Pressespektakel machen wollen, am liebsten noch mit einem Feature in den Abendnachrichten! Oh Gott, zum Glück hatten sie ihr das erfolgreich ausgeredet! Nicht auszudenken, wenn das jetzt wirklich im RBB oder gar RTL gesendet worden wäre! Dieser Frau ging nichts über Ruhm und Aufmerksamkeit. Und natürlich Selbstinszenierung.

Jonas war in dieser Hinsicht ganz anders, um nicht zu sagen, überraschend pflegeleicht. Das musste man ihm trotz allem zugutehalten. Keine Allüren, kein VIP-Bonus. Mehr als einmal hatte Sid sich gefragt, ob er vielleicht adoptiert war? Er passte einfach nicht zu dieser Sippe.

Denn nichts und niemand war in den Augen der Witts gut genug. Auch nicht Sidonie oder ihre Familie. Das hatte schon im Vorfeld für Spannung gesorgt, sodass es gar nicht so einfach gewesen war, alle Gäste unter einen Hut zu bekommen. Wichtige Menschen wie die Witts hatten nämlich immer wichtige Termine, ergo wenig Zeit, was es schwer gemacht hatte, überhaupt einen Tag zu finden, der auch den hohen Herrschaften genehm gewesen war. Eigene Pläne für eine Hochzeit zurückstellen? Also wirklich! Wo kommen wir denn da hin? Sid hatte das snobistische Verhalten ein ums andere Mal auf die Palme gebracht, und es waren Jonas' zärtliche Umarmungen gewesen, die sie wieder heruntergeholt hatten. Jonas … Sie schluckte und lehnte sich erschöpft an den hochgeklappten Toilettendeckel.

Natürlich waren auch ihre Freunde hier. Er hatte ja sogar noch vorgeschlagen, sie solle außerdem das ganze Team von Clue einladen. Zum Glück hatte sie das aber nicht getan, sondern es auf ihre zwei Lieblingskolleginnen Tanja und Pauline beschränkt. Wenn sie sich nur vorstellte, das Biest aus der Buchhaltung hätte diese Demütigung mitbekommen … Naja, sie würde es wohl so oder so bald erfahren, denn Pauline und Tanja waren nicht unbedingt für ihre Verschwiegenheit bekannt …

Jetzt standen sie jedenfalls alle da draußen in ihren Kleidern und Anzügen, mit Blumen und glitzernden Geschenktüten in den Händen. Wie viele vom Witt Clan waren wohl insgeheim froh, dass Jonas noch mal die Kurve gekriegt hatte? Seine Mutter atmete mit Sicherheit auf. Für ihren Sohn hatte sie sich immer ein kleines Starlet oder wenigstens ein It-Girl gewünscht. Jemand, der für Werbeposts auf Instagram bezahlt wurde und eine beachtliche Anzahl an YouTube-Abonnenten vorweisen konnte.

»Ist mir egal, was du von Sid hältst, ich liebe sie«, hatte Jonas sie Tamina gegenüber verteidigt, wenn diese sich wieder einmal über Sids Anti-VIP-Status echauffiert hatte.

Sid spürte einen fiesen Stich im Herzen. Es tat weh! Verdammt! Warum tat er ihr das an? Warum in aller Welt?! Dieser Tag hätte doch der schönste in ihrem Leben werden sollen!

Kein Wort, kein Anzeichen, nichts hatte darauf hingedeutet, dass Jonas unzufrieden gewesen wäre oder sich seine Wünsche und Vorstellungen geändert hätten. Wenn man davon absah, dass er generell ein eher wankelmütiger Mensch war.

»Willst du, Sidonie Albrecht, Jonas Witt zu deinem rechtmäßigen Ehemann nehmen? Ihn lieben und ehren …« Wie oft war sie diesen Moment in Gedanken mit klopfendem Herzen durchgegangen? Wie sehr hatte sie ihn herbeigesehnt? Der Beweis ihrer Liebe, ihrer tiefen Verbundenheit, dass sie einfach ein tolles Team waren!

Sidonie schloss die Augen. Das Getuschel vor der Tür riss nicht ab. Der Gang war immer noch voll. Und ihr wurde bewusst, dass an die vierzig Leute von ihr wissen wollten, wie es nun eigentlich weitergehen sollte. Sie hatte doch keine Ahnung!

Abermals schossen ihr Tränen in die Augen. Sie wollte einfach nur im Erdboden versinken.

Ein leises Klacken verriet, dass erneut jemand hereingekommen war. Sidonie hielt den Atem an. *Erdboden, ich komme!*

»Sid?« Das war Katja, ihre beste Freundin und Trauzeugin. »Sag etwas, bitte.«

Sidonie kniff die Lippen zusammen. Katja war eine der wenigen Vernünftigen dort draußen, denen sie uneingeschränkt vertraute. Aber selbst mit ihr wollte sie jetzt nicht reden. Sie wollte einfach nur hier sitzen und von allen in Ruhe gelassen werden, so lange weinen, bis ihre Tränenkanäle ausgetrocknet waren.

»Ich weiß, dass du hier bist. Deine Schleppe lugt unter der Kabinentür hervor.«

Auch das noch. Na wenigstens hatten Tanja und Pauline das vorhin nicht bemerkt. Wäre sonst nur noch peinlicher geworden, wenn sie Sid in ihrem zerrupften Zustand gefunden hätten. Das hätte im Büro garantiert die Runde gemacht. Dennoch, ihr Kleid war ein übler Verräter! Naja, was hatte sie auch erwartet, dieses spezifische Dress, das war ohnehin ein Albtraum! »Du willst doch nicht wirklich nur einen Blazer mit Rock zu deiner eigenen Hochzeit tragen! Na, da werden die Witts aber pikiert sein, du kennst sie doch«, hatte Mam gesagt und war mit ihr ganz kurzfristig vor drei Tagen in ein Brautmodengeschäft gegangen. Das Ergebnis? Ein Traum in weißem Tüll mit Schleier und allem Drum und Dran, der regelrecht »happily ever after« schrie.

Solche Kleider waren ihrer Meinung nach eher für kirchliche Hochzeiten, aber nichts fürs Standesamt. Dennoch steckte sie nun genau in einem solchen »Überkleid«. Und sie hatte es zuerst sogar geliebt. Wirklich geliebt, weil es trotz des Kitsches wunderschön war. Jetzt sah sie in den unzähligen Stofflagen allerdings nur noch ein Monstrum.

Sidonie zog den Stoff an sich, aber was brachte es, Katja hatte sie entdeckt und klopfte nun an ihre Kabinentür. »Sid? Komm raus, die anderen warten.«

»Sollen sie doch, ich bleibe für immer hier.«

»Ach, Süße. Glaub mir, du musst dich nicht verstecken, alle haben Mitgefühl mit dir.«

Das war ja das Schlimme! Sie war eine pompöse sitzengelassene Braut!

»Sag ihnen, sie sollen ins Restaurant fahren.«

Auf Jonas' Wunsch hin hatten sie das ganze Hellas angemietet, wo ein herrliches Buffet, guter Wein und eine Hochzeitsband warteten …

»Und was ist mit dir?«

»Ich bleibe hier.«

»Das geht nicht, Süße. Auch das Standesamt macht irgendwann Feierabend.«

»Ich will die anderen einfach nicht sehen. Ich … kann nicht, verstehst du?« Vor allem auf die Witts und deren herablassende Blicke hatte sie so gar keine Lust.

»Natürlich. Ich schicke die anderen los, aber du kannst nicht den ganzen Tag hierbleiben, hörst du?«

Was sollte sie denn machen? »Mit dem Kleid gehe ich nicht auf die Straße.« An ihrem zerlaufenen Mascara und allein der Tatsache, dass sie ohne Bräutigam unterwegs war, würde jeder sehen, dass sie gerade ›vor dem Altar‹, wie man so schön sagte, stehengelassen worden war. Das musste sie sich jetzt nicht auch noch geben.

»Ich habe eine Idee«, verkündete Katja. »Warte hier, ich schick erst die anderen weg und bin dann gleich zurück«, versprach sie.

Ha, keine Sorge. Ich werde hier sein.

Es dauerte nicht lange, da wurde es ruhiger im Gang. Und noch ein wenig später, ging die Tür wieder auf, und eine Hand schob ihr frische Klamotten, an denen noch die Preisschilder hingen, unter die Kabinentür durch.

»Wo hast du die her?«

»Zwei Straßen weiter gibt's ne süße Boutique. Zieh dich um, wir schleichen uns davon«, sagte Katja verschwörerisch.

Das klang tatsächlich nach dem ersten guten Plan des Tages.

Sid versuchte, sich aus dem weißen Monstrum zu schälen, in das sie zuvor nur mit Mams Hilfe gekommen war. Wenn jetzt eine Naht riss, war ihr das egal!

»Sind die anderen schon weg?«

»Ja, die Witts sind zum Restaurant gefahren. Deiner Familie war aber nicht nach Feiern zumute. Schon gar nicht mit den Witts.«

Wie immer also.

»Hat … er sich gemeldet?«, fragte Sidonie heiser. Die Frage war eigentlich unnötig, aber etwas in ihr hoffte immer noch, dass Jonas um die Ecke käme, mit einer einleuchtenden Erklärung, die alles wieder kittete. Stau? Ein Beinbruch? Irgendetwas!

»Nein«, sagte Katja traurig.

Sidonie hatte sich derweil aus dem Korsett befreit und den Tüll abgestreift. Jetzt schlüpfte sie in eine hautenge Jeans und ein Spaghettiträger-Top. Ganz schön figurbetont.

»Hast du für dich oder für mich eingekauft?«, wunderte sich Sidonie. »Du weißt doch, dass ich es etwas legerer mag.«

»Du brauchst dich nicht zu verstecken, Süße.«

Na schön, was hatte Sid an einem Tag wie diesem schon zu verlieren? Sid schob den Riegel auf und Katja reichte ihr ihre scheußliche Handtasche aus ledernem Perlmutt, die sie extra für diesen Anlass gekauft hatte. Darin bimmelte schon ihr Handy, die ersten Anrufer, die wissen wollten, wie es ihr ging, wo sie war und wie es weitergehen sollte. Nein, danke. Im Moment hatte sie dafür keine Nerven. Sie schaltete das Smartphone auf stumm und verließ mit Katja diesen unseligen Ort.

2. Kapitel

Drei Stunden vor dem Desaster

»War wohl eine unruhige Nacht«, sagte Jonas und hob fragend die Kaffeekanne.

Sid fuhr sich durch ihre verwuschelten Haare, setzte sich zu ihm an den gedeckten Frühstückstisch und schob ihm ihre Lieblingstasse mit Simon's-Cat-Motiv hin, die schon zwei Sprünge hatte, aber dennoch ihren Weg immer wieder in den Schrank zurückfand.

Jonas goss ihr ein. Er sah an diesem Morgen wirklich umwerfend aus. Kleine Lachfältchen um die warmen Augen, ein Lächeln, bei dem Sids Knie noch immer so weich wurden wie am Tag ihres ersten Rendez-vous, und dann war da dieser verführerische Duft, würzig und nussig, der an dem Hemd haftete, in dem sie geschlafen hatte, weil es eigentlich ihm gehörte. Unruhig war die Nacht trotzdem gewesen. Aber was erwartete man anderes von der Nacht VOR einer Hochzeit?

»Wem sagst du das? Ich meine, man heiratet doch nur einmal im Leben.« Das war Sids feste Überzeugung. Allerdings sollte man sich dann auch wirklich sicher sein, nicht so wie Mam und Paps, deren Ehe irgendwann einzig aus Zank und Streit bestanden hatte und letztlich nur noch auf dem Papier existierte. Für Mam war die Sache klar, seit sie die Bücher dieses amerikanischen »Gurus« las, einem selbst ernannten Experten für glückliche Beziehungen! In Mams Ehe hatten sich zwei Menschen mit den falschen Energien zusammengetan, oder viel mehr zu ähnliche Gemüter. Das schaffte keinen Ausgleich, keine Harmonie. Und in ihren Augen drohte Sid, den Fehler zu wiederholen! Doch was Jonas anging, so war Sid sich absolut sicher, ihren Seelenverwandten gefunden zu haben. Noch dazu gab sie weder etwas auf den Rat von Beziehungsexperten noch von amerikanischen »Gurus«. Dann waren sie eben kreative Seelen, na und? Wenn er mit dem Studium fertig war und das Referendariat hinter sich gebracht hatte, würde er als Musiklehrer unterrichten. Das war doch gar nicht sooo abgehoben. Für Jonas' Verhältnisses sogar überaus bodenständig. Und sie blieb in der Werbebranche, das war ein ganz anderes Metier. So ähnlich waren sie sich also auch wieder nicht.

»Ich hatte wahrscheinlich so etwas wie Lampenfieber«, überlegte Sid und wärmte sich ihre Hände an Simon's Cat.

»Ach, wirklich? Das wäre mir gar nicht aufgefallen.« Er grinste. »So wie du dich hin und her gewälzt hast, kam es mir vor, als hättest du vom Weltuntergang geträumt.«

Sid lachte, schnappte sich ein Brötchen und schnitt es auf. Genussvoll zupfte sie den weichen Teig aus einer der Hälften und steckte ihn sich in den Mund. Da klingelte das Telefon. Wer konnte das denn sein, zu so früher Stunde?

»Sicher Phil, der die Ringe irgendwo verbuddelt hat und sie nicht wiederfindet«, meinte Jonas und ging ran.

Himmel, hoffentlich war das nicht wirklich der Fall! Ohne Ringe keine Trauung! Doch Jonas reichte ihr mit rollenden Augen das Telefon. »Für dich.«

»Hallo?«, ging sie ran.

»Morgen, Albrecht, sagen Sie mir bitte, wo ich Ihre Entwürfe für Perlmutt finde«, dröhnte es ihr entgegen.

Sid traute ihren Ohren kaum. Es war tatsächlich ihr Chef! Der wagte es allen Ernstes sie am Tag ihrer Hochzeit anzurufen, um sie nach irgendwelchen Entwürfen zu fragen?! »Ich … ähm … hatte die Entwürfe eigentlich gestern Abend per Mail an Sie geschickt. Ist die etwa nicht angekommen?«

»Per Mail? Ach so! Ich schaue mal nach. Warten Sie einen Augenblick. Tatsächlich, da sind sie ja. Mein Fehler. Dann können wir das morgen ja weiter besprechen, Albrecht.«

»Ich habe morgen frei, Herr Grunberg. Und die nächsten sechzehn Tage ebenfalls.«

Weil ich heirate, Sie Hornochse! Wieso hatte der das nicht auf dem Schirm, darüber hatten sie doch lang und breit gesprochen?! Und Grunberg junior war wenig erfreut gewesen, dass sie sich satte achtzehn Tage Urlaub genommen hatte, statt der üblichen vierzehn am Stück.

»Richtig. Ihre Hochzeit …« Er schwieg. Und das sehr nachdrücklich.

»Ist das dann alles?«, hakte sie irritiert nach, weil nicht einmal ein Pieps zu hören war. Immer noch Schweigen. »Herr Grunberg?«

»Ja«, sagte er schließlich. »Dann sehen wir uns also erst in knapp drei Wochen wieder?«

»Genauso ist es.« Jetzt hatte er es wohl verstanden.

»Alles Gute Ihnen und Ihrem … Jonas. Wiederhören.« Er hatte aufgelegt. Ziemlich abrupt sogar. In letzter Zeit war er wirklich merkwürdig.

»Was war das denn?«, wunderte sich Jonas.

»Der rief wegen der Entwürfe an.« Sid hängte das Telefon in die Ladestation. »Die sind für so nen schwierigen Klienten. Perlmutt-Modeschmuck, aber von der teuren Sorte.«

»Am Morgen unserer Hochzeit? An einem freien Tag?«

»So ist er eben. Der personifizierte Workaholism. Perfektionistisch, klein kariert, steif, überkritisch …« Ihr fielen noch eine ganze Reihe weiterer Adjektive ein, um Grunberg junior zu charakterisieren, keins davon war positiv. Wie oft hatte sie sich ihren alten Chef zurückgewünscht, Grunberg senior …

Jonas lachte. »Du übertreibst ein wenig, oder?«

»Tu ich nicht.« Sid biss von ihrem Brötchen ab.

Seit ihr alter Chef das Büro geräumt hatte, war nichts mehr wie zuvor. Dauernd wurde sie zum junior zitiert, musste ihm ihre Entwürfe erklären und ewig diskutieren. Nichts war in seinen Augen gut genug. Sie hatte aufgehört mitzuzählen, wie viele Konzepte sie hatte verwerfen und neuanfertigen müssen.

»Ich glaube, der Grunberg kam sogar in meinem Albtraum heute Nacht vor.«

»Moment, du träumst vor unserer Trauung von deinem Boss?«, wunderte sich Jonas.

Sid lachte. »Es war eben ein Albtraum. Die Aufträge, Albrecht! Denken Sie an die Aufträge!!!«

»Und du bist dir sicher, dass es wirklich ein Albtraum war?« Jonas blickte düster drein.

Sid verdrehte die Augen. »Ja, sehr sicher. Was denn sonst?«

»Ich hab ihn auf eurer Betriebsfeier gesehen. Und ...«

»Und was?«

»Du hättest sehen sollen, wie er dich die ganze Zeit angesehen hat.«

»Als ob er eine weitere Idee hat, wie er mich piesacken kann? So sieht er mich nämlich meistens an.«

»Nein, er hat dich mit seinen Augen verschlungen!«

Sid verschluckte sich kurz an ihrem Kaffee. »Und das fällt dir ausgerechnet heute ein?«

Sie verdrehte wieder die Augen und schmunzelte. War Jonas eifersüchtig? Irgendwie süß.

»Wenn du ausgerechnet heute von ihm träumst ...«, maulte Jonas.

»Also, zu deiner Information: Ich hab von der Arbeit geträumt, deswegen kam mein Chef vor. Und zweitens: Kurz nach dem von dir benannten Fest kam Grunberg junior mit Flora Rottenweil zusammen«, demonstrierte Sid ihm die Absurdität seiner Vermutung. Dabei erinnerte sie sich genau, wie diese aufgetakelte Dame das erste Mal die Agentur betreten und sich aufgespielt hatte, als gehörte sie zur Chefetage. Dabei war sie nicht einmal aus der Werbebranche.

»Da habe ich ja noch mal Glück gehabt«, erklärte Jonas.

Sid verschwieg besser, dass das Power Couple Grunberg/Rottenweil inzwischen längst wieder Geschichte war. Traurig war im Büro darüber niemand gewesen, alle waren erleichtert gewesen, die Schreckschraube los zu sein.

Sid hauchte Jonas einen Kuss auf den Mund. Er nahm ihre Hand und drückte sie. »Vielleicht musst du ja auch nicht mehr lange unter seiner Herrschaft leiden? Hast du dich mal bei Klaus gemeldet?«

Klaus Witt, einer von Jonas' vielen Cousins, leitete eine eigene Werbeagentur. Vielleicht gab es da einen Job für sie.

»Noch nicht. Mach ich aber noch.« Sie hatte erst mal alles, die Hochzeit betreffend, regeln wollen, und damit wirklich genug zu tun gehabt.

»So schlimm kann's ja dann bei Clue nicht sein.« Er zwinkerte ihr zu.

Sid beugte sich erneut zu Jonas vor und hauchte ihm einen glühenden Kuss auf die Lippen. »Mmmh, du schmeckst so gut.«

Er grinste. »Ich weiß. Und später gibt's noch mehr davon. Aber ich fürchte ...« Er warf einen Blick auf die Armbanduhr. »... ich muss jetzt los, den Anzug aus der Reinigung holen und dann geht's ab zu Phil. Du ahnst nicht, wie oft der im Leben schon Trauzeuge war. Aber zum ersten Mal ist er es bei seinem kleinen Bruder.«

Sid lachte, das sah Phil ähnlich. Der hatte überall auf der Welt Freunde. »Ist mit dem Hellas alles geklärt?«, fragte sie zum hundertsten Mal.

»Jepp, abgeriegelt, geschlossene Gesellschaft, alles vorbereitet.«

»Klingt gut.«

»Für Unterhaltung ist auch gesorgt, habe doch noch eine Live Band auftreiben können. Und meine Mutter will, glaube ich, auch was zum Besten geben. Aber wer weiß, vielleicht stelle ich mich nachher selbst hinters Mikro?«

»Das wäre das Highlight«, sagte Sid amüsiert.

»He, ich habe gar keine so üble Stimme.«

»Ich weiß. Ich meinte es ja auch ernst. An dir ist ein Rocker verloren gegangen.«

Jonas seufzte und sein Blick glitt aus dem Fenster in die Ferne, was bei der Aussicht hier gerade mal den Innenhof bis zum gegenüberliegenden Wohnhaus einschloss. Es war wirklich schade, dass

Jonas keinen Erfolg in der Musikbranche hatte. Trotz der Unterstützung von Tamina war der große Durchbruch ausgeblieben. Eine CD hatte man mit ihm produziert, als er siebzehn gewesen war. Man hatte ihn als süßen Boy, der Schnulzen sang, aufbauen wollen, was natürlich gar nicht zu ihm gepasst hatte. Zumindest war das seine Ansicht. Deswegen wohl war sein Album auch ein Flop geworden, und danach hatte kein Hahn mehr nach ihm gekräht. Es gab allerdings einen Artikel in der Bravo von anno dazumal, den er bis heute voller Stolz aufbewahrte. Und jetzt sollte er also als Musiklehrer enden? Irgendwie konnte sie ihn sich gar nicht in einem Klassenzimmer vorstellen. Da doch schon eher als Auswanderer, der in Kanada Drinks mixte.

Jonas schaute erneut auf die Uhr. »Ich muss …«

»Ja, ja, ich weiß. Meine Mam und ihre Nachbarin sind sicher auch gleich hier.« Das »Beauty-Team« würde sich um die Braut kümmern. Bei dem Kleid, das Mam für sie ausgesucht hatte, war auch jede helfende Hand nötig.

Ein letzter Kuss und Jonas war fort. Sie hatten sich entschieden, getrennt zum Standesamt zu fahren, damit Jonas die Braut nicht vor der Trauung sah, denn Sidonie hatte das romantisch gefunden. Außerdem brachte es doch andernfalls Unglück, oder?

3. Kapitel

Zwei Stunden nach dem Desaster

»Versteh einer die Männer«, sagte Katja und warf ihre Decke auf die Matratze ihres Schrankbetts, das sie anschließend hochklappte, während Shorty mit wedelndem Schwanz an Sid hochsprang und sie einfach nicht in Ruhe lassen wollte. Es war Liebe auf den ersten Blick gewesen – für Shorty. Der West Highland Terrier hatte seit seinem Einzug in Katjas vier Wänden ein ausgesprochenes Faible für Sid entwickelt. Nie wich er auch nur eine Sekunde von ihrer Seite, wenn sie zu Besuch war, und stets schmachtete er sie mit großen Kulleraugen an.

Katja vermutete, dass Sid ihn an ein Mitglied seiner vorherigen Familie erinnerte. Sie hatte den kleinen Kerl aus einem Tierheim bezogen, wo er im Alter von vier Jahren ohne weitere Gründe abgegeben worden war. Da Katja Psychologie studierte, meinte sie, ein kleines Verlassenheitstrauma bei Shorty ausgemacht zu haben. Und womöglich stimmte das sogar.

Sid hatte ihrerseits festgestellt, dass sie auf Hunde eine gewisse Anziehung ausübte. Kaum einer der frechen Fellschnuten widerstand ihr auf Dauer, was dazu geführt hatte, dass Sid überaus schnell Bekanntschaften mit Hundebesitzern schloss. Auf der Straße, in Parks, überall. Warum das so war, konnte Sid nur mutmaßen. Vielleicht hatte sie einen bestimmten Geruch an sich, den nur Hunde wahrnahmen?

Fest stand jedenfalls, wäre Shorty ein Mann, er wäre im Leben nicht auf die Idee gekommen, Sid am Tag ihrer Hochzeit den Laufpass zu geben. Es gab keine treuere Seele als ihn.

»Du kannst, wie gesagt, so lange bleiben, wie du willst«, erklärte Katja und räumte noch rasch ein paar Bücher und Zeitschriften vom Tisch. »Ich habe ja gerade Semesterferien und diesen Sommer nichts weiter vor, außer ein paar In-Locations zu besuchen.« Sie war stolz mehr als fünfzehntausend Follower auf Instagram zu haben! Und die wollten mit exklusivem Content versorgt werden. Am besten täglich.

Katjas Wohnung war deprimierend klein, also definitiv keine In-Location. Es gab nur das Wohnzimmer, das gleichzeitig ihr Schlaf- und Esszimmer war, bestehend aus einer minimalistischen Schrankwand, einem Tisch und zwei Sitzgelegenheiten sowie Küche und Bad.

Sid setzte sich in den alten Ohrensessel, direkt auf ein Gummihuhn, das laut losquietschte.

»Ach, sorry, das gehört Shorty«, sagte Katja. »Ich hol mal den Wein aus dem Kühlschrank.«

Seufzend zog Sid das Spielzeug unter ihrem Gesäß hervor, sofort hatte sie wieder die Aufmerksamkeit des hyperaktiven Westies.

»Ich habe keine Lust zu spielen«, erklärte sie dem kleinen Kerlchen sanft und warf das Huhn dennoch durch das Zimmer, um es loszuwerden. Ein fataler Fehler. Wie von einer Tarantel gestochen hechtete Shorty hinterher und brachte pflichtbewusst das Spielzeug zurück. Dabei wackelte und wippte sein Körper bei jedem Schritt, weil seine Beinchen im Vergleich zum Rest wie Stummel wirkten.

»Nein, ich werfe es nicht noch mal«, sagte Sid. Shorty legte das Gummihuhn vor ihre Füße und schaute sie hoffnungsvoll an. Weil sie aber nicht wie gewünscht reagierte, nahm er das Spielzeug ins Maul und setzte zum Sprung auf die Lehne an, um es auf Sids Schoß zu legen.

»Ach, du gibst wohl nie auf, oder?« Sid war leicht genervt, wuschelte ihm aber dennoch über das Köpfchen und warf das Gummihuhn noch einmal, ihm zuliebe. Was für eine Scheiße, dachte Sid und konnte noch immer nicht glauben, was passiert war. Sie fühlte sich wie einmal durchgekaut und ausgespuckt.

Da kam Katja mit zwei Gläsern und einer Flasche Burgunder zurück, stolperte fast über Shorty, hielt dann aber geschickt die Balance und stellte alles auf den Tisch. Dabei blieb sie die Ruhe in Person. Wahrscheinlich war sie solche Slalomläufe gewöhnt.

»Und er hat sich immer noch nicht gemeldet?«

»Nein, zumindest nicht bei mir«, sagte Sid. Sie schaute gefühlt jede zweite Minute auf ihr Handy. Unzählige unbeantwortete Anrufe und WhatsApp-Meldungen. Aber keine Nachricht von ihm. Sie stellte ihr Handy wieder auf laut, damit sie ja keinen Anruf von ihm verpasste.

Sid konnte nur raten, was in Jonas gefahren war. Wahrscheinlich hatte er kalte Füße bekommen, dabei war er am Morgen doch ganz normal gewesen. Was nur noch weniger Sinn ergab. Aber dann hatten sie ja über seine verpasste Chance aufs Rockstarleben sinniert, vielleicht hatte das den Ausschlag gegeben? Konnte das wirklich ein Grund sein? Und was sagte es über seine Liebe zu ihr aus, wenn sie so leicht ins Wanken gebracht werden konnte?

Sid atmete tief durch. So richtig war das Geschehen noch immer nicht bei ihr angekommen. Er war weg, räumlich von ihr getrennt, ja, aber dass er sie jetzt nie mehr in den Arm nehmen, sie küssen würde, das erschien ihr unvorstellbar. Niemals wieder seinen nussigen Geruch wahrnehmen, wenn sie mit der Nase in seine wuscheligen Haare tauchte. Keine Küsse mehr, die von ihrem Kieferwinkel bis zu ihren Lippen wanderten und ein zärtliches Prickeln auf ihrem Mund hinterließen …

Gequält schloss Sid die Augen. Sie wollte ihn hassen! Mit aller Kraft. Aber irgendwie … ging es nicht.

»Versteh einer die Männer«, wiederholte Katja und goss ihnen ein. »Hier, das kannst du jetzt brauchen«, sagte sie, woraufhin Sid die Augen wieder öffnete. Katja reichte ihr mit einem bedauernden Lächeln das Glas, das Sid unvermittelt an die Lippen setzte und in einem Schluck austrank.

»Was hast du jetzt vor?«

»Ich weiß es nicht. Ausziehen?« Irgendwie würde sie weg von allem müssen, was mit Jonas zu tun hatte, und gleichzeitig wünschte sie sich nichts mehr, als sofort – hier und jetzt – in seine Arme zu sinken.

»Aber die Wohnung gehört doch dir.«

»Dann ihn rauswerfen und das Schloss austauschen – oder irgendwo neu anfangen, wo mich niemand kennt, damit es nicht heißt: Seht nur, da ist die sitzengelassene Sidolina … Sidele … wie heißt sie noch?«

Katja lachte leise. »Fällt dir noch mehr ein, Frau mit dem Wundernamen, klingt nämlich lustig.«

»Seine Klamotten an die Altkleiderspende geben, den Ring im Klo runterspülen, hätte ich längst machen sollen …«

Darauf hoffen, dass Jonas zu ihr zurückkam?

Oh Himmel, ein Teil von ihr wünschte sich das tatsächlich. Mehr als alles andere.

»Ich weiß eigentlich gar nichts mehr. Weder, was ich will, noch, wohin ich soll oder wie es weitergeht.« Da waren diese Hoffnungslosigkeit in ihr und eine Leere, die ihr gänzlich unbekannt war, die aber nun an ihr zehrten, gleich einem fiesen Blutegel, der unentwegt nach Nachschub verlangte. Von einem Moment auf den anderen war ihre ganze Zukunft zerbrochen. Tränen, immer wieder Tränen. Sid konnte es nicht verhindern, dass sie in ihren Augen brannten, über ihre Wangen rollten, als gäbe es kein Morgen mehr. Denn genauso fühlte es sich auch an. Katja legte den Arm um sie. Und Shorty platzierte seinen Kopf mit einem leisen Seufzen auf ihrem Oberschenkel.

»Wir sind deine Beschützer, wir passen auf dich auf«, versprach Katja, was Sid zumindest ein kurzes Schmunzeln entlockte.

Eine Weile saßen sie so da. Sie und ihr Security-Team.

Bis Sid sich wieder fasste. »Hast du Eis oder Schokolade da?«

»Na klar, hol ich dir.«

Frustfuttern. Und dann ein bimmelndes Telefon, das einfach keine Ruhe gab. Offenbar wollten es alle ganz genau wissen. Wie ging es ihr? Was hatte sie nun vor? Sid hatte nicht die Kraft, all diese Fragen zu beantworten, weswegen Katja die Gespräche netterweise für sie entgegennahm.

»Behalte mein Handy ruhig in der Hand, es wird eh gleich wieder klingeln.«

Und damit hatte sie recht. Katja nickte und verschwand im Flur. »Sie bleibt erst mal hier. Ja, ich kümmere mich um sie. Wenn was ist, melde ich mich bei euch!«, schnappte Sid ein paar Gesprächsfetzen auf, als Katja mit Sids Eltern telefonierte. Und mit jedem anderen, der dann noch anrief und sich ebenfalls nach ihrem Befinden erkundigte.

»Die machen sich alle große Sorgen um dich, Sid«, meinte Katja bedrückt. »Ich weiß nicht, ob es okay ist, sie alle hinzuhalten.«

»Ich weiß es auch nicht …«

»Du solltest sie bald zurückrufen.«

Sid nickte. Ja, das würde sie machen. Trotzdem brauchte sie etwas Ruhe, und als Katja ihr das Smartphone zurückgab, stellte sie es erst mal wieder auf leise.

Katja setzte sich auf die Couch und sah Sid forschend an. »Wie stellst du dir den Abend vor?«

Weinen? Taschentücher kaufen? Noch mehr Weinen? Oder etwas komplett anderes machen? Etwas, das rein gar nichts mit diesem verflixten Tag zu tun hatte?

»Hast du Lust auf Patrick und Baby?«

Sid schüttelte den Kopf. Auf so einen zuckersüßen, verlogenen Happy-End-Müll konnte sie jetzt wahrlich gut verzichten. Aber es gab etwas, was ihr echt gefallen würde.

»Arnie!«

Katja hob überrascht eine Braue, nickte dann aber. »Na schön, Arnie soll's also sein!«

Und so stand das Abendprogramm fest: zwei Freundinnen, eine Couch, eine warme Kuscheldecke, zwei 500-ml-Eisbecher mit Schoko und Erdbeere, zwischen ihnen ein West Highland Terrier, der vor Liebesglück Herzchen in den Augen hatte, und ein richtig guter Actionfilm. Das war eine perfekte Ablenkung. Oder »friendship at its best«, wie Katja es auf Instagram mit entsprechendem Schnappschuss festhielt und bereits während des Vorspanns 23 Kommentare und hunderte Likes erhielt.

Von Romantik hatte Sid erst mal genug. Zumindest redete sie sich das für den Moment erfolgreich ein. Und so feuerte sie Arnie innerlich an, während er als Terminator seine Gegner in den Boden rammte.

»Ich bin langsam müde«, sagte Katja, nachdem sie nach Terminator I und II auch den dritten Teil geschaut hatten. Sid hatte nicht übel Lust, sich noch den nächsten Film der Reihe zu Gemüte zu führen. Aber Katjas dunkle Augenringe verrieten, dass sie tatsächlich kurz vor dem Kollaps stand.

»Das waren echt tolle Filme, die ich zugegebenermaßen ohne dich nie gestreamt hätte. War witzig. Aber mein Bedarf an Geballer und fliegenden Fäusten ist fürs Erste gedeckt. Sei nicht böse, ja?«

Wie hätte Sid denn böse sein können? Katja war eine super Freundin, die Beste! Sid wusste nicht, was sie ohne sie getan hätte.

Katja bettete ihren Kopf auf Sids Schulter und umarmte sie dabei seitlich. »Du weißt, dass du mir wichtig bist, oder?«

Sid schaute die Freundin erstaunt an. »Aber ja doch …«

»Ich wollte es nur noch mal sagen. Seit du die Einzige warst, die damals überhaupt ein Wort mit mir sprach, als ich in die neue Klasse kam, bist du meine allerallerbeste Freundin«, betonte Katja und linste zu Sid hoch.

»Wir waren beide Außenseiter. Ich, die eigenbrötlerische Leseratte, die nur in ihren Bücherwelten lebt, und du, die Neue ohne Plan. Das schweißt zusammen fürs ganze Leben.«

»Ist echt übel, wenn dir jemand wehtut, das tut mir auch irgendwie weh. Und glaub mir, ich könnte diesen Mistkerl …« Sie ballte die Hände zu Fäusten.

Sid drückte Katja und sie lachten, doch nur verhalten.

»Ich hol mal das Gästebettzeug, ja?« Katja kletterte über Sids Beine und ging zum Schrank, öffnete das obere Fach und zog frische Bettwäsche heraus. »Ich kann dir leider nur die Couch anbieten.«

»Ist doch super.« Besser als allein in ihrer Wohnung zu schlafen, in dem Bett, in dem sie heute Morgen noch neben ihm aufgewacht war. Sid nahm Katja die Wäsche ab und verfrachtete sie auf die Couch. Sah doch ganz gemütlich aus.

Katja ließ sich in den Ohrensessel fallen. »Fast wie früher, oder? Als du bei mir übernachtet hast, wenn meine Eltern im Urlaub waren.«

Sid grinste. Ja, das waren schon verrückte, unbeschwerte Zeiten gewesen. Wenn ihr zu Hause die Decke auf den Kopf gefallen war, weil ihre Eltern unentwegt gestritten hatten, hatte sie Zuflucht bei Katja gefunden.

»Wie hieß noch dieses Buch, aus dem du mir immer vorgelesen hast? Und ich meine nicht deinen persönlichen Harry-Potter-Marathon, bei dem du deine Lieblingsszenen aus allen Büchern zum Besten gegeben und dir mit Kajal diese Sternschnuppe auf die Stirn gemalt hast.«

»Das war eine blitzförmige Narbe, du Muggel!« Für einen kurzen Moment fühlte sich Sid wieder ganz unbeschwert, so wie damals, als sie ganz tief in die Abenteuer von Harry, Ron und Hermine abgetaucht war.

»Ja, ja, Frau Nerd. Also wie hieß das Buch?«

»Tochter der Titanen.« Sid liebte Bücher. Alice im Wunderland, Stolz und Vorurteil, Herr der Ringe … Auch die Werke von George R. R. Martin hatte sie nicht aus der Hand legen können. Doch keiner dieser Romane hatte ihr über schlimme Zeiten besser hinweggeholfen, als diese unglaublich romantische Liebesgeschichte von Henriette Cosmas. Er stammte von der Insel Mykonos – sie aus Deutschland. Vom ersten Augenblick an hatten sie gewusst, dass sie füreinander bestimmt waren. Aber natürlich wurde es ihnen nicht leicht gemacht, zusammen zu sein, denn ihre Eltern hatten etwas gegen ihn und dann brach auch noch die Militärdiktatur in Griechenland aus. Sid konnte sich mit der Heldin des Romans sehr gut identifizieren. Diese war auch eine Außenseiterin, hatte ständig streitende Eltern, die sie sogar bevormundeten. Trotzdem hatte es die junge Frau geschafft, ihr Leben in die richtigen Bahnen zu lenken. Sid meinte, einmal in einem Interview der Autorin gelesen zu haben, dass die *Tochter der Tita-*

nen autobiografische Züge enthielt. Ähnlich wie ihre Protagonistin war Henriette Cosmas aus Liebe auf die Kykladeninsel gezogen, wo sie bis heute lebte. Der Titel war eine Anspielung auf die griechische Sagengestalt Leto, die die Tochter zweier Titanen war und deren Liebe zum Göttervater Zeus nicht sein durfte.

»Ja, richtig. So hieß es!«, sagte Katja.

»Deswegen wollten wir ja nach Mykonos«, erklärte Sid traurig.

»Mh?«, machte Katja nur.

»Wegen dieses Buchs. Jonas wusste, wie viel es mir bedeutet und dass die Geschichte auf Mykonos spielt. Er meinte, das sei doch der perfekte Ort für eine Hochzeitsreise.« Sie seufzte.

»Oh Liebes, daran wollte ich dich nicht erinnern, tut mir leid.«

»Er hatte geplant, mit mir zu einer Lesung von Henriette Cosmas zu gehen«, fuhr sie fort. »Ich hab sie nie zuvor live erlebt, aber das war immer mein größter Wunsch. Also hat Jonas sich dahintergeklemmt und ganz viel recherchiert. Dabei fand er heraus, dass Frau Cosmas im Hotel Athena in diesem Sommer ihre Abschiedslesung geben würde. Die letzte Chance, sie einmal zu treffen. Zeitlich passte das perfekt. Aus dem Grund haben wir dann auch dort unsere Suite gebucht.«

»Mann, das klingt wirklich romantisch.«

Sid griff erneut nach einem Taschentuch. So viel Mühe und dann ließ er sie einfach stehen? Warum gab man vor, jemandem einen Herzenswunsch zu erfüllen, nur um ihm danach das Herz zu brechen?

4. Kapitel

Ein zärtlicher Kuss weckte sie. Sid atmete auf. Er war da, zum Glück!

»Du glaubst nicht, was ich geträumt habe«, murmelte sie.

Erneut spürte sie etwas Kühles an ihren Lippen. Er schmeckte … ein wenig anders, aber unbeschreiblich gut.

Endlich war dieser Albtraum vorbei!

»Leg deinen Arm um mich«, wollte sie sagen, aber irgendwie kamen die Worte nicht aus ihrem Mund, weil sie schon wieder halb eingedöst war. Sie kuschelte sich an ihn, spürte seine wuscheligen Haare an ihrer Hand und lächelte, weil er bei ihr war. Weil alles normal war!

Hatte sie wirklich geträumt, er würde sie kurz vor der Trauung hängenlassen? Einfach weglaufen? Wie lächerlich das war. Das passte doch gar nicht zu Jonas.

Der nächste Kuss landete auf ihrer Nasenspitze. Sie musste grinsen. Doch das verging ihr, als er einfach nicht aufhören wollte, ihre Nase abzuschlecken. Wieder und wieder fuhr seine Zunge über sie. Glitschig und … irgendwie … rau.

Sid riss die Augen auf und starrte auf eine überdimensionale schwarze Nase, über der ihr zwei Knopfaugen entgegenblinzelten.

Shorty.

Im selben Moment brach alles um sie herum zusammen. Es war kein Traum gewesen! Jonas war wirklich fort!

»Oh Gott!«, stieß sie aus. Die kleine Wohnung. Das Bettzeug auf der Couch. Gegenüber das Schrankbett. Vor ihren Augen drehte sich alles, obwohl sie lag.

»Alles okay?«, fragte Katja besorgt. »Ich hab versucht, ganz leise zu sein, um dich nicht zu wecken.« Sie deckte gerade den Tisch. »Du hast geschlafen wie ein Stein.«

Shorty leckte erneut über ihr Gesicht.

Sid richtete sich benommen auf. Lieber Himmel, der Albtraum war die Realität! Ihr Herz stolperte, denn das Ausmaß wurde ihr erst nach und nach bewusst. Er war weg! Es brach einfach aus ihr heraus, sie konnte es nicht verhindern. Tränen über Tränen.

»Süße! Oh nein!« Schon legte Katja den Arm um sie. »Ganz ruhig. Es ist alles gut.«

Nichts war gut! Das war es ja gerade!

Sid versuchte sich zu beruhigen.

»Sieh mal, ich habe Frühstück für uns besorgt«, versuchte Katja es auch.

Das hätte eigentlich das Nach-der-Hochzeit-Frühstück sein sollen! Und heute Nacht, das wäre die Hochzeitsnacht gewesen und nicht der Terminator-Terror-Themenabend! Jetzt sollten sie doch Mann und Frau sein! Sidonie Witt hätte sie geheißen.

Sie zog die Nase hoch und musterte den gedeckten Tisch. Da lagen Aufschnitt und Brötchen, sogar ihr Lieblingsmüsli. Goldener Honig, ein kleines Marmeladenglas, dazu eine Thermoskanne Tee, Orangensaft und ein Tetra-Pack Milch. Katja hatte sich solche Mühe für sie gegeben und alles, was Sid tat, war weinen. Sie versuchte erneut, sich zusammenzureißen.

»Wann hast du denn das alles besorgt?«, wunderte sich Sid und rieb sich über die Augen.

»Ich war eben draußen, wollte dir ne kleine Freude machen«, sagte Katja und setzte sich in den Ohrensessel.

»Studentenbuden sind meist sehr klein, ich habe kein eigenes Esszimmer, wie du weißt«, entschuldigte sie sich, weil Sid im Grunde von ihrem Bett aus essen musste. Aber der Frühstückstisch sah toll aus! Sid lachte leise, obwohl ihre Augen immer noch brannten. »Es ist schön.« Sie war Katja wirklich dankbar dafür, dass sie sich so viel Mühe mit ihr gab.

Aber wirklich Hunger hatte Sid nicht. Sie bestrich aus Höflichkeit ein halbes Brötchen mit Honig. Es schmeckte gut, doch ihr Magen fühlte sich an, als lägen Steine darin. Auch Katja hatte nur wenig Appetit.

Sid lehnte sich zurück, schloss gequält die Augen. Sie versuchte, nicht schon wieder zu weinen. Shorty nahm das zum Anlass, ihr zu beweisen, dass nicht alle Männer schlechte Kerle waren. Er stellte sich auf seine stummeligen Hinterbeinchen und schleckte mit großer Hingabe über ihre Wange. Als Sid die Augen öffnete, sah sie nichts als bedingungslose Liebe in seinem Blick und konnte nicht anders, als ihn sanft hinterm Ohr zu kraulen.

Das Handy vibrierte. Es war ihre Mutter. »Ich gehe jetzt mal ran«, sagte Sid und verschwand mit dem Smartphone in der bedrückend kleinen Küche.

»Endlich! Wie geht's dir denn, Schatz?«, fragte Mam aufgelöst.

Sid verspürte schon wieder Tränen – oder immer noch? »Es geht. Katja ist sehr lieb zu mir.«

»Sie ist die Beste! Es tut uns allen ja so leid. Können wir irgendetwas für dich tun?«

Sid wusste nicht was. Jetzt wollte auch ihr Vater ans Telefon. »Kindchen, wie geht's dir?«, fragte er voller Sorge.

»Ich komme klar.« Wenigstens hatten sich Mam und Paps nicht gestritten, das konnte Sid heraushören. In der Not hielten sie felsenfest zusammen, das allein stärkte ihr schon ein wenig den Rücken. Oft sah das leider ganz anders aus. Als Kind hatte sie immer gehofft, dass sich die beiden nicht trennten. Aber aus heutiger Sicht dachte sie oft, dass das wohl besser gewesen wäre. Eigentlich verstand sie auch nicht so recht, was Mam und Paps überhaupt zusammenhielt. Vielleicht war da ja doch noch ein wenig Liebe im Spiel? Vielleicht konnte man Beziehungen auch einfach nur schlecht von außen beurteilen.

»Gib sie mir noch mal«, hörte sie Mam, die gleich darauf wieder am Apparat war. »Sidonie, ich weiß, du hörst das nicht gern, aber ich glaube, das alles war gut so«, sagte sie frei heraus.

Sid sah das naturgemäß anders. Und schon beschwerte sich Paps über diese steile These ihrer Mutter.

»Jetzt erkennst du es noch nicht, aber zu einem späteren Zeitpunkt, wird es dir klar werden«, prophezeite sie.

Sie hatte nicht geahnt, dass Mam hellseherische Fähigkeiten hatte.

»Ich lese gerade das Buch ›Der Kopf will, was das Herz will‹ von Neil Gammond. Das ist ein amerikanischer Beziehungsexperte …«

»Ich weiß, du hast mir schon oft von ihm erzählt.« Viel zu oft.

»Ja, aber das hier ist sein neuestes Buch. Mit ganz neuen Erkenntnissen.«

»Anna, jetzt hör schon auf damit«, schimpfte Paps, aber Mam ließ sich nicht aufhalten.

»Und der sagt ein paar kluge Dinge«, fuhr sie ungerührt fort. »Du bist ganz klar ein Herzmensch, du schäumst über vor Gefühlen. Deswegen bist du auch so kreativ. Aber ein Herzmensch braucht nicht noch mehr Wirrwarr, sondern jemanden, der ihn erdet. Also einen Kopfmenschen.«

War also endlich das Rezept zum ultimativen Glücklichsein gefunden worden? Eher nicht. Klang nämlich genauso wie die alten Thesen von Herrn Gammond, nur garniert mit neuen Schlüsselbegriffen pseudowissenschaftlicher Art.

»Soll das bedeuten, es gibt laut diesem Autor nur zwei Arten von Menschen?«

Klang ein wenig übersimplifiziert. Da würde ihr gewiss auch Katja zustimmen. Vielleicht befragte Sid sie später mal zu dem Thema. Als Langzeitstudentin der Psychologie konnte sie das sicher gut beurteilen.

»Nein, ganz so leicht ist es nicht, Schatz. Stell dir eine Skala vor, an deren Polen Herz und Kopf stehen. Irgendwo dazwischen bewegen wir uns alle. Doch je mehr wir uns auf einen der Pole zubewegen, desto stärker brauchen wir jemanden, der uns hilft, unsere Mitte wiederzufinden.«

Wie erwartet: Pseudowissenschaft.

»Und daher war der Jonas sowieso von vornherein nicht der

Richtige«, betonte sie noch einmal. Sid biss sich auf die Unterlippe, um sich jeden bissigen Kommentar zu verkneifen.

»Was ist eigentlich mit der Reise?«, wollte Mam dann wissen.

»Darüber habe ich mir noch gar keine Gedanken gemacht«, log Sid, denn sie wollte nicht *wieder* darüber nachdenken. Die Flitterwochen waren Jonas' Geschenk an sie gewesen. Darüber *konnte* sie auch nicht wieder nachdenken, ohne dass es ihr das Herz erneut brechen würde.

»Siehst du, was habe ich dir gesagt? Ein Kopfmensch hätte das auf dem Schirm gehabt. Vielleicht wäre ja ein Urlaub das Richtige für dich?«

»Jetzt bedräng sie doch nicht so«, beschwerte sich Paps im Hintergrund, aber sein Einwand wurde überhört.

Sid fühlte sich so müde und geschlaucht, sie konnte sich nicht mal vorstellen, Katjas Wohnung innerhalb der nächsten zwei Wochen auch nur ein einziges Mal zu verlassen, um sich einfach nur die Beine zu vertreten. Ein Urlaub schien wie eine unüberwindbare Hürde.

»Wer von euch hat die Tickets und die Hotelreservierung für eure Flitterwochen?«

»Ich, aber …« Naja, sie lagen eben in der Wohnung.

»Dann flieg doch alleine dorthin. Oder besser, nimm Katja mit.«

»Anna, jetzt hör schon auf. Sid weiß selbst, was am besten für sie ist«, murmelte Paps, Sid konnte ihn dennoch hören.

»Na überleg doch mal, der Urlaub würde sonst verfallen. Bezahlt ist ja schon alles. Zwei wundervolle Wochen auf Mykonos! Du kannst dich natürlich auch in Berlin verschanzen. Aber vielleicht wartet am Strand auch jemand Besonderes auf dich?«

Was???

Ihre Mutter hatte wohl den Verstand verloren. Von wegen Herzmenschen und Kopfmenschen – es gab auch einfach Verrückte und ihre Mutter zählte dazu. Sid wollte keine neue Beziehung! Schon gar nicht so schnell! Als wenn das ein Heilmittel gegen Herzschmerz wäre! Dass Jonas sie sitzengelassen hatte, hatte sie wirklich schwer getroffen, auch wenn sie nach außen hin versuchte, stark zu sein.

»Ich muss jetzt Schluss machen, sorry, Mam.« Besser, sie legte auf, bevor ihr noch der Kragen platzte.

»Denk über meine Worte nach.«

Tuuuuut.

Sidonie kehrte an den improvisierten Frühstückstisch zurück und ließ sich erschöpft auf die Couch fallen, mit einer Hand schob sie das Bettzeug zur Seite. Sofort sprang Shorty zu ihr und leckte sanft über ihre Finger.

»War kein gutes Gespräch?«, hakte Katja nach, die auf ihrem Handy herumspielte und wahrscheinlich irgendein Selfie auf Instagram gepostet hatte, dazu eine Lebensweisheit des Fernen Ostens – Konfuzius sagt: Morgenstund' hat Tee im Mund oder so was – ja, das war Katja.

»Meine Mam – die ist … verrückt.« Daran hatte Neil Gammond Schuld! Der und seine bescheuerten Bücher.

»Wieso?«

»Sie hat mir vorgeschlagen, ich solle in die Flitterwochen fahren. Mit dir. Oder allein. Jedenfalls raus aus Berlin, ran an den Strand. Und bei der Gelegenheit soll ich mir noch einen neuen Mann suchen.« Sid schüttelte den Kopf. Sie wollte doch gar keinen neuen Mann, sie wollte … ihn. Warum verstand das eigentlich niemand?

»Ich finde die Idee gar nicht so schlecht«, sagte Katja kleinlaut.

»Ehrlich jetzt?«

»Naja … das mit dem neuen Mann, das können wir ja auf ein anderes Mal vertagen. Aber ich glaube, es täte dir gut, rauszukommen. Und warum nicht direkt ans Meer? Die Ägäis, das herrliche Blau des Mittelmeeres und die warmen Sommernächte am Strand. Mediterrane Küche, sonnengereifte Weine, schmackhaftes Olivenöl, das jedes Gericht verfeinert, gastfreundliche Menschen. Was gibt es Schöneres?«

Sid seufzte. Das klang ja wirklich alles *richtig* gut, es fühlte sich nur einfach nicht *richtig* an. Denn diesen Ort hatten Jonas und sie für sich gemeinsam ausgesucht! Entweder sie flogen zusammen dorthin oder keiner.

Katja ließ sie zum Glück den Rest des Tages, den Sid schniefend auf der Couch verbrachte, während Katja an ihren Hausarbeiten verzweifelte, mit diesem Thema in Ruhe. Zwischendurch verschwand Katja, um mit Shorty Gassi zu gehen – Sid schaffte es keinen Zentimeter vor die Tür.

Am Abend legte ihre beste Freundin ihr eine kleine Mappe vor die Nase.

»Was ist das?«, wunderte sich Sid, obwohl ihr die Mappe sehr vertraut vorkam. Blauer Plastikeinband, ein Gummi, das diesen verschloss.

»Ich war in deiner Wohnung.«

»Was?«

»Eben. Als ich mit Shorty draußen war. Da haben wir bei dir vorbeigeschaut. Ich hab ja zum Glück die Ersatzschlüssel. Hier sind auch ein paar frische Klamotten für dich.«

»War … er da?«

»Mh?«

»War Jonas da? Oder gab es Anzeichen, dass er da gewesen ist und …«

Katja schüttelte den Kopf. »Die Wohnung war leer.«

Sid seufzte. Natürlich war sie das. Was auch sonst.

»Willst du nicht mal reinschauen?«, fragte Katja, doch Sid starrte nur auf die Mappe, als handelte es sich dabei um die Büchse der Pandora. Und doch konnte sie den Blick nicht von ihr lassen.

Eigentlich wusste Sid doch eh, was sich darin befand. Prospekte über Mykonos, die Flugtickets, die Hotelreservierung und die Karten für die Lesung von Henriette Cosmas.

Wann immer zu Hause die Fetzen geflogen waren, hatte sich Sid auf ihr Zimmer zurückgezogen und in der *Tochter der Titanen* gelesen, um Kraft und Mut zu finden. Könnte es jetzt noch den gleichen Effekt haben? Sie bräuchte es jetzt mehr denn je.

»Ich dachte mir, das ist vielleicht eine kleine Entscheidungshilfe für dich. Und bevor Jonas auf die Idee kommt, selbst nach Mykonos zu fliegen, um sich einen schönen Sommer zu machen, haben wir hier unsere Eintrittskarten ins ›Paradies‹, wenn du verstehst«, riss Katja sie aus ihren Gedanken und zwinkerte ihr zu.

»Nett gemeint, aber …« Sid wollte zu einer ausführlichen Erklärung ausholen, weshalb ihr so ziemlich alles durch den Kopf ging außer einem sonnigen Urlaub, als Katja ihr bereits ins Wort fiel.

»Ich habe die Mappe nur mitgebracht für den Fall, dass du es dir anders überlegst. Ist deine Sache.« Sie hob beide Hände. »Ganz allein deine. Du kannst hierbleiben, die Reise sausen lassen und versuchen, zu vergessen. Oder mit mir die Strandbars auf den Kykladeninseln unsicher machen. Tu das, was sich für dich richtig anfühlt. Ich werde dich darin unterstützten, egal, wie du dich entscheidest, versprochen.«

5. Kapitel

Morgens wurde es jetzt sehr früh hell. Bereits um halb vier ging das Gezwitscher der Vögel los, die von den ersten Strahlen des Sommers geweckt wurden. Katja hatte keine Rollos nur sehr feine Plissees, durch die das Sonnenlicht drang und Sid blendete. Neben ihrem Kopfkissen lag Shorty. Der Knirps mit dem weißen Wuschelpelz lag gefährlich nah am Rand der Couch, hielt sich aber wacker und leckte ihr angetan über die Nase, als er merkte, dass sie aufwachte. Ein Blick zu Katja verriet, sie schlummerte noch tief und fest. Kein Wunder, hatte sie doch vorsorglich eine Schlafmaske aufgesetzt.

Sid fixierte die Mappe, die direkt vor ihr auf dem Wohnzimmertisch lag.

»Du und ich am Strand, kannst du dir das vorstellen?«, hörte sie Jonas in ihrer Erinnerung sagen. »Ich will mit Delfinen um die Wette schwimmen.«

»Du Blödi, so nah am Strand gibt es doch gar keine Delfine.« Und wenn doch war das wohl eher als Notfall zu werten.

»Ich will mit dir den Sternenhimmel sehen, ganz weit draußen, an der Küste, wo keine Lichter sind, die den Blick trüben«, hatte Jonas gesagt. Und Sid hatte es sich bildlich vorgestellt, irgendwo am Ende der Welt mit ihm zu stehen, nur er und sie, und sonst keine Menschenseele.

Shorty folgte ihrem Blick, der immer noch auf die Mappe gerichtet war, und begann, an dieser zu schnüffeln.

»Das ist nichts für dich«, flüsterte Sid. Aber weil sie für ihn tabu war, interessierte sie ihn jetzt nur noch mehr. Und so kam es, wie es kommen musste, der Fellzwerg tapste mit der Pfote nach der Eckspannhülle, dabei verhedderte er sich am Verschlussgummi und riss die Mappe runter. Voller Schreck zerrte das kleine Fellmonster seine Pfote aus dem Band. Der Gummi löste sich, der Ordner ging auf und schon lagen die bunten Faltblätter am Boden, direkt vor ihr.

Seufzend hob Sid sie auf und irgendwie ... blieb ihr Blick nun doch an einem Prospekt hängen. Sie seufzte beim Anblick der schönen Strandbilder und Promenaden, der tollen Bars und malerischen Flachdachhäuser, die teilweise direkt vor der Küste lagen. Oder darüber hinaus. Mediterrane Architektur eben. Und nachts sah es auf Mykonos mit den bunten Beleuchtungen sogar noch schöner aus. Und erst die schneeweißen Windmühlen. Diese hatte sie auch auf einem Foto im Büro ihres alten Chefs gesehen und bewundert. Direkt an der Wand hinter seinem Schreibtisch hatte eine riesige Collage mit Mykonos-Impressionen gehangen. Und als Sid ihn einmal darauf angesprochen hatte, ob er dort ein Ferienhaus besaß, hatte er nur gesagt: Familie. Die Bilder hatten das Büro von Grunberg senior so angenehm warm, geradezu sonnig wirken lassen. Manchmal hatte sie sich dann wie im Urlaub gefühlt.

Sid hatte so gern auf die Insel gewollt, um mit eigenen Augen zu sehen, wo ihre Helden aus *Tochter der Titanen* lebten! Und um ihre Lieblingsautorin zu treffen. Die letzte Lesung! Somit die letzte Chance, sie einmal live zu erleben.

Sid legte den Prospekt in die Mappe zurück. Vor ihrem inneren Auge sah sie Jonas und sich Arm in Arm durch die nächtlichen Gassen in Mykonos Stadt spazieren, die nur von spärlichem Licht beleuchtet wurden. Aus der Ferne waren das rhythmische Rauschen der Wellen und ein leises Lautenspiel zu hören. Sie durchbrachen die Stille der Nacht und hüllten sie in die sanften Klänge ein. Es wäre angenehm warm an diesem wunderschönen Abend im Sommer am Mittelmeer... Sid spürte den lauen Abendwind an ihren Zehenspitzen und den sanften Kuss, den Jonas auf ihre Schulter hauchte.

Und jetzt war alles furchtbar!

Als hätte jemand einfach so das letzte Kapitel eines Liebesromans herausgerissen und gegen das erste eines Psychothrillers getauscht. Es hätte so schön sein können. Wirklich schön. Alles hätte so perfekt sein sollen.

Ob sie einfach doch hinflog? Sie hatte doch immer schon nach Mykonos gewollt. Und die *Tochter der Titanen* hatte es schließlich schon vor Jonas gegeben. Etwas Ablenkung würde ihr sicher gut tun, da hatten alle recht! Sie rollte sich zur Seite und hörte ein Plumpsen, gefolgt von einem Fiepen. Shorty war doch noch vom Sofa gefallen. Irritiert blickte er zu ihr hoch.

»Tut mir leid, kleiner Mann«, entschuldigte sich Sid hastig. Motiviert sprang er auf ihren Bauch, er nahm es ihr nicht übel, dass sie ihn versehentlich von der Couch gestoßen hatte. Und wie es seine Art war, hechelte er sie verliebt an.

Was meinst du, Shorty? Soll ich nach Mykonos fliegen?, fragte sie ihn auf telepathischem Weg, die einzige Möglichkeit, die sie kannte, um mit einem Tier in Kontakt zu treten. Zumindest dann, wenn man Pauline aus der Agentur Glauben schenken durfte. Aber wie zu erwarten gewesen war, antwortete Shorty weder telepathisch noch auf andere Weise. Und das half Sid nun wirklich nicht, sich zu entscheiden. Shorty schaute sie einfach nur selig an. Wahrscheinlich war es ihm gleich, wo er war, Hauptsache seine Lieblingsmenschen waren bei ihm. Irgendwie konnte Sid das gut nachvollziehen.

Der Tag brachte nicht viel Neues. Sids Stimmung war immer noch im Keller. Katja ging mit Shorty Gassi, konnte Sid aber nicht überreden mitzukommen. Sie wollte sich verkriechen, für immer und ewig am besten, und einfach ignorieren, dass die Welt sich weiterdrehte.

Der Schlüssel drehte sich im Schloss herum und Katja kam herein. Noch ehe sie allerdings das Wohnzimmer betreten hatte, stürzte sich Shorty bereits auf Sid. Wohl, um zu überprüfen, ob sie wirklich noch da war.

Aber da fürchtete er sich umsonst. Ihr Name war schließlich nicht Jonas Witt.

»Er hat sich gemeldet!«, verkündete Katja ernst und aus dem Nichts.

Fast fiel Sid vor Schreck von der Couch, und Shorty mit ihr.

»Wer … Wer hat sich gemeldet?«, fragte Sidonie atemlos. Dabei kannte sie die Antwort längst.

»Jonas«, sagte Katja im ruhigen Ton und setzte sich neben sie. Sofort fing Sids Herz an wie wild zu klopfen.

Die letzten Tage hatte das Telefon wie verrückt geklingelt. Ihre Eltern, Cousine Ingrid, Pauline und Tanja von der Arbeit, sie alle hatten wissen wollen, wie es ihr ging. Aber der Anruf, auf den sie insgeheim wirklich gewartet hatte, der war nicht gekommen. Bis jetzt.

Sids Mund fühlte sich trocken an. »Was hat er gesagt? Und warum hat er bei dir angerufen?«

»Das hat er nicht«, klärte sie schnell auf, weil sie wohl Sids irritierten Blick bemerkt hatte. »Sondern bei Phil. Und der hat mich angerufen.«

»Okay, aber was hat er denn nun gesagt?«

»Dass er … eine Auszeit braucht.«

»Was?« Was sollte das denn bedeuten? Wovon eine Auszeit? Von ihr? Diese Auszeit würde lebenslang gelten, wenn er keinen verdammt guten Grund für all das Chaos vorlegen konnte.

»Und dass er definitiv nicht heiraten will«, fügte Katja besonders vorsichtig hinzu.

Und damit erlosch auch der letzte Hoffnungsfunken, dass alles nur ein temporärer Ausnahmezustand gewesen war. Sid war so erstarrt, dass ihr nicht einmal mehr Tränen in die Augen stiegen. Jetzt war es ausgesprochen und endgültig.

»Phil meinte, dass Jonas auf dem Weg zur Reinigung gemerkt hat, dass er eigentlich noch nicht so weit ist. Er ist dann rausgefahren, ins Grüne, hat über alles nachgedacht und schließlich entschieden, dass das nicht das Leben ist, das er eigentlich hatte führen wollen.«

Das Rockstargespräch! Es war der Auslöser gewesen. Aber änderte diese Erkenntnis irgendetwas? Sid schob sacht Shorty zur Seite und krallte sich eine Taschentuchpackung. Und noch eine Zweite dazu, auf Vorrat. Aber ihre Augen blieben merkwürdigerweise trocken.

»Naja, das Ende der Geschichte ist, dass er jetzt irgendwo in einer Pension an der Nordsee hockt und dort auch erst mal bleiben will.«

»Der macht jetzt Urlaub?!«, entfuhr es Sid fassungslos. Wie wunderbar und schön, er bleibt also noch etwas! Vielleicht erholte er sich sogar ein wenig, bei dem guten Wetter! Genoss die gute Seeluft, während sie hier trübselig auf dem Sofa hockte?! War diesem Mann eigentlich im Ansatz klar, was er in ihr angerichtet hatte?! Und er ging einfach zur Tagesordnung über und machte sich eine schöne Zeit?

»Wenigstens wissen wir jetzt, woran wir sind«, meinte Katja und fuhr sich mit beiden Händen durch ihren roten Bob. Sie sah ungefähr so erschöpft aus, wie Sid sich fühlte. Auch sie hatte die ganze Sache sichtlich mitgenommen, was Sidonie unglaublich leid tat. Sid war im Moment wohl keine angenehme Gesellschaft. Da klingelte, wie auf Bestellung, ihr Handy. Es war Paps. der aus dem Krankenhaus anrief. Das erkannte sie an der Anzeige seiner Nummer. Sein Handy benutzte er nämlich grundsätzlich nur, wenn er arbeiten war.

»Ich geh mal in die Küche«, sagte Sid und betrat den kleinen Raum, der ihr jetzt sogar noch winziger erschien als zuvor. Sie setzte sich auf die Arbeitsplatte, warf einen Blick aus dem Fenster und musterte die Uralt-Plattenbauten. Grau in Grau. Trist, obwohl die Sonne so herrlich schien.

»Kindchen. Ich hoffe, ich störe dich gerade nicht bei etwas?«

Wobei hätte Paps sie schon stören können? Sie hing schließlich nur noch rum wie ein Schluck Wasser.

»Ich habe noch mal mit Mutti gesprochen, über ihren Vorschlag mit der Reise«, fuhr Paps fort, ohne Sids Antwort abzuwarten. Im Hintergrund hörte sie das geschäftige Treiben, das für Krankenhäuser üblich war.

Sicherlich kam jetzt etwas wie: Nach so einem Erlebnis denkt doch niemand an Traumstrände. Mam sei unsensibel, das war sie ja schon immer. Sie mischt sich immer wieder in Angelegenheiten ein, die sie nichts angehen usw., usf., etc. pp. Mütter halt. Vermutlich hatte es wieder mächtig in der Wohnung Albrecht geknallt und gekracht. Genau das also, was sie jetzt gebrauchen konnte.

»Ich denke, sie hat vielleicht recht«, sagte Paps stattdessen.

»Hat sie das?«

»Naja, denk doch mal nach. Hier in Berlin fällt dir die Decke auf den Kopf, oder nicht?«

»Ja, so in etwa«, murmelte Sid.

»Na siehst du. Ein Tapetenwechsel wäre jetzt doch genau das Richtige. Raus aus dem ganzen Mief.«

Sid fing an zu lachen. Mief war so ein typisches Paps-Wort, neben Kodder und Schnauze.

»Flucht nach vorne«, sagte Paps. »Das hat Mutti gemeint. Zur Ruhe kommen, sich eine Auszeit nehmen, sich Gedanken machen, was du vom Leben willst. Den Pausenknopf drücken!«

»Mmh.« Oh ja, sie sehnte sich nach einer Auszeit.

»Ist ja nur so ein Gedanke.«

Wenn sogar Paps das als reelle Option einstufte, bedeutete das schon was. Zu Mams Leidwesen fühlte sie sich nämlich viel öfter von ihm verstanden als von ihr.

»Ich denke drüber nach«, sagte Sid ehrlich.

»Das freut mich, Kindchen. Aber denk dran: Am Strand lauern viele Gefahren, an die man gar nicht denkt. Taschendiebe, fliegende Händler. Aber vor allem vor den Quallen solltest du dich in Acht nehmen.«

Sid lachte leise. Diese Warnung kam immer, wenn sie irgendwo an der See einen Urlaub plante. Aber im Moment waren die fiesen Quallen ihr geringstes Problem.

»Mach's gut, Paps.« Sie legte auf und schaute noch mal aus dem Fenster. Unten auf der Straße machte sie eine Frau mit einem Kleinkind aus, die sich mit ihrem Mann stritt. Eine jüngere Version ihrer eigenen Familie war das. Beide Erwachsene wirbelten wild mit den Armen, schrien sich sichtlich an, aber keiner von beiden beachtete das weinende Mädchen. Das Bild weckte Sids Fluchtreflex. Sie sprang von der Arbeitsfläche und kehrte in die Stube zurück, steckte dabei ihr Handy in die Hosentasche.

»Weißt du was, Katja. Ich denke, ich werde wirklich nach Mykonos fliegen. Mam hat recht, es wäre schade um die Reise. Paps hat ebenfalls recht, ich brauche eine Auszeit. Und du kannst gern mitkommen, dein kleiner Wadenbeißer ebenso.« Falls das ging. Aber sicherlich gab es da Möglichkeiten.

Katja blieb überrascht der Mund offenstehen.

»Ich will nicht länger Trübsal blasen.«

»Ha! Das ist die richtige Einstellung«, unterstützte Katja sie, nachdem sie sich gefangen hatte. »Wir machen uns ein paar ganz tolle Tage am Strand! Ich werde einen Blue Ocean trinken, Krabben essen und mich am Pool sonnen«, erklärte Sid ihren Plan.

Und Jonas vergessen! Das war überhaupt der wichtigste Teil des Plans! Was brauchte sie einen Kerl, dem man eh nicht vertrauen konnte? Sie würde Spaß haben, in diesem grandiosen Urlaub! Die Lesung von Henriette Cosmas genießen! Auch ohne ihn. Und nichts und niemand würde sie davon abhalten. Hoffentlich.

6. Kapitel

Kaum mehr als dreißig Minuten hatte der Flug von Athen nach Mykonos gedauert. Amüsiert hatten die Stewardessen die Transportbox zu Katjas Füßen gemustert, in der ein ungewöhnlich braver und vor allem ruhiger Shorty gesessen hatte, der die meiste Zeit des Fluges vermutlich vor sich hin gedöst hatte. Kam es wirklich so selten vor, dass Leute mit ihren Haustieren verreisten? Auch Katjas Sitznachbarin, eine ältere Dame mit altmodischer Nickelbrille, war mehr als entzückt von dem tierischen Fluggast gewesen. »Wir hatten ja auch mal so einen. Ganz reizend!«

Jetzt standen sie in der mittleren Halle des einzigen Terminals vom Mykonos Airport und warteten am Gepäckkarussell auf ihre Koffer.

»Ich kann noch immer nicht glauben, dass wir das tatsächlich durchziehen«, sagte Sid.

Nachdem sie gestern die Tickets und Hotelreservierung auf Katjas und ihren Namen hatten anpassen lassen, was ein mächtiger Verwaltungsaufwand gewesen war, war Sid schon die Lust an der ganzen Sache vergangen. Doch noch während sie über den Wolken gewesen waren, hatte sich allmählich das leise Urlaubsfeeling wieder bei ihr eingeschlichen. Ja, sie freute sich tatsächlich auf die gemütlichen Abende bei Fackellicht, die köstlichen Buffets und erholsamen Badespaß. Worauf sie definitiv keine Lust hatte, war die Partyszene, die Katja jedoch in jedem Fall unsicher machen wollte. Nicht zuletzt deshalb, damit sie ihren Instagramfreunden oder eher -feinden etwas zu zeigen hatte. Aber niemand sagte, dass die Freundinnen die ganze Zeit aufeinander hocken mussten. Vielleicht hatte ihre Mutter ja recht – Katja und sie waren so unterschiedlich und hielten es seit über einem Jahrzehnt so gut miteinander aus. Vielleicht waren Jonas und sie sich wirklich zu ähnlich? Aber konnte man Freundschaft überhaupt mit Liebe vergleichen?

»Hast du etwa je an uns gezweifelt?«

»Natürlich nicht.« Sid klopfte ihr auf die Schulter und schaute sich um. Das Warten auf das Gepäck war immer das Nervigste an der ganzen Sache. Nicht für Katja, die die Gelegenheit für erste Selfies nutzte. An der Ausgabe war es überfüllt. All die Leute, die verschiedenen Sprachen und die unterschiedlichen Gerüche … Ein Passagier hatte eine besonders intensive süße Note an sich, die sich ihr regelrecht aufdrängte. Sid wurde ganz schwindelig. Sie musste sich ein Stück von dem Karussell entfernen, um nach frischer Luft zu schnappen.

»Ah! Da kommt mein Koffer!«, freute sich Katja und griff beherzt zu. Gleich dahinter war auch Sids, den Katja ebenfalls vom Band zog und ihr in die Hand drückte. Jetzt aber schnell raus hier, bevor sie noch erstickten.

Die Freundinnen schnappten sich ein Taxi, das sie zu ihrem Hotel fuhr. Die süßen Häuser auf Mykonos waren allesamt Flachbauten, die mit strahlendsten Weiß imponierten und kastenförmig aufgebaut waren. Fast wie Bauklötze. Selbst der Flughafen war in einem ähnlichen Stil gehalten. Und auch das Hotel *Athena*, vor dem das Taxi schließlich wenig später hielt, war so weiß wie frischer Schnee im tiefsten Winter. Nur das hier die Sonne für eine ordentliche Hitzewelle und Rekord-Sonnenbrände sorgte. Sid spürte jedenfalls schon kurz nach dem Aussteigen ein Jucken an der Schulter, und die Caprihose aus leichtem Stoff erschien viel zu warm für diese herrlichen Temperaturen. In der Ferne sah sie aber auch ein paar dunkle Wolken über das Meer ziehen. Hoffentlich war das kein böses Omen! Stopp, ermahnte sie sich. Denn an böse Omen und dergleichen wollte sie nicht mehr denken. Das war Teil des Plans.

Sie bezahlten den Fahrer und endlich entließ Katja ihren Shorty aus der Box, leinte ihn aber an, weil sie nicht sicher war, wie das Hotelpersonal auf den vierbeinigen Gast reagierte.

»Sieht ja traumhaft aus«, meinte Sid und hob die Hand über die Augen, um das reihenhausähnliche Gebäude näher zu betrachten. Nur zwei Etagen hatte es und schlängelte sich dabei direkt am Strand entlang. Die oberen Zimmer hatten alle Balkons, die unteren Terrassen. Im satten Himmelblau strahlten die Türen und Fensterläden, letztere waren mit Blumenkästen verziert.

»Na dann mal los«, sagte Katja und ging voran. Es dauerte nicht lange, da hatte sie den Haupteingang vom Athena erspäht, der im Vergleich zum restlichen Gebäude reichlich unauffällig erschien. Einfach eine normale Automatiktür, zweiflügelig. Die Lobby hingegen beeindruckte auf den ersten Blick, strahlend weiß, gefliester Boden, Säulen aus Marmor, die wohl eher Dekoration waren, als dass sie tatsächlich eine stützende Funktion innehatten. Hinter der Rezeption stand ein älterer sonnengebräunter Mann, der sie gewinnend anlächelte. Sid musste bei seinem Anblick an einen Butler denken. Vornehm und distinguiert.

»Herzlich willkommen im Athena«, sagte er erst auf Englisch, dann wechselte er zu einem beinahe perfekten Deutsch, als ihm auffiel, dass die neuen Gäste aus Deutschland stammten. »Ich bin Grigorius. Meine Aufgabe ist es, Ihnen den schönsten Urlaub zu ermöglichen, den Sie sich nur vorstellen können.«

Sid schmunzelte. Da war offenbar noch jemand in der Werbebranche tätig. Solche Slogans fielen doch sonst nur ihr ein.

»Wir haben ein Doppelzimmer auf den Namen Albrecht gebucht.«

»Albrecht. Lassen Sie mich mal sehen.« Er tänzelte galant zu seinem Computer herüber.

»Ah, natürlich! Auf Sie haben wir uns besonders gefreut«, versicherte er und strahlte über das ganze Gesicht. Es war zwar kaum möglich, doch das Lächeln war jetzt sogar noch größer als zuvor. Die Grinsekatze aus Alice im Wunderland ließ grüßen.

»Ach ja?«, wunderten sich Katja und Sid wie aus einem Mund.

»Aber selbstverständlich. Die Hochzeitssuite steht für Sie bereit«, verkündete er erfreut und händigte ihnen zwei Schlüsselkarten aus.

Ja, richtig, die Hochzeitssuite … aber sie hatten doch gestern telefoniert und Änderungen durchgegeben! Offenbar war jedoch nicht alles notiert worden und man ging weiterhin von einem frisch vermählten Pärchen als Gäste aus.

»Also, ich habe nicht … und wir beide, wir sind nicht … es gab keine …«, stotterte Sid.

Grigorius schaute sie an, als verstünde er kein Wort oder als interessierte es ihn schlichtweg nicht, weswegen er nur abwinkte. Und dann gab auch noch Shorty ein aufgeregtes Bellen von sich, weil er sich wohl übersehen fühlte. Der Portier beugte sich über die Rezeption und lächelte milde, sodass sein Gesicht unzählige Lachfältchen zierten, die überraschend tief gingen. »Noch ein Gast? Von dem stand aber nichts in unserem Computer.«

»Ich hoffe, das ist kein Problem. Wir haben gestern mit jemandem vom Athena gesprochen und da sagte man uns, es sei okay mit Hund«, sagte Katja.

»Nun Sie haben tatsächlich großes Glück, im Athena sind auch kleine Gäste im Pelz willkommen. Allerdings brauche ich hier und hier Ihre Unterschrift. Nur für die Versicherung.« Er legte zwei Formulare vor, die Katja seufzend studierte, während sich Sid in der Eingangshalle umblickte und dort einen Aufsteller mit einem Plakat zur Lesung ihrer Lieblingsautorin Henriette Cosmas entdeckte. Oh Mann, darauf freute sie sich schon unglaublich. Henriette sah auf dem Poster richtig sympathisch aus. Eine etwas ältere Dame, weißgraues gelocktes Haar, aber ein jugendliches Strahlen in den Augen. Ob Sid vielleicht sogar die Gelegenheit haben würde, ein paar Worte mit ihr zu wechseln?

»Ich muss Ihnen gestehen, ich bin auch ein großer Fan von Frau Cosmas«, erklärte der grau melierte Herr hinter der Rezeption vergnügt. Offenbar war ihm aufgefallen, wie lange sie das Plakat angeschaut hatte.

»Haben Sie Ihr Buch *Tochter der Titanen* gelesen?«, hakte Sid interessiert nach.

»Oh, aber selbstverständlich. So wundervolle Texte und so tiefgründig, dass man genau fühlt, was sie schreibt«, schwärmte der Portier.

Sid schmunzelte. Das war der erste Mann, auf den sie traf, der Liebesromane mochte. Irgendwie fand sie das überaus sympathisch.

»So unterzeichnet und unterschrieben«, sagte Katja zufrieden und schob die beiden Anmeldebögen zu Grigorius rüber.

»Wunderbar. Dann bleibt mir nur, Ihnen einen traumhaften Aufenthalt im Athena zu wünschen. Und sollten Sie Fragen haben, stehe ich Ihnen jederzeit zur Verfügung.« Jetzt wirkte er wieder wie der Profi, als den sie ihn zuerst wahrgenommen hatte. Dabei ein wenig steif, aber ganz gewiss vornehm, als stünde er nicht hinter der Rezeption eines Touristenhotels, sondern vom Adlon.

»Danke, danke, und wo finden wir unser Zimmer?«, fragte Katja.

»Bitte den Gang links runter, dort befindet sich der Lift. Sie müssen in den ersten Stock. Zimmer Achtzehn. Der Champagner geht selbstverständlich aufs Haus.« Er streckte die Hand wie ein Verkehrspolizist in die entsprechende Richtung und winkte anschließend einen Pagen herbei, der ihnen die Koffer abnahm.

»Champagner? Denkst du, er glaubt immer noch, *wir* hätten geheiratet?«, flüsterte Katja ihr amüsiert zu.

»Erinnere mich bitte nicht an Hochzeiten.«

»Alles klar, meine Lippen sind versiegelt, dieses Thema kommt nicht noch einmal auf«, versprach Katja.

Der Page öffnete die Zimmertür mit der Nummer achtzehn, trug die Koffer rein und hielt dann einladend und mit einem Lächeln, das sogar noch das des Portiers übertraf, die Tür für Sid und Katja auf. Doch plötzlich blieb Katja direkt im Türrahmen stehen, sodass Sid nicht durchkam.

»Was ist denn los? Geh schon«, beschwerte sie sich.

»Nein, du solltest am besten noch mal in die Lobby gehen«, sagte Katja mit hoher Stimme. »Frag noch mal nach, um wie viel Uhr diese Lesung ist.«

»Das steht doch auf den Karten.«

»Dann … erkundige dich nach … interessanten Ausflugszielen oder …«

Aber es war schon zu spät. Sid hatte den Hals gereckt, über die Schulter ihrer Freundin in die Suite gelinst und das Malheur gesehen. Da stand nicht einfach nur gekühlter Champagner auf dem Tisch, überall lagen Rosenblätter: Auf dem Doppelbett, am Boden, vor dem Balkon. Ein leuchtendes Herz hing am Fenster. Dazu eine Girlande mit der Aufschrift: »Just married!«

»Sh…it!«, entfuhr es Sidonie fassungslos. So etwas hatte sie noch in keinem Hotel erlebt. Zugegeben, sie hatte nie zuvor *beinahe* geheiratet. Jetzt verstand sie auch, warum Portier Grigorius den Lächelmodus auf Dauerbetrieb geschaltet hatte. Die Überraschung war gelungen. Dabei hatten sie doch extra alle Änderungen durchgegeben.

»Geh schon rein, ich hab eh alles gesehen«, murmelte Sid, sofern sich im angeschlossenen Wohnraum nicht noch weitere Überraschungen befanden.

Katja trat ein und machte Platz für Sid und Shorty, drückte dem Pagen gedankenverloren ein paar Münzen in die Hand, und der junge Mann schloss schließlich die Tür hinter ihnen. Sid atmete tief durch. Nun stand sie also da, in der wunderschönen Hochzeitssuite, die das Hotelpersonal stimmungsvoll hergerichtet hatte. Für sie und Jonas.

Okay, tief durchatmen! Denk an deinen Plan! Kein Trübsal blasen, egal, was kommt!

»Wir räumen das einfach alles weg und gut ist's«, sagte Sid und legte schon los.

»Willst du drüber reden?«, fragte Katja, ganz die Psychologin, die sie eines Tages sein wollte.

»Nein!« Sid wollte nicht reden, nicht drüber nachdenken und einfach nur diesen Kram so schnell wie möglich loswerden, damit dieser Urlaub am Ende nicht doch noch ein großer Reinfall wurde. Verdammt, sie war doch hier, um zu vergessen!

Katja half ihr. Die Rosenblätter waren schnell eingesammelt, die Girlande und das Herz heruntergenommen und in einer Schublade verstaut. »Was machen wir denn mit dem Champagner?«, fragte Katja. »Wäre doch echt schade, den zu vergeuden.«

»Trink du ihn«, sagte Sid. Sie wollte keinen Alkohol. Sie fühlte sich beklommen und hatte das Gefühl, kaum atmen zu können. Blöde, stickige Hotelluft.

»Ehrlich? Du willst gar nichts?«

Sie schüttelte den Kopf. »Schaust du auch mal im Nebenzimmer? Vielleicht haben die das auch dekoriert.«

»Na klar.«

»Ich brauche frische Luft«, sagte Sid und ging zur Balkontür, die sie mit einem Dreh des Hebels öffnete. Sogleich kam ihr ein angenehm sanfter Windstoß entgegen. Langsam ging sie zur Brüstung, stützte sich darauf und blickte zum Strand. Das Wasser leuchtete wunderschön türkis im Sonnenlicht. Aber die dunklen Wolken in der Ferne machten ihr immer noch Sorgen. Hoffentlich fiel der Urlaub nicht ins Wasser und die Girlanden waren nur der Anfang …

»Das andere Zimmer war okay. Wirklich alles in Ordnung?«, hakte Katja nach.

»Gib mir einen Moment, ja?«

»Natürlich.« Katja ging in die Suite zurück, und Sid hörte, wie sie mit Shorty spielte. Dann schloss sie die Augen, genoss die wärmenden Sonnenstrahlen auf ihren Wangen und versuchte, nicht daran zu denken, dass sie jetzt eigentlich mit Jonas hier sein sollte. Champagner schlürfend, auf dem kuschelig weichen Bett liegend. Mann!

Sie musste das Beste aus der Situation machen. Irgendwie.

Etwas anderes blieb ihr nicht übrig. Immerhin befand sie sich an einem der schönsten Orte, die sie sich nur vorstellen konnte. Sie öffnete wieder die Augen. Allein dieser Strand war ein Traum! Heller Sand, sauber, dazu die verspielten Wellen, die die eine oder andere Muschel, vielleicht sogar einen Seestern an Land spülten.

Sid atmete tief durch. Ja, es ging ihr allmählich besser! Jonas war weit weg! Und damit meinte sie nicht nur: an der Nordsee. Alles, was sie jetzt noch tun musste, war, ihn aus ihren Gedanken zu verbannen. Also eigentlich ganz einfach. Nicht.

Sie ließ den Blick schweifen, um sich abzulenken, und entdeckte, nur wenige Meter entfernt auf einer der Terrassen zu ihrer Linken einen anderen Hotelgast, ein hochgewachsener Mann, schlank, mit braunen Haaren. Auch er schaute aufs Meer hinaus. Nur mit einem weißen Hemd und ebenso weißen Shorts bekleidet. Und irgendwie … Wenn sie ihn näher betrachtete …

Sid duckte sich.

War das möglich? Spielten ihre Augen ihr einen Streich? Das durfte doch nicht wahr sein!

Der Typ sah genau wie ihr pedantischer und supernerviger Chef aus. Von einer Kleinigkeit abgesehen: Grunberg junior trug immer Anzüge. Selbst an heißen Sommertagen. Er war vermutlich in einem Anzug zur Welt gekommen.

Ein leises Hecheln drang an ihr Ohr. Als Sid zur Seite blickte, drückte ihr Shorty einen Nasenkuss auf die Wade. Eine echt feuchte Angelegenheit. Und genau zum falschen Moment! Auf keinen Fall sollte der Westie den Kerl dort unten auf sie aufmerksam machen. Deswegen legte sie den Finger auf die Lippen und bedeutete ihm, keinen Mucks von sich zu geben. Shorty gehorchte. Zum Glück!

Aber was machte sie jetzt? Wahrscheinlich war es gar nicht Konstantin Grunberg, sondern einfach nur ein Kerl, der ihm verdammt ähnlich sah? Sahen diese Businesstypen nicht alle gleich aus? Weil alle den gleichen Friseur und den gleichen Personaltrainer hatten? Trotzdem, sie musste ihn noch einmal in Augenschein nehmen! Und zwar ganz genau!

Sie richtete sich auf und warf einen zweiten Blick auf die Terrasse. Doch der Mann war längst nicht mehr zu sehen.

Sid seufzte.

Das wäre der Supergau für ihren ohnehin schon müden Versuch, aus einem Albtraum wenigstens einen Traumurlaub zu machen! Mit Grunberg junior auf derselben Insel würde das alles in einer einzigen Katastrophe münden!

Sid nahm einen Schatten auf seiner Terrasse wahr. Kam er wieder raus? *Zeig dich schon*. Sie lehnte sich über die äußerste Ecke der

Brüstung, so erhielt sie einen kleinen Einblick durch die Tür, die zu der besagten Terrasse gehörte. Und unglaublich aber wahr, sie konnte seine Beine sehen! Aber was nützte das?

»Was genau machst du da?«, fragte Katja, die plötzlich hinter ihr stand.

Sid fuhr erschrocken herum. »Nichts.«

»Nach nichts sieht das aber nicht aus. Komm bitte da runter, auf der Stelle.«

Sids Füße glitten auf den Balkonboden zurück.

»Muss ich mir Sorgen machen? Du wolltest nicht gerade über die Brüstung klettern, oder?« Katjas Augen waren geweitet.

Erst jetzt begriff Sid, was die Freundin möglicherweise dachte. »Oh, nein! Es ist nicht so, wie es aussieht.«

»Wie denn?«

»Ich glaube, ich habe meinen Chef gesehen.«

»Hier?«

Sid nickte, aber Katja schien das locker zu sehen.

»Okay, er ist ein echtes Ekel, aber deswegen brauchst du nicht vom Balkon zu springen.«

Sid verdrehte die Augen. »Ich wollte mich nur vergewissern … Ach, egal.«

»Ja, eben. Wäre ein blöder Zufall. Aber ist doch wirklich egal, oder?«

Egal war das ganz und gar nicht, denn ihr Chef war die nervigste, überheblichste und selbstverliebteste Person, die Sid kannte! Allein der Gedanke zwei Wochen in seiner unmittelbaren Nähe zu verbringen, war bereits so anstrengend, dass sie verkrampfte. Da hätte sie auch gleich wieder zur Arbeit latschen können. Außerdem hielt er sie für eine Stümperin. Das war ein offenes Geheimnis. Man konnte ohne Übertreibung sagen, sie verstanden sich wirklich nicht gut. Waren wie Hund und Katze, Feuer und Wasser, die helle und die dunkle Seite der Macht. Und immer dieses »Albrecht«, als hätte sie weder einen Vornamen, noch stünde ihr eine normale Anrede zu. Tja, ihr Verhältnis war schwierig. Aber wer hatte schon einen Draht zu seinem Chef?

»Ich wollte einfach entspannen. Wie soll das gehen, mit dem Chef im Nacken? Ich meine, das ist doch mein … Urlaub hier. Die Insel ist doch recht klein, dann auch noch dasselbe Hotel? Bin ich denn verflucht, oder was? Nach dem Desaster mit Jonas will ich nicht noch mehr Stress«, sagte Sid geschafft. »Und wenn Grunberg mich hier entdeckt, wird er vermutlich über unsere Projekte reden wollen und über die Zukunft der Agentur. Wo ich mich sehe, in ein paar Jahren. Was ihm an meinen Konzepten gefällt, nicht viel in erster Linie, und was ihm nicht gefällt, fast alles in erster Linie.«

Ihr fiel ein, er hatte überhaupt nichts von Urlaub erzählt, als sie ihn zuletzt im Büro gesehen hatte. Im Gegenteil, er hatte ja sogar noch geglaubt, dass sie direkt nach der Hochzeit wieder zur Arbeit kommen würde. Was also suchte er jetzt ausgerechnet hier? Nun gut, es bestand immer noch die Möglichkeit, dass er es nicht war. Aber Sids Magengrummeln und die dunkeln Wolken am Himmel verhießen etwas anderes.

Katja breitete die Arme aus und schloss Sid in diese. »Schon gut. Du hast recht, wir sind hier, um uns zu entspannen. Und wenn es dir hilft, gehen wir deinem Chef einfach kategorisch aus dem Weg. Alles klar?«

Sid nickte. Was blieb ihr auch anderes übrig? In Gedanken sah sie sich schon mit Sonnenbrille und Strohhut im Inkognito-Modus durch die Gegend laufen. Oder noch besser, sie versteckte sich hinter einer riesigen Zeitung mit zwei ausgeschnittenen Löchern drin. Damit würde sie gewiss nicht auffallen …

»Das ist er also?«, sagte Katja plötzlich. »Hatte ihn mir irgendwie nach deinen Erzählungen ganz anders vorgestellt. Mehr so mit Buckel und Narben überall.«

Sid fuhr herum. Tatsächlich. Da lag er auf einmal auf dem Liegestuhl. Ganz entspannt. Statt seiner Büro- eine Sonnenbrille auf der Nase. Oberkörperfrei! Wo war denn bitte der obligatorische Anzug? Doch nicht angewachsen? Naja gut, dann war seine Garderobe also doch ein wenig vielfältiger als angenommen. Aber das machte ihn ja noch lange nicht zu einem angenehmen Zeitgenossen. Sid erkannte sein Gesicht wieder, den markanten Kiefer, den Dreitagebart … Jetzt gab es keinen Zweifel mehr. Es war tatsächlich Grunberg junior. Er hatte mehr Muskeln als erwartet, in seinem Office-Outfit wirkte er sonst etwas schlaksig.

»Der sieht doch ziemlich heiß aus.« Katja spitzte genüsslich die Lippen. »Mal ehrlich, männliches Unterwäschemodel – hallo???«

Oh Gott, hoffentlich kam Katja nicht auf die Idee, etwas mit ihm anzufangen!

»Und ziemlich jung – für einen Chef, meine ich.«

»Ja, von Papa platziert«, ätzte Sid.

»Ist der eigentlich Single?«, fragte sie auch schon.

»Ich habe keine Ahnung. Lass die Finger von ihm!«

Aber da lachte Katja. »Diese Paranoia, echt herzig. Wo denkst du denn hin, Süße?«

Das beruhigte Sid merkwürdigerweise nur wenig. Aber da Katjas Appetit üblicherweise beim Angucken kam, zog Sid sie lieber vom Anblick ihres halb nackten Chefs weg.

Katja folgte ihr brav. »Weißt du, ich verstehe total, dass viele Leute Probleme mit ihren Chefs haben. Das sind häufig alte grauhaarige Typen mit schlechtem Geschmack. Aber der hier hat doch echt was. Mit solchen Typen werden ganze Romanreihen geschrieben. Was hast du nur für ein Problem mit ihm?«

»Grunberg junior hasst mich.«

»Ach, Sid, das ist doch sicher nicht wahr.«

»Ehrlich, seit er mit seiner ›Ich weiß alles besser, weil ich der Chef bin‹-Masche die Firma übernommen hat, fühl ich mich nicht mehr wohl im Büro. Du weißt, wie sehr ich meinen Job immer geliebt habe. Aber der Kerl hat mir den Spaß dran genommen.«

Katja wurde mit einem Mal sehr ernst. »Ich kann deinen Ärger verstehen! Man verbringt einen großen Teil seines Lebens auf der Arbeit, und wenn man da immer nur Stress hat, ist das einfach Scheiße. Im Urlaub sollte man davon nicht auch noch eingeholt werden.«

Sid atmete auf. Es war ein gutes Gefühl, endlich ernst genommen zu werden.

»Söhne, die die Betriebe ihrer Väter übernehmen, mussten oft nicht viel leisten. Sie wissen gar nicht, wie es ist, sich aus dem Nichts etwas aufzubauen. Sie ruhen sich auf den Lorbeeren der vorherigen Generationen aus, weil sie nicht gelernt haben, selber etwas zu erschaffen«, sinnierte Katja. Hatte sie das aus einem ihrer Psychologiekurse?

»Mmh ... nee, so einer ist er nicht. Eher das Gegenteil.« Grunberg junior fiel klar in die Kategorie Workaholic. Er war keiner dieser Bübchen, die mit silbernem Löffel im Mund geboren worden waren. Zumindest hatte er nie diesen Eindruck bei ihr hinterlassen. Oft war er einer der letzten, die Feierabend machten. Und wenn sie morgens ins Büro kam, war er schon längst bei der Arbeit. Verteidigte sie ihn etwa gerade?

Katja nickte nur. »Weißt du was, nachdem eben so vieles schieflief, machen wir hier einen Cut und fangen noch mal ganz von vorne mit dem Urlaub an, ja?«

Sid lachte. Das war ein guter Vorschlag. »Und was machen wir als Erstes?«

»Das Hotel ansehen, zum Beispiel, den Pool oder auch den Strand. Ich brauche ein paar Fotos für meine Follower.« Sie zwinkerte.

Das klang gut! Schließlich war sie ja hier, um den Sommer zu genießen!

7. Kapitel

Zwei Tage später genossen Katja und Sid ein köstliches Abendbrot im Hotelrestaurant. Das Moussaka schmeckte hervorragend, auch der Salat war superb. Dazu ein schöner Wein. So konnte der Tag gemütlich ausklingen. Bisher tat Sid der Urlaub ziemlich gut. Nur ganz selten drifteten ihre Gedanken in dunklere Gefilde ab. Aber Katja hatte sie bereits durch sämtliche kleinere und größere Orte sowie natürlich Mykonos Stadt geschleift, dass eigentlich kaum Zeit war, Trübsal zu blasen. Und einer verlorenen Zukunft nachzutrauern. Und Grunberg junior waren sie nicht ein einziges Mal begegnet! Das Schicksal meinte es gut mit ihr und sie entspannte sich zusehends.

»Wir sollten heute noch unbedingt zum Paradise Beach«, erklärte die Freundin und hielt ihre Handykamera auf ihren Salat. Gleich darauf gab sie irgendetwas auf dem Display ihres Smartphones ein. Voller Stolz zeigte sie Sid ihr fertiges Werk, das nun auf Instagram zu bewundern war: »Das Leben ist wie griechischer Salat; das Meiste ist bunt und knackig – nur ein bisschen ist Käse.«

Sid lachte. »Woher hast du nur immer diese Sprüche?«

»Ich bin Influencerin. Deswegen lieben die Leute mich.« Katja zwinkerte.

Wahrscheinlich stimmte das. »Eine Klubtour ist heute Abend nicht mein Ding, Frau Influencerin«, erklärte Sid trotzdem.

»Ach, komm. Ich hab gelesen, dass da eine ganz tolle Strandbar sein soll, genannt Tropicana! Mit richtig guter Mucke!«

Klang immer noch nach Party-Location. Und auf Partys hatte Sid im Moment überhaupt keine Lust. Nicht, dass sie sonst eine

Partylöwin gewesen wäre. Sie kramte daher einen Flyer hervor, den sie vorhin an der Rezeption mitgenommen hatte. »Im Hotel wird jeden Abend ein Tanzevent veranstaltet. Das wäre doch eher etwas für uns, oder?«

»Sorry, Sid, wir sind Mitte zwanzig, nicht Anfang sechzig.« Katja rollte mit den Augen.

»Mir steht der Sinn echt nicht nach Party. Das ist mir alles zu laut.«

Katja nickte. »Na schön, bleiben wir ›zu Hause‹.« Sie streckte den Arm über dem Tisch aus und drückte Sids Schulter. »Bissel Ruhe schadet ja nicht.«

Sid fühlte sich mit dieser Lösung nicht wohl. Sie wollte Katja den Abend nicht verderben, denn die meinte wohl, sie müsse bei ihr bleiben, was aber eigentlich gar nicht nötig war. Die Freundin war noch so voller Tatendrang, Sid wünschte, sie hätte auch nur halb so viel Energie. Noch dazu waren sie ja auch schon die letzten Abende im Hotel geblieben.

»Geh doch allein«, schlug sie vor.

»Allein?«

»Na klar, wieso nicht.«

»Das geht doch nicht, Sid …«

»Geht sehr wohl, ich will, dass du Spaß hast, okay? Und etwas Ruhe wird mir guttun.«

»Wirklich?«

»Aber ja. Ich brauche keinen, der mir das Patschehändchen hält. Also zieh los. Amüsier dich.«

Katja lächelte gerührt. »Das ist echt lieb von dir. Aber Shorty darf nicht mit, und …«

»Schon gut, ich passe auf ihn auf.«

Katja quietsche vergnügt, sprang mit ausgestreckten Armen auf und umarmte Sid stürmisch. »Danke, du bist die Beste!«

»Jaja, jetzt aber los mit dir, du willst doch sicher noch die Garderobe wechseln.«

»Oh ja, richtig. Ich hab da so ein süßes Kleid mitgenommen, das perfekt passt. Ich zieh es gleich mal an. Bis später, ja? Und …

es ist wirklich okay?«, fragte sie auf halbem Weg und kam noch mal zurück.

»Ja, ist es. Ich bin hundemüde und immer noch kaputt von der Reise. Wir haben noch knapp zwei Wochen vor uns, genug Zeit, um was zu erleben. Ich werde mir mit Shorty einen gemütlichen Abend im Hotelzimmer machen.«

»Na gut, dann entspann dich schön, versprochen?«

»Ich versuch's.«

Eine gute halbe Stunde später wollte sich Sid auf den Weg zurück zu ihrer Suite machen. Doch als sie durch die Lobby ging, drang warme Luft aus dem Haupteingang und das Spiel von Gitarren und sanften Gesängen gelangte an ihr Ohr. Es klang schön, nett, irgendwie gesellig. Und eigentlich genau das Richtige für einen gemütlichen Abend mit Shorty. Der würde sich gewiss über ein bisschen Auslauf am Abend freuen. Sie beschloss, den Knirps schnell aus der Suite zu holen und

lief dann neugierig mit ihm aus dem Hotel, wo sie viele bunte Lampions am Strand entdeckte. Die Leute saßen an der beleuchteten Hotelbar direkt am Wasser und an zahlreichen kleinen runden Tischen, die überall verteilt waren. In der Mitte brannte so etwas wie ein Lagerfeuer und zwei Musiker saßen davor, der eine spielte auf der Laute, der andere sang dazu. Es wirkte bei diesem schummerigen Licht urgemütlich, die Musik war wirklich klasse, genau ihr Geschmack. Und plötzlich verspürte Sid doch ein wenig Lust, sich einfach dazu zu setzen.

Und genau das tat sie dann auch. Nur für ein paar Minuten, bevor sie sich mit dem Westie aufs Hotelzimmer zurückziehen würde. Shorty rollte sich vor ihren Füßen zusammen und döste ein. Und aus den paar Minuten wurden schnell viele Minuten. Der Mann hatte so eine schöne Stimme, sie bekam gar nicht genug von diesem angenehm weichen Bariton, der sie davontrug und auf der nächsten Wolke absetzte.

Es ging ihr tatsächlich ganz gut. Nach so vielen Tiefen musste früher oder später einfach ein Hoch kommen. *So wollte es das*

Gesetz. Hatte Katja das nicht so ähnlich in einem ihrer Posts formuliert? Sid hatte zwar keine Strichliste geführt, sie war aber sicher, mit jedem Tag weniger an Jonas zu denken. Und das war gut so! Je unabhängiger sie sich machte, desto besser. Blöd nur, dass Loslassen manchmal so wehtat.

»Vielleicht wartet am Strand auch jemand Besonderes auf dich?«, hallten Mams Worte in ihren Ohren nach. Sid aber wollte sich nicht Hals über Kopf in irgendetwas Neues stürzen. Wozu auch? Damit ihr erneut das Herz herausgerissen wurde? Im Gegenteil, sie würde sich nie wieder so leicht den Kopf verdrehen lassen! Mehr bei sich bleiben, im Moment. So wie jetzt. Sie konzentrierte sich auf die seichten Töne und kraulte Shortys weiche Mähne.

Schließlich endete das kleine Konzert, die Musiker verneigten sich und erhielten Applaus von allen Seiten. Dann wurde es ruhiger, die Leute steckten die Köpfe zusammen, lachten und murmelten, nur Sid saß allein da.

Jetzt wird es langsam Zeit, dachte sie. Shorty war wohl ihrer Meinung, denn plötzlich sprang er auf und lief los. Allerdings in die falsche Richtung. Sid konnte gerade noch ein paar Münzen auf den Tisch legen, schon wurde sie an der Leine, die um ihr Handgelenk gewickelt war, hinterhergezerrt. Unglaublich, was so ein Kerlchen für Kraft hatte! Was war denn nur in Shorty gefahren? Wahrscheinlich nervten ihn die vielen Stimmen und das nervige Gelächter, das nach Ende des Gesangs eingesetzt hatte.

Sie bogen in den gepflasterten Weg nach unten ab, der sie direkt zum Fuß des Meeres führte. Jetzt wurde Shorty ruhiger, und Sid verlangsamte ihre Schritte ebenfalls, atmete die gute Luft ein. Herrlich. Da hatte Shorty sie ja an ein schönes Fleckchen geführt.

Das Meer wirkte am Abend, wenn überall Papierlaternen auf den Wegen und in den Bäumen brannten, ganz anders als am Tag, viel weiter und geheimnisvoller. Dunkler. Ja, vor allem dunkler.

Neugierig schaute Shorty den Strandverlauf hinunter und dann zu ihr auf. Sein Blick sagte alles: Er wollte das neue Revier erkunden. Dabei wedelte er mit dem Schwanz wie verrückt. ›Bittebittebitte.‹

»Na schön«, gab Sid nach, schließlich waren sie diese Strecke bisher noch nicht gegangen, sondern nur oberhalb der Straße. Und so folgten sie ein gutes Stück dem Wasser, bis die Strandbar nur noch ein leuchtender Punkt in der Ferne war. Ein paar kleinere Felsen ragten aus dem Meer empor, das konnte sie gut erkennen, obwohl nur ein Sichelmond am Nachthimmel zu sehen war. Hier endete wohl der Touristenstrand. Ihr Weg führte sie über die Straße und schließlich wieder runter zum Wasser, hier gab es kaum noch Sand, nur felsigen Grund, der feucht und glitschig war. Sie musste aufpassen, dass sie nicht ausrutschte. Shorty machte das weniger aus. Er hielt alle paar Sekunden inne, um die verschiedenen Gerüche um ihn herum aufzunehmen. Für ihn war das wie »Anzeigen lesen«, und Sid fragte sich, welche Informationen er wohl tatsächlich aufschnappte. Kesse Hundedame war hier und sucht Kuschelkumpel zum gemeinsamen Herumalbern mit Bällen und Stöckchen?

Kurz stieg sie aus ihren Schläppchen und tauchte einen Zeh ins kühle Nass. Aber so kühl war es dann gar nicht. Im Gegenteil, das Wasser war angenehm vom Tag aufgewärmt.

Hier war keine Menschenseele. Manchmal war so etwas ja ganz schön, und Sid hatte zudem die Einsamkeit freiwillig aufgesucht. Sie wollte nachdenken, überlegen, wie es eigentlich mit ihrem Leben weitergehen sollte. Sie hatte ihren Job, der gut bezahlt war und ihr Spaß machte, so lange Grunberg junior sich von ihr fernhielt. Als sie direkt nach der Ausbildung übernommen worden war, hatte sich das wie ein Sechser im Lotto angefühlt. Nur der neue Chef machte ihr zu schaffen. Aber sie hatte Familie und Freunde, die zu ihr hielten, für sie da waren. Es gab Menschen, die dieses Glück nicht hatten. Es kam ihr also falsch vor, in Selbstmitleid zu baden. Dennoch drückte eben diese Einsamkeit, die gerade noch so willkommen gewesen war, auf ihr Gemüt. Und selbst Shortys Anwesenheit half da nicht. Er war ein lieber Kerl, aber doch ein wenig wortkarg.

Sid setzte sich auf einen trockenen Felsen und musterte ihre Hand. Sein Verlobungsring steckte immer noch an ihrem Finger.

Sie hatte es nicht über sich gebracht, ihn abzunehmen. Wie albern und lächerlich das war. Hoffte sie wirklich immer noch, dass er zu ihr zurückkam? Trotz ihres grandiosen Plans, ihn zu vergessen? Ja, das tat sie. Insgeheim. Und das schmerzte nur noch mehr.

Es brauchte einen klaren Schnitt. Sonst kam sie nicht mehr frei aus diesem Teufelskreis aus Wut, Traurigkeit und immer wieder Hoffnung.

Sie zögerte.

Er hatte ihr den Ring am Valentinstag angesteckt. Ausgerechnet am Tag der Liebe.

Es war so romantisch gewesen. Sid sah das kleine italienische Restaurant an der Ecke vor sich, als wäre sie erst gestern dort gewesen. Das familiäre Flair, die köstlichen Calzone. Und dann war Jonas vor ihr auf ein Knie heruntergegangen, hatte ein Kästchen aus seiner Jackentasche gezogen, es vor ihren Augen geöffnet und ihr die Frage aller Fragen gestellt.

Sid war ihm daraufhin in die Arme gefallen und hatte laut »Ja!« gerufen, dass es selbst die vorbeieilenden Passanten draußen auf der Straße gehört hatten, weil es sie einfach so vor Glück übermannt hatte.

Es war ihr egal gewesen, wie kitschig die Situation gewesen war. Denn sie war nicht nur kitschig, sondern perfekt. Alles war perfekt gewesen – bis zum Tag ihrer Hochzeit.

Sie nahm den Ring ab, musterte ihn von allen Seiten. Filigran war er, nur ein winziges Steinchen, ein Saphir, schmückte ihn auf dezente Weise. Sid hatte eine Vorliebe, für einfache und geradlinige Dinge. Der Ring war daher genau nach ihrem Geschmack gewesen. Und zu gern hätte sie ihn gegen einen Ehering ausgetauscht. Doch es hatte nicht sein sollen. Verdammt! Schluss damit!

Sie erhob sich – den Ring fest in ihrer Faust –, ging zum Wasser und holte aus.

Doch sie hielt im letzten Moment in ihrer Bewegung inne.

Ich kann nicht. Ich kann einfach nicht.

Aber die Sache war doch im Grunde längst besiegelt. Egal, wie sehr sie sich noch an die Vergangenheit klammerte. Jonas war nicht mehr Teil ihres Lebens.

Sei einmal mutig.

Sid atmete tief durch und warf ihren Ring, das letzte Andenken an ihre gescheiterte Beziehung, ins Meer, wo er mit einem kaum hörbaren Plopp von den Wassermassen verschluckt wurde.

Eine ganze Weile stand sie einfach nur da. Sie wartete, bis es sich richtig anfühlte und beobachtete das Spiel der Wellen. Es beruhigte sie, erdete irgendwie. Ob der Ring eine Reise durch den Ozean antrat? Dann sähe er zumindest mehr von der Welt, als sie wohl je sehen würde.

Leb wohl, Jonas.

Sid spülte ihre Füße ab, stieg in die Schläppchen und ging mit Shorty zur Bar zurück, wo inzwischen ein DJ auflegte und das Leben tobte. Und wo sie auch sein sollte, nein, wollte! Weil sie nicht länger die Kraft hatte, traurig zu sein und vor allem traurig zu bleiben.

8. Kapitel

Als Sid die Bar erreichte, lächelte man sie an, prostete ihr zu, und es war ein Gefühl, als nähmen die Leute sie unbekannterweise in ihre Mitte auf. Sie hatten gute Laune, feierten auf eine Weise, die Sid angenehm und in keiner Weise aufgesetzt erschien.

Die Bar war mit Bambusmatten und Aufblasinseln dekoriert. Ein wenig kitschig, zugegeben. Aber irgendwie auch genau richtig für diesen Ort und diese Stimmung.

Sie setzte sich erneut an einen kleinen Tisch, der nur wenige Meter vom Sandstrand entfernt war und Shorty nahm darunter Platz. Dann bestellte sie einen Mai Tai, der ihr umgehend gebracht wurde, mit allem, was dazu gehörte. Auch einem Schirmchen. Sid nahm entschlossen einen Schluck. Köstlich! Sie hatte nie einen besseren Cocktail getrunken. Er schmeckte nach Neuanfang – süß und ein wenig bitter. Im Nu war das Glas leer und ein zweites bestellt, dann ein drittes. Katja wäre wohl stolz auf sie!

Lass es krachen, Süße! Das oder etwas Ähnliches hätte sie gesagt. Und wenn sie an diesem Abend verrückt genug drauf gewesen wäre, hätte Katja ihnen noch zwei Kerle besorgt, die sie auf Drinks eingeladen hätten. Das musste Sid nun selbst übernehmen, also die Drinks bezahlen.

Nicht, dass Sid sich ernstlich betrinken wollte. Obwohl ein wenig angeheitert fühlte sie sich schon. Aber das war gut! Machte sie locker. Und als ein Pärchen auch noch an dem netten Lagerfeuer zu tanzen begann, fing Sid sogar an, laut mitzusingen und zu klatschen, wie es alle anderen auch taten. Sie gehörte doch dazu, oder? War nur eine von vielen fröhlichen Urlauberinnen, die alle keine Probleme und Sorgen hatten. Zumindest wollte sie das an diesem Abend glauben!

Plötzlich stand ein Mann vor ihr, groß und klobig, der in einem Englisch mit ausgeprägtem schottischen Akzent auf sie einredete und sich dann auch noch zu ihr setzte. Ungefragt natürlich. Und mit einer Präsenz, die man kaum als unaufdringlich bezeichnen konnte. In der Hand hielt er ein Weinglas, was sie verwunderte, hätte sie doch bei einem wie ihm eher eine Bierflasche erwartet. Aber vielleicht dachte sie zu sehr in Stereotypen? Auf der anderen Seite, allzu elegant hielt er das Glas nicht, vielmehr krallten sich seine Finger grob um dieses. Mit einem Tick mehr Druck würde es gewiss zerspringen.

Sid fühlte sich mit einem Mal gar nicht mehr wohl.

»Ich verstehe kein Wort«, erklärte sie ihm widerwillig. Ihr Englisch war eigentlich recht gut, las sie doch allzu gern Bücher im Original. Aber der Akzent des Fremden war einfach zu heftig.

Dann lachte er und versuchte es in einem gebrochenen Deutsch. Ob sie allein hier sei. Single, womöglich? Fordernd griff er nach ihrer Hand und lächelte sie an. Sid entzog sie ihm. Das war wirklich nicht ihr Ding. Die Männer aus ihren Highlander-Romanen verhielten sich jedenfalls ganz anders. Aber überall gab's schwarze Schafe.

»Ich lad dich ein. Du weißt ja, griechischer Wein ist wie das Blut der Erde«, trällerte er los.

Sid schaute überaus skeptisch auf den Weißwein in seiner Hand. Das Blut der Erde war wohl etwas dünn in der Gegend. Immerhin kannte er als Schotte Udo Jürgens. Das war schon eine Kuriosität. Oder er hatte einfach Freunde oder Familie in Deutschland.

»Gehen Sie bitte. Ich habe kein Interesse«, sagte sie fest.

»Komm, die Nacht ist jung. Ich will tanzen.« Erneut packte er sie, diesmal am Handgelenk, sein Glas stellte er so vehement auf ihren Tisch, dass es überschwappte. Nein, der Typ war sicher kein Weinliebhaber. Nun kam er so nah an sie ran, dass sie eine Fahne bemerkte. Urgs. Und doch keine Überraschung.

»Lassen Sie mich auf der Stelle los«, rief Sid laut genug, dass es über die Musik hinwegtönte und die Leute in der unmittelbaren Nähe zu ihnen schauten, was dem aufdringlichen Kerl unangenehm zu sein schien, jedenfalls ruckte sein Kopf nervös herum.

Aber da niemand etwas sagte oder tat, fühlte er sich wohl bestätigt und machte einfach weiter. Fies grinste er sie an. »Jetzt hab dich nicht so. Ist doch nur ein Tanz.«

»Ich sagte Nein!«

»Du verpasst was.« Das glaubte sie ganz sicher nicht!

»Die Dame hat gesagt, dass sie nicht möchte«, hörte sie plötzlich eine vertraute Stimme hinter dem Hünen. »Das sollten Sie respektieren.«

Oh nein! Das konnte doch niemals wahr sein! Das konnte nicht in echt stattfinden! Der schottische Hulk drehte sich überrascht um. Hinter ihm stand ihr Chef mit seinem bohrenden Chef-Blick, den sie aus dem Büro kannte! Und der sie oft verunsicherte.

Sid war baff, zweifelte aber, ob der Blick dieselbe Wirkung auf den schottischen Hulk haben würde. Leider sah sie ihn aber nur von hinten.

Unglaublich, ausgerechnet Grunberg junior war ihr heldenhaft zu Hilfe geeilt. Nicht, dass sie sich darüber beschweren wollte. Aber musste in ihrem Leben wirklich jedes Klischee erfüllt werden? Die sitzengelassene Braut, ein ständig nörgelnder Chef, die vergessene Umbuchung ... Und jetzt? Sie war doch kein hilfloses Hühnchen, das gerettet werden musste!

Und wahrscheinlich würde ihr Chef das dann auch noch brühwarm im Büro weitererzählen, sodass sie nicht nur sitzengelassen, sondern auch noch schwächlich war.

Ganz langsam plusterte sich der Hüne wie ein Gockel vor ihrem Chef auf. »Wie war das gerade?«, fragte er bedrohlich. Seine Stimme schien in diesem Moment um eine Oktave zu sinken. Und der schottische Akzent, der auch in seinem gebrochenen Deutsch deutlich zu hören war, ließ jedes Wort nur noch furchteinflößender klingen.

Sid hielt den Atem an und beobachtete, wie ein Augenlid von

Grunberg junior leicht zuckte. Er hatte wohl nicht mit Gegenwehr gerechnet. Sie eigentlich auch nicht. Der Muskelprotz war zwar aufdringlich, hatte aber nicht den Eindruck gemacht, als suchte er ernstlich nach Streit. Das änderte sich gerade schlagartig.

Der unmögliche Kerl griff tatsächlich mit einer Hand nach Grunbergs Kragen, der wiederum das Handgelenk des Angreifers umklammerte.

»Beruhigen Sie sich«, sagte Sid und erhob sich ganz langsam, als hätte sie zwei junge Wildhunde vor sich, bei denen man besser keine falsche Bewegung machte. In dem Versuch, die Wogen zu glätten, machte sie zwei Schritte auf die Männer zu, bevor sich diese Testosteronbomben noch die Köpfe einschlugen.

»Der Herr wollte gerade gehen«, betonte sie eindringlich.

»Na dann zisch ab«, knurrte der schottische Hulk ihren Chef an und ließ ihn los.

»Ich meinte SIE!«, sagte Sid fassungslos.

Das ignorierte der Kerl natürlich. Er blieb wie ein Fels in der Brandung vor ihrem Tisch stehen, als ginge es darum, sein Revier zu verteidigen. Grunberg junior stützte die Hände in die Seiten, offensichtlich bereit, keinen Millimeter zu weichen. Sid wollte am liebsten weg. Aber sie konnte ihren Chef, der sich nur wegen ihr in diese unangenehme Situation gebracht hatte, nicht im Stich lassen.

Sie überlegte schon, sich zwischen die beiden zu stellen, damit sie sich nicht erneut an die Gurgel gingen, aber Konstantin Grunberg schüttelte den Kopf. »Setzen Sie sich wieder hin, Albrecht. Ich kümmere mich darum!« Oh ja, das merkte sie. Sein Lid zuckte immer noch.

Plötzlich erklang ein genervtes Knurren unter dem Tisch. Shorty!

Den hatte Sid ja ganz vergessen. Vergeblich hangelte sie nach der Leine, während sich der Knirps verärgert zwischen die Streithähne drängte, mit dem Gesicht zum Hulk und im Wechsel bellend und knurrend. Offensichtlich war er der Meinung, die Angelegenheit selbst in die Pfoten nehmen zu müssen, wenn die Menschen um ihn herum nicht dazu in der Lage waren, ihre

Sachen zu regeln. Er hüpfte, während er geräuschvoll seinem Ärger Luft verschaffte, auf und ab, dabei verloren alle vier Pfötchen kurzweilig die Bodenhaftung. Sid hatte Shorty noch nie so wütend gesehen. Dieser Streit schien ihn mächtig aufzuwühlen. Und nicht nur ihn.

Der klobige Hüne wich tatsächlich ein paar Schritte zurück!

Hatte der Typ wirklich Angst vor einem so winzigen Hund, der noch dazu ein Landsmann war? Duell der Highlander? Dabei wusste doch jeder, dass die Kleinen vor allem laut waren. Aber gefährlich? Sid schmunzelte.

»Was … wem gehört das Vieh?«

»Mir«, behauptete Sid amüsiert.

»Oh Mann, das wusste ich doch nicht! Nimm ihn weg! Bitte!« Kam das gerade wirklich von einem ausgewachsenen Schotten? Also die Highlander in ihren Romanen, die hätten nie so geschlottert … Sid unterdrückte ein Lachen.

Shorty machte zwei Schrittchen auf ihn zu und knurrte erneut, seine Wuschelhaare stellten sich dabei auf. Sid konnte aus ihrer Position heraus sehen, wie Schweiß über die Schläfe des Hünen tropfte. Es gab ja Menschen, die panische Angst vor bestimmten Tieren, meistens Spinnen oder Schlangen, hatten. Aber wer fürchtete sich denn allen Ernstes vor einem West Highland Terrier?

»Sie sollten gehen«, betonte Grunberg junior, der bis eben mit offenem Mund alles beobachtet hatte.

Shorty bellte wie zur Bestätigung.

Da drehte sich der Hüne tatsächlich um und machte sich eilig davon. Einfach so. Sid fasste es nicht. Tja, es konnte eben nur einen geben. Zufrieden hechelte Shorty sie an. Sid hob ihren Helden hoch und setzte sich mit ihm auf dem Schoß wieder hin. »Das hast du richtig gut gemacht.«

Wuff! Shorty sah das genauso.

»Ich hatte eigentlich … alles im Griff«, sagte Grunberg junior etwas zerknirscht und schob den zweiten Stuhl zurück. Na klar. Sid hauchte Shorty ein Küsschen aufs Ohr und lachte leise. Aber das verging ihr, als ihr klar wurde, dass ihr nun ihr Chef statt des schottischen Hulks Gesellschaft leisten würde. Ob das wirklich eine Verbesserung war?

Zwei Tage war es ihr gelungen, ein Zusammentreffen mit Mr. Workaholic-Stinkstiefel zu vermeiden, schöner Mist. Jetzt saß er also hier, direkt vor ihr. Zumindest ohne blaues Auge.

»Ist auch alles in Ordnung mit Ihnen?«, hakte Grunberg nach und schaute sie besorgt an. Wahrscheinlich fühlte er sich immer noch als ihr Retter in der Not, obwohl ja eigentlich Shorty der Held des Abends war.

»Es geht schon, jaja.« Der erste Schreck war verflogen. Und Shortys Nasenküsse auf ihre Wangen taten ihr Übriges, sie zu beruhigen. Aber dann wollte das kleine Wollknäuel wieder runter und sich an seinem Lieblingsplatz unter dem Tisch ausruhen.

»Darf es noch etwas sein?« Wie aus dem Nichts stand plötzlich der Kellner neben ihnen. Der hätte sich besser mal blicken lassen sollen, als Sid bedrängt worden war oder als es fast zur Prügelei gekommen wäre.

»Noch einen Mai Tai«, murmelte sie. Den letzten für heute. Ihr Kopf fühlte sich bereits wie in Watte gehüllt an.

»Ein Glas Rotwein.«

»Kommt sofort.« Bei der Gelegenheit räumte der Kellner das Weinglas vom Hulk ab. Das hatte der doch niemals selbst bestellt, sondern einfach von irgendeinem Tisch mitgehen lassen.

»Danke«, sagte sie leise und schaltete den Kratzbürsten-Modus aus. Immerhin hatte Grunberg junior sein Bestes gegeben. Fremde Männer, die auch noch angetrunken waren, wusste man nie so richtig einzuschätzen. Das hätte auch ganz anders enden können.

»Kein Grund zum Dank, ich hätte gern geholfen, aber Ihr kleiner Freund war schneller.« Er zwinkerte ihr zu. »Sind Sie etwa auch in diesem Hotel untergebracht?« Er deutete hinter sich zum Athena.

Sid nickte und musterte ihn unauffällig. Sein Anblick, so ganz ohne Anzug und Arbeitsplatzbrille, stattdessen in einem kurzärmligen Shirt, war ziemlich ungewohnt. Es fühlte sich außerdem komisch an, hier so privat mit ihm zu sitzen. Er strahlte wie immer eine gewisse Arroganz aus. Ein Sunnyboy-Lächeln im Gesicht, den »Mir gehört die Welt«-Schimmer in den Augen. Er verunsicherte sie hier, genauso wie er sie im Büro verunsicherte. »Wirklich ein schönes Hotel, nicht wahr?«

»Ganz nett«, stimmte sie zu und konnte nicht aufhören, dieses auffällige Lächeln anzustarren. Bekam man davon keinen Krampf?

Aber dann zogen sich seine Brauen zusammen und er sah sie mit einem Mal sehr ernst an. »Wenn ich ehrlich bin … Sie machen Urlaub? Nach allem, was passiert ist, meine ich.«

Sid verkrampfte sich, natürlich wusste er es. Das ganze Büro musste es wissen, ihre Kolleginnen Tanja und Pauline hatten es schließlich live und in Farbe miterlebt. Der perfekte Büro-Tratsch auf ihre Kosten. Die Demütigung des Jahres! Natürlich, wer den Schaden hat, braucht für den Spott nicht zu sorgen. Noch so ein dämliches Klischee. Blöd nur, dass da auch was Wahres dran war. Das Schicksal schien derzeit seinen Spaß mit ihr zu haben, hatte es obendrein auch noch ihren Chef ins selbe Hotel verfrachtet. Die Pechsträhne riss nicht ab.

»Ich verstecke mich nicht zu Hause«, sagte sie ein wenig gereizter, als es beabsichtigt gewesen war. Irgendwann würde sie aber auch wieder ins Büro müssen, und davor graute es ihr.

»Das ist gut«, stimmte er ihr zu. »Hören Sie, Sidonie, wenn ich irgendetwas für Sie tun kann …«

»Schon gut.« Er schien es ja ernst zu meinen, was sie überraschte. Keine blöden Sprüche, sondern tatsächliches Interesse. Oder glaubte er, er müsse jetzt extra nett zu ihr sein, weil man das einfach so machte mit sitzengelassenen Bräuten?

»Ich habe inzwischen so oft gesagt bekommen, wie leid es allen tut und dass sie mir helfen wollen, dass ich es wirklich nicht mehr hören kann. Ich weiß, alle meinen es gut mit mir. Und ich will nicht undankbar sein, aber ich möchte dieses Thema einfach nur noch abschließen.« Das klang tougher, als es sich anfühlte.

»Das verstehe ich, mehr als Sie vielleicht glauben«, sagte er, vermutlich spielte er auf das Beziehungsende zwischen ihm und Flora

Rottenweil an, doch er verlor kein Wort über sie … »Reden wir also über etwas ganz anderes. Und Sie bestimmen das Thema, wie wäre das?«

Sid nickte, ein wenig erleichtert. Die Unterhaltung mit ihm war weniger schlimm als befürchtet. Außerdem, so lange er in ihrer Nähe war, würde es wohl kein zweiter Checker wagen, sie anzugraben. Noch dazu nannte Grunberg junior sie nicht mehr »Albrecht«, sondern sprach sie mit ihrem Vornamen an. Das konnte man nur als Verbesserung ihrer angespannten Beziehung bezeichnen. Und er war ja schließlich ihr Chef – sie konnte ihn ja auch nicht einfach so bitten, sie in Ruhe zu lassen, oder?

»Was machen Sie eigentlich hier auf Mykonos, wenn ich fragen darf?« Sie war wirklich neugierig. Eigentlich hatten seine Termine doch gar keinen Urlaub zugelassen.

»Eine familiäre Angelegenheit«, offenbarte er.

Die vielen Mykonos-Fotos an der Wand des Büros vom alten Chef fielen ihr ein. Sid hatte diese immer richtig toll gefunden, weil sie selbst ja auch so ein großer Mykonos-Fan war. Umso enttäuschter war sie gewesen, als Grunberg junior die Collage entfernt hatte, nachdem er die Firma übernommen hatte.

»Klingt ernst«, meinte Sid.

»Ist es auch. Meiner Großtante geht es nicht gut, sie ist schlimm gestürzt. Zum Glück kein Bruch, aber einige Prellungen. Meine Familie hält es für sinnvoll, sie nach Berlin zu holen, wo man sich besser um sie kümmern kann.«

»Und was denken Sie?«

»Dass man erst auslotet, welche Möglichkeiten bestehen. Aber ein Umzug nach Dahlem-Dorf hätte seine Vorteile. Es wäre immer jemand erreichbar. Meine Großtante sieht das allerdings anders, ich konnte sie nicht überzeugen. Sie will keinen Fuß von der Insel setzen. Irgendwie kann ich das auch verstehen. Mykonos ist ihr Zuhause.«

Sid hatte gar nicht gewusst, dass Konstantin so ein Familienmensch war. Jetzt verstand sie auch, warum er so spontan aufgebrochen war.

»Demnach bleiben Sie also nur so lange hier, bis Sie eine Lösung für Ihre Tante gefunden haben?« Wie lange konnte das schon dauern? Na gut, die alte Dame schien ja ein Wörtchen mitreden zu wollen, was Sid irgendwie gefiel.

Er zuckte mit den Schultern.

»Das Büro braucht Sie bestimmt dringend«, meinte Sid.

»Wollen Sie mich loswerden?« Er lachte.

Sid biss sich auf die Unterlippe. War wohl doch etwas zu auffällig gewesen. »Ich finde es schön, dass Sie für Ihre Tante da sein möchten. Das ist heutzutage nicht selbstverständlich«, lenkte sie ab.

Ein Lächeln breitete sich auf seinen markanten Zügen aus. Er sah wirklich gut aus, das musste sie leider zugeben.

»Nett von Ihnen, dass Sie das so sehen.«

Sid fand, das war tatsächlich ein guter Charakterzug. Die meisten Manager scherten sich doch kaum um Zwischenmenschliches. Zumindest war das ihr Eindruck. Sie hechteten in ihren teuren Anzügen dem Geld hinterher oder vielmehr jeder Möglichkeit, die sich bot, um den eigenen Reichtum zu mehren, ohne Rücksicht auf Verluste. Eigentlich hätte sie Grunberg junior auch in diese Schublade gesteckt.

»Sie sehen hübsch aus, heute Abend«, sagte er plötzlich.

Sid lachte. Netter Versuch, sie aufzuheitern. Ein bisschen plump, aber freundlich. Sie fiel trotzdem nicht darauf herein. Sie wusste sehr wohl, wie sie gerade aussah. Angeschwipst war sie, zerrupft und ein wenig nass. Und eigentlich fühlte sie sich auch schon längst reif fürs Bett.

»Wir sollten nun gehen.«

»Wir?« Etwas blitzte in seinen Augen, oder bildete sie sich das nur ein?

Sid lachte leise. »Shorty und ich.« Ihre Hand wanderte unter den Tisch und tätschelte den Kopf des Knirpses, der zufrieden seufzte.

»Ah.«

»War nett mit Ihnen.« Zu ihrem eigenen Erstaunen war das die

Wahrheit. Sie glaubte, nie zuvor ein besseres Gespräch mit ihm geführt zu haben.

»Nein, warten Sie doch noch einen Moment.«

»Worauf denn?«

»Bis es richtig dunkel ist.«

Sie setzte sich etwas widerwillig wieder hin. Eine kurze Verschnaufpause würde wohl nicht schaden.

Es war doch bereits *richtig*, richtig dunkel. Ihr Tisch stand ein wenig weiter abseits und somit war die Beleuchtung viel spärlicher. Also konnte man mit Fug und Recht behaupten, dass es hier richtig dunkel war. Dunkler ging es kaum. Höchstens schwarz. Aber dann schaltete sich die Beleuchtung ganz aus. Die Leute raunten erschrocken, bis sie merkten, dass es Absicht gewesen war.

»Lehnen Sie sich entspannt zurück und genießen Sie die Aussicht«, erklang die Stimme des DJs über die Boxen.

»Das dürfen Sie sich nicht entgehen lassen. Sehen Sie mal«, flüsterte Grunberg und rückte näher an sie heran, dabei deutete er nach oben.

Sidonie spürte die wohlige Wärme, die von seinem Körper ausging und nahm seinen männlichen Duft wahr. Irgendwie würzig, wie dunkles Holz in der Sonne. Und eine Spur von Moschus bemerkte sie auch. Unwillkürlich prickelte da etwas in ihren Wangen, was sie ziemlich irritierte.

Benommen schüttelte sie den Kopf, folgte seinem Fingerzeig und entdeckte einen funkelnden Stern, neben dem sogleich ein weiterer aufpoppte. Und noch einer. Eine ganze Schar von Sternen, die plötzlich zum Leben erwachten und von überall her zu strahlen schienen. Und wohin sie auch blickte, sie entdeckte einen Neuen, der gerade erst aufging. Ein begeistertes »Aaah!« und »Ohhh!« hörte man von überallher.

»Das ist … wirklich schön«, flüsterte sie. In Berlin sah man so etwas nie. Zumindest nicht in dieser Größenordnung und Intensität.

»Ja, traumhaft, nicht wahr?« Jetzt schaute er sie an. Seine

Augen waren so dunkel wie das Meer bei Nacht. Und genauso unergründlich.

Doch nur ganz kurz hielt sie den Augenkontakt aufrecht, dann wich Sid zurück, wie sie es immer tat, wenn irgendetwas schwer für sie einzuordnen war. In diesem Fall war es die Tatsache, dass sie immer wieder für einen winzigen Moment zu vergessen schien, dass er ihr Chef war. Und das sie ihn eigentlich nicht leiden konnte.

Konstantin lächelte. »Und? Hat es sich gelohnt, noch ein bisschen zu bleiben?«

»Woher wussten Sie denn, dass die genau jetzt das Licht ausmachen würden?«

»Das hat mir der nette Portier verraten. Jeden Abend schalten sie die Beleuchtung für ein paar Minuten ab, damit man den Sternenhimmel sehen kann.«

Sid musterte noch einmal das nachtschwarze Firmament, doch da nun die Beleuchtung ringsherum wieder eingeschaltet worden war, sah sie nicht einmal halb so viele Sterne wie zuvor. Und es schienen immer weniger zu werden.

Sie waren einfach weg. Erloschen. Es lag vielleicht an den vielen Mai Tais, dass dieser Umstand ihre Stimmung drückte. Jedenfalls fühlte sie sich mit einem Mal eigenartig niedergeschlagen, ohne dass sie sagen konnte, warum.

Und dann kam ihr die Erkenntnis, die so klar vor Augen war wie das leere Cocktailglas auf dem kleinen Rundtisch. Das wäre eigentlich Jonas' und ihr Moment gewesen. Ein Abend auf Mykonos unter den Sternen.

»Noch ein Wunsch?« Schon wieder hatte sich der Kellner von hinten angeschlichen.

»Einen Mai Tai«, bestellte sie erneut. Den brauchte sie jetzt zum Runterkommen, obwohl sie eigentlich längst genug hatte.

»Ich dachte, Sie wollten gehen?«, wunderte sich Grunberg junior, der seinen Rotwein immer noch nicht ausgetrunken hatte. Er schwenkte ihn nur hin und wieder elegant in der Hand. Tja, da hätte sich der schottische Hulk was abgucken können, wie man richtig mit Wein umging. Aber eigentlich war Sid das egal. Sie hörte auch gar nicht richtig zu, und als ihr Cocktail kam, nahm sie gleich einen riesigen Schluck. Und noch einen, bis das Glas leer war. Das stieg ihr ganz schön in den Kopf. Was gut war. Oder gerade nicht?

Sie sah vor sich, wie Jonas und sie gemeinsam das Sternenmeer bewundert hätten. Arm in Arm. Der Geruch seiner Haare an ihrem Gesicht. Der sanfte Druck seiner Lippen auf ihrer Stirn. Ihr Kopf dröhnte. Sie fühlte sich benommen. »Puzzleherz«, hörte sie ihn in ihr Ohr flüstern. Puzzleherz hatte er sie genannt, in Anspielung darauf, dass er einen Teil seines Herzens ihr geschenkt hatte und sie ihm, sodass die zwei ungleichen Teile zu einem verwachsen waren. Untrennbar zusammengehörten.

Oh Gott! Er war wirklich immer noch in ihrem Herzen! So leicht konnte sie ihn nicht loslassen, nein, das ging nicht! Was war ihr nur eingefallen? Oder sprach der Alkohol aus ihr? Der letzte Mai Tai war zu viel gewesen?

»Ich muss … ihn wiederfinden«, murmelte sie und erhob sich.

»Wen? Worum geht es? Kann ich helfen?«

Sie schwankte den Weg zum Strand runter. Himmel, so viel hatte sie doch nun auch wieder nicht getrunken. Aber irgendwie war ihr Kreislauf nicht auf der Höhe. Shorty rannte neben ihr her, die Leine im Wind.

»Sidonie?«, holte sie auch Grunberg junior ein.

Aber der ging ihr nur auf die Nerven. »Ich komme klar.«

Sie versuchte, aus ihren Schläppchen zu schlüpfen, doch stürzte dabei fast.

Herr Grunberg fing sie auf. »Das sieht mir aber nicht danach aus.«

»Gehen Sie doch einfach.«

»Tut mir leid, Albrecht, in diesem Zustand kann ich Sie nicht allein lassen«, betonte er. Da war es wieder, dieses großkotzige »Albrecht«. Sie riss sich von ihm los. »Bleiben Sie stehen«, sagte er im Befehlston. Aber hier konnte er ihr gar nichts sagen!

»Ich will doch nur etwas wiederfinden, was ich verloren habe.«

Viel mehr weggeworfen! Himmel, das war ein Fehler gewesen! Es war doch das Einzige, was ihr von Jonas und ihrer Liebe geblieben war. Sie lief zum Wasser, den Strand entlang, immer weiter nach Norden, über das kurze Straßenstück, bis sie die ersten Felsen im Wasser erblickte. Shorty blieb treu an ihrer Seite, obgleich es ihm schwerfiel Schritt zu halten. Auch Grunberg hing wie eine Klette an ihr, aber das war egal. Irgendwo hier musste die Stelle sein …

9. Kapitel

»Um Himmels willen, Sidonie!« Konstantin fasste sie am Arm, bevor sich die junge Frau in die Wellen stürzen konnte. Was war nur in sie gefahren? Sie konnte doch jetzt unmöglich schwimmen wollen! Bei Nacht, in dieser Verfassung!

»Ich muss ihn wiederfinden«, sagte sie wirsch. Es war offensichtlich, sie hatte an diesem Abend zu viel getrunken. Er konnte es riechen.

»Verstehen Sie doch. Er ist dort draußen«, erklärte sie.

»Ja, wer denn bloß?«

Sie atmete tief durch und sah ihn ernst an. »Mein Ring.«

Jetzt verstand er endlich. »Sie haben ihn am Strand verloren?«

»Nicht am Strand … er ist im Wasser!«

Er war ihr wohl beim Schwimmen vom Finger gerutscht. Aber wieso hatte sie ausgerechnet hier gebadet? An dieser ungemütlichen felsigen Stelle? Musste sich um ein bedeutsames Schmuckstück handeln. Das verrieten ihre traurigen Augen.

»Ich muss ihn unbedingt wiederfinden.« Sie versuchte, sich aus seinem Griff zu befreien, aber Konstantin ließ nicht locker.

»Sidonie, hören Sie, es ist zu dunkel. Man kann nichts im Wasser erkennen. Sehen Sie doch selbst.«

Außerdem war es gefährlich, sich um diese Uhrzeit allzu weit hinauszuwagen. Er wusste das nur zu gut. Rippströmungen traten oft unvorhergesehen auf und viel näher am Strand, als es manch einer erwartete. Sie trieben unerfahrene Schwimmer weit aufs Meer hinaus. Gerade hier, an einem Strand, der gar nicht für Touristen vorgesehen war, konnte das böse enden.

»Aber ich muss es … zumindest versuchen.«

Konstantin griff sie sanft an den Schultern und beugte sich dabei zu ihr runter. »Ich kann nicht erlauben, dass Sie sich in Gefahr bringen!« Etwas Schlimmeres konnte er sich gar nicht vorstellen! Sidonie schob unwillkürlich die Unterlippe vor. »Aber … mein Ring.«

Ihr Herz schien wirklich an dem Schmuck zu hängen, was wiederum Konstantin erweichte. »Ich mache Ihnen einen Vorschlag, morgen kommen wir noch mal her und suchen ihn gemeinsam. Bei Tageslicht wird das viel leichter.«

»Aber bis dahin ist er vielleicht so tief in den Grund gesunken, dass wir ihn niemals wiederfinden. Es muss jetzt sein.«

»Jetzt ist ein denkbar schlechter Zeitpunkt. Seien Sie vernünftig, Sidonie«, redete er behutsam auf sie ein, aber es brachte nichts. Sie wollte die Risiken nicht sehen.

»Sie können ja gehen. Niemand hat sie gebeten, bei mir zu bleiben.« Jetzt hatte sie sich endlich freigemacht und strebte schon in Richtung Meer. Der Hund bellte aufgeregt, als wollte auch er sie aufhalten.

»Warten Sie!« Sein Herz klopfte wie wild. Diese Frau war immer für Überraschungen gut. Wenn er etwas im letzten halben Jahr, seit er die Firma seines Vaters übernommen hatte, gelernt hatte, dann das. Sie hielt tatsächlich inne.

Konstantin atmete ganz langsam aus. »Wenn dieser Ring wirklich von so großer Bedeutung ist, dann werde ich ihn suchen!«

Er stieg aus seinen Schuhen. Etwas anderes kam gar nicht in Frage!

»Was?«

Konstantin zog sich das Hemd über den Kopf und reichte es ihr. »Würden Sie es halten?«

»Aber … aber … das geht doch nicht.« Sie drückte sein Hemd an sich, als wäre es ihr letzter Anker. »Nehmen Sie das hier bitte auch.« Schlüsselkarte und Smartphone wechselten den Besitzer. Nur die Shorts blieb am Körper.

»Glauben Sie mir, Sidonie, ich kann mir auch Schöneres vorstellen, als um diese Zeit ins Meer zu springen. Aber ich erlaube nicht, dass Sie das an meiner Stelle machen.«

Und so viel war klar, wenn er es nicht tat, würde sie es auf jeden Fall tun! So ein Sturkopf war sie. Konstantin hatte jedoch den Vorteil, dass er sich mit Nachtschwimmen auskannte und die Gefahren, im Gegensatz zu ihr, einzuschätzen wusste.

Nicht zuletzt hatte er das einigen Kumpels zu verdanken, mit denen er vor einem Jahr einen Trip auf Vaters Jacht an der Côte d'Azur gemacht hatte. Zwei Wochen Südfrankreich. Ein absoluter Traum. Schwimmen nach Sonnenuntergang inklusive. Sie waren zwar nicht in einen Brandungsrückstrom geraten, den man oft von außen gar nicht erkannte, Konstantin wusste jedoch, wie man sich im Notfall zu verhalten hatte. Keinesfalls ankämpfen, sondern parallel zur Strömung schwimmen.

In den meisten Fällen passierte ja auch gar nichts, wenn man ins Gewässer stieg, egal ob bei Tag oder Nacht. Es waren eben Risiken, die so klein wie nur möglich gehalten werden sollten. Die Wetterlage war ruhig. Die dunklen Wolken, die am Nachmittag noch zu sehen gewesen waren, hatten sich weiter aufs Meer verzogen. Die Sache war sicher schnell erledigt, auch wenn er sich nicht den Hauch von Hoffnung machte, tatsächlich irgendetwas zu finden. Denn das hier kam der berüchtigten Nadel im Heuhaufen gleich.

»Wir sollten das Suchgebiet eingrenzen«, sagte er, hob einen kleinen Stein auf und drückte ihn ihr in die Hand.

»Werfen Sie den Kiesel so weit wie möglich in die Richtung, bis wohin Sie geschwommen sind.«

»Ich … ich bin nicht geschwommen«, murmelte Sidonie, was Konstantin verwirrte.

»Sie sagten doch, Sie hätten Ihr Erbstück im Wasser verloren.«

»Es ist ehrlich gesagt auch kein Erbstück und … ich hab den Ring selbst reingeworfen.«

Er runzelte die Stirn.

»Es war eine riesengroße Dummheit. Aber ich brauche ihn zurück, verstehen Sie das, Herr Grunberg?« Ihre Stimme klang jetzt sehr fest.

Allmählich dämmerte ihm, um was für ein Schmuckstück es

sich hier handelte. Er atmete tief durch. »Sie wollen diesen Ring wirklich zurück?« An ihrer Stelle hätte er ihn im Marianengraben versenkt.

Sidonie nickte. »Es ist wichtig.«

»Das muss ich wohl nicht verstehen, der Kerl hat Sie immerhin sitzengelassen.« Im selben Moment merkte er, dass er sich im Ton vergriffen hatte, was ihm leid tat.

»Kann ja sein, dass Sie über Flora Rottenweil schon hinweg sind ... andere Menschen knabbern länger an einer Trennung.«

»Dass mit Frau Rottenweil und mir ist doch etwas ganz anderes ...« Eine kurze Liaison. Wie lange waren sie zusammen gewesen? Vier Monate? Jedenfalls hatte sie die Sache beendet, was ihm nur recht gewesen war, weil es einfach nicht gefunkt, sich nicht richtig angefühlt hatte. Das hatte außerdem hier gar nichts zu suchen.

»Ja, weil Jonas mir wirklich etwas bedeutet hat. Deswegen brauche ich den Ring zurück!«

Jetzt waren sie wieder am Anfang.

»Also schön ...« Diskussionen brachten hier nichts. Davon abgesehen, würde sie wohl nach wie vor – oder viel mehr mit noch größerer Sicherheit – selbst ins Wasser steigen, wenn er es nicht tat. Es blieb ihm also keine Wahl. Er hob einen Kiesel vom Boden auf.

»Gehen Sie bitte zu der Stelle, an der Sie zuvor standen und werfen Sie den Stein so weit wie Ihren Ring. Bekommen Sie das hin?« Das machte die Sache zumindest in einer Hinsicht leichter. Man konnte nun recht gut abschätzen, wo dieses verfluchte Ding gelandet war.

Sidonie nickte. »Ich ... ich denke schon, aber ...«

»Gut. Dann haben wir zumindest einen Orientierungspunkt.«

»Ich kann das doch nicht von Ihnen erwarten, Herr Grunberg.«

»Richtig. Ich mach's aber trotzdem. Sie haben nämlich recht. Versuchen sollten wir's.«

Sidonie nickte, lief ein Stück weit den Strand runter, holte aus und warf den Stein, der im hohen Bogen durch die Luft flog. Konstantin versuchte, sich ungefähr zu merken, wo der Kiesel ins Meer fiel. Auch das Fellbündel spitzte die Ohren und schaute aufmerksam dem kleinen Wurfgeschoss hinterher, aber er war angeleint. *Diesmal nicht, Kumpel.* Jetzt war Konstantin an der Reihe. Doch als der Stein schließlich ins Wasser fiel, blieb Konstantin der Mund offenstehen.

»Das sind … geschätzte dreißig Meter.«

»In der sechsten Klasse gab's dafür ne Eins«, meinte Sidonie stolz. »Ich war immer ein Sportmuffel, aber Werfen konnte ich.«

In der sechsten Klasse hatte er gerade Mal fünfundzwanzig Meter geschafft, aber das behielt er besser für sich.

Wenigstens konnte er in seichteren Gebieten bleiben. Seufzend ging er zum Wasser und tunkte den Zeh probeweise hinein. Es war lauwarm. Das würde vielleicht gar nicht so schwer werden.

Er straffte die Schultern, rannte los und stürzte sich in einem Zug in die Wellen. Überraschend warm umhüllten ihn die salzigen Wassermassen. Von Unterwasserströmungen keine Spur. Zu seinem Erstaunen nahm die Steilheit des Bodens mit jedem Meter, den er sich vom Strand entfernte, stark ab. Spielend glitt er durch das Nass, bis er die vermutete Stelle erreicht hatte. Falls der Ring wirklich noch hier war, lag er irgendwo am Grund. Unter ihm tat sich tiefste Schwärze auf. Da musste er runter. Es führte kein Weg dran vorbei. Also atmete er tief ein und tauchte.

Konstantin gelangte bis auf den Grund, wo es natürlich stockfinster war, und tastete den sandigen Boden mit beiden Händen ab. Scharfkantige Dinge spürte er auf, wahrscheinlich Glasscherben oder kaputte Muscheln. Auch viele Steine und Felsen. Vorsicht war geboten, wenn er sich die Haut nicht aufreißen wollte. Und die Luft ging ihm langsam aus. Also zurück an die Oberfläche, einatmen, und das Ganze noch mal. Und noch mal. Aber kein Ring. Was hatte er erwartet? Ohne Ausrüstung, war das vergebene Liebesmüh. Er tauchte erneut hinab, seine Hände glitten durch den Sand, wirbelten diesen auf. Aber nichts. Nada. Niente.

Nach einer gefühlten halben Stunde geriet Konstantin trotz allen Mühens an seine Grenzen. Das Tauchen war anstrengend, das Wasser wurde auch nicht wärmer. Ein letztes Mal noch runter, dann würde er aufgeben müssen. Erneut tasteten seine Finger nach allem, was auch nur im Entferntesten dem Schmuckstück ähnelte, als seine Brust plötzlich wie irre zu brennen anfing. Erschrocken riss er den Mund auf, schluckte das ekelhafte Salzwasser und wischte das Etwas, das sich an seinen Oberkörper geheftet hatte, mit dem Arm ab, was nur zur Folge hatte, dass auch dieser wie Feuer zu glühen begann. Raus hier, aber schnell!

10. Kapitel

Sidonies Füße wurden vom Meerwasser umspült. Die ganze Zeit hatte sie am Felsenstrand gestanden, auf ihren Chef wartend, der einfach nicht zurückkommen wollte. Manchmal hatte sie geglaubt, ihn in der Ferne auftauchen zu sehen, aber sie war sich nicht ganz sicher, ob sie sich das nicht nur eingebildet hatte.

Allmählich machte sie sich Sorgen. Was für eine idiotische Idee das gewesen war! Natürlich war ihr Ring längst fortgespült worden. Wie ihre Liebe … Irgendwo verloren im schwarzen Nichts. Shorty schaute sie besorgt an, als wollte er fragen, ob man nicht besser etwas unternehmen sollte. Aber niemand war hier, den sie anhalten und um Hilfe bitten konnte. Wie ausgestorben war dieser Strand. Kein Wunder, er gehörte nicht zu den gängigen Touristenbadeorten. Mehr als einmal hatte sie schon das Handy in der Hand, um den Notruf zu wählen, denn inzwischen war Konstantin über dreißig Minuten dort draußen. Wenn ihm was passiert war … oh Gott, das würde sie sich nie im Leben verzeihen!

Doch da tauchte er direkt vor ihr aus dem Wasser auf. Er keuchte und stolperte mehr, als dass er ging. Irgendetwas stimmte da nicht.

»Herr Grunberg?«

Er hechtete an ihr vorbei und ließ sich nach Luft ringend auf den steinigen Grund sinken.

»Herr Grunberg!! Oh Gott, was ist passiert?«

Sid war endlich wieder klar bei Verstand. Das hieß, eigentlich spürte sie die Cocktails immer noch in den Wangen prickeln, aber die Sorge um ihren Chef ließ sie mit einem Mal hellwach werden. Sie stürzte zu ihm hin und entdeckte diese seltsamen Muster auf seiner Brust, die trotz aller Dunkelheit knallrot leuchteten.

Scheiße! Die mussten von einer Feuerqualle stammen! Sid wusste, wie schmerzhaft die Stiche dieser Biester waren. Paps hatte ihr mehr als einmal davon erzählt, denn mit solchen Fällen hatte er früher oft zu tun, als er noch im Krankenhaus in Rostock arbeitete. Lange bevor er Mam kennenlernte. Im Sommer war dort regelmäßig Quallenhochsaison gewesen. Wenn also jemand helfen konnte, dann er.

Sie wählte bei ihren Eltern durch, doch es ging niemand ran. »Kommt schon, so spät ist es doch noch gar nicht.« Na gut, es war inzwischen nach Mitternacht. Mam ging immer früh zu Bett, und wenn Paps zu Hause war, tat er das auch. Aber es gab eine winzig kleine Chance, dass er heute Nachtschicht im Krankenhaus schob, und dann war sein Handy an. Sie wählte die entsprechende Nummer, doch es ging gleich der AB ran.

Was nun?

Sie kannte doch eigentlich all die Geschichten von Urlaubern, die unrühmliche Bekanntschaft mit diesen Nesseltieren gemacht hatten, sehr genau. Paps hatte sie schließlich mehr als einmal erzählt. Und seine Ratschläge waren ihr auch geläufig. »Auf keinen Fall die Quallenreste mit Süßwasser abwischen«, hatte er ihr mehr als einmal eingebläut, als sie vor ein paar Jahren mit Katja nach Mallorca geflogen war. Der erste Urlaub ohne Eltern war das gewesen. »Nimm Salzwasser, falls du in eine Qualle trittst.«

Salzwasser. Hier gab es genug Salzwasser.

»Bleiben Sie ganz ruhig, Herr Grunberg, ich bin gleich wieder bei Ihnen.«

»Albrecht … wo wollen Sie denn hin?«

»Keine Sorge, ich bin sofort wieder bei Ihnen. Shorty, pass solange auf ihn auf.«

Wuff!

Sie rannte zum Wasser, tauchte sein Shirt rein und eilte zu ihm zurück, so schnell ihre Füße sie nur trugen. Was nicht allzu schnell war, denn sie musste bei den glitschigen Steinen aufpassen, nicht auszurutschen.

Sein Gesicht wirkte im Licht des Sichelmonds recht bleich und er schien noch immer nicht ganz bei Atem. Ausgestreckt lag er da, lachte und keuchte gleichermaßen. »Ihren Ring, den habe ich leider nicht gefunden.«

»Vergessen Sie den Ring«, sagte Sid ernst und fuhr ganz vorsichtig mit dem feuchten Stoff über die schlangenförmigen roten Striemen, die sich auf der rechten Seite seiner Brust verteilten. Er zischte leise. »Um Himmels willen, was machen Sie da?«

»Tut mir leid«, sagte Sid. »Aber das hat Sie ganz schön übel erwischt.« Seine Haut fühlte sich durch das nasse Shirt hindurch, das sie sich um die Hand gewickelt hatte, glühend heiß an. Und sie konnte sogar seinen Herzschlag spüren, der überaus schnell war. Zu schnell.

»Einen Notfall erkennst du daran, wenn dein Kreislauf absackt oder du plötzlich keine Luft mehr bekommst. Dann ist auch an einen allergischen Schock zu denken«, hörte sie Paps dozieren. Oh Gott, zeigte ihr Chef etwa schon erste Anzeichen?

»Kriegen Sie genügend Luft?«, fragte sie nervös.

»Es ... geht schon. Hab etwas Wasser geschluckt.«

»Und der Kreislauf?«

»Könnte ... wohl besser sein.«

»Ich helfe Ihnen.«

»Was?«

Sie riss sich ihr Shirt runter und zerknauschte es, genauso die Caprihose. Darunter war sie nur im Bikini. Den Stoffballen legte sie ihm unter die Beine, damit diese hochlagerten. Auch ein wertvoller Tipp von Paps.

»Es geht mir ... gut ... Albrecht«, versicherte er.

»Sind Sie sicher?«

Sie legte die Hand unter seinen Nacken und hob seinen Kopf leicht an, ihre Blicke trafen sich dabei. Irgendwie ... ging ihr das unter die Haut. Diese Augen, fast so schwarz wie die Nacht.

»Natürlich, Sidonie.« Er versuchte zu lächeln. »Nett, dass Sie mich so gut versorgen.«

Sid hielt einen Moment inne. Fieberte er vielleicht? Das war eine Aussage, die wirklich gar nicht zu ihrem Chef passte. Sonst hatte er doch immer nur an ihr auszusetzen. Sie legte die andere Hand auf seine Stirn. Die war kühl. Aber vielleicht verursachte das Gift von Quallen Halluzinationen?

»Ich kann auch einen Arzt rufen, wenn Ihnen das lieber ist.«

»Nicht nötig. Wirklich.«

Na schön. Sie vertraute mal auf seine Selbsteinschätzung. »Sie sind sehr tapfer«, sagte Sidonie ernst, worüber er schmunzelte. Und dann, das entging ihr nicht, glitt sein Blick über ihren Körper. Sie hatte einen ganz normalen Bikini an, es gab also nichts zu sehen, was man an einem heißen Tag hier nicht ohnehin zu Gesicht bekam. Aber wenn ein Mann Augen dafür hatte, konnte es ihm tatsächlich nicht allzu schlecht gehen. Und das war in gewisser Weise beruhigend.

Sorgsam legte sie seinen Kopf auf den Boden zurück und entfernte die Tentakel der Qualle, die immer noch an seiner Haut klebten. Zumindest einige davon, einen großen Teil hatte er wohl schon im Wasser abstreifen können. Dabei achtete Sid darauf, nicht selbst mit diesen Dingern in Berührung zu kommen.

Herr Grunbergs Atem beruhigte sich allmählich. Und Sid spürte, wie auch ihr eigener Puls runterging. Das war wirklich ganz schön mutig von ihm gewesen. Dazu überaus nett. Und das alles wegen eines Verlobungsrings, der seine Bedeutung eh verloren hatte. Oder haben sollte.

Noch einmal strich sie mit dem feuchten Shirt über seine Brust, falls sie einen Tentakel übersehen hatte, und diesmal fielen ihr all die Hügel und Täler auf, die seine Muskeln bildeten. Sid schluckte. Nicht nur, dass ihr Chef recht gut trainiert aussah, schlagartig wurde ihr auch klar, dass er halb nackt war und sie ihn mit seinem Shirt abwusch.

Es war surreal, sahen sie sich doch sonst nur in Anzug und Blazer. Aber besondere Situationen erforderten besondere Maßnahmen. Und dennoch schielte sie für ihren Geschmack ein wenig zu lange auf den flachen Bauch, unter dessen Haut sich ein Sixpack abzeichnete.

»So ... ich denke, das war's«, meinte sie verwirrt.

Shorty bellte und stierte auf Grunbergs Unterarm.

Dort entdeckte Sid ähnlich feurige Male. Auch das noch, war da ein ganzer Schwarm hinter ihm her gewesen? Sid seufzte. Das war alles ihre Schuld. Sie hätte ihm verbieten müssen, ins Wasser zu springen! Sie hätte den Ring einfach Ring sein lassen sollen. Vorsichtig griff sie nach seiner Hand, hielt sie fest, während sie gleichzeitig sein Handgelenk von Quallenresten befreite.

Als das erledigt war, ließ sie sich erschöpft neben ihn sinken. Der steinerne Grund war zum Glück trocken und noch einigermaßen warm, aufgeheizt vom Tag.

»Sie werden jetzt hoffentlich nicht auf die Idee kommen, selbst noch mal zu tauchen?«, fragte ihr Chef und schaute sie von der Seite mit einiger Besorgnis an.

»Ich bin nicht verrückt, Herr Grunberg.«

»Gut.« Er atmete hörbar auf.

Sid sah zu den Sternen hoch. Hier draußen konnte man sie wieder sehen, in all ihrer Pracht, ohne von irgendwelchen Beleuchtungsanlagen eingeschränkt zu werden. Merkwürdigerweise machte ihr der Anblick jetzt nichts mehr aus, sie konnte ihn sogar genießen. Das zweite Mal an diesem Abend, dass sie das ferne Glitzerspiel mit Konstantin Grunberg bewunderte. Vielleicht hatte sie ihn falsch eingeschätzt. Er war ja auch noch nicht lange ihr neuer Boss, gerade mal sechs Monate. Jedenfalls war er viel sympathischer, als sie zuerst gedacht hatte.

»Ein schöner Abend, oder?«, meinte er.

Sie nickte. Zumindest hatte der Abend noch die Kurve gekriegt und war nun ganz gut auszuhalten. Shorty stimmte zu, indem er sich direkt an ihr Gesicht kuschelte. Einen Moment blieb Sid einfach so liegen. Denn es war schön und ... irgendwie vertraut. »Ich sollte Sie dennoch ins Hotel zurückbringen, Herr Grunberg. Sie müssen sich hinlegen und ausruhen«, fiel es ihr schließlich ein.

»Das mache ich doch gerade.«

»Sie verstehen mich schon. Können Sie aufstehen?«

»Ich versuch's.«

Sid half ihm hoch und schnappte sich anschließend ihre Klamotten, in die sie rasch schlüpfte, bevor er noch einmal die Chance hatte, sie ausgiebig zu mustern. Dann gab sie ihm sein Handy und die Schlüsselkarte zurück. Konstantin legte sich sein nasses Shirt über die Schulter, sodass es die Quallenspuren verdeckte. Die ersten Schritte schwankte er ein wenig. Aber dann ging es recht gut, befand Sid, und lief mit Shorty an der Leine neben ihm her, bereit ihn zu stützen, falls er das brauchte. Alles in allem war Herr Grunberg wohl noch mal mit einem blauen Auge davon gekommen. Je nachdem, was für eine Art von Qualle einen angriff, konnten die Symptome viel schwerwiegender sein.

Sid war allerdings erst wirklich zufrieden, nachdem sie ihn zu seinem Zimmer gebracht und ihm das Versprechen abgenommen hatte, sich a) hinzulegen und b) sich sofort bei ihr zu melden, sollte irgendetwas sein. Schließlich trug Sid die Verantwortung für seine Lage. Und ihre Nummer hatte er ja.

11. Kapitel

»Ist das Leben nicht wundervoll!«, flötete es am frühen Morgen durch die Suite.

Sid hatte einen leichten Kater und drückte sich das Kissen aufs Ohr. Auch Shorty, der an ihrem Bett lag, stöhnte, und zwar so laut, dass es Sid selbst durch den dicken Stoff hörte. Wie konnte Katja um diese Uhrzeit schon so gut drauf sein? Sie war später zurückgekehrt als Sid, wirkte aber, als hätte sie mehr als zwölf Stunden Schlaf bekommen.

Dann erklang auch noch das laute Dröhnen eines Haarföhns. Sid bekam trotz der improvisierten Kopfbandage pochende Schmerzen in beiden Schläfen.

»Ich hatte einen ganz großartigen Abend, musst du wissen«, rief Katja in einer kurzen Pause, ehe sie den »Haartrockner des Horrors« wieder einschaltete.

Langsam kehrte auch Sids Erinnerung zurück. Die Cocktails. Der Ring im Meer. Ihr Chef… Oh mein Gott! Hoffentlich hatte Herr Grunberg die Nacht gut überstanden! Besser, sie sah nachher mal nach ihm. Ihre Zehennägel krempelten sich hoch, als sie an diese brennenden Striemen auf seiner Brust zurückdachte.

»Mach dich mal fertig«, sagte Katja, die plötzlich vor Sids Seite des Bettes hockte, ihr Bob war perfekt gestylt. »Wir sind nämlich eingeladen.« Die Freundin grinste von einem Ohr bis zum anderen.

»Was? Wohin denn? Und von wem?«

»Zu einer Besichtigung der anderen Seite der Insel, inklusive Frühstück. Zieh dir also bequeme Schuhe an. Du kommst doch mit, oder?«

Sid konnte Katja immer noch nicht ganz folgen und zuckte fragend mit den Achseln.

»Ich habe gestern eine interessante Bekanntschaft am Paradise Beach gemacht. Leonidas!« Katjas Augen fingen an zu funkeln wie zwei Saphire. Es war lange her, dass Sid diesen Glanz in Katjas Pupillen gesehen hatte. Und das war nicht der Glanz, wenn sie neue Follower generiert hatte.

»Leonidas?« Vor Sids geistigem Auge tauchte der verschwitzte Körper eines Spartaners mit dem Gesicht von Gerard Butler aus dem Film 300 auf. »Heißt der wirklich so? Oder ist das ein Künstlername?«

»Im Grunde egal. Wichtig ist nur, der kann wirklich küssen! Und was der für Oberarme hat. Du wirst es ja nicht glauben, er arbeitet sogar hier, im Hotel, als Animateur. Warte mal, ich habe hier ein Selfie von uns.«

Sie schnappte sich rasch ihr Handy vom Nachttischchen und hielt es Sid vor die Nase. Auf dem Foto sah man nicht viel. Nur grelle Farben. Und einen sehr muskulösen männlichen Schatten, der sich an mutmaßlich Katjas Silhouette schmiegte. Das Ganze war natürlich längst online und hatte bereits zweiunddreißig Likes eingesackt. »Ich habe auch ganz viele neue Follower, dank Leo! Gestern Abend waren es plötzlich fünfzig mehr auf Facebook und auf Instagram sogar über zweihundert.«

»Und dieser Leonidas will uns die Insel zeigen?« Klang irgendwie nach einem Date. Also was sollte Sid dabei?

»Genau. Kannst du dir ja überlegen. Hätte dich gern dabei. Ist halt … nen bissel komisch … so ganz allein mit ihm. Ich bin noch mal im Bad.«

Sid seufzte und ließ sich aufs Kissen zurücksinken. Sie fühlte sich immer noch erschlagen. Mann, was für ein Morgen! Und was für ein Abend erst! Erst das mit dem Ring, dann sie und ihr Chef am Strand. Das war so unwirklich, dass sie leise lachen musste. Er war schon ein komischer Kerl, aber irgendwie war es ja auch sehr lieb von ihm gewesen, ihr zu helfen. Und dabei hatte er sich auch noch selbst in Gefahr gebracht.

Das nagte sehr an Sids Gewissen. Sie schnappte sich ihr Handy und schickte ihm eine SMS, seine Nummer hatte sie ja.

Alles gut bei Ihnen? LG. Sidonie.

Wie gebannt starrte sie aufs Display, aber es kam keine Antwort. Vielleicht schlief er ja noch. Doch dann, ganz plötzlich, bimmelte das Handy in ihrer Hand. Das musste er sein.

»Ja?«, ging Sid ran und ihr Herz schlug ihr mit einem Mal bis zum Hals.

»Guten Morgen, Kindchen.«

Das war eindeutig nicht Grunbergs Stimme. Sid brauchte einen Moment, ehe sie ihren Vater erkannte.

»Du hast gestern bei uns angerufen? Was ist denn los?«

»Ach … schon alles erledigt. Wir hatten einen Quallennotfall.«

»Einen Quallennotfall? Oh Gott, Sid, ist alles in Ordnung mit dir?«

»Ganz ruhig, Paps, mit mir sowieso. Aber mein Chef ist mit den Mistviechern in Berührung gekommen. Ich habe ihn aber ganz fachmännisch verarztet, so wie du es immer empfiehlst.« Jetzt war er sicher stolz auf sie.

»Dein Chef?«, hakte er irritiert nach. Das erforderte wohl eine gesonderte Erklärung zu gegebener Zeit. »Ist er denn im Krankenhaus gewesen?«

»Nein, so schlimm war's nicht. Ich hab ihn ins Hotelzimmer zurückgebracht, keine allergischen Reaktionen, kein Fieber, keine Luftnot. Alles tuttipaletti.«

»Da bin ich erleichtert. In seltenen Fällen kann es ja auch vorkommen, dass die allergische Reaktion verspätet auftritt.«

»Echt?« Jetzt hatte sie mit einem Mal ein mulmiges Gefühl. Ein Blick auf ihr Smartphone verriet nämlich, dass Herr Grunberg immer noch nicht auf ihre SMS reagiert hatte. Und sonst klebte sein Smartphone doch immer an seiner Wange, sodass ihm keine Nachricht entging. Wie blöd, dass er seine Mitarbeiter auf Whats-

App blockiert hatte, sonst hätte sie feststellen können, ob er ihre Nachricht zumindest gelesen hatte.

»Naja, in einem von tausend Fällen vielleicht. Mach dir mal keine Gedanken.«

»Und … wie würde das – so rein theoretisch – aussehen, wenn man eine verspätete Reaktion hat?«

»Das kommt auf die Stärke an. Je allergischer jemand reagiert, desto schwerer die Symptome. Von einer Verhärtung des Narbengewebes über schnelles Atmen bis zur akuten Luftnot ist alles möglich. Es kann auch mal zu einem Schock kommen.«

Jetzt sah es Sidonie deutlich vor sich. Ihr Chef mit knallrotem Kopf im Bett, nach Luft ringend, und niemand da, der ihm half. Später würde es in der Werbeagentur heißen, sie hätte ihn auf dem Gewissen, weil sie ihn nicht davon abgehalten hatte, diesen verdammten Ring aus dem Wasser zu fischen.

Sie musste sofort nach ihm sehen!

»Ich melde mich später wieder, tschüss, Paps!«

Schon hatte sie aufgelegt. Rasch schlüpfte sie in ihre Kleidung, wollte schon los, als Katja aus dem Bad kam und ihr den Weg versperrte.

»Willst du das wirklich anziehen?«, fragte sie mit skeptischen Blick auf Sids zerknautsche Kleidung.

»Ich komme nicht mit!«

»Was? Oh nein! Dann geh ich auch nicht.«

»Doch, mach ruhig. Es sei denn, du willst nicht. Dann geh nicht«, rief sie, während sie an Katja vorbeistürmte.

So schnell sie nur konnte, rannte sie durch den Flur, zum Lift, weil der nicht kam, die Treppe runter, um gleich darauf wie wild an seiner Zimmertür zu klopfen. Zumindest vermutete sie, dass es sein Zimmer war. Sie wusste ja ungefähr, wo es lag, da sie seine Terrasse vom Balkon aus sehen konnte.

»Machen Sie schon auf!«, rief Sid. Keine Reaktion. Oh Gott! »Bitte, ich muss wissen, ob Sie eine Verhärtung spüren oder schneller atmen!« Als wären das die magischen Worte gewesen, öffnete sich die Tür just in diesem Moment.

»Oh hallo!«, sagte ein älterer Herr mit tief sitzendem Seitenscheitel entzückt und rückte sich seine Brille zurecht, um Sid genauer zu mustern. Er hätte aus einem dieser alten Carry-On-Filme stammen können.

»Äh …«

»Ich glaube, ich bin der, den Sie suchen. Aber eine … Verhärtung spüre ich … noch nicht.« Er zwinkerte.

Sie kniff rasch die Augen zusammen. Passierte das hier gerade wirklich?

»Das schnelle Atmen kommt ja dann ganz von selbst, höhö«, versicherte der Kerl.

Langsam öffnete sie ein Auge nach dem anderen. Irgendetwas in ihr hoffte, dass sie gerade träumte und gleich aufwachte. Das war aber nicht der Fall.

Der Typ versuchte charmant zu grinsen, was misslang. Stattdessen fingerte er sichtlich nervös am Plüschgürtel seines Bademantels. *Jetzt ziehen Sie bitte nicht an dem verdammten Ding!* Sonst gab es noch eine unschöne Morgen…überraschung!

»Falsches Zimmer. Sorry!« Sid huschte schnell weg.

»Schade«, hörte sie ihn noch sagen, ehe er die Tür zuknallte.

Sid schüttelte sich. Was hier für Gestalten Urlaub machten! Andererseits war sie diejenige gewesen, die an fremden Türe geklopft und nach Verhärtungen geschrien hatte … Gott sei Dank war es nicht Grunberg gewesen! Sie musste wirklich dringend an ihrem Wording arbeiten. Wenn er das mitbekom…

»Guten Morgen, Albrecht.«

Putzmunter – ohne anaphylaktischem Schock, Schaum vorm Mund, nicht am Boden liegend und verzweifelt die Hand nach dem Handy auf dem Nachttisch ausstreckend. Nein, er stand quicklebendig vor ihr, ein Zimmer weiter vor seiner geöffneten Tür. Seine Haare waren nass, er kam wohl gerade frisch aus der Dusche. Sie konnte sogar das Shampoo riechen. Eine minzige Note. Aber seine Klamotten hatte er bereits an. Ein Poloshirt und beige Shorts. Als sich ihre Blicke trafen, hob er eine Braue.

»Albrecht?«

»Guuuten Morgen, Herr Grunberg.«

Ihr fiel ein zentnerschwerer Stein vom Herzen! Er sah prächtig aus! Kein aufgequollenes Gesicht oder andere Anzeichen von Allergien. Nur das breite Grinsen auf seinem Gesicht störte sie. Wahrscheinlich hatte er ihren Auftritt hier ganz genau mitbekommen und wollte sie jetzt noch ein bisschen mit ihrem Fettnäpfchen quälen. Aber nicht mit ihr! Hier waren sie nicht im Büro und hier konnte er nicht so mit ihr umspringen.

»Ich war noch nie so froh, Sie zu sehen«, verkündete sie und umarmte ihn inbrünstig. Angriff war ja bekanntermaßen die beste Verteidigung. »Es geht Ihnen gut, ja? Ich hatte mir schon solche Sorgen um Sie gemacht«, sie plapperte einfach weiter. »Wer weiß, man kann ja auf solche Quallen auch allergisch reagieren. Ein Schock! Anaphylaktisch! Sie wissen schon. Ich bin ja so froh, dass es Ihnen gut geht.«

Grunberg wich etwas irritiert zurück. Ha, der Plan hatte funktioniert.

»Natürlich geht es mir gut. Haben Sie denn meine Antwort auf Ihre SMS nicht bekommen?«

Sid schüttelte den Kopf. Manchmal trudelten die Kurznachrichten ja verspätet ein. Gleich sah sie nach, nein, immer noch keine SMS.

»Sie haben sich wirklich Sorgen um mich gemacht?« Er zog die Tür hinter sich zu und kam wieder ein Stück auf sie zu.

Sid fiel zum ersten Mal auf, wie groß er eigentlich war. Neben dem schottischen Hulk war ihr das gar nicht so sehr aufgefallen und im Büro saß er ja meistens hinter seinem Schreibtisch. Sie reichte ihm gerade mal bis zum Kinn, wenn sie sich anstrengte.

»Ja. Schon. Mein Vater – er ist Krankenpfleger, müssen Sie wissen – hat mir da so einige Horrorgeschichten über nachträgliche Beschwerden erzählt. Ich musste einfach nachsehen, ob Sie wohlauf sind. Aber das sind Sie ja. Alles ist also gut.« Sie winkte ab, irgendwie kam sie sich albern vor. Erst hatte sie den halben Flur wachgetrommelt und nun stand sie auch noch wie eine überfürsorgliche Glucke vor ihrem Chef da. Paps hatte immerhin betont, wie selten solche Spätreaktionen waren.

»Begleiten Sie mich doch zum Frühstücksbüffet«, schlug er plötzlich vor.

»Oh … äh.« Damit hatte sie jetzt nicht gerechnet. Sid wusste gar nicht, was sie dazu sagen sollte. In dem Moment surrte es in ihrer Hosentasche. Das war sicher Grunbergs SMS. Gleich sah sie nach, Tatsache, da war endlich der kleine Briefumschlag auf dem Display, auf den sie sehnlichst gewartet hatte. Doch nicht nur das. Zeitgleich rief auch jemand an. Katja.

»Entschuldigen Sie mich einen Augenblick«, sagte Sid zu ihm und lief ein Stück weit den Flur runter, ehe sie ranging.

»Ich hab ein Problem«, flüsterte Katja.

»Ich kann dich kaum verstehen. Sprich lauter.«

»Geht nicht, bin im Bad. Und Leonidas ist hier! Man der sieht bei Tageslicht genauso gut aus wie gestern im Halbrausch.«

Sid grinste. Na, so ein Glück. »Und was ist das Problem?«

»Ich bin so nervös. Weiß nicht, was ich machen soll. Was ist, wenn er mich nicht mag?«

»Er mag dich, sonst hätte er dich doch nicht zur Inseltour eingeladen.«

»Ja, das war gestern. Im Eifer des Gefechts.« Katja klang überraschend unsicher, was Sid gar nicht von ihr kannte. Das musste wohl bedeuten, dass sie den Kerl, auch wenn sie ihn gerade erst kennengelernt hatte, irgendwie mochte.

»Du bist toll. Und wenn er was anderes behauptet, kriegt er was von mir zu hören. Und Katja: Du bist nicht mehr vierzehn.«

Katja lachte leise. »Da ist noch nen Problem. Er weiß nicht, ob Shorty mit darf, wo wir hin wollen.«

Die Insel war hundefreundlich, aber klar, es gab sicher auch Stellen, wo Vierbeiner weniger gern gesehen waren.

»Ich geh mit ihm Gassi«, versprach Sid. Daran sollte es nun wirklich nicht scheitern. Außerdem waren Shorty und sie ein super Team, das hatte man ja bereits gestern Abend gesehen. Es würde ihr sogar Spaß machen, die Gegend noch ein bisschen mit dem Kleinen zu erkunden.

»Echt?«

»Klar doch. Ich hol ihn nach dem Frühstück ab.«

»Oh, Sid, vielen Dank. Du bist die Beste!«

»Amüsiert euch.«

»Ich versuch's!«

Sid beendete den Anruf.

»Also können wir?«, meinte Grunberg ganz selbstverständlich.

»Ja«, sagte Sid ein wenig überrumpelt, aber ihrem Chef konnte sie das ja schlecht abschlagen. Ihr Magen knurrte schon. Und dann war da noch ein eigenartiges Kribbeln in ihrem Bauch. Aber das kam sicherlich vom Hunger.

»Ich habe mir sagen lassen, dass es im Athena eines der besten Frühstücksangebote auf der ganzen Insel gibt. Und auch auf dem Festland kommt nichts an die reichhaltige Auswahl des hiesigen Küchenchefs heran.« Er hob dabei betonend den Zeigefinger, und Sid konnte sich schon denken, von wem er diese Weisheiten hatte. Klang ganz nach dem charmanten Werbefachmann hinter der Rezeption. Sie schmunzelte.

Das Athena hatte selbstverständlich auch an diesem Morgen sein ansprechendes Sortiment, das sich sehen lassen konnte, bereitgestellt. Es wurden Standardspeisen wie Spiegeleier, Speck, Müsli und verschiedene Aufschnitte sowie ein Korb unterschiedlichster Brötchen angeboten, es gab aber auch griechische Köstlichkeiten wie Rührei mit Feta angereichert, Sesamkringel, einheimische Joghurts und Honig, verschiedene würzige Pasteten, dunkle Oliven und für alle, die lieber etwas Exotisches am Morgen genossen: Pistazien-Halva. Der Raum war angenehm leer, die meisten Gäste hatten wohl schon gegessen. Sid blieb allerdings abrupt stehen, als sie den schottischen Hulk am anderen Ende des Raumes bemerkte. Oh Mann, dem wollte sie wirklich nicht noch mal unter die Augen kommen. Doch zu spät. Gerade hatte er sich etwas Rührei aufgetan, als sein Blick durch das Restaurant schweifte und an ihr und Herrn Grunberg haften blieb. Sid konnte sehen, wie sich alle Fasern seines Körpers gleichzeitig anspannten. Der Muskelprotz sah aus, als würde er jede Sekunde platzen. Hervor käme dann wohl ein grüner menschenähnlicher Koloss, der glücklicherweise stets wie durch ein Wunder seine Hosen anbehielt, während die restliche Kleidung zerriss. Für einen Moment fragte sie sich, aus welchem Material die Hosen wohl gemacht waren und warum das Monster sich eigentlich nie Hemden aus demselben Stoff fertigen ließ. Die wundersame Verwandlung blieb allerdings aus. Worüber gewiss niemand hier im Raum traurig war. Stattdessen schaute der Kerl mit zitternden Pupillen, das konnte Sid selbst aus der Entfernung erkennen, zu ihren Füßen, als suchte er dort nach etwas. Aber weil er da nichts fand, atmete er sichtlich erleichtert auf, nickte ihr zu und widmete sich dann wieder dem Buffet, als wäre nie etwas geschehen. Sid war deswegen nicht allzu enttäuscht, verwirrt aber sehr wohl. Es brauchte etwas, ehe ihr das Licht aufging. Er hatte tatsächlich abgecheckt, ob Shorty bei ihr war, was ja nicht der Fall war. Erst danach hatte dieser Koloss sich beruhigt. Unfassbar, der Typ war tatsächlich ein Kynophobiker, also jemand, der Angst vor Hunden hatte. Ohne Katja hätte Sid solche Wörter nicht gekannt. Manchmal war so ein wandelndes Psychologielexikon schon sehr nützlich.

»Vielleicht sollten wir ihm einen Tipp geben, wo er ein Paar harte Eier herbekommt?«, meinte Konstantin und nickte zum seitlichen Tisch, auf dem sich neben verschiedenen Brötchenkörben auch einer mit frischen Frühstückseiern befand. Sid verkniff sich ein Grinsen. Weder wollte sie Grunberg Genugtuung verschaffen, dass er lustig sein konnte, noch wollte sie weiter in ihrem Fettnäpfchen herumtreten.

»Und wie geht es Ihnen?«, fragte Herr Grunberg dann auch mit besorgter Miene. »Ihren Ring haben wir immerhin noch nicht gefunden.«

Noch nicht? Wollte er etwa ein zweites Mal da runtergehen? Sid hielt das für keine gute Idee. Sie schüttelte vehement den Kopf. »Vergessen Sie den Ring, bitte!« Bevor noch jemand ernstlich zu Schaden kam. Das war die Sache wirklich nicht wert.

»Na schön … wie Sie meinen.«

»Tut mir übrigens leid … dass ich Sie so angeblafft habe. Wegen Flora. Und dass Ihnen die Trennung nichts ausmachte«, sagte Sid, während sie sich an den verschiedenen Buffettischen umsahen.

»Schon gut. Es war in der Tat schnell und schmerzlos. Wir passten einfach nicht zusammen. Ich bin Ihnen also nicht böse.«

Sid atmete auf.

Er beugte sich über das Obstbüffet und kam so dicht an sie heran, dass sie seinen intensiven Geruch wahrnehmen konnte. Moschus. Gepaart mit dem frischen Minzduft. Erneut ging es ihr unter die Haut. Ein sanftes Kribbeln im Nacken, das sich über ihren ganzen Körper ausbreitete. Irgendwo musste es hier ziehen.

Während sie sich die Arme rieb, um die aufkeimende Gänsehaut zu verscheuchen, tat er sich ein paar Scheiben Apfel, Birne und Mango in eine Schale.

Sid griff nach einem leeren Teller. Als Erstes schnappte sie sich ein paar Gurkenscheiben und eine Vollkornbrotschnitte. War das nicht verrückt, dass sie mit ihm zusammen frühstückte? Bei Clue gab es jeden Donnerstag einen Frühstücksmorgen, organisiert von Tanja und Pauline. Jeder brachte etwas mit und die ganze Belegschaft nahm daran teil. Alle, bis auf Grunberg junior. Bisher hatte sie angenommen, er sei sich zu fein mit dem Fußvolk zu speisen, doch er hatte offensichtlich kein Problem, den Frühstückstisch mit ihr zu teilen. Gerade als sie sich einen ausgesucht hatten, vibrierte allerdings etwas in seiner Hosentasche. Mein Gott, wie hatten die Leute nur früher ohne Handys überlebt? Sid konnte sich da nicht ausnehmen, auch sie war immer erreichbar. Grunberg junior stellte seinen Teller auf den Tisch und zog das Smartphone hervor. »Oh, das ist was Berufliches.«

»Sie haben wohl nie Urlaub.« Sid wusste ja, dass er eigentlich nur aus familiären Gründen hier war. Aber musste er die Arbeit wirklich mit auf die Insel bringen?

»Das hier lässt sich nicht aufschieben, ich habe nämlich auf diesen Anruf gewartet. Wir sprechen später weiter, ja?«, erklärte er und hastete durch den Raum Richtung Lobby.

»Natürlich.« Tja, das war wohl der Grund, warum er nie am Frühstücksmorgen teilnahm. Der Mann hatte nie Pause. So waren sie, die Workaholics. Aber irgendwie auch beruhigend, dass ihr Chef immer noch ihr Chef war. Für eine kurze Zeit hatte sie diesen Umstand nämlich fast aus ihrem Gedächtnis gestrichen.

Sid schmunzelte und nahm das Vollkornbrot in die Hand, belegte es mit den Gurkenscheiben, organisierte sich noch Räucherlachs und etwas Meerrettich dazu, und gab den Teller bei der Geschirrrückgabe ab. Dann ging sie auf ihr Zimmer zurück und schnappte sich Shorty, um mit ihm Gassi zu gehen. Der kleine Kerl freute sich schon tierisch, nur von der Leine war er wenig begeistert. Aber auf die bestand Katja, zumal sie an einem neuen Ort waren.

Gemeinsam betrat das dynamische Duo schließlich die Lobby. Durch die Flügeltür wehte frischer Wind in den Eingangsbereich. Es roch nach Meer. Einfach herrlich.

»Guten Morgen, Frau Albrecht. Ich hoffe, Sie hatten eine geruhsame Nacht?«, fragte der freundliche Portier Grigorius.

Ihr Kopf schmerzte ein wenig, das hatte sie durch den Stress mit dem möglichen Notfall gar nicht wirklich bemerkt und als sie mit Herrn Grunberg beim Frühstück gewesen war, merkwürdigerweise auch nicht. Aber jetzt war da wieder dieses stechende Pochen, das ziemlich nervte. Was für ein Start in den Urlaub …

»Danke, aber die ersten Nächte in einem neuen Bett sind immer etwas schwierig.«

»Oh, das geht vielen Gästen so. Aber glauben Sie mir, schon bald werden Sie sich wünschen, niemals wieder in einem anderen Bett zu nächtigen«, versprach er. »Und falls Sie und Ihre Partnerin den Champagner noch nicht geöffnet haben, bietet er sich ganz vorzüglich als Abendtrunk an.« Er zwinkerte ihr verschwörerisch zu.

Sid hustete. Offenbar glaubte der Portier immer noch, sie wäre mit Katja frisch vermählt. Das sollte sie bei Gelegenheit aufklären. Doch eigentlich war es auch lustig. Genauso wie die grau melierten Haare des älteren Herrn, die zu einer Art Föhnfrisur gestylt waren. Erinnerte an den King.

»Ich habe ein neues Shampoo«, erklärte er, als er Sids Blick bemerkte, der wahrscheinlich nicht der erste dieser Art an diesem Morgen war. Und dann nahm sie auch noch einen süßlichen Duft wahr, den er verströmte. Ein Parfüm wohl. Oder zumindest ein überaus liebliches Rasierwasser.

»Morgen kommt Frau Cosmas, um sich die Räumlichkeiten für die Lesung anzusehen. Bei der großen Nachfrage bieten wir ihr selbstverständlich den Tanzsaal an. Das nur nebenbei. Sagen Sie gern allen Bescheid, dass diese Veranstaltung bei uns – und nur bei uns – stattfindet.« Er lächelte gewinnend.

»Aber wenn die Nachfrage so groß ist, gibt es dann überhaupt noch Karten?«

Zum Glück hatte sie ja im Vorfeld per E-Mail die Tickets zugeschickt bekommen.

»Oh … äh, ich … bitte Sie, wir können immer noch weitere Stühle dazustellen. Also rühren Sie ruhig die Werbetrommel.«

Sid nickte. »Mache ich. Falls es sich ergibt.« Sie konnte den Blick einfach nicht von seiner Föhnwelle lassen. So etwas sah man halt nicht alle Tage.

Seine Augen zuckten nervös. »Ich verstehe. Sie wundern sich über meine Aufmachung. Zurecht, möchte ich hinzufügen. Aber man hat doch immer nur eine Chance, was den ersten Eindruck anbelangt«, sprudelte es aus ihm hervor wie aus einem Wasserfall. »Verstehen Sie dies als eine Art Generalprobe. Für morgen. Natürlich wünsche ich mir, als großer Fan von Frau Cosmas, dass ich eine gute Figur abgebe, es nicht vermassle. Aber … ich vermassle es gerade, oder?« Jetzt wirkte er mit einem Mal ganz unsicher. Dabei schien er einen halben Meter vor ihr zu schrumpfen.

»Noch nicht.« Sie zwinkerte. »Aber Sie machen sich zu viele Gedanken«, sagte sie tröstend. »Außerdem riechen Sie sehr gut. Den Duft sollten Sie morgen auflegen. Nur die Haare, da könnte vielleicht … ein Friseurbesuch helfen.« Sie hoffte, dass sie ihm mit diesem Hinweis nicht zu nahe trat. Die Elvistolle sah aus, als wäre sie mit großer Mühe in ihre Position gebracht worden. Sid hatte sich schon immer gefragt, wie das eigentlich hielt. Nur mit eiserner Willenskraft widerstand sie der Versuchung, ihn zu fragen, ob sie die Tolle einfach mal anfassen durfte.

Da er immer noch recht unglücklich dreinblickte, hatte Sid noch einen Tipp für ihn parat. »Stellen Sie doch ein oder zwei Vasen mit Alba-Rosen auf dem Tresen auf.«

»Alba-Rosen?«

»Das sind die Lieblingsblumen von Frau Cosmas. Hab ich mal in einem Steckbrief von ihr gelesen.«

»Jetzt wo Sie es sagen! Die Alba-Rose kommt ja auch in der *Tochter der Titanen* vor. Sie wissen bestimmt, welche Stelle ich meine.«

»Ja, kurz nach ihrem ersten Streit mit ihm, schenkt er ihr einen Strauß Alba-Rosen zur Versöhnung.« Sid seufzte. Das war eine ihrer absoluten Lieblingsszenen. Obwohl natürlich von Anfang an klar war, dass Held und Heldin wieder zusammenfinden. Aber der Weg dorthin war unglaublich romantisch, mit Irrungen und Wirrungen gespickt, wie sie nur in einem Roman auftauchen können.

»Hinreißend, diese Frau Cosmas«, murmelte Grigorius entzückt und machte sich rasch ein paar Notizen. »Duft gut, neue Frisur …« Er hielt inne, tastete mit einer Hand seine Tolle ab und nickte dann schlossen. »Alba-Rosen«, kritzelte er schließlich noch hinzu und unterstrich dieses Wort zwei Mal. »Was für eine schöne Idee, Frau Albrecht.« Dann klatschte er in die Hände und verwandelte sich im Nu wieder in den selbstbewussten Portier zurück, den er so gerne mimte. »Kann ich denn eigentlich etwas für Sie tun, Frau Albrecht?«

»In der Tat, Grigorius, Sie können mir nicht zufällig einen interessanten Spazierweg empfehlen, der auch Hunden Spaß macht? Von der Strandpromenade mal abgesehen.«

Er beugte sich über die Rezeption und winkte Shorty amüsiert zu. »Da fragen Sie genau den Richtigen, liebe Frau Albrecht.«

Dann wirbelte er herum, zog eine Karte aus einem Fach unter dem Tresen hervor und zeichnete mit dem Zeigefinger eine Strecke nach, die sie in Richtung Klein-Venedig führte. »Die Windmühlen von Kato Mili. Wunderschön. Sehr alt. Und weitläufig, also ideal für vierbeinige Begleiter, die ein wenig herumtoben möchten. Sie dürfen sich das Wahrzeichen von Mykonos nicht entgehen lassen.«

Klang in der Tat vielversprechend. »Danke«, sagte Sid vergnügt und führte Shorty aus dem Hotel.

Wenig später schlenderten sie durch eine steil gepflasterte kleine Einkaufspassage, in der sie eine süße Boutique neben der anderen entdeckte. Blumenladen, Bäckerei, Souvenirshop. Ah, hier würde sie später noch mal vorbeischauen. Hatte schließlich Tradition, dass sie ihren Eltern etwas aus dem Urlaub mitbrachte. Das Klima bekam ihr gut. Die Kopfschmerzen waren fast gänzlich verflogen, nur die Hitze war für diese frühe Stunde schon recht ausgeprägt. Würde im Laufe des Tages wohl noch wärmer werden. Sid kaufte sich daher einen Strohhut, setzte ihn auf und dazu noch die passende Sonnenbrille. »Was meinst du, Shorty? Sieht's gut aus?«

Wuff!

Auf sein Modeempfinden konnte man sich verlassen. Sie machten sich sodann auf den Weg zu den Windmühlen, die sich auf einem niedrigen Hügel befanden und laut ihrem Reiseführer aus dem sechzehnten Jahrhundert stammten. Meine Güte, da hatte Grigorius nicht übertrieben, als er sie als »sehr alt« bezeichnet hatte. Eine Art Spindel, von der zwölf Masten sich in alle Richtungen erstreckten, ragte aus jedem der fünf Gebäude hervor. Bereit, jederzeit mit einem Segel bespannt zu werden, um der Mühle erneutes Leben einzuhauchen. Doch das würde wohl nicht in absehbarer Zeit geschehen. Die Mühlen waren im Ruhestand und schienen wie gepflegte Pensionäre mit Strohhüten auf den Köpfen über die Stadt zu wachen.

Sid setzte sich in ihren Schatten und ließ Shorty von der Leine, der vor Freude Purzelbäume schlug und einem Schmetterling hinterher jagte.

Was für herrliches Wetter. Sie legte sich hin, schloss die Augen und genoss die Sonne, die warm über ihr Gesicht streichelte. Ob

Katja ihren Ausflug mit diesem Leonidas auch so sehr genoss? Sid war schon gespannt darauf, was sie später am Tag berichten würde. Nur weil sie selbst ein gebrochenes Herz hatte, hieß das nicht, dass sie anderen keine Schmetterlinge im Bauch gönnte.

In der Ferne hörte sie das Lachen und Murmeln von Leuten, die sich den Windmühlen näherten. Noch mehr Touristen wohl. Wen juckt's? Einfach noch ein paar Minuten hierbleiben, sich entspannen … wann hatte sie das letzte Mal so richtig frei durchatmen können? Es schien ihr eine Ewigkeit her.

Sid war selbst erstaunt, wie gut es ihr heute ging. Und wie angespannt und hektisch die letzten Tage im Vergleich gewesen waren. Ohne es zu merken. Mehr als einmal war sie versucht gewesen, sich eine von Jonas' WhatsApp-Stories anzusehen. Oder ihm sogar zu schreiben. Zum Glück hatte sie sich aber im Griff gehabt. Und jetzt war es ihr plötzlich gar nicht mehr so wichtig. Im Gegenteil. Im Moment war es hier so schön, dass sie am liebsten gar nicht mehr weg wollte. Es übermannte sie förmlich, diese wohltuende Trägheit und Schwere.

»Entschuldigen Sie, ich glaube, Ihr Hund ist gerade weggelaufen!«

Sid schreckte hoch und starrte in das Gesicht einer jungen Frau.

»Was?« Schon stand Sid auf den Beinen und blickte sich panisch um. Shorty war nirgends zu sehen. »Wo … ist er denn hin?«

»Er lief den Weg runter«, erklärte die junge Frau auf Englisch und deutete in die entsprechende Richtung. Also zurück in die Einkaufspassage! »Ich dachte mir, dass er Ihnen gehört, wegen der Leine.« Sie deutete auf Sids Hand. Sie war wohl die Einzige in der Nähe, die einen Vierbeiner dabei hatte.

»Vielen Dank!«, sagte Sid hektisch und rannte den gepflasterten Weg runter. Katja würde sie umbringen, wenn die kleine Wuschelsocke hier verloren ging.

12. Kapitel

»Shorty!«, rief sie aus Leibeskräften, aber natürlich reagierte der Wirbelwind nicht. Vielleicht hörte er sie nicht einmal. Er schien wie vom Erdboden verschluckt.

»Lass ihn lieber an der Leine«, hatte Katja ihr noch eingebläut. Aber Sid hatte Shorty einfach ein wenig Freiheit und Auslauf gönnen wollen. »In Berlin muss ich ihn auch oft an die Leine nehmen. Er hat so eine Tendenz zum Weglaufen. Frag mich nicht wieso.« Das hatte Katja ihr kurz vor ihrem Abflug noch erzählt. Und die Freundinnen hatten darüber gegrübelt, ob das irgendetwas mit seiner vorherigen Familie zu tun haben könnte. Schließlich war er ja mir nichts, dir nichts abgegeben worden. Und wenn er dann weglief, suchte er vielleicht sein altes Herrchen und Frauchen? Sid wünschte, sie hätte sich früher an dieses Gespräch erinnert, dann wäre sie nicht auf die Idee gekommen, Shorty auch nur eine Sekunde unbeaufsichtigt zu lassen.

»Shorty!!«

Nichts. Nada! Oder eher: Óchi!

Was sollte sie nur tun?

Sid hielt Passanten an, fragte auf Englisch und auf Deutsch, ob jemand einen schneeweißen West Highland Terrier gesehen hatte. Aber die Leute schüttelten nur die Köpfe. Sids Verzweiflung wuchs. Wenn Shorty nun versehentlich ins Meer fiel! Sie machte sich schwere Vorwürfe, aber dann meinte plötzlich jemand, es sei tatsächlich ein solches Tier an ihm vorbei gerannt und zwar nach Osten, wo sich zahlreiche Strandcafés am Meer entlang streckten.

»Efcharistó! Vielen Dank!«

Außer Atem erreichte sie schließlich das nächstgelegene Café.

Die Schriftzeichen des griechischen Alphabets konnte sie nicht lesen, aber darunter stand in Deutsch der sinnliche Name *Muschelkuss*. Wie passend, denn das Promenadencafé lag direkt am Meer. Man brauchte die Hand nur über die niedrige kleine Mauer zu strecken, schon tauchte sie ins Salzwasser. Als würde das Meer die Küste küssen. Genau so ein Café kam auch in der *Tochter der Titanen* vor. Es war der Ort, an dem sich Held und Heldin zum ersten Mal begegnet waren. Sid ging das Herz auf. Das war also der erste Ort aus dem Roman, den sie wiedererkannte.

Ein paar Kinder machten sich einen Spaß daraus, die Beine ins kühle Nass baumeln zu lassen. Emsige Kellner eilten trotz der Hitze in langärmligen weißen Hemden und schwarzen Hosen durch die schmalen Reihen an vollbelegten Tischen. Sid ließ ihren Blick schweifen, suchte jeden Zentimeter nach einem verräterischen Schwanzwedeln ab und entdeckte schließlich am hintersten Tisch einen kleinen Terrier, der gerade ein Stück Kuchen von einer älteren Dame zugesteckt bekam!

Shorty!

Das gab's ja nicht, er war tatsächlich hier!

Sid schob sich an einem Kellner vorbei und eilte auf den Tisch zu. »Shorty!«, rief sie erleichtert, der kleine Kerl drehte sich erfreut zu ihr um, als wäre nichts geschehen.

Treulose Tomate!

Unter dem Tisch erklang ein leises Bellen. Und als Sid sich erleichtert zu Shorty runterbeugte, entdeckte sie einen zweiten Hund von ähnlicher Größe mit einer bunten Schleife im Haar. So war das also! Von wegen, sie war die große Liebe seines Lebens! Shorty schaute sie entschuldigend an, aber Sid verstand nur zu gut. »Wo die Liebe hinfällt, gell?« Dann richtete sie sich auf und lächelte die ältere Dame entschuldigend an. »Ich hoffe, der kleine Mann hat Sie nicht belästigt.«

»Ah, er gehört also zu Ihnen. Ich hatte mich schon gefragt, wo das Hündchen so plötzlich herkommt«, sagte die Frau in perfektem Deutsch und lächelte Sid auf eine Weise an, die ihr vertraut erschien. Sehr vertraut sogar! Irgendwie kam ihr diese Frau mit ihrem silbrigen Kurzhaarschnitt bekannt vor. Sie war sich ganz sicher, sie schon einmal gesehen zu haben. Nur wo, das war die Frage.

»Und nein, keine Sorge, ich habe seine Gegenwart genossen.«

Plötzlich fiel es Sid wie Schuppen von den Augen. »Sie sind Frau Cosmas!«

Ihr Konterfei war auf der Rückseite jedes ihrer Bücher abgedruckt. Zugegeben, eine jüngere Variante. Aber auf dem Plakat im Athena sah sie genauso aus wie hier, live und in Farbe! Sids Herz klopfte mit einem Mal wie verrückt! Das ... war ja der Wahnsinn!

Die Dame, die sich gerade Kaffee hatte nachgießen wollen, hielt erstaunt in ihrer Bewegung inne. »Kennen wir uns?«

Sie rückte ihre winzige Brille zurecht und musterte sie.

Sid ließ sich auf den freien Stuhl sinken, weil ihr schwindelig war. »Ich bin Ihr größter Fan!« Oh mein Gott, war das zu glauben? Da saß einfach mal so ihre Lieblingsautorin vor ihr! In einem ganz normalen Café.

»Ich wusste gar nicht, dass ich Fans habe.«

Sid fand es unhöflich, sich einfach zu ihr zu setzen und erhob sich wieder. Obwohl ihr Kreislauf immer noch verrücktspielte. »Verzeihen Sie, meine Manieren ...«

»Setzen Sie sich ruhig wieder«, lud Frau Cosmas sie ein.

Sid nahm mit weichen Knien Platz. Die Autorin war unglaublich nett. Durch ihre Bücher und die Artikel, die Sid über sie gelesen hatte, hatte sie ja bereits das Gefühl gewonnen, Frau Cosmas irgendwie zu kennen. In echt erschien sie ihr aber noch viel sympathischer.

»Ihre Werke, die sind so berührend. Besonders ›Die Tochter der Titanen‹, ich liebe dieses Buch einfach.«

Frau Cosmas lächelte milde. »Ich danke Ihnen, Frau ...?«

»Sidonie Albrecht.«

»Sidonie.« Sie nickte. »Ein schöner Name.«

Darüber konnte man streiten. Jedenfalls wusste Sid nicht, wie ihre Eltern überhaupt darauf gekommen waren, ihr ausgerechnet diesen Namen zu geben. Antje oder Yvonne hätten es ja auch getan.

»Ich fühle mich geehrt, dass Ihnen meine Texte so viel bedeuten.« Ein ehrliches Lächeln trat in die ausdrucksstarken Augen dieser Frau, die so ganz nahbar und natürlich auf Sid wirkte. Einfach wie eine rüstige Seniorin, die gern plauderte.

»Nicht nur mir«, versicherte Sid ihr. »Sie haben einige Bewunderer, im Internet zum Beispiel.« Es gab sogar eine Fan-Seite von einer begeisterten Leserin, die auch eigene Rezensionen online gestellt hatte. Wusste Frau Cosmas das etwa nicht? Sid fiel auf, dass eine Kellnerin mit kinnlangen dunklen Haaren immer wieder zu ihnen rübersah. Vielleicht sollte sie besser etwas bestellen. In manchen Cafés war es ja nicht gern gesehen, wenn man nichts trank.

»Ich weiß gar nicht, wie man dieses Internet bedient«, erklärte Frau Cosmas schmunzelnd. »Die Menschen, die sich für meine Bücher interessieren, treffe ich auf Lesungen«, fügte sie hinzu. »Es sind längst nicht mehr so viele wie früher. Und auf die großen Buchmessen gehe ich auch schon lange nicht mehr.«

»Ich werde bei einer Lesung von Ihnen sein. Im Athena!«, sagte Sid aufgeregt. Aber eigentlich war diese Begegnung hier noch viel besser!

Weil die Kellnerin nicht aufhörte, sie anzuschauen, hob Sid die Hand und ließ sich die Karte bringen. Sie nahm einen Kaffee mit Milch. Und eine Waffel, wo sie nun schon hier war.

»Ich freue mich schon die ganze Zeit auf Ihre Lesung!«, gestand Sid.

Frau Cosmas nickte geistesabwesend, ihr Blick glitt in die Ferne. Aufs Wasser hinaus, wo die Wellen um die Wette rollten. Und erst nach einer ganzen Weile sah sie Sidonie wieder an. Das Blau ihrer Iriden, das eben noch so strahlend wie der Himmel gewirkt hatte, war nun so blass wie trübes Regenwasser.

»Ist alles in Ordnung?«, fragte Sid bestürzt.

Frau Cosmas nickte langsam, versuchte ein Lächeln, doch es lag so viel Schmerz in ihrem Blick, dass es Sid einen Stich in die Brust versetzte. Was war nur plötzlich mit ihr los?

»Ach, meine Liebe, Sie sind ja noch so jung«, murmelte sie. »Das Leben fährt immer auf der Überholspur nicht wahr?«

Sid konnte der bekannten Autorin nicht ganz folgen.

»Entschuldigen Sie mich einen Augenblick. Würden Sie so lange auf Kessi aufpassen?«

»Oh, ja, natürlich.«

Frau Cosmas erhob sich, griff nach ihrem Stock, der am Stuhl gelehnt hatte, und lief durch die Stuhl- und Tischreihen zu dem Hauptgebäude, über dessen knallroter Tür eine riesige Muschel hing. Sid fand, Frau Cosmas wirkte unbeschreiblich zerbrechlich. Zittrig und abgehackt waren ihre Bewegungen, sogar ihr Stock wackelte. Dass sie körperlich so angeschlagen war, hatte Sid zuvor gar nicht mitbekommen. Sie überlegte, ob sie ihr nachgehen sollte, nur um sicher zu sein, dass sie nicht stürzte. Doch Shorty und Kessi forderten ihre ganze Aufmerksamkeit ein. Sie knurrten sich unter dem Tisch an. Dann war sogar ein kurzes Bellen zu hören. Der erste Streit des jungen Paares.

»Ruhig ihr Mäuse«, sagte Sid und hob leicht die Tischdecke an, um das Pärchen besser sehen zu können. Gerade kam es wohl zur Versöhnung, sie leckten sich schon wieder gegenseitig über die Nase und kuschelten sich aneinander. Wenigstens einer, der die große Liebe gefunden hatte.

»Ihr Kaffee und Ihre Waffel.« Sid hob den Kopf. Die Kellnerin stellte ihre Bestellung auf den Tisch und heftete die Karten in den Ständer.

»Vielen Dank.« Sid reckte noch mal den Hals, aber Frau Cosmas war schon im Café verschwunden.

»Sehr gerne. Zum ersten Mal auf Mykonos?«

»Ja, persönliche Premiere.«

»Gefällt's Ihnen bei uns?«

»Ich bin erst vor wenigen Tagen angekommen, aber ich denke schon, ja.«

»Sie werden sich verlieben«, prophezeite die Bedienung.

»Naja, mal sehen.« Sid wusste ja, dass eigentlich die Insel gemeint war, aber Lust aufs Verlieben hatte sie im Moment wirklich nicht. Vermutlich für die nächsten hundert Jahre.

Die junge Angestellte wandte sich einem Gast am Nebentisch

zu. Offenbar jemandem, den sie kannte, denn sofort wurden die zwei Frauen sehr vertraut miteinander.

»Die arme Henriette, sie sieht mitgenommen aus, um nicht zu sagen, um Jahre älter«, murmelte die Urlauberin mittleren Alters, einen Hut wie aus der Raffaello-Werbung auf dem Kopf. »Mein Jürgen und ich, wir kommen jetzt seit zwanzig Jahren jeden Sommer hierher. Und jedes Mal gehen wir auch zu einer Lesung von Frau Cosmas. Schade, dass sie diesmal nicht hier, im Muschelkuss stattfindet.«

»Das hat seine Gründe. Wenn Sie aber interessiert sind, im Hotel Athena ist für diesen Sommer eine Lesung geplant«, flüsterte die Kellnerin.

»Wirklich? Das wusste ich ja noch gar nicht. Warum denn im Athena?«

Die Kellnerin räusperte sich. »Das hat Frau Cosmas so gewünscht. Im Muschelkuss erinnert sie zu viel an ihren Mann. Sie hat ihn damals hier kennengelernt, wissen Sie.«

»Aha. Aber was ist denn mit Ihrem Mann?«

Jetzt wurde die Stimme der Kellnerin noch leiser. »Er ist letztes Jahr, kurz vor dem fünfzigsten Hochzeitstag, verstorben.«

Sid hatte trotz aller Bemühungen der Serviererin jedes Wort verstanden. Ein Schrecken fuhr ihr durch die Glieder.

»Nikos ist tot?«, brachte auch die Raffaello-Frau nur mit zitternder Stimme hervor.

Deswegen war Frau Cosmas also so niedergeschlagen. Und das Café Muschelkuss war zu einem Ort des Trauerns geworden.

»Leider ja, sie waren so ein schönes Paar. Es war die große Liebe«, erklärte die Kellnerin bedeutsam. »Sollte eine große Feier werden, Goldene Hochzeit, wer erlebt das schon? Drüben im alten Hafen sollte sie stattfinden. War alles vorbereitet. Jetzt sitzt sie oft stundenlang hier am Meer, ganz allein. Ich beobachte das oft. Manchmal setze ich mich für ein paar Minuten zu ihr, aber hier ist immer viel los. Ich habe nicht viel Zeit, wissen Sie?«

»Natürlich. Aber es ist sehr anständig von Ihnen, dass Sie sich um die alte Dame kümmern.«

»Sie hat ja sonst niemanden. Ich habe sie dazu gebracht, ab und an auf die Hunde unserer Gäste aufzupassen. Ich glaube, was ihr wirklich fehlt, ist eine Aufgabe.«

Sid fühlte sich nicht sonderlich wohl, das Gespräch zu belauschen, doch es drängte sich ja förmlich auf. Noch dazu ging es um Frau Cosmas! Was die Servierkraft sagte, klang sehr einleuchtend. Jeder brauchte doch eine Aufgabe. Sid legte ihre Hände um ihre Kaffeetasse und atmete tief durch. Wenn ihre Lesung ein großer Erfolg würde, würde das Frau Cosmas sicher helfen.

»Bringen Sie mir bitte noch ein Kännchen Milch?«, fragte die Raffaello-Frau.

»Natürlich, kommt sofort.« Die Kellnerin ging in das Haus zurück, und im selben Moment trat Frau Cosmas aus der knallroten Tür. Zittrig, wackelnd. Wie jemand, der nach langer Bettlägerigkeit zum ersten Mal wieder die eigenen Beine benutzt.

Sid eilte ihr entgegen, bot ihren Arm als Stütze an, doch die Autorin winkte ab. »Ich schaffe das schon, meine Liebe.« Danach sah es nicht aus, aber Frau Cosmas kämpfte sich dennoch entschlossen bis zu ihrem Tisch vor, auf ihren Stock gestützt. Biss hatte sie, das musste man ihr lassen.

»Kessi war brav?«

»Aber ja.«

»Schön. Eine gute Erziehung ist alles, oder?«

Sid hatte keine Ahnung, wie man Hunde erzog, das war wohl ein Thema für Katja. Frau Cosmas atmete schwer und schien angestrengt.

»Ihnen geht's gut?«, hakte Sid nach, sie machte sich Sorgen.

»Aber ja, Kind … Sagen Sie, waren Sie denn schon am Paradise Beach?«, hakte Frau Cosmas nach. Es kam Sid komisch vor, dass sie sogleich ablenkte. Vielleicht war das auch so ein Verdrängungsmechanismus, von dem Katja immer mal wieder sprach, um wie eine Psychologieexpertin zu wirken.

»Nein, bisher nicht.« Sid beobachtete, wie sich der Brustkorb der älteren Dame ungesund schnell hob und senkte, sich aber auch allmählich beruhigte.

»Sie müssen nur dem Strand folgen, es ist gar nicht zu übersehen.«

»Laute Partys interessieren mich nicht sehr.«

»Verstehe. Sie gehen lieber auf Lesungen, richtig?« Frau Cosmas schmunzelte und nippte an ihrem Kaffee. Ob Koffein jetzt so gut war? »Ah, nirgends gibt's so guten Kaffee wie im Muschelkuss.« Der kleine Koffeinschub schien sich nicht negativ auszuwirken. Frau Cosmas sah sie fragend an, weil Sid noch nicht geantwortet hatte.

Naja, früher hatte sie mit Katja die Klubs auf Mallorca gern unsicher gemacht. Aber jetzt war ihr alles zu viel. Lieber wollte sie eine ruhige Kugel schieben. Außerdem hatte sie sich schon lange auf diese Lesung gefreut. Sie hatte nämlich vorgehabt, Frau Cosmas etwas Persönliches zu fragen. Aber jetzt bot sich eine noch viel bessere Gelegenheit.

»Frau Cosmas, ich hoffe, ich erscheine nicht zu neugierig. Aber es … gibt da etwas, was mir … schon seit Ewigkeiten unter den Nägeln brennt.«

»Na dann raus damit, das ist jetzt Ihre Chance.«

Sid grinste. »Wird man … denn bald was Neues … von Ihnen lesen?«

»Ein neues Werk? Ich bitte Sie, Kind. Haben Sie sich mal meine Hände angesehen.« Frau Cosmas hielt sie ihr hin. Die Finger wirkten etwas verbogen, beinahe krallenartig. »Ich lese aus meinen alten Büchern, mehr mache ich nicht mehr. Und auch das hat jetzt ein Ende.«

»Aber die Menschen lieben Ihre Texte. Sie können doch nicht einfach aufhören.«

»Ich bin alt, Liebes.«

Frau Cosmas versuchte ein Lächeln, aber es misslang. »Alles um uns herum verändert sich. So ist das nun mal.« Dann glitt ihr Blick abermals in die Ferne und sie schien ganz in ihre Gedankenwelt einzutauchen.

13. Kapitel

Henriette war gerade 18 Jahre jung, als sie *ihm* im Sommer des Jahres 1966 zum ersten Mal begegnete. Sie wusste noch genau, wie das Wetter an diesem Tag gewesen war. Zweiunddreißig Grad im Schatten. Ein wolkenfreier Montag. Die Uhrzeit? Halb eins am Mittag. Wichtige Tage merkte man sich, und je bedeutsamer sie für das eigene Leben waren, desto detailreicher blieben sie in Erinnerung.

Seine warmen Augen hatten sie sofort in seinen Bann gezogen. Ein Blick – und sie hatte gewusst, dass Nikos Cosmas jemand ganz Besonderes war. Natürlich hatte sie seinen Namen zunächst nicht gekannt. Nicht einmal seine Stimme gehört. Nur sein Gesicht gesehen. Dieses warme und freundliche Antlitz, das ihr Herz öffnete.

Galant kam er rüber, sein Gang federnd.

»Darf ich Ihnen unsere Bougatsa empfehlen?«, fragte er höflich und reichte erst ihrer Mutter, dann ihr und schließlich ihrem Vater die Karte. Wie das Kellner eben machten. Ladies first.

»Was ist denn dieses … Bougatsa?«, wollte Mutter wissen.

»Ein köstlicher und hauchzarter Blätterteig mit einer Füllung aus Grießpudding«, erklärte er, ohne den Blick von ihr zu lassen. Der Klang seiner Stimme zauberte eine leichte Gänsehaut auf ihre Oberarme. Sie war tief, aber nicht zu tief, samtig, aber nicht zu samtig, sondern einfach perfekt.

»Das klingt großartig. Ich nehme einmal Bougatsa«, sagte Mutter. »Was wählst du Schatz?«

»Ich nehme den Thunfischsalat.«

»Und du, Liebes?«

»Auch einmal Bougatsa«, sagte Henriette und lächelte ihn an.

»Sehr gern, die Herrschaften.« Dann nahm der junge Kellner noch die Getränkebestellung auf, ehe er im Café verschwand.

»Netter Junge«, sagte Mutter.

»Die sind doch hier alle ›nett‹, aber was sie wirklich wollen, ist das Geld der Touristen«, schimpfte Vater, der nicht nur heute mit dem falschen Fuß aufgestanden war. Doch seit jemand versucht hatte, ihm auf Santorin die Brieftasche zu stehlen, war seine Laune so richtig im Keller.

»Es sind doch nicht alle so«, versuchte Mutter ihn zu besänftigen.

»Ich arbeite übrigens gerade an einer neuen Kurzgeschichte«, versuchte Henriette das Thema zu wechseln. Seit sie zum ersten Mal einen Stift in die Hand genommen hatte, schrieb sie mit großer Leidenschaft Prosa. Allerdings war sie nicht allzu überzeugt von sich, weswegen sie nur ganz wenigen erlaubte, ihre Texte zu lesen.

»Wirklich? Das ist ja toll, Liebes«, freute sich Mutter.

Vater aber rollte mit den Augen. »Wieso du deine Zeit mit so einem Blödsinn verschwendest, ist mir schleierhaft. Vom Schreiben kann man nicht leben. Es sei denn, du bist ein großer Schriftsteller. Aber dafür brauchst du Talent statt Flausen im Kopf.«

Vater war immer schnell darin, sich eine Meinung zu bilden und diese rauszuposaunen, ohne Rücksicht auf Verluste. Er traf sie mitten ins Herz. Dabei kannte er keine einzige Zeile von ihr.

Als der Kellner zurückkam, reichte er Henriette ihren kretischen Bergtee, und unter dem Untersetzer ertasteten ihre Finger einen kleinen Zettel, den sie mit klopfendem Herzen rasch in ihrer Hosentasche verschwinden ließ.

Der junge Mann legte den Finger auf seine Lippen, und Henriette verstand. ›Lies es erst später‹, schien sein warmer Blick zu sagen. Und das war wohl auch das Klügste. Wenn Vater mitbekam, dass der Kellner ihr heimlich Briefe zusteckte, würde er wohl mächtig auf den Tisch hauen. So schaute der junge Mann immer mal wieder zu ihr, wenn er zufällig an ihrem Tisch vorbei kam, und sie blickte ihm nach. Ganz unauffällig. Hoffte sie zumindest.

Dann brachte er das Bougatsa und den Salat. »Lassen Sie es sich schmecken.«

»Danke«, sagte Mutter und probierte ein Stück. »Köstlich!«

Auch Henni fand es lecker, schön süß, aber nicht so süß wie er.

»Ich glaube, er mag dich«, flüsterte Mutter ihr zu.

Henni erschrak so sehr, dass ihr fast die Teetasse aus der Hand kippte. Von wegen, unauffällig!

»Der soll seine Finger bei sich behalten!«, wütete Vater auch schon los.

»Er hat doch gar nichts gemacht«, verteidigte Mutter den jungen Mann. »Nur gelächelt.«

»Das genügt doch! Solche Typen kenne ich. Verführen unschuldige Mädchen, die naiv an die große Liebe glauben. Die große Liebe – ha. Am Ende sitzen sie da, mit einem unehelichen Balg. Wer zahlt die Alimente? Niemand natürlich.«

»Jetzt sag nicht, Hubert, dass du nicht an die große Liebe glaubst. Was war denn das mit uns?«, schnitt ihm Mutter empört ins Wort.

»Das ist doch was ganz anderes, Schnurzelbärchen.«

Ja, so ging es dann weiter an diesem Tag mitten im Sommer des Jahres 1966. Die süßen nicht allzu heimlichen Blicke des jungen Kellners, der Zwist zwischen Mutter und Vater und schließlich der Moment, als Henni endlich allein in ihrem Hotelzimmer war, dass sie sich mit ihrer Mutter teilte, während Vater nebenan untergekommen war. Gerade jetzt unternahmen ihre Eltern einen kleinen Bummel durch die Ortschaft, die Luft war also rein.

Sie zog den Zettel aus der Hosentasche, der inzwischen richtig durchnässt war von der ganzen Aufregung, und faltete ihn mit zitternden Fingern auseinander.

Heute Abend, um 19 Uhr am Muschelstrand?

Ihr Herz fing an, heftig zu klopfen. Ein heimliches Treffen. Sie und er. Ganz allein am Strand? Das klang unglaublich romantisch! Und aufregend! Nein, es klang nach dem besten Urlaub aller Zeiten!

Ihre Eltern durften freilich nichts davon wissen. Sie hätten es auf der Stelle verboten. Dass sie schon achtzehn war, spielte da nur eine untergeordnete Rolle. Doch wie der Zufall es wollte, trafen sie ausgerechnet heute Bekannte in der Strandbar ihres Hotels. Alte Freunde, die es ebenfalls zur Hochsaison nach Mykonos verschlagen hatte.

Genügend Zeit also, sich aus dem Hotel zu schleichen und den jungen Mann zu treffen, der ihr nicht mehr aus dem Kopf ging.

Sie wollte, nein, sie musste herausfinden, was an ihm so anders war als an allen anderen Jungen, die sie kannte. Nur er löste dieses aufregende Kribbeln in ihrem Bauch aus, als würde dort eine Ameisenkolonie entstehen. Henriette schaute in ihren Schrank. Für heute Abend brauchte sie etwas ganz Besonderes. Ein schöner Rock fiel ihr in die Hände, dazu eine geblümte Bluse …

Da ging plötzlich die Zimmertür auf und Vater und Mutter kamen herein. Aufgebracht und laut, wild mit den Armen wedelnd. Ihr Magen verkrampfte sich. Da bahnte sich wieder mal ein Unwetter in den eigenen vier Wänden an. Rasch stopfte sie die Kleidung in den Schrank zurück und lehnte sich mit dem Rücken an diesen.

»Ich wollte es ja nur einmal anprobieren, meine Güte!«

»Wenn du es erst anhast, musst du es auch kaufen.«

»Das ist doch Unsinn, Hubert.«

»Sag das nicht mir, sag das diesen Feilschern. Die hauen einen übers Ohr, wo sie nur können.«

Streit war Alltag in dieser Familie. Henriette seufzte. Irgendwann würde sie ein Buch darüber schreiben, wie man als hilflose Tochter diesen Wahnsinn überlebte. Anstatt sich mal ordentlich zu entspannen, gerieten Vater und Mutter immer wieder aneinander. Und das meist wegen irgendwelcher Kleinigkeiten.

»Gut, du hast gewonnen, Hubert. Ich werde gar nichts mehr

anprobieren. Und zu unserer Verabredung kannst du auch allein gehen. Denn wer weiß, vielleicht würde ich ja an der Strandbar auch etwas trinken wollen? Das kostet ja alles. Und der Barmann haut mich bestimmt auch übers Ohr, weil ich ja von Geld keine Ahnung habe und man mir alles andrehen kann, nicht wahr?«

»Jetzt werd mal nicht hysterisch. Wir gehen zusammen hin. Wie sieht das denn sonst aus?«

»Papa hat recht«, mischte sich Henriette ein.

Erstaunt blickten ihre Eltern sie an.

Vater fand als erstes die Stimme wieder. »Da hörst du es, unsere Tochter sieht es genauso wie ich.«

Henriette hatte eigentlich keine Ahnung, worum es diesmal genau ging, aber für ihre eigenen Pläne war es wichtig, dass ihre Eltern heute Abend ausgingen. Nur so konnte sie den jungen Kellner am Strand treffen. Und das wollte sie unbedingt.

»Mama, jetzt sei doch nicht so. Papa hat es sicher nicht so gemeint und lädt dich bestimmt zu einem Cocktail ein, nicht wahr, Papa?«

»Naja, das kommt auch auf den Cocktail an, die haben da ja Preise an der Bar, die sind gesalzen und ...« Henriette gab ihrem Vater einen sanften Stoß mit dem Ellenbogen an seinen Oberarm. »Also gut, ich will heute Abend nicht knauserig sein. Was sagst du dazu, Frieda?«

»Na schön, ich komme mit«, gab Mama nach.

Pünktlich um 18.30 Uhr verließen ihre Eltern das Hotel, sodass Henriette noch genügend Zeit hatte, sich Rock und Bluse überzustreifen, ihre langen Haare zu frisieren und sogar etwas von Mamas Lippenstift aufzutragen. Danach machte sie sich ohne Umwege auf den Weg zum Muschelstrand, der in der Nähe des Cafés Muschelkuss lag, wo der junge Mann arbeitete.

Henriette legte ein ordentliches Tempo vor, doch als sie den Strand erreichte, war dort niemand zu sehen. Keine Menschenseele. Irritiert zog sie seine Nachricht aus ihrer Handtasche und las sie noch einmal: *Heute Abend, um 19 Uhr am Muschelstrand?*

Ein Blick auf die Armbanduhr verriet, sie war pünktlich auf die Minute. Ob er es sich womöglich anders überlegt hatte?

Dunkle Wolken zogen über den Horizont. Wenn das kein schlechtes Zeichen war. Nach all den Sonnentagen plötzlich ein Schauer? Tatsächlich spürte sie schon einen ersten Tropfen auf ihrer Stirn.

Ein Kloß bildete sich in ihrem Hals. Wenn er sie hier sitzenließ, das wäre wirklich furchtbar! Ihr Blick schweifte über den Strand, von rechts nach links, aber das Wetter hatte alle Besucher verscheucht. Es war menschenleer. Immer dicker wurde der Kloß. Sie war sich doch so sicher gewesen, dass er jemand ganz Besonderes war. Plötzlich hielt ihr jemand von hinten die Augen zu.

»Ich bin es, Nikos«, flüsterte er ihr ins Ohr. Und ohne ihn gesehen zu haben oder seinen Namen zu kennen, wusste Henriette, dass er es war. Sein herrlicher Geruch entlockte ihr ein Seufzen.

Sie drehte sich um, sodass er gezwungen war, die Hände herunterzunehmen. Jetzt schaute sie ihm direkt in die dunklen Augen, die vor Wärme fast glühten. Gleich einem Stück Kohle, das heiß geworden war. Sanft prasselte der Regen auf sie nieder.

»Hallo Nikos.« Ein schöner Name war das.

Er lächelte sanft, griff vorsichtig nach ihrer Hand. »Ich hatte Angst, dass du nicht kommen würdest«, erklärte er. »Ich habe so etwas noch nie zuvor gemacht, das musst du mir glauben.«

»Noch nie zuvor ein Mädchen an den Strand eingeladen?« Sie lachte, das konnte er ihrer Großmutter erzählen.

»Kein Mädchen wie dich, keine Touristin«, gab er zu. »Ich war nur einmal hier mit der Schwester meines Freundes, aber die mochte mich nicht. Was jetzt egal ist.« Er lächelte immer noch. Es sah einfach süß aus. So frech und voller Lebensfreude. »Ich habe dich gesehen und wusste, dass du anders bist«, erklärte er. Das war genau das, was sie über ihn dachte. Um nicht zu sagen eins zu eins. Wie merkwürdig, dass sie sich so ähnlich waren. Und sofort gemocht hatten. Als wären sie füreinander bestimmt. Vater würde sich über diesen Gedanken lustig machen. Aber genauso fühlte es sich an.

»Wollen wir uns hinsetzen?«

»Es regnet«, sagte sie und lachte.

»Na und? Dann bleibt der Strand leer, und wir haben ihn ganz für uns.«

Sie nickte. Das klang gut, ja. Und so schlimm war der Regen ja auch noch gar nicht.

Er nahm seine Strickjacke und legte sie ab, sodass Henriette darauf Platz nehmen konnte. Nikos selbst setzte sich in den Sand.

»Verrat mir deinen Namen«, bat er sie.

»Henriette. Aber Freunde nennen mich nur Henni.«

»Henni. Das klingt süß.«

Was für schöne Lippen er hat, dachte Henni.

»In diese Richtung«, er deutete aufs offene Meer, »liegt Tinos. Da bin ich geboren worden. Vom Leuchtturm aus ist die Insel zu sehen. Ich kann sie dir beim nächsten Mal zeigen, wenn du magst.«

Beim nächsten Mal? Dem nächsten Treffen also. Das bedeutete, er wollte sie wiedersehen! Hennis Herz machte vor Freude einen Hüpfer.

»Wo kommst du her?«, wollte er wissen.

»Aus Hamburg.«

»Ist es schön dort?«

»Nicht so schön wie hier.« Das war die Wahrheit. Zumindest im Moment konnte sich Henni keinen schöneren Ort vorstellen. Obwohl es zusehends nasser wurde.

Leise Klänge drangen vom Strand zu ihnen herüber. Sie kämpften regelrecht gegen die Regengeräusche an. Ein junger Mann mit einer Laute lief am Wasser entlang, tauchte die Füße immer wieder in die anrollenden Wellen.

»Das gibt's ja nicht, noch einer der bei Regen unterwegs ist?«, amüsierte sich Henni.

Nikos aber schloss die Augen und wippte im Takt der Musik mit, fing leise an zu singen. Seine Stimme klang jetzt noch etwas tiefer und wärmer.

»Du kannst richtig gut singen«, sagte sie verblüfft.

Er grinste, sang dabei aber weiter, ohne die Augen zu öffnen. Henni musterte seine breiten Schultern. Wie es sich wohl anfühlte, ihn zu berühren?

»Lehn dich ruhig an mich«, sagte er, und Henni fühlte sich ertappt. Dann sang er weiter, als wäre nichts geschehen. Wahrscheinlich hatte er geblinzelt. Falls ja, hatte er auch bemerkt, dass ihr Gesicht puterrot angelaufen war.

»Na komm, ich beiße nicht. Versprochen«, meinte er sanft.

Zögerlich lehnte sie ihren Kopf an seine Schulter. Ihre Haare waren jetzt ganz nass. Und sein Shirt ebenfalls. Henni war sonst nie so mutig. Sie hatte schon mal einen Jungen aus ihrer Klasse geküsst, den Wolfgang nämlich. Aber nur, weil das ein Spiel auf der Fete gewesen war, zu der sie beinahe nicht gedurft hätte, wenn Mama Papa nicht überredet hätte. Händchenhalten oder mehr war gar nicht in Frage gekommen, dazu war sie viel zu schüchtern. Aber bei Nikos war das völlig anders. Ihr Arm glitt wie von selbst um seine Hüften. Sie wollte so viel wie möglich von ihm spüren. Ihm so nah wie möglich sein. Dabei raste ihr Herz, als nähme es an einem Marathon teil. Durfte sie das denn? Ihn anfassen? Nikos lächelte, während er noch immer sang.

Henni schloss die Augen und lauschte Nikos' Stimme, obgleich die Laute längst nicht mehr zu hören war. Das Vibrieren seiner Stimme kitzelte. Aber dann verstummte er.

»Schau«, flüsterte er stattdessen, und als Henni die Augen wieder öffnete, neigte sich die Sonne ihrem Untergang zu. Wie man es von Postkarten kannte – vom Regen mal abgesehen, färbte sie den Horizont rot und das Wasser, das nun schon fast bis zu ihren Fußspitzen reichte, wirkte unglaublich dunkel.

»Wunderschön«, sagte Henni ergriffen.

»Du bist wunderschön«, hauchte er und schaute sie wieder an. Rinnsale flossen über sein Gesicht. Die dunklen Haare klebten an seiner Stirn. Ein einzelner Tropfen perlte über seine Lippen.

Henni wich seinem Blick aus und schluckte, der Geruch seiner Haare vermischt mit dem des Regens ließ sie den Atem anhalten. Ihr Herz klopfte wie wild und es schien, als würde es mit jeder

Sekunde, die verstrich, nur noch etwas schneller schlagen. Jetzt nahm der Regen auch noch zu. Wie aus Kübeln schüttete es auf sie herab. Sie würde sich eine Erkältung oder, schlimmer, eine Lungenentzündung zuziehen, wenn sie hierblieb. Aber das war ihr egal. Selbst wenn sie dann an irgendeine Maschine angeschlossen werden musste, weil sie nicht mehr selbstständig atmen konnte, es war ihr die Sache wert.

Dummes Huhn, schalt sie sich selbst. So unvernünftig. Henni eben. Eine Träumerin.

Seine Augen fixierten ihre Lippen. »Hast du schon mal …«

Sie wusste sofort, was er fragen wollte, und nickte. »Ein Mal. Ganz kurz.«

»War … es schön gewesen?«

Sie schmunzelte, schüttelte den Kopf. Mit Wolfgang … nee.

»Darf ich dich …? Wenn du … willst.«

Henni nickte hektisch.

Da legte er plötzlich seine Hand unter ihr Kinn und küsste sie zärtlich. Henni ließ es zu, hielt vor Schreck den Atem an. Bis sie merkte, dass es sich wunderschön anfühlte. Seine Lippen waren ganz sanft und weich. Und sie schmeckten herrlich würzig. Nach Nüssen, nach Oliven und Regen. Doch der Kuss war viel zu kurz.

»Hör nicht auf«, sagte sie.

Dann umschloss sein Mund erneut den ihren. Es war der schönste Kuss, den Henni je erleben würde. Sinnlich, und trotzdem unschuldig. Seine Lippen wanderten tiefer, saugten zärtlich an ihrem Hals.

Gegen einundzwanzig Uhr kehrte Henni ins Hotel zurück. Sie war durchnässt bis auf die Knochen und musste ihre nassen Klamotten schnell loswerden, danach unter die Dusche, damit ihre Eltern nichts von ihrem abendlichen Ausflug merkten. Nikos hatte sie ein Stück weit begleitet, so weit, wie es sicher gewesen war. Schon morgen wollten sie sich wiedersehen. Am Muschelstrand natürlich. Danach vielleicht zum Leuchtturm gehen. Doch

Henni erwartete eine böse Überraschung, als sie das Doppelzimmer betrat, das sie sich mit Mama teilte.

»Wo bist du gewesen?«, fuhr Mutter sie an, kaum, dass die Tür hinter Henni ins Schloss gefallen war. »Und wie siehst du aus, um Himmels willen!«

Auch ihr Vater war da, er saß mit verschränkten Armen in einem Rattansessel.

»Ich … dachte, ihr wärt an der Strandbar«, druckste Henriette verlegen.

»Das waren wir auch. Aber dein Vater hat die Preise für die Cocktails gesehen und mir eine Szene gemacht, dabei habe ich nur einen einzigen Blue Ocean bestellt. Und das war schon zu viel!«

Im Klartext, sie hatten sich gestritten und die Verabredung frühzeitig verlassen, so hatten sie natürlich mitbekommen, dass Henni nicht auf dem Zimmer gewesen war.

»Wo warst du?«, wollte nun auch Papa wissen und musterte sie von oben bis unten. Sie musste eine jämmerliche Gestalt abgeben. Klatschnass, wie ein begossener Pudel.

»Ist das etwa ein Knutschfleck?!«, schrie Mama ganz hysterisch. Schon sprang Vater auf und musterte ihren Hals. »Wer war das?«

»Niemand.« Es tat weh, das zu sagen.

»Lüg uns nicht an!«

»Wirklich, nur, nur ein Junge.«

»Du triffst dich ohne unsere Erlaubnis mit einem Jungen? Ich hab doch gleich gesagt, wir hätten sie mit Liesl ins Zeltlager schicken sollen.«

»Ich bin achtzehn Jahre alt!« Ihre jüngere Schwester war dort vielleicht gut aufgehoben mit ihren dreizehneinhalb!

»Und wenn schon, du lebst noch unter meinem Dach und beugst dich meinen Regeln. Sag mir sofort, wer es war.«

»Nikos.« Sie biss sich auf die Unterlippe. Besser sie verriet ihnen nicht, wer das war, bevor Vater ihm noch eine Szene machte. Oder … Schlimmeres!

Der packte sie auch schon an der Schulter und rüttelte sie

durch, als hätte sie ein Schwerverbrechen begangen. »Ist noch mehr passiert, habt ihr etwa …?«

»Nein … wir haben nichts getan, nur am Strand gesessen und Händchen gehalten. Wirklich, das ist die Wahrheit.« Tränen schossen ihr in die Augen. Andere Frauen in ihrem Alter waren schon verheiratet. Und sie musste gehorchen wie ein Kind!

»Beruhige dich, Hubert. Es ist nichts passiert«, sagte nun auch Mutter.

»Du siehst den Kerl nicht wieder! Die verdrehen den Mädels die Köpfe und ehe du dich versiehst, sitzt du da mit einem Gör von irgendeinem dahergelaufenen Tunichtgut und deine Zukunft ist verbaut.«

»So einer ist er nicht, Papa, wirklich.«

»Das sieht man denen nie an. Du wirst ihn nicht wiedersehen, basta!«

»Das kannst du nicht machen! Bitte, Papa …«

»Ich sagte basta!«

»Hubert, jetzt sei nicht so streng«, lenkte Mutter ein.

Aber Vater blieb hart. Damals waren andere Zeiten gewesen. Und in Hennis Familie hatte nun einmal Vater das Sagen. Er entschied, was das Beste für alle war. Zumindest so lange sie im selben Haus mit ihm lebte. Und da Henni das Gymnasium besuchte, würde sie auch mindestens noch ein Jahr von ihm abhängig sein.

Dennoch gelang es Henni, Nikos wiederzusehen. Mutter hatte sich ins Café Muschelkuss verliebt und so verbrachten sie die letzten Urlaubsnachmittage im Promenadencafé, wo sie sich sehnsüchtige Blicke zuwarfen. Und dann steckte Nikos, dem sie in einem unbeobachteten Moment die ganze Misere erklärt hatte, ihr einen Zettel mit seiner Adresse zu und einem Satz, der sie hoffen ließ.

Ich verspreche dir, wir sehen uns wieder!

Henni würde ihm schreiben, jeden Tag, und seine Briefe rechtzeitig abfangen, damit Vater nichts mitbekam! Und vielleicht konnte sie schon den nächsten Urlaub allein oder mit einer Freundin auf Mykonos verbringen. Dann würden sie alles nachholen, was sie jetzt verpassten.

Doch wie es nun einmal mit dem Schicksal ist, erstens kommt es anders und zweitens, als man denkt.

Henni zog zwar tatsächlich ein Jahr später aus, in eine kleine Einzimmerwohnung, aber ein Urlaub auf Mykonos war für sie als Studentin auf lange Sicht nicht bezahlbar. So blieb es bei einer reinen Brieffreundschaft zwischen Nikos und ihr. Er schrieb ihr so wunderbare Zeilen. Dass er sie vermisste. Dass er hoffte, sie würden sich bald wiedersehen. Und sie schickte ihm ihre Kurzgeschichten über den *Summer of Love* in San Francisco, über den selbst hier jeder sprach. In allen Zeitungen war das ein großes Thema. Henni wäre gern selbst dort gewesen, denn alles klang sehr aufregend und nach Revolution! Die Welt war im Umbruch. Wenn sie aus dem Fenster schaute und bunte Kleinbusse vorbeifahren sah oder den Song »San Francisco« von Scott McKenzie im Radio hörte, inspirierte sie das zu nur noch mehr Zeilen. Sie wollte Blumen in ihren Haaren tragen und über Freiheit und Liebe schreiben.

Nikos schrieb zurück, wie sehr er ihre Einfälle liebte. Und zugleich weckte er ihre Sehnsucht nach ihm.

Plötzlich war da so viel Freiheit in ihrem Leben. Vater hatte keinen Einfluss mehr, und die jungen Leute kämpften für Frieden und Liebe. Dennoch hatte Henni wenig Hoffnung, dass sie sich tatsächlich wiedersehen würden. Und mit der Zeit fragte sie sich, ob er nicht vielleicht ein anderes Mädchen kennen und lieben gelernt hatte. Der Gedanke zerriss ihr das Herz. Doch was sollte sie machen? Sie hielt sich mit Nebenjobs über Wasser. Von einer Reise in die Ägäis konnte sie nur träumen.

Aber dann ergriff in Griechenland die Junta die Macht und von einem Tag auf den anderen stand plötzlich Nikos vor ihrer Tür, geflohen vor der Militärdiktatur, weil er Flugblätter verteilt hatte. Henni erkannte ihn fast nicht wieder. Er war ein Mann geworden. Ein Mann, dessen leuchtende Augen sie immer noch tief berührten, weil Begehren in ihnen schimmerte. Wie lange hatte sie auf diesen Moment gewartet?

»Ich habe dir doch versprochen, Henni, dass wir uns wiedersehen«, sagte er, und Henni konnte nicht länger an sich halten. Sie fiel ihm um den Hals und küsste ihn leidenschaftlich …

14. Kapitel

»Leonidas hat Hände aus Gold, das schwöre ich dir! Ich hatte noch nie eine solch schöne Massage«, schwärmte Katja, die gerade die Suite betreten hatte, und ließ sich auf ihre Matratze fallen. Offenbar war ihr Date ein voller Erfolg gewesen. »Ach ja, was hältst du denn hiervon? Den hat mir der nette Grigorius in die Hand gedrückt«, meinte sie und reichte Sid einen Flyer.

»Tanzen im Hotel Athena. Die Veranstaltung kenne ich doch schon, genau dahin wollte ich mit dir gehen, aber du sagtest, das sei was für Oldies.«

»Ich habe es mir eben anders überlegt.«

»Hat das eventuell mit einem gewissen Animateur namens Leonidas zu tun?«

»Erwischt! Er ist fester Bestandteil der Veranstaltung.« Katja stützte sich jetzt mit dem Ellenbogen auf. Ihre Augen leuchteten, als sie von ihm sprach.

»Und was macht er? Einsame Ladies zum Tanzen auffordern?«

»Ja, genau. Und ich hoffe, dass er auch mich auffordert. Ach, eigentlich bin ich mir da sogar sicher.« Katja zwinkerte ihr zu. »Also, kommst du mit? Sag bitte ja, wir haben bestimmt viel Spaß zusammen. Außerdem, das mit Leo und mir, das ist irgendwie … anders. Ich könnte dich echt als Unterstützung im Hintergrund gebrauchen.« Klang ja ganz schön ernst. War Katja etwa wirklich verliebt? Bis über beide Ohren? Sid gönnte es ihr von Herzen.

»Na klar, ich komme mit, was dachtest du denn?«

»Du bist die Beste. Und falls wir deinen Chef sehen, ignorieren wir ihn!« Katja schien immer noch wütend auf Herrn Grunberg.

Naja, nach Sids eindrücklichen Schilderungen über den nervigsten Chef aller Zeiten war das wohl kein Wunder.

Doch nicht mal Jonas wäre für sie ins Meer gesprungen, er hätte ihr einfach einen neuen Ring gekauft. Aber irgendetwas hielt Sid davon ab, Katja davon zu erzählen. Vielleicht wollte sie vor dem wandelnden Psychologielexikon auch einfach nur nicht zugeben, dass sie ihm immer noch nachtrauerte und deswegen ihren Ring weggeworfen hatte. Wie sie Katja kannte, würde die sofort anfangen, Sid zu analysieren. Nein, ein netter Tanzabend war jetzt mehr nach ihrem Geschmack. Ob Konstantin Grunberg auch zu der Veranstaltung ging?

»Nichts wird uns diesen Abend verderben, wirst sehen.« Katja wuschelte Shorty durchs Fell, der vor Begeisterung einen neuen Hechelrekord aufstellte. »Und du mein Süßer, hattest du auch einen aufregenden Tag?«

Shorty bellte zur Bestätigung.

»Den hatte er allerdings. Er hat eine neue Freundin. Kessi heißt sie.« Sid kribbelte es schon in den Fingern, Katja von ihrem aufregenden Erlebnis im Café Muschelkuss zu berichten!

»Ach, wie süß.«

»Ja – und du wirst es nicht glauben, ich habe Frau Cosmas getroffen.« Sid wartete gebannt auf Katjas Reaktion.

»Wen?«

Das war jetzt nicht ihr ernst. Hallo? *Tochter der Titanen*? Leseabende bei ihr zu Hause, Herzschmerz in der Teeniezeit?

Sid seufzte und kramte den Flyer von der Cosmas-Lesung aus der Mappe in der Schublade. »Die Autorin, die ich gern live erleben möchte. Wir haben zwei Karten für ihre Lesung. Falls du dich erinnerst.«

»Hieß die nicht Costa oder Cordalis oder so?«

»Nein! Cosmas.«

Jetzt schlug sich Katja an die Stirn. »Und die hast du getroffen? Einfach so?«

»In einem Café, jepp.«

»Das ist ja verrückt. Die Welt ist manchmal klein, oder?«

»Wie man's nimmt, Frau Cosmas wohnt auf Mykonos. Und wenn die Welt nur ein Dorf ist ... Es war jedenfalls sehr interessant, mehr über sie zu erfahren. Frau Cosmas schreibt leider nicht mehr. Sie besucht nur noch Lesungen und verbringt Zeit mit ihrem Hund«, fasste sie ihre Begegnung des Nachmittags zusammen. Und nun stand die Abschiedslesung an. Echt schade, dass sie sich ganz zurückziehen wollte.

»Das tut mir wirklich leid, Sid«, sagte Katja mitfühlend.

»Naja, zumindest kann ich sie im Athena einmal in Aktion sehen. Das ist wirklich die letzte Chance.«

»Grigorius hat vorhin noch ein paar zusätzliche Plakate aufgehängt. Der will wohl auf Nummer Sicher gehen und ein volles Haus. Wird bestimmt ein tolles Erlebnis für sie.« Katja stand inzwischen an ihrem Schrank und suchte nach einem passenden Kleid für den Abend.

»Ich glaube ja, dass Grigorius ein wenig in Frau Cosmas verliebt ist.« Sid grinste verschmitzt.

»Wie kommst du darauf, Sid?« Katja hielt sich ein glitzerndes Dress vor dem Spiegel an.

»So ein Gefühl.« Schließlich hatte er sich als großer Fan vorgestellt. »Außerdem hat er eine neue Frisur. Wegen ihr.«

»Die hab ich gesehen. Ist die Elvistolle wieder modern?« Katja hängte das Kleid weg und wählte nun ein blumigeres, es passte farblich vortrefflich zu ihrem kurzen roten Bobhaarschnitt. »Was denkst du? Wird das Leonidas gefallen?«

»Ich finde das Blumenmuster sieht zauberhaft aus. Du solltest das Kleid anprobieren«, schlug Sid vor.

Katja nickte. »Aber du brauchst auch noch einen schönen Fummel.«

»Du weißt doch, dass ich es legerer mag. Ich habe ehrlich gesagt kein Abendkleid mitgenommen.« Sie besaß auch nur ein einziges, nämlich das, welches sie damals zu ihrem Abiball getragen hatte.

»Kein Problem, wozu hat man denn eine beste Freundin. Ich gebe dir eins von meinen.« Sie legte das Blumenkleid auf dem Bett ab und suchte erneut in ihrem Schrank, schließlich zog sie mit hochzufriedenem Gesichtsausdruck ein wunderschönes blassrotes Kleid hervor, lange Ärmel, nicht zu eng, ja, das war nach Sids Geschmack. Eleganz pur.

»Ich wusste gar nicht, dass du so was hast«, sagte Sid und nahm es ihr ab, befühlte den Stoff, der herrlich weich war.

»Ich kann nicht nur ›sexy‹, weißt du. Und jetzt zieh es mal über. Wir wollen sehen, wie es dir steht.«

Sid verschwand im Bad und schlüpfte in diesen hauchzarten Traum, der sich herrlich geschmeidig an der Haut anfühlte. Und als sie in den Spiegel schaute, war sie wirklich angetan. Das Kleid war traumhaft schön.

»Wahnsinn!«, sagte auch Katja, als Sid das Bad verließ, um sich zu präsentieren. »Wie für dich geschaffen. Ein rosenfarbenes Kleid für eine wunderschöne Rose. Und heute Abend mache ich dir noch das Make-up und die Haare. Du wirst die Veranstaltung rocken!«, prophezeite die beste Freundin.

»Übertreib es nicht«, sagte Sid und lachte. Sie wollte ungern allzu sehr auffallen, wenn es ums Tanzen ging.

Drei Stunden später betraten die Freundinnen die Poolarea, wo die Tanzveranstaltung mit dem schönen Namen »Tanz in die Nacht« stattfand. Keine Lasereffekte, keine Partylichter. Alles war ein wenig familiärer und somit genau nach Sids Geschmack.

»Hast du ihn schon gesehen?«, fragte Sid neugierig, weil Katja unentwegt einen Giraffenhals machte, um nach Leonidas Ausschau zu halten.

»Leider nein. Vielleicht kommt er auch erst später.«

Ein Kellner bot ihnen einen schönen Tisch in der Nähe des Pools an. Auf diesem schwebte eine winzige Parkettinsel, die über zwei Brücken zu erreichen war. Wer mutig war, lief also übers Wasser und tanzte mitten im Rampenlicht.

»Ich hoffe, es ist okay, wenn wir Shorty allein auf dem Zimmer lassen?«

»Ja, natürlich. Wenn ich in der Uni bin, ist er ja auch für einige Stunden allein zu Hause. Das macht ihm nichts aus«, erklärte

Katja und blickte sich um. »Ist ja noch nicht viel los«, sagte sie dann und bestellte einen Prosecco. Sid nahm einen Piña Colada.

»Ich finde es eigentlich recht schön. Angenehme Stimmung.«

Nahe am Pool tanzten bereits zwei Paare. Ein drittes gesellte sich hinzu. Der hochgewachsene Mann mit braunen Haaren und dem feinen Hemd kam ihr doch bekannt vor! Und er machte gar keine so üble Figur. Sid schmunzelte. Sie hätte sich denken können, dass er hierherkommen würde. Schließlich trugen alle Herren an diesem Abend einen Anzug.

Als Konstantin sie entdeckte, nickte er ihr zu. Wer wohl die Dame an seiner Seite war? Katja folgte Sids Blick.

»Ist das nicht …?«

»Ja, mein Chef ist tatsächlich auch hier!«

»Tut mir leid, ich hoffe, das ruiniert dir nicht den Abend.«

Sid schüttelte den Kopf. Das tat es nicht. Ganz und gar nicht. Nachdem er beim Frühstück heute Morgen aus beruflichen Gründen so abrupt aufgebrochen war, fand sie es in Ordnung, ihn wiederzusehen. Wenn auch nur aus der Ferne.

Offenbar stand er auf sexy Vamps. Die Dame in seinem Arm wies frappierende Ähnlichkeit mit seiner Ex auf. Sid kniff unwillkürliche die Augen zusammen.

Der Kellner brachte ihnen ihre Getränke, Sid sog einen kräftigen Schluck durch ihren Strohhalm und beobachtete ihren Chef und wie der Vamp sich an ihn heranschmiegte. Kam ganz schön aufdringlich rüber, die Lady in dem engen Kleid. Flora Rottenweil 2.0 … Wer die Dame wohl war? Wie lange kannte sie Grunberg junior? Und was wollte sie von ihm? Stand sie auf ihn, weil er reich war – und aussah? Marke Golddigger.

»Verzeihen Sie?«

Sid blickte auf. »Grigorius?« Seine Haare – waren abgeschnitten. Naja, nicht vollständig, Kürzer. Stoppelig. Sah gut aus. Sehr modern. Hätte sie doch nur vorher noch gefragt, ob sie die Elvistolle mal anfassen durfte. Jetzt war die Chance vertan. Außerdem trug er einen edlen Anzug, der ihm richtig breite Schultern verlieh.

Er hielt ihr nun eine Hand hin. »Darf ich bitten?«

Sid lachte. War das sein Ernst? »Müssen Sie nicht Gäste empfangen, oder so was?«

»Ich habe auch mal Feierabend. Also? Schenken Sie mir diesen Tanz?«

»Ich habe zwei linke Füße.«

»Und ich zwei rechte. Das ergänzt sich.«

Sid tauschte amüsierte Blicke mit Katja aus.

»Du wolltest doch gern zu der Veranstaltung«, wunderte sich ihre Freundin. »Da gilt kneifen nicht.« Sie hatte ja recht. Sid machte es Spaß, anderen beim Tanzen zuzusehen, aber selbst tanzen …

»Na also schön, Hals- und Beinbruch.«

Galant führte sie der ältere Herr, der in etwa ihre Größe hatte, auf das Parkett. Schon bei den ersten Schritten bemerkte Sid, dass er ein gewisses Rhythmusgefühl hatte. Ja, er konnte richtig gut tanzen! Von wegen, zwei »rechte« Füße! Sid stellte sich vor, wie er früher den Frauen mit seinem Charme den Kopf verdreht hatte. Und mit seinem Hüftschwung. Immerhin, Charme versprühte er auch jetzt, und das nicht zu wenig.

»Die Frisur steht Ihnen«, machte sie ihm ein Kompliment.

»Ich war vorhin auf den letzten Drücker beim Barbier. Für morgen will ich doch glänzen.«

»Das werden Sie bestimmt. Ich habe übrigens heute Frau Cosmas kennengelernt. Ich glaube, es täte ihr richtig gut, wenn die Lesung ein Erfolg würde.«

»Oh …« Er senkte kurz den Blick, fast als hätte er etwas zu verbergen. Würde sie diese Szene in einer dieser Vorabendserien sehen, sie wäre sich sicher, hier stimmte was nicht. Dann sah er sie jedoch wieder an, mit einem Lächeln, das aus einer Zahnpastawerbung stammen konnte. »Das wird sie, ich werde alles dafür tun, liebe Sidonie. Darauf können Sie sich verlassen.«

Sid nickte, nun zufrieden. Wenn auch immer noch einen Hauch skeptisch. Es gab Frau Cosmas in diesen schweren Zeiten gewiss Halt, wenn sie mit ihren Texten ein breites Publikum begeistern konnte. »Da es ihre Abschiedslesung werden soll, wäre irgendeine Art von Anerkennung sicher schön. Für ihr Lebenswerk, meine ich. Etwas, das über einen üppigen Blumenstrauß hinausgeht.«

»Da haben Sie recht, ich werde mir etwas einfallen lassen.«

Er wirbelte sie galant herum und Sid drehte sich um ihre eigene Achse. Der Glockenteil ihres Kleides wehte ihr nach.

»Sie ziehen heute Abend übrigens einige Blicke auf sich«, sagte er anerkennend.

Sid lachte. »Meinen Sie?«

»Ich bin mir sicher. Der junge Herr an der Bar schaut schon die ganze Zeit zu Ihnen rüber.« Erneut drehte er sie, sodass sie einen Blick in die entsprechende Richtung werfen konnte. Dort standen Konstantin und das dunkelhaarige Püppchen an seiner Seite. Die Frau redete auf ihn ein, aber er schien ihr gar nicht zuzuhören. Tatsächlich schaute er *sie* an, was Sid irritierte.

»Das ist doch nur mein Chef«, sagte sie verlegen.

»Der Sie offenbar mag.«

Ach, der liebe Grigorius … Wahrscheinlich hatte er mittlerweile verstanden, dass sie eine verlassene Braut war und wollte jetzt ihr Selbstbewusstsein unauffällig stärken … Aber wenn Grigorius sich da mal nicht irrte. Grunberg konnte sie nicht leiden. Zumindest war das bisher im Büro ihr Eindruck gewesen. Zugegeben, gestern und auch heute Morgen war Grunberg junior ausgesprochen zahm gewesen, aber Sid wusste es besser. Sein Blick sprach nun allerdings eine andere Sprache und machte sie richtiggehend nervös. Natürlich … Wahrscheinlich behielt er sie einfach im Auge, aus Sorge, sie könnte sich als sitzengelassene Braut einfach kopfüber in den nächsten Pool stürzen. Und er war freundlich zu ihr, weil er Mitleid mit ihr hatte. Sie hätte sich nicht anders verhalten.

Grigorius wechselte das Thema in einem diskreten Flüsterton: »Fräulein Katja hat mir übrigens vorhin erzählt, dass ihr Herz unserem Leo gehört.«

»Hat sie das?« Ganz schön voreilig, selbst für Katja. Aber das bestärkte Sids Annahme, dass es ihre Freundin wirklich erwischt hatte.

»Ich muss mich entschuldigen, ich habe da wohl einiges, Sie beide betreffend, durcheinander gebracht. Zugeben muss ich aber, Sie und Frau Sommershain wären ein schönes Paar gewesen.«

Sid schmunzelte. »Danke.« Der Irrtum war immerhin nachvollziehbar gewesen. Schließlich bewohnte sie mit ihrer Freundin eine Hochzeitssuite ... Und falls sich ihre Präferenzen je ändern sollten, wäre Katja ihre erste Ansprechpartnerin. Aber eigentlich hatte sie von Beziehungen und all den Problemen, die diese mit sich brachten, erst mal genug. Vielleicht reichte das sogar für ein ganzes Leben?

»Darf ich abklatschen?«, fragte jemand höflich. Es war Konstantin, der plötzlich neben ihnen stand und über alle anderen aufragte. Wie groß war dieser Kerl? Eins neunzig, schätzte sie. Aber im Schätzen war sie nie gut gewesen. Vielleicht war er auch »nur« eins fünfundachtzig?

»Sicher«, sagte Grigorius und ließ von ihr ab. Wurde sie eigentlich auch gefragt, ob sie einen anderen Tanzpartner wollte?

Und da war er wieder, der bohrende Chef-Blick, der keine Widerrede duldete. Grunberg junior hatte entschieden, dass er mit ihr tanzen wollte, und das würde er wohl auch tun, wenn Sid nicht protestierte. Aber die hatte gar keine Zeit dafür, denn mit einem Mal wurde ihr heiß bis in die Wangen. Konstantin griff ganz selbstverständlich nach ihren Händen.

»Viel Vergnügen«, sagte der Portier und zwinkerte.

Sid fühlte sich etwas überrumpelt, so würde ja jeder gleich den Stempel auf ihrer Stirn erkennen: Mitleidstanz. Lediglich ein bisschen Schadenfreude war noch dabei, denn Rottenweil 2.0 stand irgendwo alleine rum und konnte nichts dagegen tun. Tja, da hatte die Golddiggerin wohl das Nachsehen.

»Ich muss ... Sie warnen, Konstantin, ich bin, wie Sie sicher schon gemerkt haben, eine überaus schlechte Tänzerin.«

Sein Duft stieg ihr in die Nase. Herr Grunberg hatte irgendein besonders anziehendes Aftershave aufgetragen. Es wirkte so frisch. Und irgendwie wild. Das fiel ihr merkwürdigerweise sofort auf. Es überdeckte aber auch die Note, die sie sonst immer an ihm wahrnahm. Sid wusste nicht, ob das gut oder schlecht war. Oder warum sie sich darüber überhaupt Gedanken machte?

»Das Risiko gehe ich gerne ein.« Allmählich wurde es voll auf dem Parkett. Zum Glück. Da fiel es niemandem auf, was für eine Bewegungslegasthenikerin sie war. *Lady in Red* drang aus den Boxen, das Licht wurde gedimmt, vorsichtig legte sie ihre Hände auf seine Schultern, die sich hart und fest anfühlten. Unter dem Stoff spürte sie die Quallennarben. Jetzt hatte sie wieder ein schlechtes Gewissen. Apropos.

»Hören Sie, Konstantin, ich habe Sie durchschaut.«

Er hob verblüfft eine Braue.

»Ich weiß genau, warum Sie das hier tun, und …«

»Was tu ich denn?«, fragte er neugierig.

»Sie … scheinen sich aus irgendeinem Grund … für mich verantwortlich zu fühlen … und glauben wohl, dass Sie sich um mich kümmern müssten.« Weil sie sitzengelassen worden und in seinen Augen ein Häufchen Elend war. Wunderbar.

»Vielleicht möchte ich aber auch einfach nur den Tanz mit Ihnen genießen?« Er lächelte schalkhaft. »Könnte doch sein, oder?«

Das klang irgendwie – zu lieb, um wahr zu sein. Vor allem klang es nicht nach Konstantin Grunberg. Noch dazu wusste Sid sehr genau, in letzter Zeit war sie alles andere als eine angenehme Gesellschaft gewesen. Für niemanden. Wer also sollte ernsthaft gern mit ihr tanzen wollen?

»Lassen Sie uns einen Moment lang alles um uns herum vergessen. Auch, dass Sie mich angeschwindelt haben, denn ich kann wirklich nicht sagen, Sie wären eine schlechte Tänzerin. Es gibt nur diesen Abend, nur diesen Tanz. Einverstanden?«

Sid lächelte und nickte. Na schön. Vielleicht war es ja einen Versuch wert.

Sacht wiegten sie sich im Rhythmus der Musik, sie spürte seine Hände an ihren Hüften, die sie ganz sanft festhielten. Unter seinen Fingern fing es leicht an zu prickeln. Der weiche Stoff ihres Kleides bewegte sich, raschelte leise, und verstärkte das aufregende Gefühl, von dem sich Sid nicht aus der Ruhe bringen lassen wollte.

Sie schloss die Augen, lehnte sich leicht an ihn, nur etwa so weit, dass es keine Fragen aufwerfen würde oder seltsam wirkte, und nahm einen kräftigen Atemzug von seinem sinnlichen Aftershave, das so frisch wirkte wie ein Frühlingsmorgen.

Ihre High Heels glichen den Größenunterschied recht gut aus, dass er nur noch einen halben Kopf größer war als sie. Zugegeben, das war immer noch recht viel.

Die Musik drang in sie, sie glaubte, jede Schwingung in ihrem Innern zu erspüren. Rhythmisch und vibrierend. Dabei streichelte die Stimme von Chris de Burgh über ihre Wangen, ihren Nacken hinab, gleich einer Liebkosung. Er sang von der Dame in Rot, mit der er Wange an Wange tanzte, und nie würde er vergessen, wie zauberhaft sie an diesem Abend ausgesehen hatte. Ein warmes Gefühl breitete sich in ihr aus, als wäre sie in einem kuscheligen Kokon eingehüllt. Wie schön es war, wieder so etwas Angenehmes zu spüren. So lebendig, Arm in Arm. Auge in Auge. Sich einfach treiben zu lassen. Und dann war da noch der sanfte Druck seiner Hände an ihren Hüften, unter denen es leicht prickelte. Die Sterne über ihnen, wie Diamanten im Himmel …

Sid bekam es erst nach und nach mit. Das war nicht mehr *Lady in Red*. Sie öffnete verwirrt die Augen. Sie wiegten sich immer noch im Takt der Musik, doch es spielte nun ein ganz anderes Lied, nämlich *Diamonds* von Rihanna.

»Ich habe gar nicht mitbekommen, dass es schon zwei Lieder sind«, sagte sie leise und lachte.

»Zwei? Es waren vier«, erwiderte er überrascht.

Sid schüttelte ungläubig den Kopf. »Vier?«

Musste wohl an der Abendstimmung liegen. Und der Musik.

»Wir haben gerade den Rekord gebrochen«, raunte er ihr ins Ohr. »Wir sind das einzige Paar, das bisher ohne Pause vier Songs durchgehalten hat.«

Sid schmunzelte und sah zu ihm auf. Sein dunkler Blick funkelte. Er sah so unbeschreiblich tiefgründig aus, als würden sich ganze Ozeane in diesen Augen verbergen.

»Was meinen Sie, schaffen wir noch den fünften Song?«

Sie mochte die Art, wie er sprach und sich seine Lippen dabei bewegten. Sid nickte.

Dieser Abend war voller Überraschungen. Und es tat ihr gut, einfach sie selbst zu sein, sich zu amüsieren. Es war genau das, was sie im Moment brauchte. Konstantin drehte sie sacht herum, sodass die Bar im Hintergrund in ihr Blickfeld rückte. Dort entdeckte sie ihre beste Freundin mit einem attraktiven Mann an ihrer Seite, der vermutlich Leonidas war. Ja, das war ein Spartaner! Groß, breitschultrig. Langes Haar, das wie ein dunkler Wasserfall über seine athletischen Schultern floss. Kein Wunder, dass Katja ihm verfallen war. Sid sah aber auch Fragezeichen über dem Kopf ihrer besten Freundin aufpoppen, die wohl nicht verstand, warum sie den ganzen Abend mit ihrem Chef tanzte, obwohl sie doch erklärt hatte, was für ein arroganter Schnösel er war. Aber Konstantin Grunberg war anscheinend ganz anders, als sie gedacht hatte.

Sie formte das Zeichen für Okay mit Daumen und Zeigefinger hinter seinem Rücken, damit sie sich keine Sorgen machte. Katja zuckte darauf nur mit den Schultern und wandte sich ihrem Leo zu.

»Für alle verliebten Herzen, wir haben gleich noch eine kleine Überraschung für euch. Aber jetzt kommt erst einmal *Perfect* von Ed Sheeran. Viel Spaß«, tönte der DJ durch die Lautsprecherboxen. Die Tanzfläche wurde noch mal richtig voll.

»Wenn wir so weitermachen, gewinnen wir am Ende noch den Preis«, meinte Sid amüsiert, während ihre Hand wie von selbst über seinen Nacken strich, was irgendwie aufregend war.

»Es gibt einen Preis?« Seine Hände an ihren Hüften packten ein wenig kräftiger zu und er rückte näher an sie heran. Die Wärme seines Körpers ging auf ihren über. Sid wurde richtig heiß.

»Ist das nicht immer so bei solchen Veranstaltungen?«, fragte sie und ihre Stimme klang belegt.

»Ich habe keine Ahnung, ich gehe sonst nie tanzen.«

»Nicht? Erzählen Sie mir keine Märchen. Ein Mann wie Sie, der wird doch auf solchen Tanzfesten von Frauen nur so umschwärmt.

Sehen Sie mal da drüben, Ihre vorherige Tanzpartnerin sieht schon reichlich eifersüchtig aus.«

Tatsächlich stand der Vamp mit verschränkten Armen am Rand des Parketts und warf ihnen giftige Blicke zu.

»Ich glaube, bei der hätten Sie eine Chance.« Die war so rottenweilig.

»Mag sein. Aber vielleicht ist mir das ja egal?«

Sids Herz machte einen kleinen Sprung. Warum? Nur weil er die aufgetakelte Dame ablehnte? Obwohl diese unerhört schlank war, sexy gekleidet noch dazu, eine dunkle Wallemähne hatte mit super stylishen Locken? Eigentlich der Traum jedes Mannes. Aber es war irgendwie sehr sympathisch, dass sie Konstantin trotz all dem nicht die Bohne interessierte.

»Vielleicht«, fuhr er fort, »möchte ich viel lieber mit dir den Abend verbringen.«

Sid erstarrte für einen Sekundenbruchteil. Jetzt duzte er sie sogar.

»Keine Lust mehr zu tanzen?«, wunderte er sich.

Sid fasste sich rasch wieder und setzte mit dem folgenden Takt ein. Vielleicht war das jedoch ein Fehler, sie sollte besser wieder etwas Abstand zwischen sich und ihn bringen. Denn eigentlich wollte sie ja gar keine Nähe mehr zulassen. Das mit dem Duzen war doch sehr vertraulich. Und dieser Tanz so eng, dass ihr ziemlich schwindelte. War das nicht genau das, was sie vermeiden wollte? Nach dem ganzen Unglück! Aber andererseits wollte sie sich ja auch ablenken und sich besser fühlen. Da war doch alles erlaubt, oder? Okay, dieser eine Tanz noch und dann war Schluss.

»Ich bin nicht so oberflächlich, wie du vielleicht glaubst«, erklärte er. »Menschen, die nur auf Äußeres achten, langweilen mich …«

»… sagte der Mann im Armani-Anzug, der an jedem Finger der Hand zehn Frauen haben konnte.«

Er grinste. »Ein interessantes Bild hast du von mir.«

Sid zuckte mit den Schultern. Sie war einfach nur ehrlich.

»Meine lieben Turteltäubchen, jetzt haben wir – wie versprochen – eine besondere Überraschung für euch. Begrüßt mit uns Lilly und Baptiste, die gerade geheiratet haben. Sind die beiden nicht reizend? Bitte einen kräftigen Applaus für Braut und Bräutigam!«

Die Leute hielten inne, klatschten und jubelten.

Auf die Tanzfläche kam ein wunderschönes Paar, sie in einem türkisfarbenen Kleid, die dunkelblonden Locken zu einem Zopf gebunden, er in einem edlen Anzug, nur ohne Schlips. Ganz sanft nahm er die junge Frau in die Arme und wiegte sich sacht mit ihr zur Musik. Sids Herz verkrampfte sich, als sie sah, wie innig die beiden miteinander umgingen. Sie sah Liebe in ihren Augen. Das perfekte Paar ... Das perfekte Ehepaar. Die Newly Weds.

»Wollen wir gehen?«, fragte Konstantin behutsam. Er hatte wohl gemerkt, wie nah ihr dieser Auftritt ging.

Sid konnte ihren Blick nicht von dem fremden Pärchen lassen. Das hätte jetzt auch ihr Tanz sein können. Welch grausamer Zufall, dass ausgerechnet ein frisch vermähltes Paar seine Flitterwochen im selben Hotel verbrachte. Jedem sein Glück unter die Nase rieb. Naja, das hätte sie wohl auch getan, wenn Jonas mit ihr hier gewesen wäre. Aber er war nicht hier! Verdammt! Sie kam sich vor, als stünde sie auf einem Vorsprung, der gerade unter ihren Füßen einzubrechen drohte.

»Sidonie?«

Der Erdrutsch würde sie in die Tiefe ziehen. Wieder drohte alles über ihr einzubrechen. Wieder spürte sie Tränen aufsteigen.

»Ja, ich möchte ... auf mein Zimmer ...«, sagte sie benommen.

Er führte sie von der Tanzfläche, und Sid war froh, dass er bei ihr war.

15. Kapitel

Wenige Augenblicke später standen sie im schmalen Hotelflur, direkt vor ihrer Suite. »Tut mir leid«, murmelte sie. Was musste sie für einen jämmerlichen Anblick abgeben?

»Was denn?«

»Ich habe den Abend verdorben.« Wenn er sich beeilte, konnte er vielleicht Rottenweil 2.0 zu einem weiteren Tanz überreden. Und danach … naja, was auch immer ein Mann wie er danach mit einer Eroberung machte …

»Du hast gar nichts verdorben«, sagte er und seine Augen wirkten wie zwei schwarze Löcher, die sie unaufhaltsam anzogen.

»Es war ein schöner Abend für mich, Sidonie, wirklich. Nun ja, wenn man davon absieht, dass wir den Preis nun doch nicht mehr gewinnen werden, weil wir die Tanzfläche frühzeitig verlassen haben.«

Sid lachte, aber klang gequält. Das Schicksal meinte es mit ihnen im Moment wirklich nicht gut. Erst wurden sie beide verlassen, dann gewannen sie nicht einmal den Tanzwettbewerb. Naja, dafür war geteiltes Leid halbes Leid.

Sein Handy dudelte los. Ausgerechnet jetzt, natürlich! Sid wollte sich schon abwenden, denn sicher war es ein wichtiges Gespräch.

»Ich schalte es aus«, sagte er stattdessen und ließ Taten folgen.

Sid war verblüfft. Der Mann, der sonst mit seinem Handy eine intime Beziehung führte, schaltete es einfach knallhart ab. Wegen ihr?

»Das nervt um diese Uhrzeit sowieso nur«, meinte er lässig und steckte es in seine Hosentasche zurück.

Sid war gerührt. Grunberg junior gelang es tatsächlich, sie immer wieder zu überraschen. Und jetzt sah er sie auch noch so komisch an. Sid wusste gar nicht, wie sie diesen Blick deuten sollten. Intensiv, ja, aber nicht der bohrende Chef-Blick, sondern …

Wuff!

Wie aufs Stichwort erklang ein Bellen auf der anderen Seite der Tür, Shorty war offenbar wach geworden und machte auf sich aufmerksam. Oder er war empört darüber, dass man ihn an dem, was auch immer hier gerade stattfand, nicht teilhaben ließ.

»Das ist der Hund meiner Freundin«, erklärte Sid, weil Konstantin eine Braue hob.

»Ich weiß, ich habe ja schon Bekanntschaft mit ihm gemacht. Shorty, oder?«

Shorty bellte zur Bestätigung. Sid war beeindruckt, dass Konstantin sich den Namen des Westies gemerkt hatte, während dieser zu einer Arie ansetzte, die sicherlich so einige Hotelgäste, die bereits zu Bett gegangen waren, überaus entzückte. Auch in Konstantins Gesicht spiegelte sich schiere Begeisterung.

»Ruhig, Junge«, sagte sie durch die Tür. Erstaunlicherweise hielt Shorty nun inne. Sid lehnte sich an das Holz, das ganz leicht nachgab, und schloss die Augen. Wieder kam das Bild von diesem Brautpaar in ihr hoch. Das Glück in ihren Augen. Gönnte Sid ihnen das etwa nicht? Oh Mann, so wollte sie nicht sein. Sie wollte nicht missgünstig und verbittert werden.

Und dass ausgerechnet ihr Chef sie so sehen musste! Jetzt war sie wirklich ein Häufchen Elend.

»Sidonie, möchtest du vielleicht noch reden?«, vernahm sie Konstantins sanfte Stimme und öffnete wieder die Augen. Er sah sie besorgt an.

Sid versuchte zu lächeln. »Nein, schon gut.«

Shorty fing erneut an zu bellen. Aber jetzt war es wirklich wie auf Bestellung. Oder anders gesagt, es kam ihr gerade recht.

»Ich sollte nun gehen.« Bevor der Westie noch alle aufweckte und es erste Beschwerden hagelte.

Konstantin nickte. »Ja, sieht so aus.« Trotzdem schwang so

etwas wie Bedauern in seiner Stimme mit. Oder Sid bildete sich das nur ein. Oder nicht: Er bedauerte schließlich sie.

»Danke für den wirklich netten Abend, so lange er noch nett war.«

Er lachte. »Ich habe zu danken.«

Naja, wenn er meinte. Sie wandte sich um.

»Hör mal, falls noch was ist, kannst du dich bei mir melden. Ich meine, falls du es dir anders überlegst. Ich bin ein guter Zuhörer. Hat man mir zumindest gesagt.«

Klar, so oft wie er am Handy hing. Sid sah ihn nicht an, lächelte aber und nickte. »Danke. Aber ich leg mich gleich hin.«

»Alles klar.«

Aus dem Augenwinkel sah sie, wie er die Hand zum Abschied hob und ging, während sie nach ihrer Schlüsselkarte in ihrer Handtasche kramte.

Mit einem Pling ging die Fahrstuhltür auf. Konstantin trat in den dahinterliegenden Gang und machte sich mit einem warmen Gefühl in der Brust auf den Weg zu seinem Zimmer. Es tat ihm leid, dass Sidonie so traurig war. Und er wünschte, er hätte mehr für sie tun können. Dennoch hatte er den Abend und ihre Gegenwart in vollen Zügen genossen.

Da vernahm er hinter sich das Klacken von High Heels. Hoffnungsvoll drehte er sich um. War es Sidonie, die ihm gefolgt war?

Leider nein. Stattdessen erspähte er die schlanke Gestalt seiner schwarzhaarigen Tanzpartnerin.

»Sie gehen so früh schon zu Bett?«, fragte eine rauchige Stimme. Die junge Frau blieb dicht vor ihm stehen, und das Klacken hörte auf. Anzüglich rückte sie sich ihr Dekolleté zurecht. »Der Abend ist doch noch jung.«

Er schmunzelte. Hatte sie etwa hier auf ihn gewartet, ihn abgepasst?

»Ich bin übrigens Laura.« Sie streckte ihm die Hand entgegen.

Aus Höflichkeit nahm er sie an. Auch aus Amüsement. Aber eigentlich hatte er gar keine Lust, ihre Bekanntschaft zu vertiefen.

»Konstantin«, sagte er schlicht.

»Wie wäre es, Konstantin, wenn Sie mich noch in die Hotelbar begleiten würden? Auf einen Drink?« Dabei leckte sie sich über die Lippen.

Oh Gott, ging es noch billiger? Er steckte die Hände in die Hosentasche und musterte sie eingängig, während sie sich in Pose warf und jeden Reiz, den sie womöglich hatte, verspielte, indem sie ihn besonders penetrant betonte. Hüfte und Brust raus, unnatürliche Pose, Bauch rein. Die Hand ständig im Haar. Dieses Gehabe konnte sie doch nicht ernst meinen.

»Wollen Sie mich anmachen?«

»Vielleicht? Würde Sie das stören?«, fragte sie nach.

Hüftschwingend kam sie nochmals näher, sodass er ihr Parfüm riechen konnte. Es war süß, ekelhaft süß.

»Das ist heute mein letzter Abend auf der Insel. Und Sie sind bisher der attraktivste Gast, der mir in den letzten drei Wochen über den Weg gelaufen ist.«

Jetzt schlug ihm noch eine leichte Fahne entgegen. Die gute Frau hatte offenbar reichlich an der Bar zugelangt. Umso erstaunlicher wie gut sie sich auf den Beinen hielt.

»Wir könnten natürlich auch auf Ihr Zimmer gehen, wenn Sie wirklich schon so müde sind.« Jetzt legte sie ihre Hand auf seine Brust und ihre Lippen berührten fast seine Wange, während sie ihm ins Ohr flüsterte. »Ich hätte nicht übel Lust auf einen kleinen Abschieds-O… N… S…« Sie klimperte mit den Augen. »Sagen Sie mir nicht, dass ich Ihnen nicht gefalle.«

Konstantin wich einen Schritt zurück und brachte Abstand zwischen sie beide. »Sorry, Laura, daraus wird nichts.«

»Oh nein, Sie sind doch nicht wirklich in die Größe achtunddreißig verliebt«, klagte sie.

»Die was?«

»Sie können etwas Besseres haben.«

Meinte diese Laura etwa Sidonie, wenn sie von »Größe achtunddreißig« sprach? Aus dem Mund dieser Frau klang das jedenfalls sehr abwertend. Als wäre die Größe achtunddreißig etwas Verachtenswertes!

»Nennen Sie sie nicht so, sie hat einen Namen«, empörte er sich.

Daraufhin lachte Laura. »Sie sind tatsächlich verliebt! Das ist ja goldig.«

Was für ein Unsinn! Er war Sidonies Chef, kümmerte sich einfach nur in dieser schweren Zeit um sie. Weil sie ihm leid tat, und er sie gern hatte.

»Na schön, ich respektiere das! Um ehrlich zu sein, finde ich es sogar recht süß.«

Diese Gefühle für Sidonie, die waren doch längst erloschen … wie kam diese Dame also dazu … wie konnte sie überhaupt wissen, dass …

»Es war jedenfalls einen Versuch wert. Aber die besten Kerle sind einfach immer schon vergeben.« Ihr Blick schweifte von seinem Kopf bis runter zu seinen Schuhen, dabei biss sie sich verzückt auf die Unterlippe. »Bedauerlich, wirklich bedauerlich, dass Sie so ein nice guy sind. Die Kleine hätte es doch nie erfahren.« Mit diesen Worten drehte sie sich um und stolzierte den Gang runter.

Konstantin starrte ihr nach, bis sie um die Ecke verschwunden war. Er konnte immer noch nicht fassen, wie diese völlig Fremde ihn durchschaut hatte! Nein, das hatte sie doch gar nicht! Sie war auf dem Holzweg. Hektisch suchte er in der Hosentasche nach seiner Schlüsselkarte, die ihm prompt aus der Hand fiel. Dann war die Tür endlich offen und er verschwand gleich unter der Dusche, denn er brauchte dringend eine Abkühlung.

Als er wenig später auf seinem Bett lag, fixierte er die dunklen Flecken an der Decke mit überaus großem Interesse. Es waren drei. Zwei kleine, ein großer. Waren die schon gestern da gewesen? Egal! Das Gespräch mit Laura ging ihm nicht mehr aus dem Kopf. War vielleicht doch etwas dran an ihren Worten? Schließlich war es nicht zu bestreiten, dass seine Gefühle für Sidonie kompliziert waren. Deswegen hatte er ihr ursprünglich aus dem Weg gehen wollen, als er sie an der Strandbar entdeckt hatte, eben um dieses

Gefühlschaos nicht zu reaktivieren. Aber dann war Sidonie von einer Schwierigkeit in die nächste geraten, und er hatte ja nicht einfach danebenstehen und zusehen können.

Und jetzt war eingetreten, was er eigentlich hatte vermeiden wollen. Er wusste nicht, was er dachte oder fühlte. Fast so, wie an dem Tag, an dem er die Firma seines Vaters übernommen hatte. Genauer gesagt, ab dem Moment, in dem Sidonie Albrecht ihm vor sechs Monaten zum ersten Mal die Hand entgegengestreckt und sich als Grafikdesignerin vorgestellt hatte. Damals hatte er auf einen Schlag das ganze Team kennengelernt. Augen hatte er aber nur für sie gehabt. Konstantin hatte nie an Liebe auf den ersten Blick geglaubt. Das war doch nur etwas aus kitschigen Filmen oder übersentimentalen Romanen. Doch Sidonies Lächeln, ihre unbefangene Art und ihre Natürlichkeit hatten ihn verzaubert. Er hatte sie gesehen und einfach gewusst, dass sie für ihn bestimmt war! Bis er sie auf der Betriebsfeier in den Armen eines anderen gesehen hatte. Und ab da hatte es ein internes Gefühlsverbot gegeben.

Nie, das war seine Devise, würde er sich zwischen einen Mann und eine Frau drängen, wenn sie sich liebten! Und so hatte er die Füße stillgehalten. Jeder engere Kontakt zu ihr war nervenaufreibend gewesen. Sie zu sehen, sie zu wollen, sie nicht haben zu können, gleichzeitig immer Professionalität ausstrahlen zu müssen, sich selbst daran zu erinnern, dass diese Beziehung vor allem eines war: ein Arbeitsverhältnis! Wie sehr hatte er sich gewünscht, es wäre anders.

Schließlich war aber Flora Rottenweil in sein Leben getreten und hatte alles verändert. Auf einer Zugfahrt hatten sie sich kennengelernt, sie war gelernte Physiotherapeutin, hatte ihm lachend eine Nackenmassage angeboten. Durch sie hatte er seine Gefühle für Sidonie vergessen. Zumindest hatte er sich das eingeredet. Gefühle kann man nicht überpinseln oder in eine Kiste sperren, um sie nicht mehr wahrnehmen zu müssen, hatte ihm Flora kurz vor dem Aus gesagt. Solche Ablenkungen funktionieren nur für eine kurze Zeit. Und damit hatte seine Ex recht. Wahrscheinlich hatte Flora von Anfang an gemerkt, dass er nicht wirklich frei gewesen war. Das hatte unweigerlich zu Missstimmungen geführt.

Und jetzt? Was fühlte er jetzt? Und spielte das überhaupt eine Rolle?

Sidonie hatte eine schlimme Trennung hinter sich, die viel schrecklicher war als sein Liebes-Aus mit Flora Rottenweil. Wenn es eines gab, was Sidonie jetzt mit großer Wahrscheinlichkeit nicht gebrauchen konnte, so war es ein neuer Mann an ihrer Seite, der ihre Situation zu seinen Gunsten ausnutzte. Was sie brauchte, war ein guter Freund. Mehr wollte er doch inzwischen auch gar nicht mehr für sie sein, oder?

Sie so traurig zu sehen, ließ ihn nicht kalt. Er wünschte, er hätte etwas für sie tun können. Als Freund für eine gute Freundin eben. Und da fiel ihm der Anruf seines Vaters von heute Morgen ein. Da gab es doch tatsächlich etwas, in das er Sidonie einbinden konnte, das sie gleichzeitig ablenkte … Einen Versuch war es wert. Sie würde es ihm nicht abschlagen können, schließlich war er ihr Chef – leider.

16. Kapitel

»Lady in Red«, summte es am frühen Morgen in ihrem Kopf. Sid hatte kaum ein Auge zugetan. Der Abend war so unwirklich gewesen, als hätte er außerhalb ihrer eigentlichen Zeitlinie stattgefunden.

Brummend schmiegte sich Shorty an ihre Brust. Der kleine Westie hatte die ganze Nacht neben ihr gelegen, doch sicherlich auch nicht viel geschlafen, weil Sid sich hin- und hergerollt hatte wie eine Irre. Dieses andere Pärchen war ihr nicht aus dem Kopf gegangen. Und Konstantin Grunberg ebenfalls nicht, der sich in diesem Urlaub so charmant gab, wie sie ihn sonst noch nie erlebt hatte.

Ihre Hand glitt über Shortys Köpfchen, wuschelte ihm durchs Fell. Er gähnte daraufhin ausgiebig, was Sid zurückweichen ließ. Der Kleine hatte ganz schönen Mundgeruch. Da war wohl mal wieder eine Zahnsteinentfernung fällig.

Plötzlich platzte Katja in das gemeinsame Zimmer, oder viel mehr, sie schwankte.

»Was für ein Abend!« Sie wirkte angeheitert, aber im Gegensatz zu ihrem Gleichgewichtssinn funktionierte ihre Stimme, wenn auch verlangsamt. Keuchend stützte sie sich an ihrer Seite des Betts ab. »Uh. Ist schon … Tag?«

»Ja, das erkennt man daran, dass die Sonne scheint. Kleiner Tipp unter Insidern.«

Shorty sprang von Sids Decke und beschnüffelte aufgeregt Katjas Füße, die offenbar einen ganz eigenwilligen, aber interessanten Duft absonderten. Interessant genug, um einige Male über die nackten Zehen zu schlecken.

»Das war voll romantisch, wir waren am Elia Beach … weiß gar nicht, wie wir da hinkamen …« Katja war so fertig, dass sie in ihrer Abendgarderobe über ihre Bettseite kroch und alle Viere von sich streckte. Zum ersten Mal konnte sich Sid vorstellen, wie die Helden aus der griechischen Mythologie ausgesehen hatten, nachdem sie von Skylla aufgesaugt und von Charybdis wieder ausgespuckt worden waren.

Shorty folgte ihr, um das Gesicht seines Frauchens mit großer Hingabe mit Hundeküssen zu versehen.

»Schon gut, kleiner Mann!«, beruhigte sie ihn. »Wahrscheinlich riech ich … so gut … wie Leonidas.« Ein langes gedehntes Seufzen drang aus ihrer Kehle.

Sid schmunzelte. Es war schön, dass Katja so einen tollen Abend hatte. Aber mit diesen Augenringen wollte sie sicher nicht allzu bald wieder unter die Leute.

»Du weißt … ja noch nicht das Beste!«

»Ich weiß, am *besten* wäre es für dich, wenn du dich eine Runde aufs Ohr haust, um deinen kleinen Rausch auszuschlafen.«

»Nein, Sid, nein, nein. Das Beste ist das Small-World-Phänomen!«

»Was?«

»Da hat jemand was auf Facebook gepostet. Und ich sag dir, das ist wirklich wahr! Jeder kennt jeden über sechs Ecken!«

»Aha.« Sid runzelte die Stirn. »Und?«

»Du wirst es nicht glauben, aber … Leonidas kennt jemanden, der jemanden kennt, der Ryan Gosling kennt! In echt jetzt! Das sind weniger als …«, sie zählte an ihren Fingern nach, »… sechs Kontakte!« Darauf klatschte Katja vergnügt in die Hände, als hätte sie gerade persönlich Bekanntschaft mit dem Hollywood-Star geschlossen.

»Und nun willst du Ryan Gosling treffen?«

»Ach … joa … oder nee … doch nicht. Ich dachte nur, das würde dich genauso begeistern … wie es mich begeistert hat. Immerhin … ich gehöre jetzt zu den sechs Personen, über die man sagen kann, dass sie mit Ryan Gosling verbunden sind. Is … schon geil, oder?« Sie lallte ein wenig, aber Katja gab sich redlich Mühe mit der Aussprache.

Sid schmunzelte. »Wie klein die Welt manchmal ist …« Das hatten sie ja schon in Hinblick auf Henriette Cosmas festgestellt.

»Aber nun zu dir!« Sie stützte sich auf ihren angewinkelten Arm und schaute sie ernst an. »Gib mir ein Update. Hab ich was an den Augen oder … bist du von Grunberg nicht mehr losgekommen? Ich dachte, du hasst den Kerl.«

»Das dachte … ich auch, aber …«

»Aber?«

»Ich habe ihn vielleicht falsch eingeschätzt.«

Katja schüttelte ungläubig den Kopf. »Sid … ich bin eine ganz schlechte Freundin.«

»Wie kommst du denn jetzt darauf.«

»Weil ich dich im Stich gelassen habe. Vor lauter Kummer hast du dich dem Erstbesten an den Hals geworfen!«

»Was?«

»Das ändert sich jetzt. Verzeih mir. Ich war … nur mit mir selbst … beschäftigt.«

»Aber mich hat das nicht gestört.« So hatte sie immerhin auch Zeit für sich gehabt.

»Du kannst mir nichts … vormachen. Ich bin … Psychologiestudentin«, betonte Katja. »Und du weist … ganz deutliche Verdrängungsmuster auf!« Ah, eines von Katjas Lieblingswörtern aus dem Psychologielexikon.

Sid zweifelte. Tat sie das wirklich?

»Das kommt daher, weil du Jo…nas … noch immer nicht losgelassen hast.«

Sid atmete tief durch. Das war wohl nicht ganz von der Hand zu weisen. Auch wenn sie es nicht gern zugab, die Sache mit dem Ring und vor allem der Abend gestern, oder viel mehr ihre Reaktion auf das frisch vermählte Pärchen, hatten ihr gezeigt, dass Jonas immer noch in ihrem Herzen war. Ob ihr das gefiel oder nicht. Er war ihr vertraut wie kein anderer. Sie kannte ihn besser als er sich selbst, zumindest hatte sie das geglaubt. Seine kleinen

Macken, die Tatsache, dass er die Zahnpastatube immer viel zu fest zuschraubte, sodass Sid sie gar nicht aufbekam. Seine Lieblingsspeise: Spiralnudeln mit Ketchup. Schnell gemacht, wenig Aufwand und lecker! Seine Lieblingsband: Nightwish. Seine Rockstimme, die immer unter der Dusche erklungen war. Sie hatte aber auch akzeptiert, dass es vorbei war. Dass er nicht zurückkam. Und sie ihn eigentlich nicht mehr zurückwollte.

»Ich passe jetzt jedenfalls auf dich auf. Keine Widerrede!«

Sid grinste. Das konnte sie Katja wohl nicht mehr ausreden.

»Uh, ich habe keine Ahnung, wie es dir geht, aber … ich hab riesigen Hunger«, wechselte Katja das Thema. »Wollen wir frühstücken gehen?«

»Du willst jetzt wirklich ins Restaurant?« Sie hatte wohl noch nicht in den Spiegel geguckt. Und war sie gar nicht müde?

»Ich bin … total ausgeruht. Eigenartig, oder?«

Allerdings! Aber gut, Sid sollte das nur recht sein. Ihr Magen knurrte immerhin schon. »Na dann, hopp unter die Brause.«

Als sie kurz darauf das Hotelrestaurant betraten, sah Katja wieder wie eh und je aus. Im Klartext, wie ein Model. Wie sie das geschafft hatte, blieb wohl ihr Geheimnis. Auch hatte sie ihr Gleichgewicht wieder völlig unter Kontrolle. Ein Wunder, was eine kalte Dusche bewirken konnte. Vielleicht war sie es aber auch gewöhnt, recht schnell nach einer durchzechten Nacht wieder fit sein zu müssen. Schließlich feierte sie auch in Berlin gerne Partys, selbst dann, wenn am nächsten Tag die Uni früh losging.

Das Buffet war jedenfalls schon längst aufgebaut und es roch einfach herrlich.

»Was wollen wir eigentlich heute machen?«, grübelte Katja und schnappte sich schon einen Teller.

»Ich nahm an, du würdest schlafen wollen?«

»Um Himmels willen, doch nicht den ganzen Tag.«

»Ich habe ehrlich gesagt keine Pläne«, gab Sid zu. Die Insel Delos interessierte sie. Dort gab es Ruinen und andere Ausgrabungen. Täglich fuhren Fähren rüber. Gerade als sie Katja dieses Ausflugsziel vorschlagen wollte, entdeckte sie Konstantin an einem Tisch am Fenster. Er winkte sie zu sich. »Ich frag mal lieber, was er will. Ist ja mein Chef. Bin gleich wieder bei dir«, meinte sie zu Katja.

»Ja, ja, dein Chef …«

Sid lief zu seinem Tisch, auf dem sie nur gesundes Zeugs entdeckte. Sportler eben.

»Guten Morgen«, grüßte sie ihn.

»Morgen. Ich hoffe, du hast einigermaßen geschlafen?«

»Ging so.« Sie zuckte mit den Schultern.

»Alles soweit okay?«, hakte er nach. War er echt besorgt?

»Ja, ich bin wieder die Alte. Fast.«

»Na schön, das höre ich gern. Setz dich, ich muss dir was zeigen«, meinte er.

»Ich … bin eigentlich mit Katja hier …« Sie deutete mit dem Daumen hinter sich, mutmaßlich dahin, wo ihre gute Freundin inzwischen saß.

»Es geht ganz schnell«, versprach er und schob ihr ein Tablet rüber. Auf dem Bildschirm sah man das Gesicht einer Frau in Nahaufnahme, die stark geschminkt war. Ihre Augen leuchteten, wurden von einem grünen Lidschatten betont. Die Lippen glitzerten, als hätte jemand feinen Diamantenstaub auf diesen verteilt.

»Für den perfekten Auftritt«, las Sid vor.

»Wie findest du es?«

Wollte er ernsthaft über den Job reden? Sid ließ sich auf den Stuhl fallen. »Ich weiß nicht … ich dachte ja eigentlich, ich wäre im Urlaub und nicht auf einem Meeting in Berlin.«

»Sidonie«, sagte er plötzlich ganz sanft, und ihr rutschte allein bei seinem Tonfall das Herz in die Hose, worüber sie sich maßlos ärgerte. »Das weiß ich doch. Und ich mache es kurz, versprochen. Was ich will, ist einzig und allein deine Meinung als Grafikdesignerin. Ich gebe viel auf deine Ansichten, du bist schließlich eine meiner besten Mitarbeiterinnen.«

Mooooment!

Eine der besten Mitarbeiterinnen? Alles klar. Sie musste in einer Parallelwelt gelandet sein, anders war es nicht zu erklären, dass er sich völlig komplementär zu seinem normalen Arbeits-Ich verhielt. Ein Lob aus dem Mund ihres Chefs war normalerweise so selten wie ein Sechser im Lotto. Oder er hielt sie im Augenblick wirklich für so zerbrechlich, dass er sich gezwungen sah, sie mit Samthandschuhen anzufassen? Genau das wollte sie nicht.

»Was ist denn?«, wunderte er sich, weil er offenbar ihren verwirrten Gesichtsausdruck nicht einzuordnen wusste.

»Mir ... war nicht bewusst, dass du so viel von meiner Arbeit hältst. Ich meine ...« Ja, sie musste es jetzt einfach mal ansprechen. Vielleicht hätte sie das schon viel früher tun sollen ... Viel zu lange schleppte sie das inzwischen mit sich herum. Und jetzt, wo sie ja sogar schon beim Du waren, traute sie sich das auch.

»... die viele Kritik, die vielen Neuentwürfe ... es kam mir vor, als wenn ich in deinen Augen nie etwas richtig mache.«

Er schaute sie überrascht an.

»Manchmal hatte ich sogar Panik in dein Büro zu kommen, wenn ich dir eine neue Idee vorlegen sollte. Ich wusste vorher schon, dass du die auseinandernehmen würdest, bis nichts mehr von dem, was ich mir überlegt hatte, übrig bleiben würde.«

»Ich weiß nicht, was ich sagen soll ...«

Er schien ehrlich erschrocken, was ihr irgendwie leid tat.

»Ich wollte dich fördern, weil ich Potenzial in dir sah. Möglich, dass ich über die Stränge schlug, und wenn ich das tat, musst du mir glauben, es war keine böse Absicht. Ich meine, es geht doch auch darum, sich weiterzuentwickeln. Man braucht Anstöße von außen. Vielleicht bin ich nicht der fantasievollste Mensch, aber ich weiß, was sich verkauft.«

Sid nickte langsam. Aber das erklärte trotzdem nicht, wieso er sie nicht ein Mal gelobt hatte, wenn er letztlich doch – nach zwanzig Änderungen – zufrieden gewesen war. Dann hatte er alles nur abgenickt und war zum Tagesgeschäft übergegangen. Deswegen hatte sie ja auch gedacht, dass er sie nicht besonders leiden konnte. Denn soweit sie wusste, war er mit den Kollegen weniger distanziert umgegangen.

»Wenn ich zu streng war, tut mir das leid. Ich wollte dich nie verunsichern. Ich werde von jetzt an darauf achten. Aber es ist mir ernst, ich möchte deine Meinung tatsächlich zu dieser Werbung hier wissen.« Er schaute sie treuherzig an. »Alles wieder gut?«

Sid schmunzelte. »Ja.«

Sie war froh, dass das geklärt war. Und noch glücklicher war sie darüber, dass ihre Entwürfe gar nicht so furchtbar gewesen waren, wie sie immer gedacht hatte.

»Also, nun verrate mir, was du denkst.« Er tippte mit dem Finger auf das Tablet.

Sid nahm es an sich und studierte den Aufbau der Werbung. Aus rein fachlicher Sicht gab es nichts zu bemängeln. Die Hingucker waren genau so platziert worden, wie es sein sollte, damit sie dem Betrachter sofort ins Auge sprangen.

»Ich finde sie in Ordnung«, sagte sie schließlich. »Sie … ist modern, aber im Grunde eine Kopie unter Kopien, die man heutzutage bei jeder zweiten ganzseitigen Werbeanzeige findet.« Sie wischte über das Display und erhielt eine recht ähnliche Montage und noch zwei weitere, die ebenso wunderschöne und zudem exzentrisch geschminkte Frauen zeigte. Mit der Werbung war es nicht anders als in anderen Branchen. War etwas »in«, machten es alle.

»Die Typografie ist ein wenig zu … grob eingesetzt, für meinen Geschmack. Dadurch lenkt sie zu sehr ab. Und der Slogan selbst ist einfallslos. Für einen glanzvollen Abend … das ist … nullachtfünfzehn, könnte genauso für jede andere Kosmetikfirma stehen.«

»Genau das denkt Faces auch.«

»Faces? Wie bist du denn an Faces gekommen?«

»Du erinnerst dich an den Anruf gestern früh? Mein Vater hat Akquise beim Golfen betrieben und so Faces auf uns aufmerksam gemacht. Sie suchen eine neue Agentur und haben uns angesprochen.«

Jetzt war Sid beeindruckt. Wie gut, dass der alte Grunberg noch im Hintergrund mitmischte. »Faces ist doch ein Tochterunternehmen von Jellyfish, oder?«

Der Konzern galt als Hauptgewinn in der Branche. Wer den

Jackpot knackte, der hatte ausgesorgt. Viel besser wäre wohl der Name »die Krake«, wie diese Mammutfirma auch intern oft genannt wurde, weil an jedem ihrer Arme weitere Tochterfirmen hingen, die millionenschwer waren.

»Ich brauche ein Konzept, das sie vom Hocker reißt. Und da bist du die richtige Adresse. Sonst hätte ich es einfach an die Agentur weitergegeben. Doch zu zweit, denke ich, werden wir einen richtig großen Coup landen.«

Oh Mann, plötzlich all das Lob, als wollte er es nachträglich wiedergutmachen. Sie wünschte, er hätte ihr das früher gesagt. Oder hatte er das sogar, und sie hatte es nur überhört, weil sie fest davon ausgegangen war, dass er sie für eine Stümperin hielt? Dafür gab es doch bestimmt einen psychologischen Fachbegriff. Sie musste mal Katja dazu befragen.

»Ich weiß, das ist vielleicht nicht ganz fair. Du bist immerhin im Urlaub. Und solltest dich erholen. Aber ich wollte dir diese Chance auch nicht vorenthalten. Wenn du nicht möchtest, schick ich den Auftrag nach Berlin. Es liegt ganz bei dir. Deine Mühe wird natürlich entlohnt, nur fürs Protokoll.«

Sid atmete tief ein. Für ihre Karriere wäre ein solcher Auftrag wie Zündstoff für den Motor. Und ganz ehrlich, es reizte sie ungemein, für Faces zu arbeiten.

»Gab's ein Briefing?«

»Die lassen uns weitestgehend freie Hand.«

»Ungewöhnlich.« Sonst hatten Kunden, insbesondere vom Format einer Jellyfish-Tochter, sehr genaue Vorstellungen.

»Ihnen ist wichtig, dass sie sich abheben, sie legen Wert auf ein Alleinstellungsmerkmal. Sie wollen frische neue Ideen, keine weiteren Kopien von bestehenden Kampagnen. Innovation. Der wichtigste Punkt ist, wir haben den Auftrag noch nicht in der Tasche. Sie wollen erst mal nur einen Entwurf. Und danach entscheidet sich alles Weitere. Ich habe zwar schon einen groben Budgetplan erstellt, aber der wird erst relevant, wenn wir mit unseren Ideen überzeugen.«

Auch das war eher ungewöhnlich. Meistens kam man schon

während des Beratungsprozesses überein und danach ging der Auftrag an die Kreationsabteilung, also in Sids Gefilde. Na gut, nachdem sie zuvor solchen Ärger mit der Vorgänger-Agentur hatten, war es wohl verständlich, dass sie erst mal nur abstecken wollten, ob Clue die richtige Agentur für sie war.

»Um welches Faces-Produkt geht es denn eigentlich?«, hakte sie nach.

»Ich habe hier einige Fotos von dem neuen Lippenstift, der bald auf den Markt kommt«, erklärte er und wischte mit dem Finger über das Tablet, bis sich die richtigen Grafiken zeigten.

»Matte Farben?«, staunte sie. Das war mal was anderes.

»Ja, statt Glanz- und Glitzereffekten wollen sie zurück zu den Basics«, erklärte er.

Auf den Fotos waren ein paar sinnliche Lippen abgebildet, die in verschiedenen matten Farbtönen strahlten. Das waren natürlich keine Profiaufnahmen und noch lange kein werbetaugliches Material, aber für einen ersten Eindruck perfekt.

Sid nickte. »Es hat eine zurückhaltende Eleganz. Daraus kann man sicher was machen. Einfach, aber stilvoll«, überlegte sie.

»Ich dachte mir, dass du damit etwas anfangen kannst. Wenn du Faces für uns gewinnst, gehört die Kampagne ganz dir. Du bist der kreative Kopf.«

Klang ehrlich verlockend. Sid war klar, dass er ihr hier eine riesige Chance bot, sich in der Branche zu beweisen! Eine Art Wildcard für die olympischen Spiele der Werbewelt. Es zeugte von immensem Vertrauen, dass er sie an die Sache ranließ. Das machte sie gleichermaßen stolz, als dass es auch ihren Ehrgeiz weckte!

»Danke«, sagte sie. Warum nur war er so nett zu ihr?

»Das heißt, bist du dabei?« Er schmunzelte.

Sie musste gar nicht lange überlegen und nickte. Na klar, sie war dabei!

»Dann danke ich *dir*.« Er lächelte und räumte seine Sachen zusammen. »Ich muss los. Ich habe nachher noch eine Verabredung«, erklärte er, was Sid hellhörig werden ließ.

Mit wem denn?

Zum Glück hatte sie das nicht laut gefragt. Ging sie ja auch nichts an. Interessierte sie genauer gesagt auch nicht! Nicht die Bohne!

»Katja wartet auch auf mich.« Sie erhob sich.

»Halte mich auf dem Laufenden, ja?«

»Aber klar, *Chef*.«

Dann ging sie zu ihrer besten Freundin, die schon ungeduldig auf ihrem Stuhl hin und her rutschte und alles genauestens beobachtet hatte. Diese Bodyguard-Sache war offenbar total ihr Ding.

Als Sid ihr erklärte, was Konstantin von ihr gewollt hatte, fielen der Freundin fast die Augen aus dem Kopf. »Das ist jetzt nicht dein Ernst, oder?«

»Was denn?« Sid schaute zu ihm rüber, gerade verließ er das Restaurant. Kurz bevor er durch die Tür verschwand, warf er ihr noch einen Blick zu, der ihr richtig unter die Haut ging, was Sid wohl hätte verwirren sollen. Andererseits hatte ihr Chef seit jeher eine verunsichernde Wirkung auf sie.

»Du arbeitest IN DEINEM URLAUB für diesen Kerl? Ich hoffe, das wird dir wenigstens bezahlt.«

»Wird es. Und ich mache das echt gern. Um ehrlich zu sein, habe ich immer davon geträumt, einen der Krakenarme zu erobern.«

»Ich kann dir nicht ganz folgen.«

»Musst du auch nicht. Der Auftrag stammt einfach von einem richtig großen Kunden.« Sid sollte jetzt endlich aufklären, dass Grunberg kein Stinkstiefel mehr war, sondern wie sehr er Sid in den letzten Tagen geholfen hatte. Dann beruhigte sich vielleicht auch Katja, aber die redete einfach weiter drauf los.

»Also ist das als Chance zu verstehen?«

»Genau!« Jetzt hatte sie's begriffen!

»Na, das wundert mich nicht.«

»Hä?« Sid verstand gar nichts mehr.

»Sid … ich mache mir wirklich Sorgen um dich.«

»Das brauchst du nicht. Alles ist gut.«

»Ich hab gesehen, wie er dich angeschaut hat.«

»Grunberg?«

Katja nickte.

»Wie … denn?«

»Ich denke, der steht auf dich!«

Eigentlich hätte Sid diese Aussage als lächerlich bezeichnen müssen, wenn Katja die Erste gewesen wäre, die das behauptete. Aber das war sie nicht. Konnte da wirklich was dran sein? Sie wischte den Gedanken rasch fort. Denn das war etwas, was sie zum einen nicht glauben konnte, aber auch nicht glauben wollte. Grunberg junior hatte selbst eine Trennung hinter sich. Aus eigener Erfahrung konnte sie sagen, da hatte man keine Lust auf jemand Neues. Zumindest nicht in absehbarer Zeit. Andererseits hatte er gerade eben eine Verabredung erwähnt. Vielleicht mit Rottenweil 2.0?

»Hoffentlich will der keine Gegenleistung für diese Chance.«

Jetzt schlug Katja wirklich dem Fass den Boden aus. So etwas passte nun wirklich nicht zu Konstantin.

»Glaubst du etwa, dass meine Leistung nicht gut genug ist, um mich ins Boot zu holen?«

»Oh Gott, Sid, Süße, das wollte ich nicht sagen! Ehrlich. Aber solche Anzugträger nutzen das Machtgefälle doch öfter gern aus.«

»Aber so einer ist Konstantin nicht. Im Gegenteil, er hat mir die letzten Tage immer wieder geholfen.«

Sid erzählte ihr vom Ring, von Hulk und Shortys Rettungskünsten. Und den Quallen. Daraufhin beruhigte Katja sich endlich. Vielleicht auch, weil ihr einfiel, dass er für Sid da gewesen war, während sie sich mit Leo amüsiert hatte. Nicht, dass Sid das gestört hätte. Ganz und gar nicht. Aber Katja selbst hatte dieses Fass ja aufgemacht.

»Tut mir echt leid, du kennst ihn besser als ich. Bin wohl zu weit gegangen. Ich … hab einfach ein schlechtes Gewissen, weil ich denke, dass du mich brauchst. Ich aber nicht für dich da war. Zumindest nicht ausreichend«, fing sie auch schon an.

»Katja, ganz ehrlich, das ist nicht der Fall. Bitte rede dir nichts ein, ja? Ich bin groß, kann auf mich selbst aufpassen.«

»Du hast ja recht. Sorry. Die Pferde sind mit mir durchgegangen. Ich wollte auch keine Gerüchte über deinen Chef verbreiten. Das war stillos.«

»Schon okay«, meinte Sid versöhnlich. Fairerweise musste man sagen, Konstantins sehnsüchtiger Blick war schon anderen aufgefallen. Nur Sid hatte offenbar gar nichts mitbekommen, was ihr zu denken gab. Aber wenn er wirklich was von ihr wollte, warum traf er sich dann mit einer anderen? Vielleicht war sein Blick aber auch nur wehmütig und nicht sehnsüchtig und das verwechselten alle.

»Ich ... mache jetzt einen Spaziergang.« Dann hatte sie endlich etwas Ruhe und Zeit für sich, konnte all diesen Irrungen und Wirrungen für einen Augenblick entfliehen. Vielleicht fiel ihr unterwegs schon etwas für einen ersten Entwurf ein. Frische Luft fördert die Kreativität!

»Na gut, ich wünsch dir viel Spaß«, sagte Katja. »Ich versuche, mich noch mal aufs Ohr zu legen und gehe danach mit Shorty Gassi. Aber Sid ...«

»Ja?«

»Wir verbringen den Abend gemeinsam, ja? Versprochen?«

Sid nickte. Versprochen.

17. Kapitel

»Ich muss zurückgehen. Meine Familie lebt auf Mykonos und Tinos. Ich habe so lange kaum noch Kontakt zu ihr gehabt. Viele Briefe kamen nicht an, ein paar aber schon. Meine Großmutter ist verstorben, mein Bruder wurde von den Oberisten verhaftet und inzwischen wieder freigelassen. Er braucht mich. Alle brauchen mich. Ich muss mich um meine Leute kümmern, kannst du mich verstehen?«

Nikos hatte inzwischen in Hamburg studiert und war erst vor zwei Jahren mit Henni zusammengezogen, nachdem er nach seiner Flucht aus Griechenland einige Zeit bei einem Rentner zur Untermiete gelebt hatte. Mit ein paar Gelegenheitsjobs hatte er sich das einfache Zimmer finanziert. Oft genug hatte er aber heimlich in Hennis Einraumwohnung übernachtet, bis sie schließlich Nägel mit Köpfen gemacht und eine gemeinsame Wohnung angemietet hatten. Sehr zum Missfallen ihrer Eltern, die eine wilde Ehe nicht guthießen und alles auf die Nachwirkungen der Flower-Power-Bewegung schoben. Da waren junge Leute zu Ungeheuerlichkeiten verführt worden! Auch die Nachbarn und die Hausverwaltung waren nicht eben begeistert. Dabei lebten inzwischen viele Menschen einfach nur als Paar zusammen, ohne gleich einen Trauschein vorweisen zu müssen. Das galt nicht länger als Sittenwidrigkeit. Die Zeiten hatten sich geändert, die Meinung der Menschen nicht unbedingt.

Jetzt wollte Nikos Cosmas allerdings zurück nach Griechenland. Die Junta war zurückgetreten, die Militärdiktatur beendet. Glückliches Jahr 1974. Und doch, was seiner Familie geschehen war, klang furchtbar.

»Ich verstehe dich«, sagte Henni traurig. Vor diesem Moment hatte sie sich jedoch immer gefürchtet. Von Anfang an war ihr klar gewesen, dass er früher oder später in seine Heimat zurückkehren würde. Dennoch konnte und wollte sie ihn nicht gehen lassen. Sie gehörten zusammen. Sah er das denn nicht auch so?

»Ich könnte mit dir kommen«, überlegte sie laut.

»Henni … das kann ich nicht verlangen. Deine Familie lebt hier. Du hast hier Freunde und …«

»Ich weiß, Nikos, ich weiß. Aber glücklich bin ich nur da, wo du bist. Egal, wo das ist.« Sie legte ihre Hand an seine Brust und schaute zu ihm auf. Aus dem Jungen vom Café Muschelkuss war ein stattlicher Mann geworden, der Feuer im Blut hatte und dessen Küsse so sinnlich schmeckten, dass Henni jedes Mal weiche Knie bekam, wenn seine Lippen die ihren berührten.

Er umschloss zärtlich ihre Hand. »Ist das dein Ernst?«

Sie nickte. Nichts war ihr je ernster gewesen. Mehr als einmal hatte sie darüber nachgedacht, was ihr wirklich wichtig im Leben war. Ihre Familie, natürlich! Ihr Literaturstudium, das sie gerade erst abgeschlossen hatte! Aber all das verblasste, wenn sie an Nikos dachte. Sie wollte bei ihm sein. Nur das zählte.

Er hauchte je einen Kuss auf ihre Fingerspitzen. »Ich besitze inzwischen ein Haus auf Mykonos. Meine Großmutter hat es mir vermacht. Ich möchte dort leben und eine Familie gründen. Mit dir, Henni.«

Henni kamen vor lauter Glück die Tränen.

»Ist der Vorschlag so schlimm?«, fragte er bedrückt.

Henni schüttelte nun lachend den Kopf, während gleichzeitig immer mehr perlrunde Tränen über ihre Wangen rollten. »Im Gegenteil.«

Er schloss sie in seine Arme und küsste sie auf die Stirn, die Nasenspitze und schließlich den Mund.

»Frau Cosmas? Alles in Ordnung?«, riss sie die freundliche Stimme des Portiers aus ihren Gedanken.

»Ja, natürlich«, sagte sie leise.

»Sie sehen aber ein wenig blass aus. Möchten Sie sich hinsetzen?« Er deutete zu der kleinen Sofaecke in der Lobby des Athenas. Sie folgte seinem Fingerzeig. Neben dem Sessel stand eine Vase Alba-Rosen auf dem Tisch. Ausgerechnet Alba-Rosen, die ihr Nikos früher immer zur Versöhnung geschenkt hatte, wenn sie sich gestritten hatten. Das war zwar selten vorgekommen, immer aber eine sehr leidenschaftliche Angelegenheit gewesen. »Ich bringe Ihnen gern ein Wasser«, fügte der Portier hinzu. Aber Henni schüttelte mit dem Kopf. »Es geht mir gut«, versicherte sie. Aber das war nur die halbe Wahrheit …

»Na schön, das höre ich gern, werte Frau Cosmas.«

Der Mann hinter der Rezeption grinste sie mit einem Zahnpastalächeln aus, das gut und gern aus einer Werbung der Achtziger stammen konnte. Irgendwie … war es nicht unattraktiv, aber eben auch nicht allzu authentisch. Sie wusste nicht, was sie davon halten sollte. Das Athena war eben nicht das Muschelkuss, wo sie früher immer ihre Lesungen gehalten hatte.

»Dann möchten Sie nun gewiss die Räumlichkeiten besichtigen, die wir für die Veranstaltung vorgesehen haben.«

»Gern«, sagte sie, erneut recht leise. Irgendwie stand sie immer noch neben sich. Diese Erinnerungen waren so plastisch, dass sie kurzweilig vergessen hatte, in welchem Jahr und an welchem Ort sie sich eigentlich befand. Kessi sah zu ihr auf. Bildete Henni es sich nur ein oder lag da eine gewisse Sorge in dem Blick der kleinen Hündin?

»Dann folgen Sie mir bitte.« Der Portier tänzelte hinter dem Empfang vor und geleitete sie in einen Seitengang.

Er war gut gekleidet, etwas klein für einen Mann und, wie es schien, in einem recht ähnlichen Alter wie sie, vielleicht geringfügig jünger. Dennoch wirkte er ungleich fitter. Was natürlich keine Kunst war. Henni wusste selbst, dass sie sich hatte gehenlassen.

»Das Hotel Athena ist schon sehr alt, müssen Sie wissen. Viele Jahre der Freude hat es hinter sich, und dabei jungen und auch älteren Pärchen vorübergehend ein schönes zu Hause geboten auf dieser herrlichen Insel. Und nun dieses Highlight für unsere Gäste. Dass Sie tatsächlich zugesagt haben und für uns lesen möchten, macht mich im Speziellen ganz besonders glücklich«, erklärte er und öffnete dann eine prächtige Flügeltür, hinter der sich ein riesiger Saal befand, von dessen Anblick sich Henni regelrecht erschlagen fühlte.

»Treten Sie ruhig ein und staunen Sie.«

Mit einem Seufzen musterte Henriette den Raum, der eine Anhäufung von Marmorsäulen, wertvollen Gemälden und Stuckverzierungen war. Auf altertümlich gemacht, aber mit dieser kleinen Tribüne und der dazugehörigen Technik sicherlich recht modern ausgestattet. Hinter riesigen Vorhängen mit goldenen Borten sah sie Panoramafenster hervorblitzen.

»In den kalten Monaten finden hier unsere abendlichen Tanzveranstaltungen statt«, erklärte der grau melierte Herr. Grigorius stand auf seinem Namensschild, sie war nicht sicher, ob das sein Vor- oder Nachname war. »Im Sommer jedoch am Pool.«

Es fiel ihr unendlich schwer, sich auf das Gespräch zu konzentrieren.

»Ich habe mich persönlich dafür eingesetzt, dass Ihnen dieser Raum für die Lesung zur Verfügung gestellt wird.« Er lächelte gewinnend. »Wenn ich das sagen darf, ich bin selbst ein großer Bewunderer Ihrer Werke. Besonders die *Tochter der Titanen* hat es mir angetan.«

Das hatten ihr im Laufe ihrer Karriere so einige Leser gesagt. Und interessanterweise hatte jeder eine ganz eigene Geschichte, die er mit diesem Buch verband. Die wenigsten ahnten jedoch, dass die *Tochter der Titanen* ihre eigene Geschichte widerspiegelte. Vielleicht war das der Grund, warum der Roman so viele Menschen erreicht hatte. Er war echt.

»Der Raum ist sehr groß. Wie viele Menschen passen denn hier rein?«

»Wir können über zweihundertfünfzig Sitzplätze unterbringen, werte Frau Cosmas.«

»Du meine Güte.« Eine so große Lesung hatte sie ja noch nie gegeben. Irgendwie war ihr das fast unangenehm. So viele Menschen, das gab‘s doch nicht. Instinktiv klammerte sie sich an ihrem Stock fest.

»Wie viele Karten haben Sie denn schon verkauft?«

Jetzt wandte sich Grigorius ab. Sie konnte dennoch sehen, wie er nervös seine Hände knetete. »Die Lesung ist ja erst in ein paar Tagen. Bis dahin werden wir noch viel Werbung für Sie machen.«

Kessi zog an der Leine, sie wollte offenbar möglichst schnell wieder raus aus diesem »Ballsaal«. Sie fühlte sich nicht wohl, was Henni nur zu gut verstand. Hier war alles so gewaltig, so pompös. Das war nicht sie. Und das waren auch nicht ihre Bücher. »Sie haben noch keine einzige Karte verkauft, nicht wahr?« Das Athena zog ein gänzlich anderes Publikum an. Das konnte ja nur schief gehen.

Er drehte sich entschuldigend zu ihr um. »Doch. Es sind schon ein paar verkauft worden.«

Das klang alles andere als überzeugend, zumal er nicht mal eine Zahl nannte. Aber was hatte sie erwartet? Sie hatte keine neuen Werke mehr geschrieben, las aus alten Texten. Man kannte sie nicht mehr. Und eigentlich war ihr das sogar recht. Es war eine dumme Idee gewesen, überhaupt noch einmal zuzusagen.

»Es ist mein Fehler, Frau Cosmas, ich habe nicht genügend Broschüren verteilt. Glauben Sie mir bitte, Sie werden dennoch einen vollen Saal haben.« Offenbar deutete er ihre Reaktion falsch.

Als ginge es allein darum! Die Zeit machte eben nicht Halt. Und alles wurde immer anstrengender. Selbst eine Lesung. Vielleicht war es ja sogar richtig so. Sie wollte lieber ihre alten Lesungen in Erinnerung behalten, an denen die Leute mit Freude teilgenommen hatten. Dieser Saal, so schön er auch war, erschien ihr einfach ganz falsch. Henni fühlte sich unendlich müde. »Sagen Sie die Lesung doch einfach ab, Herr Grigorius, ja?«

»Was?« Jetzt sah er sie an, als verstünde er weder Deutsch noch Griechisch. »Frau Cosmas, das können Sie Ihren Fans nicht antun.«

»Sie kleiner Charmeur. Von welchen Fans reden Sie denn?«

»Von mir, zum Beispiel. Sie werden sehen, ich tue alles in meiner Macht Stehende, um Ihnen die schönste Abschiedslesung aller Zeiten zu bereiten. So wahr ich hier stehe. Dieses Projekt … mit Ihnen … das ist mir wichtig. Ich habe die Hotelleitung überzeugt, dieses Event zu veranstalten. Ich habe die Flyer persönlich von der Druckerei auf dem Festland abgeholt. Die Poster aufgehängt. Die *Tochter der Titanen* liegt auf meinem Nachttisch, weil ich immer wieder hineinsehe, wenn ich nicht schlafen kann. Sie möchten es nicht glauben, Frau Cosmas, aber Ihre Texte sind Teil meines Lebens. Sie haben mir in schweren Zeiten geholfen, als meine Frau mich verließ. Und sie haben mich in guten Zeiten begleitet, als ich nach Mykonos zog, mich in die Insel und in das Athena verliebte.«

Er war auf einmal ganz anders. Zwar sprach er viel zu schnell, sodass sie Schwierigkeiten hatte, ihm zu folgen, aber das, was er sagte, schien ihr aufrichtig. Er war nicht mehr dieser »Blender«, der sie in Empfang genommen hatte. Bei dem nicht nur der Anzug perfekt saß, sondern auch jede Haarsträhne. Vielleicht gehörte diese überkandidelte Fassade ja zum Job dazu? Nun jedenfalls hatte sie das Gefühl, dass sich der echte Grigorius zeigte. Und dem schien tatsächlich etwas an ihren Texten zu liegen, was Henni berührte.

»Frau Cosmas, überlegen Sie es sich bitte noch mal.«

Ein lautes Bellen erklang und ein weißer kleiner Wirbelwind kam hereingestürmt, gefolgt von einer rothaarigen Frau mit Pagenschnitt.

»Ach, den kleinen Kerl kenne ich doch«, stellte Frau Cosmas überrascht fest. Shorty war ganz außer Rand und Band, als er Kessi erspähte, die ihrerseits wie von Sinnen an der Leine zog. Die Hunde begrüßten sich wild bellend mit einem Nasenküsschen und beide Schwänze wedelten wie Propeller.

»Jetzt habe ich dich endlich«, keuchte die Frau mit auffälligen Augenringen und schnappte sich das Ende von Shortys Leine. Offenbar hatte der West Highland Terrier am Geruch in der Lobby gemerkt, dass Kessi hier war und war seinem Frauchen ausgebüchst. Schlawiner.

»Sie müssen Frau Cosmas sein. Meine Freundin Sidonie hat mir schon von Ihrer Begegnung erzählt. Und auch von Shortys neuer Angebeteten. Habe ich das gerade richtig mitbekommen? Sie wollen Ihre Lesung absagen?«

»Ach, Kind. Es hat doch alles keinen Zweck. Ich bin alt, der ganze Trubel, das ist nichts mehr für meine Nerven.« Das hätte sie wirklich früher wissen sollen. Aber besser sie kam spät als nie zur Besinnung.

»Es sollte doch ihre Abschiedslesung sein. Und es gibt Menschen, die Sie gern noch einmal sehen möchten. Sidonie zum Beispiel. Sie wäre wirklich sehr enttäuscht, wenn die Lesung ausfällt.«

»Hören Sie auf Frau Sommerhain, liebe Henriette«, bestärkte Grigorius die Worte der jungen Frau.

Henni seufzte. Natürlich wollte sie niemanden enttäuschen. »Ich denke drüber nach. Mehr kann ich Ihnen im Augenblick nicht zusagen.« Ihr Blick glitt zu dem wuscheligen verliebten Pärchen, das vor lauter Freude synchron auf und ab hüpfte ... Ach, was gab es Schöneres als solch eine ehrliche Verbundenheit ... und wie man sie erst vermisste, wenn sie nicht mehr da war ...

»Das ist unser neues Heim«, sagte Nikos im warmen Bariton und trug sie wie eine Braut auf Händen durch die Tür. Henni konnte es noch gar nicht glauben. Sie hatten tatsächlich Hamburg verlassen. Vater und Mutter hatten sich quergestellt, wie es zu erwarten gewesen war, aber sie war nun eine selbstständige und erwachsene Frau, die ihre eigenen Entscheidungen traf, die ihrem Herz gefolgt war und das nicht bereute.

Nikos küsste sie zärtlich und setzte sie dabei ab. Seine Lippen wollten gar nicht von ihren lassen, aber die Neugierde hatte Henni gepackt. Sie musste sich das neue Heim unbedingt ansehen. Das Haus hatte zwei Etagen, war weiträumig und rustikal. In der Mitte des Wohnraums fand sich ein gekachelter Kamin, der mit weißem Putz überzogen war, nur an abgebröckelten Stellen sah man, was darunter lag. Ging man um die Feuerstelle herum, gelangte man in die Küche, die mit nicht allzu modernen Gerätschaften ausgestattet war. Immerhin gab es einen Kühlschrank. Im oberen Bereich des Hauses waren ein Schlafzimmer und viele weitere Räume untergebracht, die später vielleicht einmal Kinder- oder Gästezimmer sein würden.

»Es ist wunderschön«, verkündete sie mit klopfendem Herzen, als sie die Treppe wieder herunterkam. Sie war verliebt, nicht nur in diesen tollen Mann, auch in das gemütliche Haus.

Nikos lächelte mehr als zufrieden, beide Hände in seinen Hosentaschen vergraben.

Ihr Blick glitt zum Seitenfenster. Dieser herrliche Garten, der sich dort vor ihr auftat, den musste sie sich einfach sofort anschauen. Sie zog ihre Schuhe aus, öffnete die Hintertür und lief barfuß über das weiche Gras. Zum ersten Mal überhaupt in ihrem Leben fühlte sich Henni wirklich frei. Wie herrlich die Halme unter ihren Sohlen raschelten und wie wundervoll es hier duftete. Nach Oliven. Sie atmete tief ein, füllte ihre Lungen mit der guten Luft. Unter den Olivenbäumen waren Netze gespannt, um die herabfallenden Früchte aufzufangen. Sie freute sich schon auf die Ernte und das selbst gemachte Olivenöl. Nikos trat hinter sie, legte die Arme um ihre Taille und küsste ihren Nacken.

»Hier möchte ich mit dir alt werden«, flüsterte er zärtlich in ihr Ohr. Hennis Herz hüpfte vor Freude, denn es war genau das, was sie sich auch wünschte. Sie wandte den Kopf und hauchte einen Kuss auf seine Lippen.

»Ich sehe es alles vor mir«, erklärte er. »Warme Sommerabende zwischen den Olivenbäumen, ich spiele auf der Laute und singe dir etwas vor, du lehnst dich an meine Brust, schläfst sanft ein. Und eines Tages hören wir das Lachen unserer Kinder. Ein Junge und ein Mädchen, das wünsche ich mir.«

Der Kinderwunsch war unerfüllt geblieben. Aber sie hatten dennoch das Beste aus ihrem Leben gemacht. Sie bereute jedenfalls keine Sekunde.

Henriette erinnerte sich an ihre Hochzeit auf Mykonos, den Aufwand, den Nikos' Familie, die sie herzlich in ihre Mitte aufnahm, betrieben hatte. Da die Familie der Braut nicht zugegen sein würde, denn ihre Eltern lehnten die Vermählung strikt ab, war sie vorübergehend in das Haus von Nikos' Tante Agni einquartiert worden, wo schließlich auch die Prika, eine Mitgift, ausgestellt worden war. Diese stammte nicht, wie es Brauch war, aus dem Besitz ihrer Familie, sondern war von Nikos' Verwandten zur Verfügung gestellt worden. Denn woandersher konnte sie die Sachen nicht beziehen.

»Warum sind deine Eltern so hart?«, hatte Agni einmal gefragt, während sie die Häkel- und Tischdecken, die zur Prika gehörten, für jedermann sichtbar im Wohnraum ausgelegt hatten. Auch das war Brauch. Jeder sollte kommen und sehen, wie ihre Aussteuer aussah.

»Mein Vater, und wohl auch meine Mutter, sind gegen eine Ehe mit Nikos«, hatte Henni gestanden. »Und meine Schwester redet ihnen nach dem Mund.«

»Weil sie Nikos nicht mögen? Er ist ein guter Mann, und …«

»Das weiß ich, Agni. Ein sehr guter Mann sogar. Ich liebe ihn vom ganzen Herzen. Aber das hat meine Familie nie verstanden. Sie sind wütend, weil ich nicht nach Deutschland zurückkomme.«

»Ich verstehe. Sie lieben dich sehr und haben Angst, dich zu verlieren.«

»Aber auf diese Weise verlieren sie mich doch erst recht.« Nichts wünschte sich Henni mehr, als dass ihre Eltern ihre Liebe zu Nikos akzeptierten und am schönsten Tag ihres Lebens zugegen waren! Was war daran falsch?

Tränen stiegen ihr in die Augen, Agni reichte ihr rasch ein Tuch und umarmte sie sanft. »Du gehörst zu unserer Familie, Henni. Wir werden alle bei dir sein, wenn Nikos und du das Gelübde ablegen«, sagte die Tante zärtlich und drückte sie noch einmal an sich. »Ist es jetzt besser?«

Henni nickte. Ja, etwas schon.

Am Tag der Hochzeit kamen alle weiblichen Verwandten zu Agni, um Henni in ihr Brautkleid zu helfen. Ihre Haare wurden hochgesteckt, Schmuck angelegt und das Make-up gemacht. Und als sie in den Spiegel blickte, erkannte sie sich selbst nicht wieder. Was ein bisschen Farbe bewirken konnte!

»Du bist eine wunderschöne Braut. Nikos wird Augen machen«, versprach Agni und strich ihr eine Strähne aus der Stirn. »Außerdem möchte ich, dass du den hier trägst«, sagte sie und reichte ihr einen funkelnden Ring mit zwei Perlen. »Er gehörte meiner Mutter und davor meiner Großmutter. Da ich keine eigenen Kinder habe, würde es mich ehren, wenn du ihn von jetzt an trägst.«

»Ist das dein Ernst? Aber … das kann ich doch nicht annehmen.«

»Doch, natürlich, Liebes. Es würde mich stolz machen.« Agni steckte ihr den Ring an den Mittelfinger, wo er perfekt passte und wunderschön aussah. Zwei Perlen. Standen die symbolisch für Nikos und sie?

»Vielen Dank«, sagte Henni zutiefst gerührt. Für sie war dieser Ring ein Zeichen, dass Nikos' Familie sie tatsächlich in ihr Herz geschlossen hatte. Und sie liebte diese Menschen ebenfalls. Mehr, als sie jemals in Worte hätte fassen können.

Mit dem Wagen ging es anschließend zur Kirche, wo der Bräutigam bereits auf sie wartete. Er trug einen schmucken Anzug. Wie Agni es vorausgesagt hatte, blieb ihm der Mund offenstehen, als er Henni sah, die sich in ihrem weißen Kleid wie eine Prinzessin fühlte.

»Ich habe in meinem Leben alles richtig gemacht«, flüsterte er ihr zu, als sie gemeinsam vor den Traualter traten. »Ganz besonders, als ich dich nicht aufgab.«

Ihr traten schon jetzt Tränen in die Augen, obwohl die Zeremonie noch nicht mal begonnen hatte. Und am liebsten wollte sie ihn auf der Stelle küssen, aber das ging natürlich nicht. Sie wischte sich vorsichtig mit einem Finger über die Augen und blickte sich durch ihren Schleier hindurch in der Menge um. Die Kirche war prächtig. Überall hingen steinerne Schmuckelemente und bunte Bleiglasfenster zierten die Wände. Ganz vorne saßen Agni und Nikos' Eltern, sein Bruder, dahinter ein paar Freunde, Tanten und Onkel sowie deren Nachwuchs. Als sie auch zur anderen Seite der

Kirche schaute, blieb Henni plötzlich das Herz stehen, denn dort saßen Mama und Papa! Und direkt hinter ihnen ihre Schwester Liesl. Das ... das gab's ja nicht! Wie kamen die denn hierher?

Nikos zwinkerte ihr zu. Leise lachte sie unter ihrem Schleier, denn ihr dämmerte, dass es gar keine griechische Tradition gab, in welcher der künftige Ehemann seine Braut drei Tage hintereinander nicht sehen und auch nicht sprechen durfte. Agni hatte das mit alten Bräuchen begründet, aber es war ihr gleich ein wenig merkwürdig vorgekommen. Diese drei Tage waren nämlich ganz schön hart für sie gewesen. Nicht mal anrufen hatte sie ihn dürfen. In der Zeit war Nikos offensichtlich nach Hamburg geflogen und hatte ihre Eltern überzeugt, doch zur Hochzeit zu kommen. Wie er das geschafft hatte? Wie er vor allem ihren Vater überreden konnte?

Der Priester trat vor sie, und Henni hatte nicht mehr die Gelegenheit, Nikos zu befragen. Aber nach der Trauung würde sie ihn ausquetschen, soviel stand fest. Denn das war wahrlich das schönste Geschenk an diesem wundervollen Tag ...

Henni spürte, wie ihr Herz schneller schlug. Sie hörte das leise Murmeln der Gäste, die ergriffen waren, sowie die Stimme des Priesters, der laut und deutlich sprach. Sie war wirklich hier, auf ihrer Hochzeit, die doch eigentlich längst vergangen war. Sogar der Geruch von damals stieg ihr in die Nase. Sie brauchte nur die Hand nach Nikos auszustrecken, und sie würde ihn berühren. Ganz sicher.

»Tantchen Henni?«

Henni schaute sich irritiert um, sie hatte gerade eine Stimme gehört, die nicht in das Szenario passte, die ihr aber trotzdem sehr vertraut war. Der Portier war nicht mehr bei ihr, dafür aber die junge Frau mit Hund, die sie besorgt anschaute. Und dann war da noch ein Mann mit braunen Haaren, direkt vor ihr. Er war groß und schlank, kam ihr bekannt vor.

»Tantchen, ich bin es, Konstantin«, sagte er.

Allmählich kam sie wieder zu sich. Nein, sie war nicht in der Kirche, sie war in der Lobby des Athenas. Wie sie hierhergekommen war, wusste sie nicht. Eben hatten sie doch noch im Tanzsaal gestanden. Es fehlten ihr Sekunden, vielleicht Minuten … Verkrampft klammerte sie sich an ihrem Stock fest.

»Ich fürchte, ich muss mich hinsetzen …«

Beherzt griff ihr Großneffe sie unter den Arm und führte sie zu einem der gepolsterten Sessel, während sich Shortys Frauchen verabschiedete. Kessi legte sich zu Hennis Füßen.

»Alles in Ordnung? Soll ich lieber einen Arzt rufen?«, fragte Konstantin.

»Es geht schon.« Er sollte bloß nicht den Eindruck bekommen, dass sie Hilfe brauchte. Sonst würde er gleich wieder mit Berlin anfangen. Sie schaute ihm ins Gesicht, versuchte den blassen Jungen von damals zu erkennen. Aber aus ihm war ein attraktiver Mann geworden, groß und stark. Ein Mann, der sich nicht ohne Weiteres geschlagen gab. Heute Morgen hatte er sie angerufen, weil er sie noch einmal treffen wollte. Ganz spontan hatten sie sich hier verabredet, weil Henni ja ohnehin einen Termin im Athena hatte. Sie wusste jedoch längst, worum es ging. Und ihre Antwort hatte sie ihm auch bereits gegeben.

»Frank und Brigitta machen sich große Sorgen um dich. Und Großmutter Liesl ebenfalls«, fing er an. Dabei hatte sie das alles schon gehört.

Und ihre Schwester war also auch besorgt! Von wegen. Die hatte sich seit jeher nur für sich selbst interessiert.

»Sie wünschen sich nichts mehr, als dass du zu uns nach Berlin kommst«, sagte Konstantin erneut, es würde wohl genau dasselbe Gespräch werden. Henni kannte Berlin nicht einmal, war sie doch damals aus ihrer Heimatstadt Hamburg direkt auf die Insel gezogen. Warum die Hauptstadt der Lebensmittelpunkt ihrer Familie geworden war? Liesl hatte dort einen Geschäftsmann geheiratet und Kinder bekommen. Ihr ältester Sohn war Konstantins Vater. Und der wies eine frappierende Ähnlichkeit mit Hennis Vater auf. Er war ehrgeizig, hart und unerbittlich.

»Meine Antwort hat sich nicht geändert! Mein Zuhause ist hier!« Auf Mykonos, im Olivenhaus, in dem sie mit Nikos ihr halbes Leben verbracht hatte!

»Sieh mal, du wärst dann immer in unserer Nähe. Vater hat eine Wohnung in einem seiner Mietshäuser in Dahlem-Dorf für dich renovieren lassen. Du könntest sofort einziehen. Eine super Anbindung. Supermarkt, BVG-Haltestelle, Krankenhaus. Alles im Umkreis.«

»Krankenhaus? Na, ihr denkt ja schon weit voraus.«

»So war das doch nicht gemeint. Denk an deinen Sturz kürzlich.« Es war ein Fehler gewesen, der Familie davon zu erzählen. Das hatte überhaupt erst alles in Gang gesetzt.

Konstantin seufzte. Wahrscheinlich hielt er sie für uneinsichtig. Und wenn schon. »Das habt ihr euch schön überlegt. Aber nicht mit mir. Du hättest dir den Flug sparen können. Ich bleibe hier.« Sie erhob sich, stützte sich auf ihren Stock. Plötzlich war da ganz viel Kraft in ihrem alten Körper. Zügig lief sie durch die Automatiktür, Kessi hechtete hinter ihr her.

»Ach, Tante Henni, bitte …«

Aber sie ignorierte ihn, und die Tür schloss sich hinter ihr.

18. Kapitel

Sid hatte sich vor ihrem Aufbruch eine kleine Tasche zusammengepackt und auf den Weg zum Café Muschelkuss gemacht, wo sie den Mittag verbrachte und aufs Meer schaute. Katjas Worte gingen ihr nicht aus dem Kopf. »Der steht auf dich.«

Genau das hatte Jonas damals auch gesagt, nachdem sie von der Betriebsfeier heimgekehrt waren. Und noch mehr: »Du hättest mal sehen sollen, wie er dich die ganze Zeit angeschaut hat.«

»So ein Unsinn, wie kommst du denn darauf? Außerdem schwirren alle Mädels um ihn herum. Ich falle nicht ins Gewicht.«

»Wenn du dich da mal nicht täuschst.«

Was, wenn Jonas sich nicht geirrt hatte? Was, wenn der Grunberg wirklich was von ihr wollte? So sah es ja irgendwie auch aus. Und wenn sie nur daran dachte, wie eng sie miteinander getanzt hatten, fing ihr Herz plötzlich an wie wild zu klopfen.

Schluss jetzt! Sie hatte einen Auftrag! Diese ganzen Mutmaßungen waren ohnehin kompletter Unsinn. Konstantin war nämlich kurz nach dieser schicksalhaften Betriebsfeier mit Flora Rottenweil zusammen gewesen. Und gerade jetzt vergnügte er sich aller Wahrscheinlichkeit nach mit Rottenweil 2.0.

Noch dazu war Sid in keiner Weise bereit, sich auf einen Mann einzulassen für die nächsten tausend Jahre! Letztlich waren sie doch alle gleich, oder? Man konnte ihnen nicht vertrauen. Zumindest redete sie sich das weiter ein, damit sie am Ende keine Dummheiten machte. Außerdem, es gab doch wirklich Wichtigeres im Leben.

Erneut schaute sie aufs Meer, beobachtete ein paar junge Frauen, die in den Wellen spielten. Mal wurden sie gänzlich vom

Wasser verschluckt, mal tauchten sie aus diesem auf und schossen empor wie eine menschliche Fontäne. Meerschaumgeboren – ging es Sid durch den Kopf. Das war vielleicht ein erster Ansatz! Faces wollte schließlich etwas ganz Neues!

Die Kellnerin von neulich brachte ihr einen Latte Macchiato, während Sid ihr Tablet aus der Tasche kramte und das Grafikprogramm startete. Meerschaumgeboren. Aphrodite. Sinnlichkeit. Lippen. Kuss. Das konnte funktionieren. Sie machte eine Schnellskizze und schaute erneut zu den Mädels, die sichtlich ihren Spaß hatten. Nichts war eine bessere Inspiration als das wahre Leben.

»Sie können gut zeichnen«, sagte die Kellnerin, die gerade den Nachbartisch abräumte und einen Blick über ihre Schulter warf. »Wer ist das denn?«

»Aphrodite, die Meerschaumgeborene«, erklärte Sid.

»Oh, und ich dachte, sie wäre die Göttin der Liebe.«

»Sie ist beides.« Erwacht im Meer, stieg sie aus dem Wasser und trug dabei den sinnlich matten Lippenstift von Faces. Wer, wenn nicht Aphrodite, war das Sinnbild weiblicher Schönheit?

Sid bestellte sich noch ein kleines Mittagessen und machte sich anschließend auf den Weg zum Hotelstrand, der um diese Uhrzeit überraschend leer war. Die meisten Urlauber trieben sich wohl lieber an den großen Badestränden herum, zum Beispiel am Elia oder am Paradise Beach. Sid sollte das nur recht sein. Sie ließ sich in den Sand sinken.

Es kribbelte in ihren Fingern, denn sie hatte das Gefühl, an einer guten Sache dran zu sein. Geschwind holte sie das Tablet wieder heraus und der kleine Stift huschte wie verrückt über das Display. Immer mehr Skizzen entstanden, die Sid mit Farbe füllte. Das Kolorieren ging zum Glück sehr schnell, ihr Programm erlaubte, ganze Flächen mit einem Klick zu füllen.

Sid bemühte sich, eine Mischung aus antikem Flair und Moderne zu erschaffen. Es sollte nicht altbacken wirken, sondern einen Hauch von Haute Couture versprühen. Vielleicht konnte man bei einem späteren Shooting auch teilweise Körperfarbe zum Einsatz bringen, sofern ihre Idee Gefallen fand.

Nachdem die Grundfarben bestimmt waren, begann sie damit, Schattierungen und Highlights zu setzen, Gischt und Schaumkronen farblich hervorzuheben, kleinste Pigmentierungen auf Blätterwerk und Sterne in den Himmel zu platzieren, als ihr plötzlich jemand ein Softeis unter die Nase hielt.

Sid schaute auf und erkannte trotz der blendenden Sonne Konstantins athletische Gestalt. Ihr Herz machte einen Hüpfer. Nicht nur das, ihr Atem beschleunigte sich. Was sie unterdrückte. Diese ganzen Gerüchte um ihn machten sie langsam nervös.

»Kleine Stärkung gefällig?«

Jetzt hockte er sich vor sie hin. Sid schmunzelte und nahm ihm die Waffel ab, denn die sah wirklich lecker aus und sie konnte nicht widerstehen.

»Danke.« Woher er gewusst hatte, dass sie hier war? Vermutlich purer Zufall. Aber der Hotelstrand war auch nicht besonders groß und gut einsehbar.

»Wie war die Verabredung?« Sie biss sich auf die Zunge. Wollte sie das wirklich wissen?

Er rollte mit den Augen, was wohl soviel bedeutete wie: irgendetwas zwischen totaler Reinfall und Supergau? Und war Sid deswegen traurig? Kein bisschen? Rottenweil 2.0 war doch bestimmt ein Golddigger.

»Ich sehe, du bist schon fleißig bei der Arbeit. Zeig mal, was du hast.« Er setzte sich dicht hinter sie und schaute über ihre Schulter. Dabei strich sein Atem über ihre Haut. Sid hielt inne. Denn das … war jetzt schon etwas komisch, löste es nämlich ein eigenartiges Prickeln in ihrer Magengegend aus.

›Der steht auf dich‹, hallte es in ihren Ohren nach. Sein Geruch strömte ihr in die Nase, das Kribbeln wurde stärker. Dennoch, das war zu nah, sie rutschte ein Stück von ihm weg. Aber das fühlte sich wie die falsche Richtung an. Was war denn mit ihr los? Vielleicht ein kleiner Sonnenstich?

»Ich … bin gerade fertig geworden«, erklärte sie. »Das ist natürlich nur eine erste Idee und …«

»Wow, das sieht toll aus«, lobte er, während Sid dazu überging, an ihrem Eis zu lutschen. Das kühlte auch ihr Gemüt ein bisschen ab.

»Findest du? Dann hör dir mal das an.« Sie gab ihm das Eis zurück, damit er es festhielt, zoomte aus dem Bild raus, sodass man Aphrodite in ihrer ganzen Schönheit sehen konnte.

»Sinnlich wie ein Kuss von Aphrodite«, sagte Sid und swipte zum nächsten Bild, das eine Frau im Urwald, bewaffnet mit Pfeil und Bogen, zeigte. Wild schaute sie in die Kamera. »Scharf wie ein Pfeil von Artemis.« Sie wischte erneut über das Display. Auf der nächsten Skizze schaukelte eine Frau auf der Mondsichel. »Verträumt wie das Lächeln von Nyx. Mystic Matt. Die neuen matten Farben von Faces. Werde zum Mythos.«

Jetzt war Sid so richtig aufgeregt. Der Slogan war ihr unterwegs eingefallen. Und sie hatte das Gefühl, dass er perfekt passte.

Erwartungsvoll blickte sie zu Konstantin, aber der starrte nur mit offenem Mund auf das Display ihres Tablets. Das Eis tropfte schon auf seine Hand.

»Nicht gut?«, hakte sie verunsichert nach. Jetzt kamen bestimmt wieder etliche Kritikpunkte und die Bitte, alles zu überarbeiten. Das kannte sie ja aus der Agentur.

»Es ist … gut. Ziemlich gut sogar.«

»Ehrlich?« Sie war so schnelle Zustimmung nicht gewohnt. Da musste doch noch ein Haken sein.

»Ich mein's ernst. Die Verbindung von Antike, griechischen Göttinnen und Kosmetik – das ist perfekt. Klassisch, aber modern inszeniert. Faces wird begeistert sein. Und dieser Slogan ist süß. Einfach auf den Punkt!«

»Denkst du wirklich?« So schnell hatte sie ihn ja noch nie zufrieden gestellt. Aber auch ein blindes Huhn fand mal ein Korn.

»Ich glaube, nein, ich bin überzeugt, diese Idee hat wirklich eine Chance.« Erst jetzt merkte er, dass das Eis fröhlich vor sich hinschmolz. Er aß es rasch auf.

»Es bedeutet mir viel, dass du das sagst.« Sid hatte auch ein ziemlich gutes Gefühl, was die Entwürfe anging. Manchmal war das einfach so, man kreierte etwas und es passte sofort.

»Zeig mir noch mal die Aphrodite«, meinte er und rutschte wieder näher an sie heran. Sid spürte, wie ihr die Hitze in die Wangen stieg. Und nicht nur dorthin. Jetzt fehlten sogar nur wenige Zentimeter und sein Kopf würde auf ihrer Schulter liegen. Und was, wenn dort nicht sein Kinn zum Aufliegen kam, sondern seine Lippen? Was? Lippen? Seine Nähe machte sie ganz verrückt. Er strahlte zusätzlich so viel Wärme aus, dass Sid sich wie in den Tropen fühlte. Hektisch fuhr sie sich über die Stirn, reichte ihm dabei das Tablet, damit er es selbst bedienen konnte. Das hier machte sie total nervös. Wuschig. Oder war es genau das, was sie eigentlich brauchte?

»Is mir gerade echt zu heiß«, murmelte sie, denn jetzt kribbelte es überall, von den Zehen- bis in die Haarspitzen reagierte ihr Körper ganz eindeutig auf ihn.

»Mh?«

Sie erhob sich. »Ich brauche ne Abkühlung.«

»Soll ich dir was von der Bar holen?«

Sid schüttelte mit dem Kopf. Dann rannte sie ohne weitere Erklärung los, rein ins Wasser, mit ihren Shorts und dem T-Shirt. Das brauchte sie jetzt einfach! Ganz dringend. Angenehm kühl empfingen sie die rauschenden Wellen. Das hieß, auch das Wasser war warm, aber kein Vergleich zu der Hitze in ihrem Körper.

Das war doch verrückt! Der Kerl war ihr nörgelnder Chef! Der letzte Mann auf dem Planeten, mit dem sie ernsthaft etwas anfangen wollte, wenn sie denn überhaupt Interesse an etwas Neuem hätte. Was nicht der Fall war!

Sid schwamm ein Stück weit raus, aber nicht zu weit, tauchte einmal unter und kam wieder hoch. Du lieber Himmel, was war nur mit ihr los? Es war ihr völlig fremd, dass ihr Körper so extrem auf die Nähe eines anderen Menschen reagierte. Was sollte sie denn jetzt machen? Wenn sie gleich wieder an Land ging, würde es sich vermutlich wiederholen. Seine Blicke, seine Wärme brachten sie total durcheinander. Das ärgerte sie! Sie traute sich gar nicht zurück. Und gleichzeitig wollte sie nichts lieber.

Und da geschah es. Sid spürte plötzlich etwas an ihrem Bein.

Es war glitschig, schien sich durch ihre Bewegungen aufzulösen. Gott, was war das denn? Eine Qualle? Paps hatte ihr so viele Horrorstories über Quallen erzählt, dass ihr die Nesseltiere immer als erstes in den Sinn kamen. Verfolgten die Viecher sie jetzt etwa schon? Vor lauter Schreck stieß sie einen Schrei aus. Das war der Kardinalsfehler gewesen, der eine Kettenreaktion in Gang setzte, wie man sie sonst nur in einer Liebeskomödie erwartete. Und Sid konnte nichts tun, es nicht aufhalten. Sie sah nur alles wie in Zeitlupe auf sich zukommen.

Konstantin zögerte keine Sekunde, stürzte sich zu ihr ins Wasser, schwamm in Rekordzeit zu ihr, hob sie rasant hoch und dann hielt ihr starker ›Retter‹ sie in seinen Armen. Es ging so schnell, dass Sid gar nicht wusste, wie ihr geschah. Schon folgte das nächste Klischee. Natürlich! Was auch sonst?

Doch es war eines, das zu allem Übel schön war. Ganz dicht war sein Gesicht jetzt vor ihrem. So nah, dass sie seinen viel zu schnellen Atem auf ihren Lippen spürte. Oh nein, genau das hatte sie nicht gewollt! Das verdammte Prickeln wurde nur noch stärker. Frau gerät in Gefahr. Mann rettet Frau. Frau küsst Mann. Echt jetzt?

Alles in ihr sträubte sich dagegen. Redete sie sich ein. Nein, das würde sie nicht tun. Wo war Shorty, wenn man ihn brauchte?

»Was ist passiert?«, fragte er besorgt. Sein Blick zog ihren magisch an. Sid bekam trotz aller Hitze eine Gänsehaut, am ganzen Körper. Sie schaute von ihm weg, was ihr etwas Zeit verschaffte. Eine kleine Atempause. Doch unter sich im Wasser konnte sie beim besten Willen nichts erkennen.

»Da war irgendetwas … es war glitschig und ich erschreckte mich.« Sie schaute wieder hoch, und konnte prompt ihren Blick nicht von seinen Lippen lassen. Wieso war ihr zuvor nie aufgefallen, was für sexy Lippen ihr Chef hatte? Weich, geschwungen, dennoch männlich. Verdammt männlich sogar.

»Hat es dich gebissen? Oder spürst du ein Brennen an deiner Haut?« Sein Atem streichelte ihr Gesicht. Er war heiß, genauso wie Konstantins Körper, der unter der sengenden Hitze der Sommersonne geradezu glühte. Alles an ihm schien aufgeheizt, obwohl er mit Klamotten ins Meer gesprungen war und diese nun nass an ihm klebten.

»Nein, gar nicht. Alles gut.« Es war keine Feuerqualle gewesen, das konnte sie zumindest mit Sicherheit sagen. Da hier auch keine roten Warnschilder aushingen, galt der Strand als sicher.

»Wirklich?«

»Aber ja doch. Lass mich wieder runter, ja?« Bevor sie sich an ihm noch die Finger verbrannte. Das hier war ihr eindeutig zu nah! Oder … nicht nah genug?

Er trug sie an den Strand zurück. »Ich sehe mir das besser mal an«, sagte er und setzte sie sacht ab, hockte sich vor ihren Fuß und untersuchte diesen sehr genau. Natürlich war alles in Ordnung, doch seine Berührung, das sanfte Gleiten seiner Finger über ihre Sohle, ging Sid richtig unter die Haut. Und dann sah er sie wieder an. Mit einem lodernden Blick, der so dunkel war, dass man die Tiefe darin nur erahnen konnte.

Sids Kehle wurde trocken. Und ihr Herz klopfte wie verrückt. Das lag sicher an der Aufregung … wegen der vermeintlichen Qualle natürlich.

»Der steht auf dich!«, hörte sie Katja und Jonas im Einklang sagen. Aber warum dann das Treffen mit Rottenweil 2.0?

Wie eine zweite Haut klebte sein Shirt an seinem Oberkörper. Durch den weißen Stoff konnte sie seine Muskeln sehen, aber auch die Quallennarben, die durchschimmerten. Nur wegen ihr hatte er sich diese zugezogen. Für sie war er an diesem Abend ins Meer gesprungen. Sie schluckte.

Konstantin kam näher, und noch etwas näher, ohne sie aus den Augen zu lassen. Und sie wollte, konnte nicht aufhören, ihm in die Augen zu sehen.

Sein Mund öffnete sich ganz leicht, die Unterlippe zitterte kaum merklich. Sid starrte diese wie gebannt an. Ihr war inzwischen so heiß, dass sie zur Abkühlung am liebsten in eine Sauna gegangen wäre.

›Bleib wo du bist‹, wollte sie sagen, aber sie brachte kein einziges Wort hervor.

Als hätte er ihre Gedanken gehört, stoppte er seine Bewegung. Aber, nein, das war auch falsch!

»Ich kann nicht«, flüsterte er. »Ich darf nicht …«

Sid hielt den Atem an.

Und dann schloss sie die Augen, sie blendete alles aus, alles, was geschehen war, was passieren könnte, wenn *es* passierte, wer sie waren. Dass sie das eigentlich nicht durften.

Sie ließ sich nach vorne sinken. Ihr Mund umschmiegte seinen. Ganz zart und weich, so herrlich warm. Er schmeckte aufregend. Männlich und bittersüß zugleich.

»Sidonie … ich will …«, sagte er und strich mit einer Hand ihre Wange. Die Berührung war elektrisierend.

Sie sahen sich so intensiv an, dass alles andere um sie herum in den Hintergrund trat.

Und dann traf es Sid wie ein Schlag, der sie hart auf dem Boden der Tatsachen aufschlagen ließ: Nein! Sie wollte ihr Herz nicht öffnen! Es würde die frische Wunde wieder aufreißen. Männern und insbesondere Männern wie ihm konnte man nicht trauen. Schließlich hatte er sich direkt vorher mit einer anderen getroffen?!

»Ich … sollte … die Entwürfe fertig … machen«, stammelte sie aufgelöst, obwohl sie eigentlich längst fertig waren, und sprang auf.

Er erhob sich zeitgleich. »Sidonie, bitte …«

»Nein«, schluchzte sie. Sie war so verletzlich – sie durfte nicht zulassen, dass man ihr wieder wehtat. Und doch schlug ihr das Herz mittlerweile bis unter die Schädeldecke. Das alles war falsch! Einfach nur falsch!

Sie schnappte sich ihre Tasche und taumelte ein paar Schritt zurück, um erst mal Abstand zwischen sie zu bringen.

»Sidonie, geh jetzt nicht.«

»Ich mail dir die Entwürfe.« Sid drehte sich um und eilte zum Hotel zurück. Sie wusste nicht, was sie sonst hätte tun können, um sich ihm zu entziehen und erst mal wieder klar im Kopf zu werden.

19. Kapitel

Er roch es. Das war so klar wie Kloßbrühe! Aus Shortys Sicht war sie wohl fremdgegangen. Sie hatte einen anderen Mann geküsst. Das gefiel dem kleinen Westie nicht, obwohl der sich ja längst einer neuen Frau in seiner Größe zugewandt hatte.

Sid wünschte sich auch, es wäre nie zu diesem Kuss gekommen. Wie sollte es jetzt weitergehen? Er war immerhin ihr Chef! Das bedeutete, sie würden sich wiedersehen. Spätestens in der Agentur. Vermutlich vorher, um die Entwürfe zu besprechen, die sie ihm inzwischen per E-Mail geschickt hatte. Bisher hatte er darauf nicht reagiert. Aber das war Sid ganz lieb. Je weniger sie von ihm hörte, desto besser. Das verschaffte ihr Zeit zum Nachdenken.

Natürlich fühlte sie sich zum ihm hingezogen, aber in welcher Art? Und wollte er überhaupt mehr von ihr oder wollte er sie nur erobern und dann fallenlassen wie eine heiße Kartoffel? Warum?

Wenn man bedachte, was ihr in den letzten Tagen alles passiert war – sie konnte ja noch nicht mal klar denken, wie sollte sie dann klar fühlen?

Grunberg war und blieb ihr Chef, sie konnte sich nicht einfach so in etwas stürzen. Genauso wenig konnte sie die Sache ignorieren. Es würde Konsequenzen haben.

Die Tür ging auf und Katja kam herein. Die Boutiquetütchen, die an ihren Handgelenken baumelten, verrieten, sie war gerade shoppen gewesen. Klar, da hatte sie Shorty nicht mitgenommen, manche Geschäfte erlaubten keine vierbeinigen Besucher. Sid war jedenfalls unendlich froh, sie zu sehen und wollt ihr gleich alles berichten, doch Katja wirkte ziemlich neben der Spur.

»Wieso reagierst du denn nicht auf meine Nachricht?«, beschwerte sie sich und stellte die Tüten neben dem Schrank ab.

Sid war wohl abgelenkt gewesen, sehr abgelenkt!

»Ich muss dir was sagen«, eröffnete Katja und setzte sich zu Sid auf die Bettkante. Shorty wurde das zu eng, er suchte das Weite.

»Das klingt ja so ernst.« Katjas Blick verriet, es war dringlich. Darüber *vergaß* Sid sogar ihr »Chef-Problem« sehr gerne.

»Wenn du dein Handy gecheckt hättest, wüsstest du, dass es um deine Lieblingsautorin geht.«

Oh Gott! Was war mit Henriette? Jetzt hatte Katja ihre volle Aufmerksamkeit.

»Sieht so aus, als würde die Abschiedslesung nicht stattfinden.«

»Was? Wie kommst du denn darauf?« Das hörte sich nach einer ausgemachten Katastrophe an, obwohl Sid gleichzeitig froh war, dass es zumindest kein gesundheitliches Problem gab! Die ältere Dame mochte geistig rege sein, ihr Körper aber wirkte regelrecht zerbrechlich.

Sid hatte sich unglaublich auf diese Veranstaltung gefreut! Die letzte Chance, Henriette Cosmas noch einmal live zu erleben! Das war immer ihr großer Traum gewesen. Und jetzt sollte er wie eine Seifenblase zerplatzen? Zusätzlich zu ihrem Lebenschaos? Die Moiren hatten sich in ihrem Schicksalsfaden wohl ordentlich verheddert. Noch dazu schien es ihr einfach nicht richtig, wenn Frau Cosmas ohne letzten Auftritt aus der Öffentlichkeit verschwand!

»Ich war quasi dabei, als Grigorius ihr den Raum für die Lesung zeigte. Sie war nicht besonders begeistert. Zu protzig und so. Viele Karten wurden auch nicht verkauft. Der arme Grigorius ist seitdem völlig zerknirscht. Ich habe ihn noch nie so niedergeschlagen gesehen. Kein Lächeln, wenn er mit Gästen spricht. Keine Anekdoten, er ist kurz angebunden und preist auch weder das Hotel noch das Essen im Restaurant an, noch sonst irgendetwas.«

War Grigorius vielleicht wirklich ein wenig in Frau Cosmas verliebt?

»Die Lesung mit ihr scheint ihm einfach sehr viel zu bedeuten.«

Nicht nur ihm! »Er hat einiges an Mühe investiert, um sie ins Athena zu holen. Und dann sagt sie ab. Würde mich auch ärgern.«

Es tat Sid in der Seele weh zu hören, dass das Interesse an dieser Lesung nicht allzu groß schien. Das hatte Frau Cosmas nicht verdient! Sid durfte nicht zulassen, dass ihre Autorenkarriere so endete!

»Ich rede mit ihm«, entschied Sid, wenn sie jemand in dieser Sache unterstützen würde, dann Grigorius. Fans hielten zusammen. Es konnte ja nicht angehen, dass eine Autorin wie Frau Cosmas auf ihre Abschiedslesung verzichtete. Wenn es nach Sid ginge, wäre das ja ohnehin nicht ihr letzter Auftritt. Aber gar kein Auftritt? Das kam nicht in Frage. Vielleicht fiel ihnen ja etwas ein, wie sie Frau Cosmas doch noch davon überzeugen konnten, ihre Lesung zu geben. Das würde auch Sid wunderbar ablenken.

»Gut. Und da ist noch was.«

»Okay?«

»Frau Cosmas hatte danach noch eine Verabredung mit jemandem in der Lobby. Und ich hab auch gesehen mit wem.«

»Aha?«

»Mit deinem Chef.« Katja erhob sich und organisierte die neuerworbenen Kleider in ihren Zauberschrank, der ganz eindeutig von der Firma Tardis stammte und innen größer war als außen.

Was? Mooooment! Wieso hatte Konstantin denn schon wieder seine Finger im Spiel? Aber dann klatschte sich Sid an die Stirn. Das ... war also seine geheimnisvolle Verabredung gewesen! Von wegen Rottenweil 2.0!

Das konnte dann ja nur kurz vor ihrem Treffen am Strand gewesen sein. Aber wieso traf Konstantin Frau Cosmas? Woher kannte er sie überhaupt. War er auch ein Fan?

»Er hat sie Tantchen Henni genannt.« Jetzt grinste Katja von einem Ohr bis zum anderen.

»Tantchen?« Natürlich! Die familiäre Angelegenheit, die ihn nach Mykonos geführt hatte. Jetzt erinnerte sie sich auch, dass er von einer Großtante gesprochen hatte, der es nicht allzu gut ging.

Was nur natürlich war, schließlich war Nikos Cosmas erst letztes Jahr verstorben.

»Small World Phänomen!«, sagte Katja auch schon triumphierend. Jeder kannte jeden über ein paar Ecken. Das stimmte offenbar wirklich.

Ob Konstantin ihr vielleicht dabei helfen würde, Henriette Cosmas dazu zu bewegen, ihre Abschiedslesung doch noch zu halten? Vielleicht. Aber wollte Sid das überhaupt? Vielleicht war weniger Kontakt zu ihm besser? Außerdem war da ja noch Grigorius, der mit ihr an einem Strang ziehen konnte.

Sid schlüpfte in frische Klamotten. »Ich kläre das gleich«, sagte sie entschieden.

»Okay, aber heute Abend machen wir noch was Schönes zusammen, ja? Das hast du mir versprochen.«

Sid schmunzelte. »Natürlich.«

Als sie gleich darauf die Lobby betraten, hängte Grigorius gerade die Werbeplakate für die Cosmas Lesung ab. Ein Stich fuhr Sid ins Herz.

»Hallo Grigorius.« Dunkle Ringe zierten seine Augen. »Ich habe gehört, was passiert ist.«

»Guten Tag, Frau Albrecht. Ja, es ist wirklich ein Jammer. All meine Bemühungen waren umsonst. Ich wollte Frau Cosmas ein großes Abschiedsgeschenk machen, doch es wurde der Reinfall des Jahrhunderts. Sie bekommen natürlich das Geld für Ihre Eintrittskarten zurück. Warten Sie, ich habe es vielleicht sogar passend.« Er verschwand hinter der Rezeption und beugte sich runter zu einem Schubfach unter dem Schlüsselbrett.

»Nein, jetzt lassen Sie das mal stecken. Wir werden doch wohl nicht zulassen, dass Frau Cosmas keine Abschiedslesung gibt.« Es war ihr verdammt ernst!

Er kam wieder hoch, die Kassette dennoch in den Händen. »Was haben Sie vor, Sidonie?«

»Frau Cosmas' Texte, auch wenn sie schon älteren Datums sein mögen, haben es verdient, ein letztes Mal gehört zu werden. Aber das Ambiente sollte stimmen. Dieser Tanzsaal, den Sie in bester

Absicht aussuchten, passt nicht so recht zu der Autorin.« In einem von Henriettes Interviews hatte Sid einmal gelesen, dass Frau Cosmas es gediegen mochte, nah am Leser. Wenig Tamtam um ihre Person, ihre Werke sollten im Mittelpunkt stehen.

»Ja, das scheint mir nun auch so.«

»Suchen Sie für sie doch etwas Gemütlicheres. Mit ihr gemeinsam, Grigorius. Das Café Muschelkuss, in dem sie sonst Lesungen hielt, scheidet aus persönlichen Gründen aus. Vielleicht gibt es hier Buchläden, die als Alternative in Frage kommen?«

»Aber dann wäre es ja keine Veranstaltung des Athenas mehr.«

»Doch, denn das Athena sponsert die Snacks und Getränke für die Lesung. Auf allen Karten und Flyern, von denen wir natürlich neue brauchen, steht das Athena-Logo ganz oben.« Sid war wieder in ihrem Element. Werbung machen, den Wert eines Produkts verbildlichen. Mit Ideen spielen, sie in Grafiken umwandeln.

»Das klingt nicht verkehrt«, überlegte Grigorius, und ein zartes Lächeln umspielte seine Augen. Fast war er wieder der Alte.

»Wissen Sie was, Sidonie? Ich werde Frau Cosmas gleich anrufen und sie fragen, ob sie morgen Lust auf einen Stadtbummel mit mir hat. Natürlich nur zur Akquise geeigneter Veranstaltungsorte.«

Sid schmunzelte. Natürlich nur deswegen. »Es wäre wirklich schön, wenn eine begabte Schriftstellerin wie Henriette Cosmas noch einmal einen letzten Auftritt in der Öffentlichkeit haben könnte, wenn sie schon das Schreiben ganz aufgegeben hat.«

»Das hat sie?«, wunderte sich Grigorius. »Ich hatte immer die Hoffnung, dass sie noch etwas veröffentlichen würde.«

»Sie meint, ihre Hände würden nicht mehr mitmachen.«

»Daran soll es scheitern?« Grigorius schüttelte entsetzt den Kopf. »Dabei gibt es doch heutzutage so viele Möglichkeiten, auch ohne Tastatur auszukommen. Denken Sie nur mal an all diese Schreibprogramme mit Spracherkennung.«

»Sagen Sie das nicht mir, sagen Sie es ihr.« Sid zwinkerte ihm zu. »Ach ja, wenn Sie Hilfe bei den Plakaten und Flyern brauchen, sprechen Sie mich ruhig an. Ich bin vom Fach.«

»Danke, Frau Albrecht, das ist wirklich sehr liebenswert von Ihnen. Ich weiß gar nicht, wie ich Ihnen danken soll. Moment, da fällt mir ein …« Er beugte sich noch einmal unter den Tisch. »Für Sie«, sagte er mit einem freundlichen Lächeln.

Sid nahm den Schein überrascht an. »Was ist denn das?«

»Eine Karte für eine Fahrt nach Delos, hin und zurück. Wir bekommen manchmal Freikarten von der Blue Ferry Reederei zu Marketingzwecken. Ich schenke Sie Ihnen, als Dank für Ihre guten Ideen.«

Sid lächelte. Das kam ja genau zur richtigen Zeit! Nicht nur, dass sie ohnehin immer nach Delos, der antiken kleinen Insel, gewollt hatte. Es war auch der perfekte Ort, um in Ruhe und Abgeschiedenheit über alles nachzudenken. Ein Blick auf die Uhr verriet, es war noch früher Nachmittag. Wenn sie jetzt losging, wäre sie abends wieder hier, um mit Katja das Abendessen zu genießen.

»Danke«, sagte sie und machte sich gleich auf den Weg.

20. Kapitel

Die Fähre steuerte auf die Anlegestelle im antiken Hafen der Insel Delos zu, und schon kurz darauf lag sie sicher vertäut an. Die Gäste strömten von Bord und Sid mit ihnen. Sie folgte den Massen über eine, damals als heilig geltende, Straße, die zu den Tempelanlagen führte, oder viel mehr zu dem, was von ihnen übrig geblieben war. In ihrem Reiseführer hatte Sid bereits gesehen, dass das nicht allzu viel war. Rechts und links der steinernen Allee entdeckte sie die Säulen ehemaliger Geschäftsräume und Versammlungsplätze.

Der eigentliche Tempelbezirk bestand aus den Ruinen der Stätten des Apollons und der Artemis. Von ersterem gab es sogar Überreste einer Statue. Wo ehemals ein Teich gewesen war, erstreckte sich nun ein Tamariskenwäldchen, in dessen Mitte eine einzelne Palme aufragte. Der Sage nach hatte sich hier Leto, die Geliebte von Zeus, vor dessen eifersüchtiger Ehefrau Hera versteckt, um die Zwillinge des Göttervaters zu gebären. Leto hieß auch die Heldin aus Frau Cosmas‘ Roman »Tochter der Titanen«, und das nicht ganz zufällig. Denn sowohl die mythologische Leto, die der Sage nach von übermächtigen und riesenhaften Eltern großgezogen worden war, als auch die aus Henriettes Buch mussten um eine Liebe kämpfen, die nicht sein durfte. Fast wie im wahren Leben, überlegte Sid und seufzte. Dass mit ihrem Chef bereitete ihr Kopfzerbrechen. Selbst hier, wo alles so angenehm ruhig war.

Sid hatte die Touristen vorauslaufen lassen und ihren Schritt verlangsamt, um für sich zu sein.

Ihr Weg führte sie nun um das Wäldchen herum zu der berühmten Löwenterrasse, die aus Statuen der königlichen Raubkatze bestand. Sids Reiseführer nach sollten es früher drei Mal so viele Skulpturen gewesen sein, aber der Zerfall hatte auch vor ihnen nicht Halt gemacht. Noch dazu waren sie offenbar umgesetzt worden und hatten sich ursprünglich an einer anderen Stelle auf der Insel Delos befunden. Ihre Aufgabe hatte sich jedoch nie geändert, sie waren Wächter.

Eine völlig andere Kultur tat sich vor ihren Augen auf, und obwohl von den damaligen Bauwerken allerhöchstens vage Umrisse übrig geblieben waren, konnte sie sich die prachtvollen Bauten lebhaft vorstellen. Sie fühlte sich ganz klein in Anbetracht dieser Zeiten um Zeiten überdauernden Kunstwerke. Und wenn sie schon klein war, waren ihre Probleme dann nicht noch kleiner? Aber eine Lösung wusste sie trotzdem nicht.

Sid setzte sich auf einen kleinen Felsen, von dem aus sie einen guten Ausblick auf den strahlendblauen Ozean hatte, und atmete die salzige Meeresbrise tief ein. Eine Weile beobachtete sie die Möwen, die verspielt durch die Luft glitten und sich gegenseitig zu jagen schienen.

Wie sollte es jetzt weitergehen? Wie sollte sie ihrem Chef je wieder unter die Augen treten, wie sich ihm gegenüber verhalten? Und wie würde er auf sie reagieren? Vor allem, warum glaubte sie, seine Lippen sogar jetzt noch auf ihrem Mund zu spüren? Es fühlte sich schön an, was sie nur noch mehr verwirrte.

Die Zeit auf der antiken Insel verging definitiv anders als auf den restlichen Kykladen. Oder Sid hatte über allem die Zeit vergessen. Jetzt jedenfalls stand die Sonne schon recht tief und färbte den Horizont rot. Ein Blick auf die Uhr verriet, dass sie allmählich losmusste, wenn sie mit Katja noch zu Abend essen wollte. Da sah sie auch schon die letzte Fähre ankommen. Etwas Zeit blieb noch bis zur Abfahrt. Sid erhob sich und machte sich langsam auf den Weg zurück zum Hafen. Dabei umlief sie erneut das Tamariskenwäldchen und ließ sich ordentlich Zeit, einfach weil die Ruhe und Abgeschiedenheit ihr guttaten. Um ein Gespräch mit Grunberg junior kam sie wohl nicht herum. So viel stand fest. Sie wünschte nur, das alles wäre nie passiert, denn jetzt war ihr Verhältnis zum Chef wohl endgültig ruiniert.

Sid folgte der einst heiligen Straße, bis die Fähre am Hafen in ihr Sichtfeld rückte. Dort standen schon ein paar Leute, aber sie gingen nicht an Bord, sondern diskutierten stattdessen mit einem Mann in Uniform, der wohl der Kapitän war.

»Was ist denn los?«, wunderte sich Sid und sprach eine ältere Dame an, die sich mit einem Papierfächer frische Luft zuwedelte. Als sie sich zu ihr umdrehte, erkannte Sid, dass ihr Gesicht puterrot angelaufen war. »Unglaublich ist das, sie sagen, dass das Schiff einen Motorschaden hat. Und dass sie es reparieren können, aber dass es seine Zeit braucht. Solange sitzen wir hier fest.«

»Was?« Das sollte wohl ein Scherz sein! Katja wartete! Und mit ihr wollte Sid unbedingt über ihr sehr spezielles Chef-Problem sprechen, denn Katja hatte oft die besten Ratschläge. »Es gibt doch sicher nicht nur eine Fähre?«

»Nein, aber die anderen Fährmänner haben alle schon Feierabend und es ist niemand zu erreichen, der eine Ersatzfähre herfahren könnte.«

»Unglaublich, was für eine Stümperei!«

»Wir haben schließlich für unsere Fahrkarten bezahlt!«

»Da wundert einen gar nichts mehr!«, ätzten ein paar der älteren Herrschaften durcheinander und jammerten etwas von früher war alles besser. Meckernde Touristen … Sid verdrehte innerlich die Augen.

Von irgendwoher kamen noch ein paar Männer, die schwere Ersatzteile über den Steg wuchteten. »Gehen Sie bitte alle ins Café«, wurden die Leute aufgerufen. »Sie bekommen dort frischen Tee!«

Ja, toll! Sid musste nach Mykonos zurück. Sie hatte gar keine Zeit für eine Teepause. Aber was blieb ihr übrig?

Die Karawane setzte sich in Gang. Sid ließ sich mitziehen. Sie hoffte nur, dass diese Reparaturen nicht zu lange andauern würden. Aber klar, wenn *sie* auf Delos war, musste natürlich so etwas passieren.

Und gerade als sie das kleine Häuschen betraten, in dem ein cafétypisches Blubbern zu hören war, entdeckte sie IHN am anderen Ende des Raumes. Groß, athletisch, eine Sonnenbrille im braunen Haar. Und so verrückt es auch war, ihr rutschte das Herz in die Hose! Ihre Knie wurden so weich wie Butter auf dem Fensterbrett bei dreißig Grad Sonnenschein. Sid blieb abrupt stehen und hielt ungewollt den Betrieb auf. »Gehen Sie bitte weiter«, murrte jemand hinter ihr, weil sich in der Tür bereits ein kleiner Stau bildete. Sid trat zur Seite, ohne den Blick von ihm zu lassen, während die Leute an ihr vorbeiströmten ins Innere des Cafés.

Ihre Hand wanderte zur Mitte ihrer Brust, wo es heftig bummerte. Was, um alles in der Welt, machte ER denn hier, auf Delos? War er wegen ihr hier? So ein Quatsch. Woher sollte er das wissen? Sid war völlig durcheinander. Am Hafen hatte sie ihn nicht gesehen. Das bedeutete wohl, dass er schon vorher ins Café gegangen war. Dann wusste er noch gar nicht, dass sie hier erst mal festsaßen? Aber vielleicht erfuhr er es in diesem Moment, denn er unterhielt sich angeregt mit jemandem. Vielleicht war das der Moment zu verschwinden? Doch dann sah er zu ihr.

Sids Herz stolperte. Ein Lächeln bildete sich auf seinen Lippen. Schon kam er auf sie zu. Sie wollte fliehen, blieb aber wie zur Salzsäule erstarrt stehen. Weglaufen wäre ohnehin albern gewesen.

»Sidonie«, sagte er sanft und lächelte sie an.

»Kon…stantin«, japste sie nur.

»Die Fähre hat offenbar einen Schaden und …«

»Wir sitzen hier fest«, platzte es aus ihr heraus, denn das fasste die Situation sehr präzise zusammen. Und dabei ließ sie sich diesen Umstand noch einmal in aller Farbenpracht durch den Kopf gehen. Er und sie auf einer kleinen Insel. Gestrandet.

In diesem Urlaub musste sie einfach jedes Klischee mitnehmen, das es gab! Nur fand sie das alles andere als witzig: Was machten sie denn jetzt?

»Ich weiß.« Er hielt ihr einen verführerisch nach Minze duftenden Becher hin.

»Danke«, murmelte sie und nahm das heiße Getränk entgegen, an dem sie sich ihre Hände wärmte. Ein kleiner Schluck und es ging ihr besser. Etwas zumindest. Aber in der Nähe von Grunberg junior fuhr sie eigentlich immer Gefühlsachterbahn. Egal, ob es Aufs oder Abs waren.

»Was machst du hier?«

»Das könnte ich dich auch fragen.«

»Aber ich habe zuerst gefragt.« Sid musste jetzt doch lächeln.

»Okay, also, Grigorius hat mir eine Freikarte für die Fähre geschenkt, weil ich ihm bei einer Sache helfen soll«, erklärte er und Sid konnte sich gut vorstellen, um was es ging. Sicher war es Grigorius' Dankeschön dafür, dass er sich um seine Tante kümmerte. »Und da ich ... ungestört sein wollte, kam ich her. Und du?«

Auch sie war wegen Grigorius' Einwirken hier. Ob der Portier sie beide absichtlich nach Delos geführt hatte? Zuzutrauen war es diesem Schlitzohr ja. Nur warum hätte er das tun sollen? Wollte er Amor, oder wohl eher Eros, spielen? Sid schüttelte den Kopf, ein guter Portier wusste zwar, was seine Gäste wünschten, aber das war nun doch ein wenig weit hergeholt.

»Ich wollte immer schon mal auf einer einsamen Insel stranden«, sagte sie grinsend. Und ihr Herz machte einen kleinen Sprung. Gerade fühlte sich alles so leicht an, aber war es das auch? Was übersah sie? Oder war das das Zeichen, dass sie jetzt mit ihm ein klärendes Gespräch suchen sollte? Das wäre wahrscheinlich das Erwachsenste.

Er deutete zur Tür. »Wollen wir uns die Beine vertreten? Es dauert wohl noch etwas.«

Sid war einverstanden, denn was sie zu bereden hatten, war sicher nicht für fremde Ohren bestimmt. Gemeinsam verließen sie das Café. Ein Stück weit liefen sie schweigend nebeneinander her, ließen die Ruinen, die in der Abenddämmerung eigenartig surreal aussahen, auf sich wirken.

»Wir sollten reden«, sagten beide plötzlich gleichzeitig.

Sid lächelte ein wenig. »Okay, du zuerst.«

»Dass vorhin am Strand ... das tut mir leid«, eröffnete er, obwohl sie ihn geküsst hatte. Doch er spielte wohl auf die Gesamtsituation an – und die fehlende professionelle Distanz.

Sie ließen das Tamariskenwäldchen hinter sich und er erzählte von der Verantwortung, die man als Chef innehätte, und dann versprach er, dass so etwas nie mehr vorkommen würde, was Sid seltsamerweise alles andere als glücklich stimmte. Natürlich war das vernünftig und professionell, trotzdem verspürte sie einen komischen Stich im Herzen. Rasch noch einen Schluck Tee, um die Pumpe zu beruhigen! Half nur nichts. Was noch viel verwirrender war, als dieser ohnehin schon total verwirrende Tag.

»Ich meine, im Endeffekt …« Er druckste so herum – das kannte sie gar nicht von ihm. »Es war nur ein Kuss und der … es war eine Ausnahmesituation, quasi …«

»Das heißt im Klartext, wir drehen die Zeit zurück und tun so, als wäre es nie passiert?«, brachte sie es auf den Punkt.

Aber es war passiert! Das konnte sie nicht einfach aus dem Gedächtnis löschen – und: Sie wollte es auch nicht. Weil es … schön gewesen war. Verdammt!

»Ja, genau. Wir kehren zurück in das alte Arbeitsverhältnis.« Vielleicht hatte es ihm ja weit weniger bedeutet, als sie zuerst angenommen hatte? Er wirkte jetzt jedenfalls sehr rational.

»Alles wieder gut?«, fragte er und schaute sie von der Seite an.

Sid nickte. »Ja, alles gut.«

Nein, irgendwie gar nicht!

Was war nur mit ihr los? Lag das an den Minzdämpfen ihres Tees? Aber der war ja inzwischen ausgetrunken und sie trug nur noch den Pappbecher vor sich her.

Erneut setzte Schweigen ein. Sid fand es unerträglich. Sie hatte das Gefühl, etwas sagen zu müssen, aber sie wusste selbst nicht was. Fest stand nur, dass es sich eigenartig anfühlte, weil sie jetzt wieder nur Chef und Angestellte waren. Und mit einem Mal schien er so weit weg von ihr, was ihr gar nicht gefiel. Konnte es sein, dass … er ihr doch nicht unwichtig war? Sie verwarf diesen wirren Gedanken gleich wieder. Immerhin ging es hier um Grunberg junior, den Nörgler des Jahres und anstrengendsten Chef diesseits und jenseits der Milchstraße. So ein klein karierter Anzugträger war doch eh nicht ihr Typ. Sie brauchte jemanden mit künstlerischer Ader! Jemand Spontanes, der sich zu Verrücktheiten hinreißen ließ, anstatt Sicherheit auszustrahlen. Sie seufzte. Oder war es genau umgekehrt? Sollte Mam recht behalten?!

»Vielleicht sollten wir zurück?«, überlegte er. »Bestimmt haben sie die Fähre inzwischen auf Vordermann gebracht.«

»Ja, bestimmt.« Dann fuhren sie also zurück und gingen getrennte Wege. Hatte Sid sich nicht genau das gewünscht?

»Alles in Ordnung? Du wirkst ein wenig … niedergeschlagen.«

»Quatsch«, sie lächelte gequält. »Wird nur nichts mit dem Stranden auf einer einsamen Insel.«

»So einsam ist es hier ja auch gar nicht«, murmelte Grunberg.

Sie drehten sich um, die aufkeimende Dunkelheit legte sich wie ein Schatten über die Ruinen der Stadt. Alles sah anders aus als am Tag. Geisterhaft. Sid war sich mit einem Mal nicht mehr sicher, ob sie überhaupt noch dem richtigen Weg folgten. Dabei war sie doch vor wenigen Stunden selbst noch hier langgegangen.

»Hoffentlich ist der Motor jetzt repariert«, meinte sie. Sie wollte nur noch so schnell wie möglich ins Hotel zurück.

Der Weg wurde immer länger und länger, schließlich blieben sie stehen. »Wir sind im Kreis gegangen, oder?«, meinte Sid.

»Ich weiß es nicht«, gab Grunberg zu.

Hatten sie sich verirrt? Hörte ihre Pechsträhne denn niemals wieder auf? Und wieso fiel ihr ausgerechnet jetzt auf, dass seine Züge im Mondlicht unglaublich markant aussahen. Ganz besonders seine maskuline Kieferlinie.

»I-ch bin mir sicher, dass wir hier lang müssen«, sagte sie, denn diese zwei Säulen, die direkt nebeneinanderstanden, als würden sie sich gegenseitig stützen, kamen ihr bekannt vor.

Also folgten sie dem Pfad und tatsächlich erspähten sie nach einigen Irrungen und Wirrungen die Löwenterrasse und wenig später das Café. Sid klatschte erleichtert in die Hände. Für einen winzigen Moment hatte sie schon befürchtet, sie müssten die Nacht wirklich auf dieser einsamen Insel verbringen. Allein, zu zweit. Aber jetzt waren sie gerettet. Und ihre wirren Gefühle war sie bestimmt bald los, sobald sie wieder auf Mykonos waren, wenn Land und Katja in Sicht waren.

Als sie das Café betreten wollten, war die Tür verschlossen. »Was ist denn jetzt schon wieder los?«, wunderte sich Sid und rüttelte am Knauf. Aber das verdammte Ding gab nicht nach.

»Lass mich mal«, meinte Konstantin, doch er bekam die Tür auch nicht auf.

»Die sind ohne uns zurückgefahren! Wir waren zu lange weg«, stellte Sid entsetzt fest.

»Sidonie, beruhige dich«, sagte Konstantin sanft.

Aber Sid wollte sich nicht beruhigen! Hatte denn niemand gemerkt, dass zwei Passagiere fehlten?!

Sie rannte die kurze Strecke zum Hafen runter. Atemlos hielt sie inne, als sie auf den Steg gelangte. Tatsache, keine Fähre! Nichts! Was sollten sie denn jetzt machen? Auf Delos gab es nichts! Keine Infrastruktur, keine Hotels, nur eben das Café, das geschlossen war, und ein paar Lager und Ausstellungsräume! Es war eine reine Museumsinsel, kein Ort zum Übernachten! Erschöpft stützte sie sich auf die Knie.

»Oh Gott«, murmelte sie. Das durfte alles nicht wahr sein! Konstantin hatte sie inzwischen eingeholt.

»Die sind wirklich auf und davon.«

Er nickte und hielt dann inne. »Ich rufe einfach den Notruf«, erklärte er gelassen. Naheliegend! Und hoffentlich verstanden ihn die griechischen Behörden.

»Hallo? Sind Sie noch dran? Können Sie mich ver… hallo?«

Oje, das hörte sich nicht gut an. Aber überrascht war Sid nicht. Hier kam Murphys Gesetz zum Tragen. Alles was schiefgehen konnte, ging auch schief.

»Super mieser Empfang. Das Gespräch brach einfach ab.« Er versuchte es noch mal. Und noch einmal. »Vielleicht erreiche ich zumindest das Athena. Grigorius? Hören Sie mich?« Konstantin ließ die Schultern hängen. »Nichts zu machen. Man hört nur Rauschen.«

Sid probierte es mit ihrem eigenen Smartphone, aber auch sie hatte kein Glück. Sie vernahm zwar Katjas Stimme aus weiter

Ferne, die konnte Sid aber gar nicht verstehen. Und dann war die Leitung weg. Die SMS wurden auch nicht verschickt, von mobilen Daten ganz zu schweigen. Großartig. Sie saßen wirklich fest.

»Was machen wir denn jetzt? Wo sollen wir übernachten? Wo schlafen? Auf dem kalten Boden? Gibt es hier womöglich gefährliche Tiere?« Sid kramte ihren Reiseführer aus ihrer Umhängetasche und blätterte wild darin, aber sie fand nichts zu dem Thema. Und das Licht war auch nicht unbedingt das Beste, obgleich der Mond prall und rund am Himmel stand. Dann fiel ihr das blöde Teil auch noch aus den Händen. Sie bückte sich nach ihrem Buch und stopfte es hektisch in ihre Tasche zurück. »Wir werden nachts total auskühlen!«

Er lachte leise. »Das wird schon nicht passieren.«

Er hatte gut reden. Nachts war es selbst in der Wüste eiskalt.

»Hör zu, Sidonie, ich verspreche dir, dass wir hier beide heil rauskommen werden.« Obwohl er das nicht mit Gewissheit sagen konnte, beruhigte sie der Klang seiner tiefen ruhigen Stimme.

Sie versuchte, sich zusammenzureißen. »Also schön, was schlägst du vor?«

»Ich baue uns ein Lager.«

»Womit denn, Herr Pfadfinder?«

Er ging zum Café zurück, Sid versuchte mit ihm Schritt zu halten.

»Wir finden sicher etwas. Du wirst sehen, es wird nur halb so schlimm.«

Die Tische und Stühle, die vorhin noch vor dem Eingang des Ladens gestanden hatten, waren jetzt ins Innere geräumt worden, das konnte Sid durch eines der Fenster sehen. Konstantin machte sich an einer der Truhen zu schaffen, die hinter dem Außentresen standen.

»Glück braucht der Mensch«, sagte er erfreut, als er feststellte, dass diese nicht abgeschlossen war.

»Auf einer Insel, auf der niemand ist, braucht man ja auch nichts abzuschließen …« Sid kam näher und linste hinein. »Tischdecken?«

»Die werden uns warmhalten.«

»Echt jetzt?« Zumindest wirkten sie frisch.

Er lachte und reichte ihr ein paar. »Jetzt brauchen wir noch ein lauschiges Plätzchen. Und Proviant.«

Aber mehr als Eis und gekühlte Softdrinks gaben die anderen Truhen nicht her. Besser als gar nichts.

»Wir können doch nicht einfach die ganzen Sachen mitnehmen. Das ist Diebstahl«, gab sie zu bedenken.

»Wir sind in einer Notsituation. Und ich denke, das hier wird sie entschädigen.« Er legte ein paar Scheine in die Eistruhe, ehe er den Deckel runterklappte.

Sid war nicht wirklich glücklich mit dieser Lösung, sah aber ein, dass es in dieser absurden Situation kein Richtig und Falsch gab.

»Dort drüben sieht es gut aus.« Er lief auf eine kleine Mulde zu, in der sich ein Baumpärchen befand, das alt und morsch wirkte, aber offensichtlich allen Widrigkeiten zum Trotz die Wurzeln tief ins Erdreich geschlagen hatte. Über ein paar niedrig hängenden Zweigen breitete er eine der Tischdecken aus. Eine zweite legte er auf den Boden. »Es ist nicht schön, aber selten.«

»Nicht mal das«, meinte Sid und lachte. »Du warst wohl nicht oft zelten, oder?«

»Kein einziges Mal«, gab er zu.

Hatte sie sich gedacht, stattdessen hatte er vermutlich die Luxushotels der Welt unsicher gemacht. Aber schön, mit den restlichen Tischdecken, die zum Glück aus Stoff und nicht aus Plastik waren, konnte man sicher etwas anfangen. Wenn das Leben dir Zitronen gibt, mach Avgolemono – also griechische Zitronensuppe – draus, hätte Katja gesagt und sicher nur die positiven Seiten an diesem Abenteuer gesehen. Wann hatte man schließlich die Gelegenheit auf einer antiken Insel zu übernachten?

Wenig später hockten sie also einigermaßen windgeschützt und im braven Abstand von einem halben Meter in der kleinen Mulde, die großteils mit dünnen Stofftüchern ausgelegt war, und schleckten Eis zum Abendbrot. Konstantin hatte noch ein paar Zweige gesammelt und ein Feuer direkt vor ihnen mithilfe seines Feuerzeugs entfacht, das er sicher nur deshalb dabei hatte, um Damen galant ihre Zigaretten anzuzünden. Ihn selbst hatte Sid nämlich nie rauchen sehen. Sicher war Feuermachen auf Delos verboten, aber was sollten sie tun?

Jetzt saßen sie in ihre Decken gehüllt vor den wärmenden Flammen und Sid sah zum Nachthimmel auf. Das alles war doch total verrückt! Passte aber ins Bild von diesem außergewöhnlichen Sommerurlaub.

Inzwischen waren die Sterne aufgegangen. Eine ganze Schar, um genau zu sein. Es waren noch viel mehr als über Mykonos, zumindest bildete Sid sich das ein. Und wenn sie irgendwo einen dunklen Fleck am Horizont entdeckte, dauerte es nicht allzu lange, bis auch dort leuchtende kleine Diamanten aufpoppten.

Sid schaute aus dem Augenwinkel zu ihm. Auch Konstantin blickte zum Himmel. Er schien sogar regelrecht auf diesen fixiert. War sicher auch komisch für ihn, die ganze Situation. Vielleicht sollte sie irgendetwas sagen, um die Stimmung zu heben, aber sie wusste nach wie vor nicht was. Irgendwie war es komisch zwischen ihnen. Normalisiert hatte sich ihr Verhältnis definitiv noch nicht. Jedenfalls war es noch nicht so, wie es zwischen Chef und Angestellter normalerweise wäre. Sid spürte, wie die Anspannung sie nicht losließ. Und das Herzklopfen war auch noch da.

Sie hüllte sich fester in ihre Decke ein und schloss die Augen. Am liebsten würde sie auf der Stelle einschlafen und sich einfach ganz weit fortträumen. Aber sicher würde sie hier kein Auge zu bekommen!

Das Nächste, was sie spürte, war eine Hand, die sie sacht rüttelte.

»Sidonie, wach bitte auf. Du zitterst ja am ganzen Körper.«

Sid schreckte hoch. Wo war sie?

Die Erinnerung kam zurück. Die Fähre war ohne sie abgefahren. Sie saßen hier fest. Und dann merkte sie es auch. Ihre Zähne klapperten, die Knie ebenso. Ihr war saukalt! Die Nacht hatte ihr im Schlaf sämtliche Wärme entzogen. Das war völlig anders als auf dem Campingplatz. Sie hatte tatsächlich das Gefühl jede Sekunde zu erfrieren. Genau damit hatte sie gerechnet! So etwas passierte eben, wenn man ohne Ausrüstung irgendwo in der Wildnis übernachtete. War eine blöde Idee gewesen, die Augen zuzumachen. Aber sie hatte wirklich nicht damit gerechnet, hier einzuschlafen.

Zumindest spürte sie ihren Körper noch. Das war wohl ein gutes Zeichen.

»Hier«, sagt Konstantin und hielt ihr seine Tischdecken hin.

»Was …«, fing sie an. »Die brauchst du doch selber …«

»Aber nur so wird dir wieder warm. Ich kann kein größeres Feuer machen. Das ist zu gefährlich.«

»Aber …« Das ging einfach nicht. Er legte die Decke dennoch über ihre Knie, und es half, zumindest ein wenig. Nur was war jetzt mit ihm?

Krampfhaft strengte sie ihren müden Kopf an. Es musste eine andere Möglichkeit geben. Eine, bei der sie beide warm blieben. Sie dachte an den Film »The Saint«, in dem Simon Templar in einen eisigen Fluss fällt und nur durch die Körperwärme seiner Begleiterin vor dem Erfrieren bewahrt wird. Gut, ganz so dramatisch war ihre Lage nicht, aber der Effekt würde wohl der gleiche sein. Endlich war ihre Vorliebe für Actionfilme für etwas nützlich.

Sie seufzte und klopfte neben sich. »Setz dich.«

»Ist … das wirklich okay?«, hakte er nach.

Sid hielt den Atem an und nickte, denn erfrieren wollte sie nicht, und er sicher auch nicht. Also setzte sich Konstantin neben sie und Sid rückte zu ihm auf. Sie zog ihre Knie an ihre Brust und schlang die Arme darum. Die Wärme seines Körpers dicht neben ihrem war belebend, taute sie auf. Aber nicht nur das, seine Nähe ließ ihr Herz rasen. Verdammt, das hatte sie befürchtet.

Er schlang den Tischdeckenwust um sie. So saßen sie beide nebeneinander wie in einen wärmenden Kokon gehüllt, hörten das ferne Rauschen des Meeres und das Wispern der Tamarisken, die der Nachtwind sanft wiegte.

»Wird's besser?«, hakte er leise nach und schaute sie an.

Ja, ihr war warm. Zweifelsohne. Sid nickte. Ihre kauernde Haltung schmerzte sie allmählich und so streckte sie vorsichtig ihre Beine aus, wobei ihr Bein das seine berührte. Das jagte ihr einen kleinen Schauer über den Rücken. Sie schaute zu ihm hoch, merkte, dass er seine Arme etwas steif vor der Brust verschränkt hatte. Er schien zu bemerken, dass sie ihn ansah, jedenfalls dreht er seinen Kopf zu ihr und erwiderte ihren Blick. Sid spürte, wie sich ihr Herzschlag verdoppelte. Sein Blick war so intensiv. Er leuchtete förmlich, ging ihr durch und durch. Jetzt wurde ihr wieder kälter, weil kleine Blitze in ihrem Inneren sie schüttelten.

Warum saß er nur so verkrampft da? Ganz vorsichtig schlüpfte ihre Hand unter der Decke hervor und legte sich auf seinen Arm. Sie spürte den weichen Stoff, der leise raschelte. Und dann meinte sie sogar, seinen Herzschlag zu fühlen. Sein Körper sandte immer noch Wärme aus, aber weniger als sonst.

»Frierst du?«, fragte sie leise.

Konstantin schüttelte nur den Kopf, während seine Augen ihre nicht losließen. Sid spürte, wie es heftig in ihren Wangen prickelte. Wäre es nicht so dunkel, und das schwache Licht des kleinen Feuers reichte gewiss nicht aus, hätte er wohl gesehen, dass ihr Gesicht gerade wie eine Tomate anlief. Ihr Mund wurde trocken, während sein Blick ihren regelrecht aufsog. Da waren sie wieder, die zwei schwarzen Löcher, denen sie nicht entrinnen konnte – oder wollte. Doch dann glitt ihr Blick ein wenig tiefer, hin zu seinen bebenden Lippen. Sie glänzten ein wenig.

Wenn er sie jetzt küssen würde, dachte Sid, sie würde ihn nicht zurückweisen. Bei dem Gedanken galoppierte ihr Herz endgültig los, wohl in der Absicht den olympischen Marathon in Rekordzeit zu bestreiten.

Dabei wirkte besonders seine Unterlippe so verführerisch, dass Sid sich danach sehnte, sie an ihrem Mund zu spüren, sie zu schmecken. Und wenn sie … den ersten Schritt machte und … einfach alles um sich herum vergaß? Wie vorhin am Strand?

Sollte sie das tun? Durfte sie das überhaupt? Wieso fühlte sie, was sie fühlte? Sie strich über seine sehnigen Arme und es fühlte sich so richtig an. Richtiger, als gar nichts zu tun. Lebendig und warm, nicht wie dieses tiefe Loch der Trauer, in das sie gefallen war. Sie wollte nicht mehr trauern.

In dem Moment, in dem sie nachgab und sich ihm näherte, senkte er den Kopf, sodass sich ihre Münder auf halber Strecke trafen. Sein Kuss war wie eine Belohnung und Erlösung zugleich. Sid merkte im selben Moment, in dem ihr sein männlicher Geschmack auf der Zunge zerging, wie sehr sie sich genau danach gesehnt hatte – in seinen Armen zu liegen, ihn zu küssen und von ihm geküsst zu werden.

Seine Hand legte sich auf ihre Wange, fuhr ihr dann durchs Haar und zog ihr Gesicht näher an seines heran. Aus dem zarten scheuen Küsschen wurde eine leidenschaftliche Explosion an Sinnlichkeit, die ein leises Rieseln durch ihren ganzen Körper schickte. Immer wilder und entschlossener umschmiegten sich ihre Lippen, immer schneller tanzten ihre Zungen miteinander, bis Sid atemlos zurücksank. Wieder war es sein glühender Blick, der sie auffing.

Vielleicht ist es Schicksal, dass wir hier sind, überlegte Sid und lehnte sich an ihn, während ihre Hand über sein Hemd strich. Ein sanfter Kuss landete auf ihrem Schopf und dann schlossen sich seine Arme um sie, hielten sie fest, als wollten sie sie nicht wieder loslassen. Als hätte er Angst, sie könnte ihm jeden Moment entrinnen. *Wenn Du das Glück gefunden hast, dann halt es fest*, würde Katja jetzt posten.

Sid konnte sich fallen lassen, denn sie hatte keine Angst mehr. Weder vor wilden Tieren noch der Kälte oder der tiefen, tiefen Trauer, in die sie gestürzt war.

21. Kapitel

»Liebe Frau Cosmas, ich danke Ihnen, dass Sie mir noch eine Chance geben«, flötete Grigorius und tänzelte neben ihr her durch die schmalen Gassen von Klein Venedig, die in der frühen Morgensonne in den buntesten Farben erstrahlten.

Sie wünschte, ihre Hüfte wäre nach dem Sturz nicht so steif. Ungelenk stützte sie sich auf ihren Stock. Aber der Arzt hatte gesagt, Bewegung sei wichtig, und ihr tägliche Spaziergänge verordnet. Das war dann also ihr Soll für heute.

»Und auch vielen Dank, dass Sie so spontan zugesagt haben.«

»Sie hätten ja andernfalls nicht lockergelassen, oder?«

Er lachte verlegen. »Wahrscheinlich nicht. Ich habe mich ein wenig schlaugemacht, etwas herumtelefoniert und denke, ich kann Ihnen nun den perfekten Ort für Ihre Abschiedslesung präsentieren.« Fast stolperte er über Kessi, die leise knurrte.

»Herr Grigorius, am Telefon sagten Sie doch, es ginge gar nicht um die Lesung, sondern nur darum, ein paar Bücher für die Leute zu signieren, die bereits Karten gekauft haben. Als Entschädigung.«

»Falls Sie sich entschließen, die Veranstaltung abzusagen«, ergänzte er mit wedelndem Zeigefinger. »Aber das haben Sie bisher nicht getan. Also geben Sie mir doch bitte die Möglichkeit, Ihnen den neuen Veranstaltungsort vorzustellen. Wenn er Ihnen nicht zusagt, können wir uns immer noch dem Signieren widmen.«

»Also schön, meinetwegen.« Was hatte Henni schon zu verlieren.

»Hier ist es.« Er bog nach links ab, lief zu einem kleinen Häuschen mit bunten Schaufensterrahmen, die einem sofort ins Auge sprangen. Henni kannte diesen Laden noch gar nicht, was wohl bedeutete, dass er neu war. Entzückend sah er aus, ließ ihr Herz höherschlagen. Hinter der Glasscheibe lagen unzählige Bücher aus. Romane, Gedichtbände, Sachbücher, Lexika. Darüber, direkt auf dem Glas platziert, stand der Name in Griechisch. Übersetzt lautete er »Buchstübchen«.

Galant hielt Grigorius ihr die Tür auf. »Wenn ich bitten darf, liebe Frau Cosmas.«

Das musste Henni ihm lassen, er hatte diesmal wirklich ins Schwarze getroffen. Der kleine Buchladen war einfach ein zauberhafter Ort. Perfekt für jedermann, der Bücher liebte. Und auch für eine Lesung. Theoretisch. Aber eigentlich war sie längst darauf eingestellt, dass es keine Lesung mehr gab.

»Herzlich willkommen, Frau Cosmas«, begrüßte sie die Buchhändlerin persönlich. »Ich bin Gracia, die Geschäftsleitung. Wie Grigorius uns wissen ließ, suchen Sie einen neuen Ort für Ihre Lesung. Es wäre uns wirklich eine große Ehre, wenn Sie sich für das Buchstübchen entscheiden würden. Wir würden Ihnen einen eigenen Büchertisch zur Verfügung stellen, wo Sie bei Bedarf auch Ihre Werke signieren könnten.«

»Für Snacks und Getränke wäre ebenfalls gesorgt«, warf Grigorius ein. »Das Hotel Athena würde sich in diesem Fall nicht lumpen lassen.«

Hoffnungsvoll schauten sie sowohl Gracia als auch Grigorius an. Was sollte man dazu sagen? Platz war vorhanden, das erkannte Henni auf den ersten Blick. Es war zum Glück kein Tanzsaal, es würde wohl recht gemütlich werden. Ein bisschen überrumpelt fühlte sie sich aber schon, weswegen sie sich erst einmal ein wenig umsehen wollte.

Henni nahm den Geruch von Papier und Staub zwischen den Regalen wahr, was darauf hindeutete, dass hier auch alte Bücher verkauft wurden, vielleicht sogar Originalausgaben! Wie schön das war, ganz nach ihrem Geschmack. Und auch das Knarzen der Dielen unter ihren Schuhen war wie Musik in ihren Ohren, versetzte sie zurück in die Zeit, in der sie mit Nikos abends durch

Mykonos Stadt gegangen war, immer auf der Suche nach einem Ort, an dem man sich wohlfühlen konnte. Wie zum Beispiel diesem Buchcafé, das es heute gar nicht mehr gab. Kaffee und schöne Lesestunden bis zum Abendgrauen hatte es versprochen.

Das Buchstübchen erinnerte sie daran. Henni entdeckte sogar eine kleine Leseecke, die aus zwei alten Ohrensesseln mit Flicken und dicken Nähten bestand. Ja, genau solche hatte es damals auch im Buchcafé gegeben. Nikos hatte in dem einen gesessen und ihr vorgelesen, während sie in dem anderen Platz genommen und seinem wunderschönen Bariton gelauscht hatte. Henni tauchte ein in diese sehr plastischen Erinnerungen, glaubte die alten Gerüche wahrzunehmen, sogar Nikos' Stimme in der Ferne zu hören.

»Was sagen Sie, Frau Cosmas?«, holte Gracia sie ins Hier und Jetzt zurück.

»Um die Kartenverkäufe brauchen Sie sich keine Sorgen zu machen«, betonte Grigorius. »Das übernehmen Gracia und ich. Und bei der Werbung wird uns Sidonie Albrecht helfen.«

Ach, Sidonie hatte auch ihre Finger im Spiel? Das erklärte wohl einiges. Was für ein Herzchen. Erwartungsvoll schaute man sie an.

Henni lachte leise. Was sollte sie sagen? Sie liebte das Buchstübchen. Noch einmal eine Lesung an einem Ort wie diesem zu geben, wäre wirklich wundervoll. »Also schön, ich bin dabei«, entschied sie aus dem Herzen heraus. Dann konnte sie ihrem Großneffen zeigen, dass sie noch lange nicht zum alten Eisen gehörte! Und ein Umzug nach Berlin nicht nur unnötig, sondern sogar absurd war!

»Darauf sollten wir anstoßen«, sagte Gracia und verschwand in einem Nebenzimmer.

»Oh ja, das sollten wir!« Vor lauter Freude fiel Grigorius aus seiner Rolle und direkt in Hennis Arme. Kräftig drückte er sie. Bis ihm wohl auffiel, dass das nicht gerade das Verhalten eines vollendeten Gentlemans war. »Verzeihen Sie, oh, wie unangenehm. Ich vermassle es schon wieder«, klagte er über sich selbst.

»Nicht doch, Herr Grigorius. Sie haben einfach nur Ihren

Gefühlen nachgegeben. Das ist ganz natürlich und gesund«, erklärte Henni amüsiert.

»Meinen Sie?«

»Aber ja, das sollten Sie öfter tun.«

»Na gut, wenn Sie das sagen.« Grigorius umarmte sie noch ein zweites Mal und drückte ihr sogar ein Küsschen auf die Wange, was Henni ganz schön aus dem Konzept brachte.

»Ach, heute ist ein guter Tag«, freute sich der Portier. »Ich könnte Sie direkt noch einmal …«

»Jetzt nicht übertreiben, mein Guter«, sagte Henni und schmunzelte.

Gracia kam zurück, ein Tablett in der Hand, auf dem sich kleine Gläser mit durchsichtiger Flüssigkeit auf Eiswürfeln befanden. »Auf die Lesung!«, sagte sie und reichte jedem einen Ouzo. Henni trank den Schnaps in einem Zug leer. Das tat vielleicht gut! Ja, ohne Übertreibung konnte Henni sagen, so gut wie heute, hatte sie sich schon lange nicht mehr gefühlt. Trotz der steifen Hüfte.

»Wenn Sie noch ein paar Minuten erübrigen können, hätte ich noch etwas mit Ihnen zu besprechen«, flüsterte ihr Grigorius zu.

Henni nickte. Dann verabschiedeten sie sich von Gracia und gingen raus.

»Was gibt es denn, Herr Grigorius?«

»Ich würde Sie gern zum Frühstück zu mir nach Hause einladen.«

»Was mich?« Henni wusste nicht, was sie dazu sagen sollte. »Eigentlich habe ich heute schon gefrühstückt.«

»Wie wäre es dann morgen? Man sagt, ich mache die besten amerikanischen Pancakes jenseits und diesseits des Atlantiks. Was etwas heißen soll, da ich ja kein Amerikaner bin. Außerdem habe ich mir etwas ganz Spezielles für Sie überlegt.« Er zwinkerte ihr zu und machte sie damit unglaublich neugierig.

»Was ist es denn?«

»Es hat mit dem Schreiben zu tun.«

Jetzt hatte er wirklich einen Nerv getroffen. Henni vermisste das Schreiben, aber ihre Hände gaben das einfach nicht mehr her und die alte eingestaubte Schreibmaschine funktionierte wahrscheinlich auch nicht mehr. »Ach, Herr Grigorius. Das ist zwar sehr lieb, aber …«

»Schauen Sie es sich erst einmal an, liebe Frau Cosmas. Sie wissen ja noch gar nicht, worum es genau geht.«

Da hatte er wohl recht.

»Warum nicht?«, meinte sie im Überschwang.

Jetzt umarmte er sie doch noch ein drittes Mal. Und es fühlte sich gar nicht mehr übertrieben an.

22. Kapitel

Der Cafébetreiber hatte sie gefunden und wütend das Feuer ausgemacht, das ohnehin schon halb erloschen war. Erst nachdem sie aufgeklärt hatten, dass sie versehentlich auf Delos zurückgelassen worden waren, hatte sich der Mann beruhigt. Offenbar hatte er zuerst geglaubt, dass sie absichtlich hier übernachtet hatten, vielleicht um etwas Aufregendes zu erleben oder etwas Verbotenes zu tun? Aber ihre Geschichte war so verrückt, dass er unvermittelt losgelacht und sie sogar zu einem Kaffee und einem frischen Sesamkringel eingeladen hatte. Jetzt, eine gute Stunde später, saßen sie auf einer alten Steinmauer direkt am Hafen, den Blick aufs Meer gerichtet. Die erste Fähre war gegen zehn Uhr eingetroffen und Touristen waren in Scharen an Land geströmt. Sobald das Schiff ablegte und sich auf den Rückweg nach Mykonos machte, würden sie an Bord sein.

Konstantin streckte sich. Seine Glieder schmerzten. Die Nacht war nicht unbedingt bequem gewesen, aber er hatte sie mit Sidonie im Arm verbracht, und das entschädigte für alles. Ihr zarter Körper, den er gewärmt hatte, ihr süßes Lächeln im Halbschlaf und der witzig zuckende Mundwinkel, als er ihr ein Küsschen auf die Stirn gehaucht hatte.

Ja, so gesehen hatte sich der unfreiwillige Inselaufenthalt in Wohlgefallen aufgelöst. Mehr als das. Sie lag jetzt schließlich immer noch – oder besser: schon wieder – in seinen Armen. Nachdem sie im Café ein Frühstück zu sich genommen hatten, hatten sie sich hierhin zurückgezogen, um noch ein bisschen Kraft zu tanken.

Sidonie roch unglaublich gut. Nach Rosen und Honig. Ihre

Augen waren geschlossen, es wirkte, als würde sie dösen. Aber ihr Lächeln verriet, sie war nicht nur wach, sie wusste auch ganz genau, dass er sie anschaute.

»Mmh«, machte sie nur und rekelte sich, während ihr Kopf auf seinem Schoß lag. Gedankenversunken fuhr er ihr durchs helle Haar. Was für ein Glück er doch hatte! Das Fährhorn rief die Passagiere zurück. Es war auch ihr Aufbruchssignal.

Zu allem – zu einem ganz neuen Abschnitt in ihrem Leben. In ihrem gemeinsamen Leben? Es war fast zu schön, um wahr zu sein. Sicher, es würde in der Agentur nicht einfach werden. Aber wenn sie zusammenhielten, würden sich sicher alle Probleme in Luft auflösen, oder? Die Kollegen mochten Sidonie und sie hatte lange genug bewiesen, dass sie gute Arbeit leistete. Es würde ihr also niemand etwas Böses unterstellen.

»Wir müssen los«, sagte sie und löste sich von ihm, stand auf und lief rückwärts vor ihm her, zog ihn an der Hand hinter sich her zum Steg. Sie bestiegen mit den anderen Touristen das Schiff, welches zwanzig Minuten später vom Hafen von Delos Stadt ablegte.

Sie hatten einen recht schönen Platz weit vorne gefunden, der ihnen einen Blick aufs ungetrübte Meer erlaubte. Die Wellen rollten um die Wette und ein paar vorwitzige Möwen begleiteten die Fähre auf ihrem Weg. Die Luft war angenehm frisch, tief atmete er sie ein, während Sidonie ihren Kopf an seine Schulter lehnte und leise seufzte.

»Eigentlich war es doch recht schön, oder?«, sinnierte sie. Konstantin sah das genauso und legte den Arm um sie. In dem Moment bimmelte es wie verrückt in ihrer Handtasche. Und nicht nur in ihrer, von überallher surrten und vibrierten Handys. Der Empfang war wieder da. Oder zumindest stabil.

»Das sind Nachrichten von Katja, das erkenne ich am Klingelton«, sagte Sid mit einem Mal aufgelöst. »Ich habe sie komplett vergessen.« Rasch angelte sie ihr Handy aus der Umhängetasche.

»Wo bist du? Melde dich bitte mal. Ich mache mir Sorgen!

Sid, ist alles okay?«, las sie vor. »Oh Mist, ich muss sie gleich zurückrufen oder ihr zumindest schreiben! Auch wenn das alles sicher nicht mit einer WhatsApp-Nachricht zu erklären ist.«

Konstantin hatte vollstes Verständnis, als schließlich auch sein Handy klingelte. Auf den Call hatte er gewartet. »Ich muss leider rangehen, ist wichtig.«

Sie unterbrach das wilde Tippen auf ihrem Smartphone, näherte sich seinem Gesicht und hauchte ihm einen zarten Kuss auf die Lippen.

Er lächelte und erhob sich, ging ein paar Schritte und stützte sich an der Reling ab. Hoffentlich war die Verbindung besser als gestern Abend.

Auf dem Display hatte Vaters Nummer gestanden. Konstantin war sehr gespannt, wie er Sidonies Entwürfe für Faces fand. Diese hatte er ihm gestern Abend vor Aufbruch zur Ansicht gemailt.

»Ja?«, meldete er sich.

»Morgen, Junge. Habe mir gerade das Faces-Konzept angesehen«, eröffnete er. Frank Grunbergs Urteil galt etwas in der Branche. Es war also nie verkehrt, ihn zurate zu ziehen.

»Ich denke, wir sind uns beide einig, dass das nichts ist, oder?« Er sagte es so locker daher, als ginge es nur um eine Reservierung im falschen Restaurant, während Konstantins Herz vor Schreck einen winzigen Moment lang aus dem Takt geriet. Das war nicht die Reaktion, mit der er gerechnet hatte.

»Irgendein leicht bekleidetes Mädchen im Meer. Fällt dir und deinen Leuten da nichts Besseres ein? Hast du kein Briefing gemacht?«

Natürlich hatte er das!

»Faces ist ein renommiertes Unternehmen! Die haben Ansprüche! Denkst du, ich habe diese Mammutfirma dafür akquiriert, dass du eine bekannte Damenrasiererwerbung kopierst?« Vaters Stimme klang eigenartig gönnerhaft und amüsiert zugleich. Das Schmunzeln in seinen Worten war fast zu hören. Und seine Stimme war gewohnt laut, dass sie spielend über das Rauschen des Meeres hinwegtönte.

Offensichtlich hatte Vater das Konzept mit den griechischen Sagengestalten nicht ganz verstanden. Es war weit mehr, als nur ein paar hübsche Mädels im Wasser. Also versuchte Konstantin, es ihm zu erklären. Da er laut sprechen musste, aber nicht wollte, dass Sidonie etwas mitbekam, entfernte er sich noch etwas weiter von den Sitzplätzen.

»Das ändert leider nichts an den Tatsachen. Ein guter Hintergedanke macht noch lange kein gutes Konzept. Ich habe dir doch erklärt, wie wichtig dieser Auftrag für unsere Agentur ist. Du und ich wissen genau, dass die Anzahl der Kundenaufträge in den letzten Jahren zurückging. Und zwar drastisch. Ich will nicht noch mehr Dependancen schließen, Mannheim war schon schwer genug. Die Jellyfish-Tochter ist unsere Chance, begreifst du das? Aber nur, wenn wir hier was Ordentliches abliefern. Keinen New-Age-Unsinn. Dieser Entwurf ist gelinde gesagt Müll.«

Das setzte noch eins drauf! Wütend ballte er die Hand in der Hosentasche zur Faust. Sidonies Ideen waren alles andere als … Müll! Wie typisch für Frank, sich hinter verschlossener Tür derart abfällig zu äußern. Wenn sie auch nur ahnte, was er gerade von sich gab, es würde ihr das Herz brechen! Konstantin wusste, dass sie wie so ziemlich jeder Mitarbeiter von Clue, zum großen Frank Grunberg aufsah, der Mann der aus dem Nichts ein erfolgreiches mittelständisches Unternehmen aufgezogen hatte und durch Charme und Witz selbst große, scheinbar unerreichbare Kunden für sich gewann.

»Hast du diesen Mist etwa schon an Faces geschickt?«

»Nein.« Er drehte sich besorgt um, schaute zu Sidonie, die den Ellenbogen auf der Reling abstützte und aufs Meer blickte, nicht einmal ahnte, dass ihr Herzensprojekt gerade zerrissen wurde.

»Gott sei Dank. Es ist immer gut, vorher Rat mit deinem alten Herrn abzuhalten«, betonte Frank. »Ich sage dir jetzt, was wir tun werden. Du gibst den Auftrag noch einmal an jemand anderen. Meinetwegen ans ganze Team. Die sollen sich schnell was einfallen lassen. Etwas, das überzeugt und Format hat. Die Woche ist bald rum. Und dann will Faces Ergebnisse sehen.«

Das würde Sidonie das Herz brechen. Er konnte das nicht tun. Jetzt sah sie zu ihm, lächelte, winkte sogar. Konstantin schluckte und wich einem Passagier aus, der ihm entgegenkam und aufgrund des Wellengangs mit dem Gleichgewicht kämpfte.

»Noch dran?«, hakte Frank nach.

»Das Konzept hat Potenzial. Es fehlt nur der Feinschliff.«

»Da fehlt überhaupt nichts. Es ist von vorne bis hinten unbrauchbar.«

Konstantin fuhr sich mit der Hand über die Stirn, sein Kopf schmerzte plötzlich. Er steckte in der Zwickmühle, wollte einerseits Sidonie nicht enttäuschen, aber gleichzeitig seinen Vater zufrieden stellen.

Und der merkte auch schon, dass ihm die Sache alles andere als leicht fiel. »Hör mal, Junge, ich habe dir die Leitung der Agentur übertragen, weil ich wollte, dass du in meinem Sinne handelst. Du bist mein verlängerter Arm. Also tu, was man dir sagt. Um Clue steht es nicht gut, wir können uns keine Experimente leisten.«

»Hatte er Zeit mit Tante Henni zu sprechen?«, hörte er Brigitta, Vaters zweite Frau, im Hintergrund fragen. Aber sie war so schlecht zu verstehen, dass er sich das freie Ohr zuhalten musste, damit die Wellen sie nicht übertönten.

»Das interessiert gerade niemanden«, fuhr Vater dazwischen, ehe Konstantin ihnen ein Update liefern konnte.

»Sie lehnt den Umzug nach Berlin ab«, erklärte er dennoch.

»Noch mehr Schwierigkeiten«, brummte Vater. Sein Erregungslevel nahm spürbar zu, das merkte wohl auch Brigitta, die sich erneut einmischte.

»Jetzt trink erst mal ein Glas kaltes Wasser, Frank. Denk auch an deinen Blutdruck.«

»Ja, ja. Mein Blutdruck … also Konstantin, du weißt, was du zu tun hast. Enttäusch mich nicht«, sagte Frank.

Konstantin wollte etwas erwidern, ihm klarmachen, dass der Entwurf in seinen Augen hervorragend war, doch Vater legte einfach auf. Nur ein kaltes Freizeichen war zu hören. Das Konzept von Sidonie war einfach abgeschmettert worden und das, obwohl Konstantin so viel davon gehalten hatte.

»Alles okay?«

Erschrocken fuhr er herum, Sidonie stand hinter ihm, die Hände vor dem Bauch gefaltet, ihr Blick voller Sorge. Mist, da hatte wohl jemand Mäuschen gespielt.

»War das Faces? Sie mögen es nicht, oder?« Sie kaute auf ihrer Unterlippe.

»Nein, es war nicht Faces.«

»Sei ehrlich, bitte. Ich sehe dir doch an, dass was nicht stimmt.«

»Es war wirklich nicht Faces. Alles ist … gut.« Er hasste es, sie im Unklaren zu lassen, aber im Moment konnte er es genauso wenig über sich bringen, ihr die Wahrheit zu sagen. Sie hatte doch schon genug durchgemacht in letzter Zeit. Wenigstens wollte er die Sache nicht zwischen Tür und Angel mit ihr besprechen. Nach dieser anstrengenden Nacht auf Delos schon mal gar nicht. Er führte sie zu ihren Sitzplätzen am Bug zurück.

»Okay …« Sie schien ihm nicht ganz zu glauben, gab sich aber zufrieden.

Fast kam es ihm vor, als wollte nicht nur er vom Elefanten im Raum ablenken. Er steckte das Handy in die Hosentasche zurück, und sie nahmen Platz, konzentrierten sich auf die schöne Aussicht und das herrliche Wetter. Und darauf, wie schön es sein konnte, im Sonnenschein bei Wellenrauschen Händchen zu halten.

Sid lehnte sich an ihn und zog sein Gesicht sanft zu sich runter, um ihn zu küssen. Wie auch schon gestern Abend war er überwältigt von dem weichen Gefühl, das ihr Mund an seinem hinterließ. Sie schmeckte unglaublich gut, und ein Schwall an Glücksgefühlen rieselte seinen Nacken hinunter.

»Wofür war der denn?«, fragte er.

»Muss es immer einen Grund geben?«

»Nein, eigentlich nicht.« Er versuchte zu lächeln, aber es misslang. Wie brachte er ihr die Sache am besten bei? Wie würde sie reagieren? Würde sie denken, dass er ihr nur etwas vorgemacht hätte? Darum sorgte er sich am meisten.

»Jetzt mach doch nicht so ein Gesicht.« Sidonie schob ihre Mundwinkel mit zwei Fingern hoch, um ihn zum Lachen zu bringen.

»Mmh«, entgegnete er nur.

»Du bist schon die ganze Zeit merkwürdig. Ist es wegen des Anrufs von vorhin?«

»Nein, nein.«

»Komm schon, irgendetwas drückt dir auf den Magen.«

So konnte man es auch sehen. Irgendwie musste er Sidonie erklären, dass es nichts würde mit ihren Göttinnen für Faces. Nur wie?

»Lass den Job einfach mal Job sein«, meinte sie und richtete sich ein wenig auf. Woher sie wusste, dass es was Berufliches war?

Sanft nahm sie sein Gesicht in beide Hände, was nicht nur seinen Herzschlag, sondern auch seinen Atem beschleunigte, und rieb ihre Nase an seiner, bis er leise lachte. Dann verschloss sie seinen Mund mit ihren Lippen und küsste ihn so glühend, dass sein ganzer Körper in Aufruhr geriet. Gott, er wollte diese Frau so sehr. Und gleichzeitig fühlte er sich wie ein mieser Verräter. Hätte er sich Vater gegenüber nicht wenigstens ein Mal durchsetzen können? Frank saß am längeren Hebel. Er war Hauptanteilseigener, hatte alle Fäden in der Hand und noch dazu, wie er oft selbst gern betonte, den Killerinstinkt! Ganz unrecht hatte Vater damit nicht. Er hatte oft genug richtig mit seinen Entscheidungen gelegen. Aber Konstantin glaubte auch an Sidonie.

»Jetzt entspann dich doch mal«, neckte sie ihn und sank wieder neben ihn, ihr Kopf erneut in derselben Position an seiner Schulter. »Du bist manchmal echt zu ernst.«

»Echt jetzt?«, machte er sie nach.

Sidonie lachte. »Echt«, bestätigte sie und griff nach seiner Hand.

23. Kapitel

Die Überfahrt dauerte ungefähr dreißig Minuten. Sid waren es nur wie Sekunden vorgekommen. So war es doch meistens, wenn man die Zeit in vollen Zügen genoss, irgendwer drückte dann immer auf die Schnelllauftaste.

Sie hatte mit ihm Händchen gehalten und war vollständig in seinen dunklen Augen versunken. Sid hatte aber auch gemerkt, dass ihn irgendetwas quälte. Vermutlich war ihm irgendein Auftrag durch die Lappen gegangen. Aber manchmal musste man es auch mal gut sein lassen, sogar als Chef. Die Fähre legte schließlich an, die Laufplanken wurden ausgefahren und die Touristen strömten von Bord, während neue Fahrgäste bereits Schlange standen.

Konstantin drückte ihre Hand und führte sie über den Steg in Richtung Hafengelände. Er schien immer noch ein bisschen neben sich zu stehen, oder war – nach dieser Nacht – schlicht übermüdet.

Aber ihr ging es kaum anders. Sid bemerkte unter den Wartenden einen Mann mit kurzen blonden Haaren, der ihr bekannt vorkam. Oder spielten ihre müden Augen ihr nur einen Streich? Aber je mehr sie sich ihm näherte, desto stärker wurde dieses Gefühl.

»Hallo Sidolin«, grüßte er frech und grinste von einem Ohr bis zum anderen. Sid blieb abrupt stehen und sah ihn an, als wäre er ein Gespenst. Da die Schlange sich in Bewegung setzte, war er gezwungen, mitzugehen, aber er drehte sich noch mal kurz zu ihr um und lachte sie an – oder aus.

»Wer ist das?«, wunderte sich Konstantin.

Sie hatte vor Schreck seine Hand losgelassen, fasste jetzt aber wieder nach dieser. »Phil, das ist Phil.«

Phil ging mit den anderen an Bord, ohne sie weiter zu beachten.

»Wer?«

»Jonas' Bruder.«

»Du meinst, Phil Witt von der Kanzlei Witt und Partner?«

Sid nickte. Sidolin hatte er sie auch früher schon genannt, um sich über ihren Namen lustig zu machen. Manchmal hatte er auch »Sidonieeee« zur Melodie von »Symphonie« der Band Silbermond gesungen, was Sid jedes Mal in Rage versetzt hatte. Phil hatte dann nur noch lauter gesungen. Er fand ihren Namen furchtbar, was der einzige Punkt war, in dem sie einer Meinung waren.

Aber was um alles in der Welt machte er hier? »Das kann kein Zufall sein.«

»Du meinst, er ist wegen dir hier?«

»Nein … ja … ach, ich weiß nicht. Es ist jedenfalls eigenartig. Findest du nicht?«

»Doch. Aber da er ja einfach auf die Fähre ging, scheint es ihm wohl nicht wichtig gewesen zu sein, oder?«

Vielleicht hatte Konstantin recht. Da war dennoch was im Busch. Das spürte sie bis in die Zehenspitzen.

Ihre Ahnung bestätigte sich, als sie die Lobby des Athena betraten. Sofort stachen ihr die riesigen Plakate ins Auge: Tamina Witt! Nur diesen Sommer! Eine Nacht ohne Ende! Das exklusive Sommerkonzert.

»Tamina Witt tritt im Athena auf?«, fragte Sid ungläubig. Konstantin zuckte nur mit den Schultern. Das erklärte zumindest, warum ihr Fast-Schwager die Kykladen unsicher machte. Der hatte sich einfach an Mamis Rockzipfel geheftet, weil er ein bissel was erleben wollte.

»Nicht mein Musikgeschmack.« Konstantin zuckte mit den Schultern.

»Oh ja, eine schöne Überraschung, nicht wahr?«, freute sich

Grigorius. »So haben wir trotzdem ein großes Sommerevent im Athena, nachdem wir die Lesung verlegt haben.«

Eine schöne Überraschung? Ansichtssache.

»Das hat sich ganz spontan ergeben«, klärte er – offensichtlich bester Laune – auf. Ja, das musste wohl so sein, denn sonst hätte Sid das doch lange vor der verpatzten Trauung gewusst. Mit solch einer Überraschung hätte ihre Beinahe-Schwiegermutter niemals hinter dem Berg gehalten. Tamina liebte die Öffentlichkeit. Ihre Domaine war aber eigentlich Ibiza und Mallorca und nicht Mykonos. Die Balearen, nicht die Kykladen.

»Geht das denn überhaupt? Ich meine, das ist nicht nur spontan, sondern super spontan! So ein Auftritt muss doch vorbereitet sein.« Wenn man Konzertmitschnitte im Fernsehen oder auf YouTube sah, merkte man doch schnell, welch großer technischer Aufwand dahinter steckte.

»Wir haben alles hier, was es braucht. Von der Technik bis zum Bühnengewand.« Sicherlich würde es insgesamt trotzdem eine Show der etwas kleineren Art werden. Ob Tamina das gefiel?

»Es ist das erste Mal, dass Tamina auf der Insel ein Konzert gibt. Und dann auch noch im Athena. Eigentlich sind wir ja zu klein für sie, aber sie hat darauf bestanden, so könnte sie näher am Publikum sein. Und wir haben ja auch so viele deutsche Urlauber. Sie können sich vorstellen, wie begeistert ich bin. Und die Hotelleitung erst. Ach.«

Ja, nur hielt sich Sids Begeisterung in Grenzen. *In was für einer Welt leben wir eigentlich, in der mehr Leute zu einem Konzert von Tamina Witt als zu einer Lesung von Henriette Cosmas gehen?*

Zumindest musste sie sich keine Gedanken machen, beim Frühstück versehentlich Tamina über den Weg zu laufen. Wenn sie etwas über diese Frau wusste, dann dass sie sehr genau darauf achtete, nicht am selben Ort zu nächtigen, an dem sie auch auftrat. Das hatte ganz einfache Gründe. Vermeidung von Fanbelagerungen. Für Sid hieß das dann wohl Glück im Unglück. Weniger glücklich hingegen war, dass der große Auftritt genau am letzten Abend vor Sids Abreise stattfinden sollte … Ein Zufall? Es wäre ihr wirklich lieber gewesen, einfach schon weg zu sein, wenn Tamina kam.

Grigorius‘ Blick wanderte zu ihren Händen, die sie immer noch hielten, und ein wissendes Lächeln zeichnete sich auf seinen Lippen ab. Er sagte jedoch nichts, und Sid war sich in dem Moment sicher, dass er sie beide doch absichtlich nach Delos gelotst hatte.

»Frau Albrecht, jetzt muss ich Ihnen aber noch meinen herzlichsten Dank ausdrücken«, unterbrach Grigorius ihre Gedanken. »Sie hatten völlig recht, Frau Cosmas hat sich in das Buchstübchen verliebt und ist bereit, die Abschiedslesung dort zu geben.« Er wischte sich symbolisch mit der Hand über die Stirn, als wäre das gerade noch mal gut gegangen. Jetzt wusste Sid auch, warum er so frisch wie der junge Morgen wirkte.

»Nein!«, rief sie begeistert aus. Das waren endlich mal richtig gute Nachrichten.

»Würden Sie uns die neuen Flyer anfertigen?«

»Aber ja, das hatte ich Ihnen ja versprochen. Bis wann brauchen Sie die denn?«

»Moment mal, redet ihr hier von meiner Tante Henni?«, hakte Konstantin nach, der die ganze Zeit ein wenig abwesend gewirkt hatte, nun aber hellwach war. Schlager war wirklich nicht seine Baustelle.

»Genau, deine Tante Henni.« Sid grinste.

»So schnell wie möglich, Frau Albrecht. Ich lasse Sie dann auf dem Festland drucken und wir können Sie hier im Hotel und im Buchstübchen auslegen.«

Das klang nach einem guten Plan! Und durch Katjas neue Instagram-Kontakte bekamen sie den Laden sicher voll.

»Ich wusste gar nicht, dass du meine Großtante kennst«, sagte Konstantin wenig später, als sie vor dem Fahrstuhl standen.

»Ich stecke eben voller Überraschungen.« Sid zwinkerte ihm zu.

»Das kann ich allerdings bezeugen.« Er griff sie bei den Händen und nickte den Flur runter, wo sich sein Zimmer befand. »Kommst du mit zu mir?«

Sid wollte nichts lieber als das. Aber sie war Katja, die vor Sorge sicher verrückt geworden war, eine Erklärung schuldig. Schließlich hatte Sid ja sogar den gestrigen Abend mit ihr verbringen wollen und sich dann nicht mal mehr gemeldet. Sie hatte die Freundin vorhin auf der Fähre nicht erreicht und nur eine kurze WhatsApp-Nachricht geschickt. Unklar war, ob Katja die gelesen hatte. »Ich kümmere mich zuerst um meine Freundin.«

Konstantin schien enttäuscht.

»Aber später sehen wir uns«, versprach sie.

»Vielleicht zum Abendessen?«

Das klang nach einer guten Idee. Sid nickte. Er hauchte einen Kuss auf ihre Stirn. »Ich kann's nicht erwarten, dich bald wiederzusehen«, flüsterte er.

Dann ging die Tür mit einem Pling auf und Sid trat seufzend in den Lift, der sie ruckelnd eine Etage höher brachte. Das war schon verrückt, was seit gestern Abend alles passiert war! Als sie beschlossen hatte, doch nach Mykonos zu fliegen, hatte sie im Leben nicht geglaubt, jemals wieder – und schon gar nicht so schnell – einen Mann in ihr Herz zu lassen. Dann auch noch ihren Chef! Ja, die Moiren hatten ihren Spaß mit ihr. Amüsiert und federleicht schlenderte sie durch den Gang zu ihrem Zimmer. Was wohl Katja dazu sagte, wenn sie die Neuigkeiten erfuhr?

Es würde sicher nicht ganz leicht werden, ihr begreiflich zu machen, weshalb Sid plötzlich so von Mr. Workaholic-Stinkstiefel verzaubert war. Aber wenn jemand verstehen konnte, dass sich Gefühl ändern können – dann @PsychoPrinzessin_Katja.

Sie schloss die Tür mit der Schlüsselkarte auf. Zu Sids Überraschung war die Suite allerdings menschen- und auch hundeleer. Weder Katja noch Shorty waren hier. Die Näpfe des Westies waren leergefuttert, was kaum verwunderte, hielt er doch nicht viel von Futtereinteilung und verschlang lieber alles in einem Atemzug. Was man hat, hat man.

Sie rief Katja an, aber sie hob nicht ab. Wahrscheinlich waren die beiden wieder auf Tour, also mit dem sexy Spartaner unterwegs und da war Katja zu abgelenkt um ans Telefon zu gehen. Sid schnappte sich ihr Tablet und legte sich auf das riesige gemütliche Bett. Früher oder später würde Katja hier wieder auftauchen, bis dahin hatte sie vielleicht schon den Flyer für die Cosmas Lesung fertig? Und ein wenig Ruhe konnte sie jetzt auch gebrauchen, bis sie Konstantin zum Abendessen endlich wiedersah. Sie lächelte.

24. Kapitel

Sidonie sah umwerfend aus, als sie das Hotelrestaurant am frühen Abend betrat! Sehnsüchtig hatte er auf diesen Moment gewartet, und nun, da er eingetreten war, fing sein Herz an heftig zu klopfen. Sie schaute sich um und hob die Hand, als sie ihn an einem der Tische nahe der Fenster entdeckte. Ihre blonden Haare waren zu einem Knoten gebunden, doch freche Strähnen lugten hier und da hervor, dazu trug sie eine legere Hose und ein enges Oberteil mit Strasssteinen, das ihre Figur betonte – und die schöne Form ihrer Brüste. Doch vor allem ihre ausgeprägten Wangenknochen und ihr berauschend voller Mund fesselten seine Aufmerksamkeit. Nachdem er bereits von diesen sinnlichen Lippen gekostet, während er gleichzeitig ihren rosigen Duft eingeatmet hatte, verging kaum ein Augenblick, an dem er sich nicht wünschte, ihr noch näherzukommen. Viel näher.

Doch irgendwie schien Sidonie sich stattdessen weiter von ihm zu entfernen. Jetzt lief sie in eine gänzlich andere Richtung. Hatte sie ihn denn gar nicht gesehen? Sie hatte ihm doch zugewinkt. Irritiert beobachtete er, wie sie einen kleinen Slalom durch die Tischreihen vollführte, ehe sie – nach einer gefühlten Ewigkeit – vor seinem Tisch stehenblieb, den Blick immer noch umherschweifend, als suchte sie noch nach jemand anderem.

»Guten Abend«, sagte sie dann und lächelte ihn warm an. Konstantin, froh darüber, dass sie ihn nun gefunden hatte, erhob sich und schob ihr den Stuhl zurecht, worüber sie leise lachte, dabei war das doch eine Selbstverständlichkeit, einer Dame beim Hinsetzen zu helfen. Oder war das heutzutage schon aus der Mode?

»Du siehst wunderschön aus«, sagte er, nachdem er wieder Platz genommen hatte.

»Danke.« Jetzt schaute sie verlegen drein, was er nur noch süßer fand. Doch dann glitt ihr Blick erneut durch den Raum.

»Ich will nicht eifersüchtig wirken, aber hältst du nach jemand Bestimmten Ausschau?«

»Oh. Ja, das tue ich in der Tat. Katja ist bisher nicht aufgetaucht.« Sie klang besorgt. »Ich hatte gehofft, sie wäre vielleicht hier.«

»Du hast sicher schon versucht, sie anzurufen, nehme ich an.«

»Geht nur die Mobilbox ran. Und seit fast vierundzwanzig Stunden keine neuen Posts auf Instagram oder Facebook. Und keine neue Story.«

»Glaubst du, sie steckt in Schwierigkeiten?«

»Nein, nein. Das bestimmt nicht. Wenn jemand auf sich aufpassen kann, dann Katja. Aber ich habe ihr bisher nicht persönlich erzählen können, warum ich letzte Nacht nicht zurückgekommen bin. Wie ich sie kenne, hat sie sich tierisch Sorgen gemacht, auch wenn sie sich das sicher nicht anmerken lassen wird. Vorhin habe ich ihr ein paar Nachrichten geschrieben, um alles zu erklären. Aber darauf hat sie bisher nicht reagiert.«

»Du hast getan, was du konntest.«

»Ja, ich fühle mich trotzdem nicht ganz wohl. Schlechtes Gewissen und so.«

»Sie meldet sich bestimmt bald.« Konstantin lächelte zuversichtlich.

Und ziemlich genau eine Viertelstunde später vibrierte Sidonies Handy. Rasch kramte sie es hervor und atmete gleich darauf auf. »Das ist von Katja. Sie ist mit ihrem Lover unterwegs. Wir reden später, schreibt sie. Mann, da fällt mir ein Stein vom Herzen.«

Ihm auch. Sidonie in Sorge zu sehen, versetzte ihn in Sorge. Aber jetzt konnten sie einen entspannten Abend verleben. Naja, was man eben unter den gegebenen Umständen entspannt nennen konnte, schließlich musste er ihr noch beibringen, dass ihre Entwürfe kein Gefallen bei Frank gefunden hatten.

Ein Kellner brachte die Karte. Jede Ablenkung war ihm recht, und wenig später hatten sie auch schon ihre Wahl getroffen. Meeresfrüchte waren jetzt genau das Richtige. Doch zunächst wurde ein samtener Roséwein serviert. Während er einen Schluck nahm, schob Sidonie ihm ihr Tablet über den Tisch.

»Was hältst du davon?«, fragte sie.

Auf dem Bildschirm prangte ein Flyer mit einem Stapel Bücher, dazu die Überschrift: »Abschiedslesung von Henriette Cosmas, der Autorin von *Tochter der Titanen*.«

»Hab gerade eben Grigorius einen USB-Stick mit dieser Datei gegeben«, fügte sie hinzu.

»Du gibst dir viel Mühe für die Lesung meiner Großtante«, meinte er anerkennend. Der Flyer erinnerte ihn aber auch an ihre Faces-Entwürfe. Schon drückte es wieder auf seinem Magen.

»Alles okay? Du siehst mit einem Mal so blass aus«, stellte Sidonie fest.

Kunststück, die Sache nagte an ihm. Aber als Chef von Clue musste er nun einmal Entscheidungen treffen, die einem Mitarbeiter sauer aufstoßen konnten, obgleich sie zum Wohle der Firma waren. Letzteres hatte oberste Priorität. Noch dazu saß Vater am längeren Hebel. Dennoch konnte Konstantin nicht verstehen, was Frank an der Göttinnen-Mythos-Idee auszusetzen hatte. Er fand sie nach wie vor brillant.

»Und du hast die Ferien früher sicher bei Tante Henni verbracht, oder?«, fragte Sidonie.

Gut, ein anderes Thema. Und dann kam zum Glück auch das Essen, sodass er das flaue Gefühl im Magen hoffentlich schnell los war.

»Ja, sie hat ein Haus in der Nähe der Stadt. Mit großem Olivengarten und vielen Gästezimmern. Onkel Nikos hat immer selbst gekocht und abends auf seiner Laute gespielt. Aber am schönsten war die Nähe zum Meer. Ein echter Luxus einfach vor die Türe zu treten und schon am Strand zu sein.«

»Klingt schön. So hab ich es mir immer vorgestellt.«

Er hob fragend eine Braue.

»Na, sie hat in Interviews erzählt, dass sie auf Mykonos lebt. Und die *Tochter der Titanen* spielt ja auch hier. Sie hat so schöne Landschaftsbeschreibungen eingebaut.«

»Verstehe.«

»Du kennst das Buch gar nicht, oder?«

Er seufzte.

»Nicht schlimm, obwohl dir was entgangen ist«, betonte Sidonie amüsiert und pulte eine Garnele aus ihrer Schale.

Fürs Lesen hatte er leider sowieso viel zu wenig Zeit.

»Wieso bist du jetzt eigentlich im Hotel abgestiegen und nicht bei Henni?«, hakte Sidonie nach und schaute ihn neugierig an. Aber das zu erklären, war im Moment fast genauso schwierig wie ihr von Vaters Entscheidung zu berichten. Dass Tante Henni nach seinem Vorschlag, mit ihm nach Berlin zu kommen, nicht gut auf ihn zu sprechen sein würde, hatte er im Vorfeld geahnt und sich deswegen gleich in ein Hotel einquartiert.

»Konstantin, irgendetwas stimmt doch nicht, du bist so merkwürdig.« Sidonie lehnte sich zurück und verschränkte gespielt verärgert die Arme.

»Es gibt tatsächlich etwas, das ich mit dir besprechen möchte.«

»Was Berufliches?«

Bingo! Er nickte.

»Aber doch nicht jetzt, beim Abendessen! Du musst wirklich entspannter werden.« Sie zwinkerte ihm zu.

Oh Gott, sie sah so süß aus und ahnte nicht im Geringsten, was er ihr wirklich zu sagen hatte. Aber vielleicht war das eine Angelegenheit, die man tatsächlich besser unter vier Augen klärte anstatt hier, an einem öffentlichen Ort. Also versuchte er, so gut es ging, ihre Gesellschaft und das gute Essen zu genießen. Aber so ganz wurde er die Anspannung nicht los, und als schließlich das Geschirr abgeräumt wurde und das Dessert gegessen war, räusperte er sich, um eine Ansage zu machen. »Wie gesagt, ich würde gern etwas mit dir besprechen, vielleicht gehen wir dazu in mein Zimmer?«

»In dein Zimmer?« Ein seltsam aufregendes Leuchten trat in

ihre Augen. »Ich verstehe«, sagte sie genüsslich und erhob sich. Das bezweifelte er. »Dann lass uns nicht länger warten«, meinte Sidonie.

Wenig später standen sie vor seiner Tür, die er rasch mit der Schlüsselkarte öffnete. Schon huschte Sidonie hinein, er folgte ihr, fühlte sich merkwürdig gerädert und auch etwas unwohl, die Sache nun endlich zur Sprache zu bringen.

Doch kaum war die Tür hinter ihm ins Schloss gefallen, drückte sich Sidonie plötzlich eng an ihn, schlang die Arme um seinen Hals und drückte ihm einen leidenschaftlichen Kuss auf, der ihn so sehr überraschte, dass es ihm den Atem nahm. Völlig perplex stieß er mit dem Rücken gegen die Tür, während ihre Hände sich an der Knopfleiste seines Hemdes zu schaffen machten.

Oh Gott, das war … total scharf! Aber wirklich nicht der richtige Zeitpunkt. Sidonie sah das anders. Und sie hatte sehr gute Argumente. Kaum war sein Hemd offen, glitten ihre Hände über seine Brust. Dabei stellte sie sich auf die Zehenspitzen, um ihn zu küssen. Sie schmeckte so verdammt gut, dass er kaum eine andere Wahl hatte, als sich ganz diesem süßen Geschmack hinzugeben, der gerade in seinen Mund drang. Weich und warm umschlossen ihre Lippen die seinen, wieder und wieder. Das hatte er sich immer gewünscht. Genau so! Überwältigt lehnte er immer noch an der Tür, während Sidonie langsam von ihm abließ und dabei ganz sacht an seiner Unterlippe zog. Danach legte sie sich aufs Bett und lächelte ihn einladend an.

Was sollte er jetzt tun? Natürlich sich zu ihr legen, sie in seine Arme schließen und jeden Zentimeter ihres Körpers liebkosen!

»Ich … bin kurz im Bad«, sagte er stattdessen und stürzte auch schon in den kleinen gefliesten Raum. Nervös fuhr er sich durch die Haare und schaute sein Spiegelbild an. Er wirkte zerzaust und total durcheinander. Schnell den Hahn aufgedreht und die Handgelenke gekühlt. Besser. Wieso machte er sich jetzt überhaupt ins Hemd? Das war doch genau das, wovon er immer geträumt hatte. Aber die Absage von Frank stand zwischen ihnen. Wie sollte er sich auf diese süßen Wonnen einlassen, wenn er das die ganze Zeit im Hinterkopf hatte.

Wieso hatte Frank überhaupt »Nein!« gesagt. Das ergab keinen Sinn! Die Entwürfe waren besser als alles, was er sich auch nur hätte ausmalen können. Faces würde die Göttinnen lieben. Das hatte er im Gefühl. Und wenn er Faces einfach doch das Konzept mailte? Vater mochte ja sonst immer den richtigen Riecher haben, hier aber lag er falsch. Seine Hand zog das Handy aus der hinteren Hosentasche. Ein Klick … und die Sache war besiegelt.

»Was ist denn nur los?«, wunderte sich Sid, als Konstantin endlich aus dem Bad kam. Er sah völlig zerknautscht, aber irgendwie auch erleichtert aus. Und zudem total süß, mit diesen verwuschelten Haaren, wo er doch sonst immer so akkurat frisiert war.

»Alles gut«, sagte er und legte sich zu ihr, streckte sich ihr entgegen, um ihren Mund mit seinem zu massieren. Herb und süß zugleich. Sid ließ sich nach hinten fallen, direkt auf die ordentlich gefaltete Bettdecke. Schon legte er sich auf sie, das geöffnete Hemd immer noch an. Sah irgendwie sexy aus, wenn man nur ab und an einen kurzen Blick auf diese muskulöse Brust erhaschen konnte. Und die Quallenspuren. Das tat ihr immer noch unglaublich leid. Sid biss sich auf die Unterlippe. Sie strich mit einer Hand das Hemd über seine rechte Schulter, sodass die rötlichen Striemen zum Vorschein kamen. Die Intensität der Farbe hatte zum Glück nachgelassen, aber ohne Sid hätte er sich gar nicht erst in Gefahr gebracht. Sanft glitten ihre Finger über die winzigen Täler und Hügel aus Narbengewebe, als könne sie es so nachträglich wieder gut machen.

Konstantin stöhnte leise, es schien ihm wohl zu gefallen. Und als sie ihre Lippen seitlich an seinen Hals schmiegte, spürte sie den Schauer, der durch seinen Körper jagte. Eine Gänsehaut bildete sich dort. Aber Sid hörte erst auf, als sie seinen Mund gefunden und mit einem intensiven Kuss versehen hatte.

Sie konnte seinen Atem auf ihrer Zunge schmecken. Sacht bettete er sie aufs Kissen, sodass ihr Shirt ein wenig hochrutschte.

Sid spürte einen kühlen Luftzug über ihren Bauch streichen. Es kitzelte. Aber nicht allein deswegen, sondern weil seine Küsse plötzlich überall waren. Auf ihren Wangen, an ihrem Kinn und Hals. Ganz langsam glitt er an ihr runter, bis seine Finger ihren Hosenbund zu fassen bekamen, während seine Zungenspitze ihren Bauchnabel umkreiste. Ein kurzer Blick zu ihr, und das Feuer seiner glühenden Augen ging ihr unter die Haut.

Sid biss sich vergnüglich auf die Unterlippe, dann zog er den Stoff hinunter …

Wenig später bebte Sid immer noch am ganzen Körper, als sie sich in seinem Bademantel auf die Terrasse zurückzog. Es war angenehm warm, trotz der inzwischen späten Uhrzeit. Aber mit dem Mantel war es erst so richtig kuschelig. Sid ließ sich auf den Liegestuhl sinken und schaute zum Sternenmeer auf. Was für ein schöner Anblick, was für eine friedliche Nacht. Konstantin folgte ihr nach einer kleinen Weile. Er hatte noch was am Laptop machen wollen. Diese Workaholics. Sie schmunzelte und sah zu ihm rüber. Er trug nur seine Shorts, und sah verdammt sexy aus. Mit einem Lächeln hockte er sich neben sie.

Sid wandte den Kopf ganz leicht, sodass sie ihn ansehen konnte. »Es ist so schön hier. So ruhig.«

Er küsste sie auf die Schulter. »Finde ich auch.«

Sid schloss die Augen, spürte, wie er neben ihr Platz nahm, sacht ihre Schulter massierte, und döste fast ein, bis ein fernes Knallen sie aufschreckte. Feuerwerk sprengte den Himmel. Laut, bunt, kreischend.

»Was ist da denn los?«, wunderte sie sich.

»Es gibt wohl was zu feiern«, sagte er. »Eine Hochzeit, hab ich gehört.« Dann brach er ab. »Tut mir leid, das war dumm von mir.«

Sid schüttelte den Kopf, denn es war ihre egal, dass dort draußen irgendjemand gerade geheiratet hatte.

»Es macht dir nichts aus?«

»Nicht mehr«, flüsterte sie. »Ich habe mich für dich entschieden, für die … Liebe. Nicht für Trauer und Wut.«

Das Lächeln auf seinen Lippen wurde nur noch größer. Zärtlich küsste er sie.

Aber dann fiel ihm noch etwas auf. »Sieh mal.«

Sie wandte den Kopf. Eine Schar von Himmelslaternen stieg zu den Sternen auf. Es sah wunderschön aus, und passte zu ihrer Stimmung. Sid war glücklich, wie es war. Das hätte sie vor wenigen Tagen noch niemals für möglich gehalten.

Sie drehte sich zu Konstantin zurück, nahm sein Gesicht in beide Hände und umschmiegte seine Lippen mit ihren. Ein leises Stöhnen drang aus seiner Kehle. Es wurde schnell lauter. Er hob sie hoch, trug sie zurück ins Zimmer und legte sie aufs Bett, und sie zog ihn auf sich.

»Ich bekomme nicht genug von dir«, hauchte er. Und ihr ging es genauso. Sie spürte seine Lippen überall. Sie zogen eine prickelnde Spur über ihren Hals und tiefer hinab.

»Du ahnst nicht, wie lange ich dich schon will«, flüsterte er.

Sid schloss genussvoll die Augen. Dann warf er die Decke über sie beide, hüllte sie ein in ihre ganz eigene warme Welt …

Und als sie wieder aus ihrem Kokon ausbrachen, schmiegte sich Sid an seine starke Brust. Befriedigt und glücklich.

»Ich möchte am liebsten für immer hierbleiben«, sagte sie und meinte es sogar ernst. Obwohl ihr natürlich klar war, dass das nicht möglich war. Aber träumen durfte man ja.

»Ich auch«, hauchte er in ihr Ohr und knabberte zärtlich an ihrem Ohrläppchen. Sid kicherte, drückte ihn leicht weg, was ihn nur dazu animierte, es noch mal zu probieren. Und noch mal. Bis Sid fand, dass es nicht nur kitzelte, sondern auch total schön war. Während seine Küsse nun ihren Hals seitlich hinabwanderten, ließ sie den Blick schweifen und irgendwie blieb er auf dem Bildschirm seines Laptops haften. Was war denn das? Sid hob den Kopf.

»Glücklich im Alter?«, las sie von dem digitalen Prospekt ab, auf dem lauter glückliche Senioren abgebildet waren. »Was ist das?«

»Oh, das …« Er drehte ihr Gesicht wieder zu sich. »Das hat mir Brigitta, die Frau meines Vaters, gemailt.«

»Ja, schön und gut, aber was hat es jetzt mit diesem Prospekt auf sich?«

»Ist wohl ein Altenheim in der Nähe von Athen.«

»Schon klar, dass sehe ich selbst. … was soll das?« Sie konnte es sich eigentlich denken. »Wollen die etwa … Henriette da reinstecken? Weiß sie davon?« Offensichtlich war das die Alternative, wenn der Berlin-Plan scheiterte. Sid wurde mit einem Mal richtig wütend. Und die Lust verging ihr völlig. »Das kann nicht euer Ernst sein!«

»Beruhige dich, es ist doch noch gar nichts entschieden.«

»Bist du etwa dafür?«

»Nein, Sidonie«, sagte Konstantin ernst. »Ich habe nur den E-Mailanhang geöffnet und mir den Flyer angesehen.«

Sie beruhigte sich.

»Du glaubst doch nicht wirklich, dass ich Henni das antun würde?«

Für einen Moment war sie sich tatsächlich nicht sicher gewesen. Er war zu perfekt! Und Sid hatte nie Glück. Es wäre nicht überraschend gewesen, wenn es doch ein Haar in der Suppe gegeben hätte. Aber Konstantin meinte es ernst. Und es tat ihr nun leid, überhaupt einen solchen Gedanken gehabt zu haben. Sie ließ sich auf das Kissen zurücksinken und zog ihn an sich.

»Was soll dann aus Henriette werden?« Soweit Sid es mitbekommen hatte, glaubte ihre Familie wohl, dass sie besser nicht mehr allein leben sollte. Ob das zutraf, konnte sie nicht beurteilen. Sie hatte ja auch nur einmal kurz mit Henni gesprochen, da hatte sie zwar niedergeschlagen, aber dennoch kämpferisch gewirkt. Und eine Lesung wollte sie schließlich auch noch geben. Klang ja nicht gerade nach einem Fall fürs Altenheim.

»Ich weiß es nicht, Sidonie. Warten wir es einfach ab. Brigitta kommt in zwei Tagen her, um sich das Domizil anzusehen.«

Sid seufzte. Das klang doch schon, als wäre es beschlossene Sache. Sie wandte den Kopf, aber er legte sanft die Hand an ihre Wange und drehte ihn in seine Richtung zurück.

»Ich werde es Brigitta ausreden, falls sie wirklich ernsthaft an diese Lösung denkt. Ich sehe es wie du, dass Henni noch viel zu fit dafür ist.«

»Nicht nur das. Hier ist ihr zu Hause.« Wieso war ihr das klar, den Grunbergs aber offenbar nicht?

»Vertrau mir. Ich bin auf deiner und Hennis Seite.« Er zog sie an sich und legte beruhigend den Arm um ihre Schulter.

Sid nickte. Ja, sie vertraute ihm.

25. Kapitel

Sid öffnete schlaftrunken die Augen. Sonnenstrahlen blendeten sie durch die Vorhänge hindurch. Sein Arm lag um sie. Und sein Geruch lullte sie ein, dass sie am liebsten noch etwas weiter schlafen wollte. Aber Konstantin war schon wach und lächelte sie an.

»Guten Morgen«, flüsterte er zärtlich und zog sie an sich, hauchte einen Kuss auf ihre Stirn. Sid kicherte.

Sie hatte es wirklich getan, war über Nacht bei ihm geblieben und hatte nicht auf Katja gewartet. War sie inzwischen zurückgekehrt? Sie schnappte sich ihr Smartphone und da wartete auf sie etwas von Katja: eine Liste voller Fragen.

Ist das ein Scherz?
Ausgerechnet er?
Okay, das war lustig, jetzt sag mir, bei wem du wirklich bist!
Meinst du nicht, das geht alles zu schnell?
Ich mache mir Sorgen!
Sid????????????????
Oh Mann, du bist wirklich bei ihm, oder?
Ich muss mit dir sprechen!!!
Bist du verrückt?

Ja, vielleicht war sie das. Aber das war ein super Gefühl. Keine Zweifel mehr! Sie legte das Smartphone zurück.

»Morgen.« Ihre Hände legten sich auf seine Brust, die herrlich warm war. Sie spürte seinen Herzschlag. Kräftig und gleichmäßig. Es war so schön, neben ihm aufzuwachen. Bei ihm zu sein. Ihr Kopf schmiegte sich an seine Schulter.

Sid schloss die Augen. Vielleicht hatte Mam letztlich wirklich recht? Vielleicht ergänzten sich Kopf- und Herzmenschen tatsächlich. Er war zweifelsohne ein Analytiker, sie eine Kreative. Also passte es ja perfekt. Sie lachte leise.

»Was ist?«, fragte er neugierig.

»Ich dachte nur … an meine Mutter.«

»So?«

»Ich schätze, sie wäre begeistert, wenn sie von uns wüsste.«

»Das kann ich gut verstehen. Ich bin nämlich auch begeistert von uns.«

Er drehte sie sacht herum, sodass sie unten lag, und küsste sie liebevoll. Mmh, er schmeckte so gut.

Sid lachte. »Ich will am liebsten den ganzen Tag im Bett bleiben.«

»Dein Wunsch sei mir Befehl!«

Und plötzlich spürte sie hunderte von Küssen. Überall an ihrem Körper hinterließen sie feuchte Spuren. Sie kitzelten, Sid kicherte.

»Aufhören. Das ist zu viel!« Aber in Wirklichkeit war es ihr nicht genug! Sie wollte ihn überall spüren, an jedem Zentimeter ihrer Haut. So wie gestern Abend und am besten für den Rest ihres Lebens.

Aber da war ja noch Katja, die sie zwei Tage nicht gesehen hatte. Und die unbedingt mit ihr sprechen wollte. Die Nachrichten-Flut klang dringlich. Wären da nicht diese verführerischen Küsse, die Sid immer wieder alles um sie herum vergessen ließen.

Jetzt gerade bestäubten Konstantins Lippen ihren Bauchnabel, und ein kleiner Schauer jagte durch ihren Körper. Sid war klar, wenn er jetzt noch weiter nach unten glitt, würde sie wirklich den ganzen Tag im Zimmer verbringen. Das ging nicht. So schade es auch war.

»Ich sollte jetzt wirklich mal zu Katja gehen, sonst weiß sie am Ende gar nicht mehr, wie ich aussehe«, sagte Sid und riss sich entschlossen von ihm los, was ihr alles andere als leichtfiel.

»Und kommst du danach wieder zu mir?«, fragte Konstantin, erhob sich und legte die Arme um ihre Taille.

»Vielleicht?« Sie grinste ihn verstohlen an und wiegte sich leicht hin und her. Dann schaute sie zum Fenster. »Das Wetter ist echt toll.«

»Uns fällt bestimmt etwas ein, es zu nutzen.«

»Bestimmt.« Sie küsste ihn sanft und ging dann los.

Tatsächlich war Katja ziemlich verstimmt, als Sid kurz darauf die Suite betrat. Auch Shorty schmollte. Keine Begrüßung, kein Wuff. Nichts.

»Hallo, was ist euch denn über die Leber gelaufen?«, fragte Sid. Hoffentlich hatte Leo nicht mit Katja Schluss gemacht. Das fiel ihr zumindest als Erstes ein, als sie den missmutigen Gesichtsausdruck ihrer besten Freundin bemerkte.

»Schön, dass du auch mal wieder da bist«, sagte Katja zerknirscht.

»Sorry, aber ... ich ... war auf Delos gestrandet, das habe ich dir ja geschrieben.«

»Zwei Nächte hintereinander?«

»Nein, natürlich nicht ...« Aber hallo? Katja war doch gestern Abend auch unterwegs gewesen! Zugegeben, die Nachricht, dass Katja unbedingt mit ihr sprechen wollte, war noch gestern vor Mitternacht angekommen, was wohl bedeutete, dass Katja ungewöhnlich früh wieder im Hotel gewesen war. Aber Sid hatte die Nachrichten erst heute Morgen gelesen.

»Naja, zumindest bist du ja jetzt da.« Katja blickte versöhnlicher drein. Shorty würdigte sie nach wie vor keines Blickes. Zwei Tage und zwei Nächte waren in der Hundewelt sicher eine lange Zeitspanne.

»Wir waren wie gesagt auf Delos, im Restaurant und ...«

»... im Bett.«

Sids Gesicht lief wie eine Tomate an, was wohl Antwort genug war. Aber warum hatte Katja damit überhaupt ein Problem? Sie hatte ihre Hände doch gewiss auch nicht brav bei sich behalten, wenn sie sich mit Leo einen netten Abend gemacht hatte.

»Ich hab versucht, dich ebenfalls zu erreichen«, rechtfertigte sich Sid.

»Süße, darum geht's doch gar nicht. Ich mache mir einfach nur Sorgen um dich. Ob das nicht zu schnell geht.«

»Es fühlt sich großartig an. Ich könnte die ganze Welt umarmen.«

»Das meine ich ja. Vor nicht allzu langer Zeit wolltest du einen anderen Mann heiraten. Was ist, wenn du einfach nur vor deinen Gefühlen flüchtest. Dich Hals über Kopf in irgendein Abenteuer stürzt?« Katja blickte ziemlich ernst drein.

Wie meinte sie denn das? Sicher wieder eine ihrer Psycho-Weisheiten.

»Sieh mal, du bist sehr verletzt worden. Plötzlich ist da jemand, der dir all das gibt, was du dir eigentlich von Jonas gewünscht hast. Und das ist dann die große Liebe? Kann es nicht sein, dass du dir nur selbst etwas vormachst?«

Sid schüttelte besänftigend mit dem Kopf. »Das mache ich nicht. Auf keinen Fall!« Noch dazu würde sie Konstantin das niemals antun. »Vertrau mir. Wenn Konstantin mich in den Armen hält, fühle ich mich, als könnte mir nichts auf der Welt etwas anhaben. So habe ich nie zuvor gefühlt, nicht mal bei Jonas.«

Katja nickte und fuhr sich mit beiden Händen über die Schläfen.

»Vielleicht ... war das alles so vorherbestimmt, dass ich erst auf Jonas treffe und dann auf Konstantin.« Sid klang schon wieder wie ihre Mutter. Und eigentlich glaubte sie doch sonst auch nicht ans Schicksal.

»Ich will, dass du glücklich bist, Sid. Aber ich sag dir ehrlich, ich hab so meine Zweifel, was euch beide angeht.« Das hatte gesessen. Aber wahrscheinlich war es ihre eigene Schuld, dass Katja so ein verschrobenes Bild von Konstantin hatte. Sid hatte ja zunächst auch kein gutes Haar an ihm gelassen. Wie also sollte ihre beste Freundin jetzt verstehen, dass er der einzig Richtige war? Das war er doch, oder?

»Du brauchst keine Zweifel zu haben. Ich weiß, was ich tue«, sagte Sid.

Katja lächelte milde. »Du musst dich nicht vor mir rechtfertigen. Ehrlich nicht. Pass einfach nur auf dich auf, ja?«

26. Kapitel

Es hupte zwei Mal. Das war wohl Grigorius. Henni warf einen letzten Blick in den Spiegel, richtete ihre Locken und atmete tief durch. »Was denkst du, Kessi? Kann ich mich so sehen lassen?«

Kessi schaute treuherzig zu ihr hoch und gab ein überzeugtes Wuff von sich. Henni lachte leise. Dann zog sie sich noch eine Strickjacke über. Vormittags war es ja oft noch ein wenig frisch.

»Pass auf das Haus auf, Mäuschen«, sagte sie, tätschelte Kessis Kopf und begab sich nach draußen.

Auf der Straße direkt vor ihrem Haus parkte ein altmodischer Kleinwagen, der von oben bis unten glänzte, als wäre er neu. Grigorius lehnte an dem Auto und winkte ihr zu.

»Werte Henriette, Sie sehen zauberhaft heute Morgen aus«, eröffnete er, kaum, dass sie das Gartentor aufgeschoben und wieder zugezogen hatte. Galant hielt er ihr die Beifahrertür auf. Ihr eigener Chauffeur, das sie das noch erleben durfte. Henni schmunzelte.

»Ich bin schon sehr auf Ihre Pancakes gespannt«, sagte sie.

»Das höre ich gern, meine Teure.«

Er machte die Tür hinter ihr zu, und während sie sich anschnallte, lief er geschwind um das Auto herum, um sich hinter das Lenkrad zu setzen. Danach ging es los. Sie fuhren nach Mykonos Stadt, blieben aber in den äußeren Gebieten und schließlich hielt er vor einem Reihenhäuschen, das im saubersten Weiß erstrahlte. Bunte Treppengeländer, bunte Fensterläden, bunte Türen. Die Balkondächer waren bogenförmig, Blumenkästen zierten beinahe jedes Fenster. Ein süßer Duft stieg Henni durch das offene Beifahrerfenster in die Nase, der sie an eine Gartenausstellung oder an eine Hochzeit denken ließ.

Er half ihr beim Aussteigen und führte sie in die unterste Wohneinheit, zu der eine winzige, quadratische Terrasse gehörte.

»Es ist nur klein, aber es erfüllt seinen Zweck«, erklärte Grigorius, dessen Wangen kugelrund und rot wirkten, wie die Bäckchen eines Weihnachtsmannes. Da hätte sie gern reingekniffen, aber sie war ja nicht seine Tante. Nein, das behielt sie sich lieber für einen ihrer Großneffen vor.

Sie traten ein. Ein schmaler Flur, eine geräumige Stube, die in eine Wohnküche überging. Dort stand auch der bereits gedeckte Tisch. Grigorius war ein sehr ordnungsliebender Mensch. Anders hatte sie ihn aber auch nicht eingeschätzt. Henni entdeckte ein Bücherregal, das eine ganze Wandseite einnahm, und dort fand sie auch einige ihrer Werke.

»Nehmen Sie Platz, werte Henriette. Der Kaffee ist inzwischen sicher fertig.«

Ah, das war also das appetitliche Blubbern im Hintergrund. Grigorius tischte auf. Frischer Kaffee, dazu Milch und Zucker, auch ein Kännchen Tee, für den Fall der Fälle. Pitabrot, verschiedene Aufstriche und Oliven, Fetakäse und reife Tomaten. Schließlich auch die Pancakes, die nach amerikanischer Manier mit Sirup serviert wurden.

Henni rieb sich die Hände.

»Was darf ich Ihnen anbieten?«

»Zuerst einen Pancake, bitte.« Darauf war sie nun wirklich neugierig.

»Sehr gern.« Er tat ihr einen auf, der ganz anders aussah, als die Eierkuchen, die Henni kannte. Viel dicker und kleiner, auch fluffiger.

»Dazu etwas Ahornsirup?«

»Gern. Sagen Sie, Herr Grigorius, waren Sie denn schon einmal in Amerika?«

»In der Tat. Vor über zehn Jahren. Mit meiner Frau.« Sein Blick glitt in die Ferne.

Henni hoffte, dass sie nichts Falsches gesagt oder alte Wunden aufgerissen hatte. »Ist sie …«

»Sie hat mich kurz darauf verlassen«, erklärte er, versuchte aber zu lächeln. Richtig, das hatte er mal erwähnt. »Ich hatte gehofft, die Reise würde uns wieder näher zusammenbringen. Das Gegenteil war der Fall.« Er seufzte. »Aber auch das ist lange her. Und jetzt probieren Sie bitte den Pancake.«

Sie schnitt ein Stückchen ab. »Köstlich«, sagte sie überrascht. Es schmeckte süßer als Pfannkuchen.

»Ich habe Sie übrigens nicht ganz uneigennützig eingeladen.«

»Ach nein?«

»Wie Sie ja wissen, bin ich ein großer Fan Ihrer Werke.«

»Das ist mir aufgefallen.« Sie nickte rüber zum Regal.

Grigorius lächelte. »Und wie jeder Bewunderer wünsche ich mir, dass Sie mir eine Widmung in eines der Bücher schreiben.«

Sie lächelte sanft. »Aber sehr gern.«

»Noch sehnlicher wünsche ich mir allerdings, ein neues Werk von Ihnen in den Händen halten zu dürfen.«

»Ach, Sie Guter, ich enttäusche Sie wirklich nur ungern. Aber ich habe das Schreiben, wie gesagt, schon vor langer Zeit aufgegeben. Mit diesen alten Fingern können Sie nur schwerlich eine Schreibmaschine bedienen.«

»Es gibt heutzutage noch andere Möglichkeiten, werte Henriette.«

»Mit diesen neumodischen Dingen komme ich doch als alte Frau nicht mehr zurecht. Ich wüsste nicht einmal, wie ich einen Computer bedienen müsste. Geschweige denn einen Laptop.«

»Das lässt sich erlernen.«

Henni schüttelt mit dem Kopf. Das hatte doch alles keinen Sinn. Nicht mehr jetzt. Vor ein paar Jahren noch, als Nikos noch bei ihr und fit gewesen war, wo sie noch gemeinsame Ausflüge unternommen hatten, wäre das etwas anderes gewesen. Da hatten sie beide Energie gehabt. Doch im Alter baute man schneller ab, als es einem lieb war. Grigorius mochte da noch Reserven haben, sie hatte diese aber nicht. Und falls sie sie doch jemals besessen hatte, waren sie im letzten Jahr allesamt aufgebraucht worden. Selbst jetzt hatte sie sich noch nicht gänzlich erholt.

Henni schloss für einen Moment die Augen, sah noch einmal den letzten Tag vor sich, bevor *es* geschah. Nikos hatte schon seit einiger Zeit kränklich gewirkt. Abgeschlagen, dünn und blass. Und Henni hatte sich große Sorgen um ihn gemacht.

»Mein Arzt sagt, ich sei fit wie ein Turnschuh«, hatte er jedes Mal behauptet, wenn sie ihn auf seinen Zustand angesprochen hatte. Aber sie hatte gewusst, dass er sie nur hatte beruhigen wollen. An jenem Abend also saßen sie gemeinsam im Garten auf der Hollywoodschaukel, die Sonne war gerade erst untergegangen und ihre letzten Spuren hinterließen in der Ferne des Horizonts ein paar rote Tupfen, wie aus Tusche gemalt.

Nikos griff nach ihrer Hand. Es war nicht mehr so viel Kraft wie früher in diesen Händen. Aber als Henni ihn ansah, erkannte sie noch immer dasselbe lausbübische Lächeln wie damals, als sie ihn im Café Muschelkuss zum ersten Mal gesehen hatte.

»Es ist ein schöner Abend«, hauchte er.

Sie drückte seine Hand. »Ja, wunderschön.«

Eine Weile schwiegen sie, dann sah er sie wieder an, dieses Mal recht ernst. »Sag mal, Henni, warum schreibst du nicht mehr? Das war doch immer dein großer Traum. Und die Leute mochten deine Werke. Wieso hast du das jemals aufgegeben?«

Henni wusste es selbst nicht so genau. Zu dem Zeitpunkt waren ihre Hände bereits verformt gewesen, aber noch nicht so schlimm wie jetzt. Vielleicht hatten ihr ab einem gewissen Punkt die Ideen gefehlt oder sie war der Meinung, dass sie alles gesagt hatte, was sie hatte sagen wollen.

»Du weißt, dass ich deine Geschichten und Gedichte sehr mag, oder?«

Henni nickte. »Du warst immer mein größter Fan. Und du hast schon an mich geglaubt, noch bevor mein erstes Buch erschienen war.«

»Weil ich wusste, dass du gut bist. Wenn man etwas sehr liebt, dann sollte man es nicht aufgeben.«

»Meine große Liebe bist du, Nikos. Das warst du immer.«

Er drückte ihr ein zärtliches Küsschen auf die Wange. »Aber sieh mal, Henni, wenn ich eines Tages nicht mehr bin, dann will ich, dass du etwas hast, das dir Halt gibt. So wie deine Texte anderen Halt in schweren Zeiten gegeben haben.«

»Sag bitte so etwas nicht, Nikos. Ich will gar nicht über den Tag nachdenken, an dem wir nicht mehr zusammen sind.«

Er legte den Arm um sie, und sie schmiegte sich an ihn. Früher war er ihr »Ofen« gewesen. Henni hatte schnell gefroren und Nikos hatte immer Wärme ausgestrahlt, so hatte es oft genügt, ihn einfach fest zu umarmen, wenn ihr kalt gewesen war. Aber jetzt schien es ihr, als müsste sie ihn wärmen.

Ob er es damals geahnt hatte, fragte sich Henni jetzt. Dieses ernste Gespräch über das Schreiben und die Zukunft, genau einen Abend vor seinem Ableben. Sie seufzte.

»Ich möchte Ihnen etwas zeigen«, sagte Grigorius plötzlich. Dann merkte er jedoch, dass sie mit den Gedanken ganz woanders war. »Alles in Ordnung, Henriette?«

»Ja, sicher. Was … wollen Sie mir denn zeigen?« Sie versuchte, sich zu sammeln und trank noch einen Schluck vom Kaffee.

»Geht es denn wieder?«

»Sicherlich.«

»Gut, dann kommen Sie mit.«

Er erhob sich und reichte ihr die Hand, die sie zögerlich annahm. Dann führte er sie durch den schmalen Flur in eine Kammer, die sie zunächst für eine Art Abstellraum gehalten hatte. Aber es zeigte sich, hinter der Tür befand sich ein winziges Büro. Sonnenlicht drang durch ein kleines Fenster, unter diesem befand sich ein Regal. Und direkt vor ihr, rechts an der Wand, stand ein Schreibtisch älteren Datums, er sah aus, als stammte er aus dem vorvorherigen Jahrhundert. Massiv und mit Schnörkeln versehen.

»Das ist mein Schreibzimmer«, erklärte Grigorius und schaltete den Computer ein. »Möchten Sie sich einmal hinsetzen?«

Henni nickte, durchaus interessiert, und nahm Platz, während der Rechner leise rauschte und knatterte. »Ihr Schreibzimmer?«

»Niemand weiß davon«, erklärte er verschwörerisch. »Und ich vertraue darauf, dass Sie diese kleine Info für sich behalten.« Dann zog er eine Schublade vom Schreibtisch auf, holte ein paar Notizbücher heraus und legte sie vor Henni hin. »Ich schreibe auch Gedichte und kleine Geschichten.«

»Ist das wahr?«

Er nickte. »Sie sind natürlich nicht so ausgefeilt wie Ihre Werke. Aber es waren Ihre Bücher, die mich dazu inspiriert haben, es auch einmal zu versuchen, Bilder mit Worten zu malen.« Er lächelte verlegen.

»Darf ich mir das mal ansehen?« Sie griff schon nach einem der Bücher.

»Aber nur, wenn Sie versprechen, mich nicht auszulachen.«

»Das würde ich nie tun, lieber Herr Grigorius. Ich bin einfach nur … überrascht. Dieses Zimmer ist ganz entzückend.«

»Sie könnten es nutzen. Ich meine … wenn ich im Hotel arbeite, könnten Sie … wenn Sie möchten … also.«

Sie warf einen kurzen Blick in das Notizbuch, in dem sich eine saubere Handschrift, sehr akkurat, befand, doch schon klappte sie es wieder zu. »Herr Grigorius, ich habe Ihnen doch bereits erklärt, dass ich nicht mehr schreibe. Meine Hände …«

»Es gibt heutzutage Schreibprogramme mit Spracherkennung. Ich habe sogar eines installiert. Wir können es gleich ausprobieren.« Er gab irgendetwas in die Tastatur ein.

Henni seufzte.

»Ich fände es einfach schade, wenn Sie etwas aufgeben, dass Ihnen einst so wichtig war.« Genau das hatte Nikos auch gesagt. Und vielleicht hatten beide Männer recht. Henni vermisste das Schreiben doch sogar.

»Na schön, zeigen Sie mir einfach mal Ihr Sprachprogramm.«

»Sehr gern, Henriette.« Er beugte sich über sie und bewegte den

Zeiger zu einem Menü. Henni war nicht ganz sicher, was er tat, aber gleich darauf hielt er ihr ein angeschlossenes Mikro vor die Nase. »Sie sprechen einfach hier rein und das Programm schreibt den Text für Sie.«

»So einfach soll es sein?«

»Genau, so einfach.« Er zwinkerte ihr zu.

27. Kapitel

»Das musst du dir anhören!«, sagte Konstantin, kaum dass Sid sein Zimmer betreten hatte. Er wirkte etwas zerstreut, was durch seine Brille, die er sonst nur trug, wenn er am Computer arbeitete, verstärkt wurde. Diese drohte immer wieder von seiner Nase zu rutschen. Energisch schob er sie hoch und blinzelte sie durch die Gläser an, die seine Augen riesig groß erscheinen ließen.

»Du wirst begeistert sein«, prophezeite er. Offenbar nahm ihn etwas so sehr ein, dass er nicht merkte, wie angespannt sie war. Sids Arme klammerten sich an ihrem Körper fest. Sie wünschte Konstantin hätte sie umarmt, vielleicht hätte das die winzigen Zweifel, die Katjas Worte in ihr ausgelöst hatten, vertrieben. Stattdessen setzte er sich vor seinen Laptop und zitierte: »Wir bedanken uns für die Einsendung Ihres Entwurfs für die neue Kampagne von Faces Mystic Lippenmatt. Nach einer ausführlichen Bewertung Ihrer Arbeit freuen wir uns, Ihnen mitteilen zu können, dass wir uns für Ihr Konzept entschieden haben.«

Jetzt drehte er sich wieder zu ihr um, nahm die Brille ab und schaute sie neugierig an, während sich gleichzeitig ein riesengroßes strahlendes Lächeln auf seinen Lippen zeigte.

Sid blieb der Mund offenstehen. Hatte sie sich eben verhört? Oder hatte Konstantin gerade wirklich die Antwortmail von Faces vorgelesen? »W… was?«

Sie hatte wahrscheinlich nur etwas falsch verstanden. Da war nämlich plötzlich so ein lästiger Druck auf den Ohren. Klar, der kam immer, wenn sie nervös und angespannt war. Und das war sie wegen Katjas Zweifeln – oder wegen Faces?

»Lies es noch mal vor«, bat Sid und fingerte sinnlos an den Trägern ihres Tops.

Konstantin setzte die Brille wieder auf und las erneut: »... freuen wir uns ... für Ihr Konzept ENTSCHIEDEN haben!«

Nein, kein Verhörer. Sie hatte es schon beim ersten Mal richtig verstanden! Sid konnte es nicht fassen. Sie schlug die Hände vor dem Mund zusammen. Alles drehte sich, ihr schwindelte. Aber auf eine gute Weise! Wie bei einer Karussellfahrt.

»Ich bin so stolz auf dich«, sagte Konstantin und erhob sich, kam auf sie zu.

Sid spürte, wie ihr das Herz davongaloppierte. Ihr ganzer Kreislauf verrücktspielte! Nicht nur, dass Faces überaus schnell reagiert hatte, was selten genug vorkam, allem Anschein nach liebten sie den Entwurf! Das war unfassbar!

»Ich hab's dir gesagt, oder? Ich wusste die ganze Zeit, dass du es schaffen kannst.«

Sids Knie fühlten sich weich wie Butter an. Der Auftrag war ihnen sicher! Das war die beste Nachricht seit Langem! Und Konstantin war so unglaublich lieb zu ihr. Wie konnte sie da ernstlich an irgendetwas zweifeln, was sie betraf? Stürmisch umarmte sie ihn. Es fühlte sich unbeschreiblich gut an, ihn ganz nah zu spüren. Den Herzschlag durch seine Brust. Er griff nach ihrer Hand und drückte sie fest.

»Ich kann's nicht glauben!«, rief sie aus und ließ wieder von ihm ab, tanzte durch sein Zimmer. »Das ist ... wie ein Traum, der ganz plötzlich wahr geworden ist! Meine Idee, meine Göttinnen. Bald sehen wir sie auf allen Plakaten in den U-Bahnhöfen, in Hochglanzmagazinen ... ich werde verrückt!«

Dann hielt sie inne. »Das habe ich nur dir zu verdanken.«

Er steckte die Brille in die Haaren. »Ach, Sidonie, ich habe dir nur die Tür geöffnet, hindurchgegangen bist du allein. Und wir sollten jetzt auf den Erfolg anstoßen.« Er ging zur Minibar und entnahm dieser Sekt sowie zwei Gläser.

»Ja, das sollten wir«, sagte sie.

Er goss ihnen ein, reichte Sid ihr Glas, an dem sie nippte. Der

Sekt stieg ihr sofort zu Kopf, was an der Aufregung lag. Das war ihr erstes richtig großes Ding! Zuvor hatte sie in Teams an kleineren Projekten gearbeitet. Aber hier war sie der Kopf, es war ihre Kampagne!

Die Gläser klirrten aneinander.

»So, und jetzt sag mir, was dich bedrückt«, meinte er.

»Mich … bedrückt?« Hatte er es also doch mitbekommen?

Sid schmiegte sich an ihn.

»Es ist alles gut«, versicherte sie und stellte ihr Glas auf der Kommode ab.

Auch wenn Katja das anders sah, dafür hatte ihre Mutter recht behalten: Dieser Urlaub war das Beste, was ihr je passiert war. Aber darum ging es nicht, dass einem permanent alle Menschen zustimmen mussten – Sid hatte ihren eigenen Weg finden müssen und das hatte sie.

Sie drückte ihn ganz fest an sich. Hitze ging von seinem Körper aus. Hitze, die sich auf sie übertrug. Sie spürte, wie ihr Blut in ihren Ohren rauschte, ihre Herzfrequenz sich erhöhte. Seine Lippen hatten nie einladender ausgesehen. Aber ein Kuss war nicht genug. Ihre Hände glitten zu seinem Gürtel, fingerten an diesem herum, bis sie ihn geöffnet hatten. Sie drückte ihn sacht aufs Bett, wo er im Liegen sein Glas auf das Nachtschränkchen platzierte, dann zog sie sich das Shirt über den Kopf, legte sich auf ihn und verschloss seinen Mund mit einem heißen Kuss …

28. Kapitel

»Nein, das macht mir keine Umstände. Es ist selbstverständlich, dass ich dich vom Flughafen abhole. Irgendwer muss dir schließlich die Koffer bis zum Taxi tragen«, hatte er gestern Abend noch mit einem Schmunzeln gesagt, als er mit Brigitta telefoniert hatte. Natürlich wollte sie ihn auch sehen, um mit ihm das weitere Vorgehen bezüglich Henni zu besprechen.

Aber Konstantin hatte sich bereits eine Meinung gebildet. Er würde nicht erlauben, dass Henni in ein Seniorenheim kam.

Sidonie lag so friedlich neben ihm, mit dem Rücken an ihn gekuschelt, dass er am liebsten den ganzen Tag im Bett verbringen wollte. Die Morgensonne strahlte durch das Wandfenster, das zugleich die Tür zur Terrasse bildete. Es war reichlich spät. Er hatte fast verschlafen. Kein Wunder, sie hatten die ganze Nacht durchgemacht, sich geküsst, liebkost, sanft gestreichelt. Er seufzte. Zu gern hätte er da weitergemacht, wo sie gestern aufgehört hatten …

»Ich muss leider los«, flüsterte er in ihr Ohr und hauchte ihr einen Kuss auf den Nacken.

Sidonie drehte sich zu ihm um und schlang den Arm um ihn. »Geh nicht«, murmelte sie schlaftrunken. Ihre Stimme klang so süß, wenn sie noch nicht richtig wach war. Und ihr Gesicht war aufgrund der Druckstellen ihres Kissens zerknautscht wie das eines Faltenhundes.

»Ich bin bald zurück«, hauchte er, küsste sie und nahm ihren Arm sanft runter. Eine Weile hielt er ihre Hand fest, seine Finger in ihre gehakt. Bis ihm der Wecker, der auf Last Minute gestellt war, einen Strich durch die Rechnung machte. Für eine Dusche reichte es gerade noch, dann musste er schon los zum Mykonos Airport. Um zehn Uhr kam Brigittas Flieger an.

Wenig später stand er also in der großen Halle, musterte die abgefertigten Fluggäste, die sich über das gute Wetter freuten und spielte mit seinem Smartphone, dabei überlegte er, wie er Brigitta von ihren Plänen am besten abbrachte. Wahrscheinlich war das gar nicht so schwer, denn Konstantin vermutete, dass nicht sie, sondern Frank hinter diesen Überlegungen steckte. Brigitta mochte Henni und wollte sicher nur ihr Bestes. Bei Frank war er sich nicht so sicher. Er sah in ihr wohl nur ein weiteres von vielen Problemen, die er möglichst effizient und kostensparend lösen wollte. Konstantin konnte darüber nur den Kopf schütteln und bearbeitete eine Arbeits-SMS, die gerade eingetrudelt war, als schließlich eine hochgewachsene blonde Frau in sein Blickfeld rückte. Sie reckte den Arm hoch, winkte ihm zu.

»Schatzi!«

Konstantin eilte zu ihr hin und umarmte sie. Als er wie versprochen nach ihrem Gepäck greifen wollte, fiel ihm auf, dass sie gar keins dabei hatte. Wollte sie etwa direkt nach der Besichtigung des Seniorenstifts in Athen schon wieder abreisen? Warum war sie dann nicht dortgeblieben, sondern hatte noch den Teilflug nach Mykonos auf sich genommen?

Brigitta drückte ihn ganz fest, streichelte über seinen Rücken, und er entdeckte direkt hinter ihr seinen jüngeren Halbbruder Ben, dem eine Sonnenbrille in den rotbraunen Locken steckte, und Frank, der, genau wie Ben, die vermissten Koffer trug.

»Du hast nicht gesagt, dass Frank auch kommt!« Von Ben ganz zu schweigen. War wohl plötzlich zu einem Familienurlaub umfunktioniert worden.

Ben umarmte ihn, aber ganz lässig natürlich. Vater nickte ihm zu, klopfte ihm sogar auf die Schulter. »Gute Arbeit, das mit Faces«, sagte er. »Meine Entscheidung, dich zum Geschäftsführer zu machen, war goldrichtig.«

Konstantin atmete auf, weil Vater seinen Alleingang so gut wegsteckte. Das war nicht selbstverständlich. Natürlich hatte er

Frank noch gestern per E-Mail mitgeteilt, wie Faces Entscheidung ausgefallen war. Und da das Ergebnis in Franks Augen stimmte, war die Sache wohl gegessen. Erfolg stand immer über allem.

»Freut mich, dass du zufrieden bist«, erwiderte Konstantin knapp.

»Wo ist jetzt das Hotel?«, wollte Frank wissen.

»Wir haben zwei Zimmer im Triton Palast«, erklärte ihm Brigitta.

»Ich hoffe, hier gibt's ein paar heiße Chicks«, meinte Ben, wieder ganz cool, und ging voran. Dass alle mit den Augen rollten, bekam er nicht mit.

»Die Taxis stehen direkt vor dem Eingang«, erklärte Konstantin, was natürlich unnötig war, man konnte die Wagen von hier aus sehen. Zusammen fuhren sie zum neuen Hafen, wo sich das Hotel befand. Ein edler Schuppen, sicher mit Sterneküche. Etwas anderes kam für einen Frank Grunberg auch nicht in Frage.

Das Doppelzimmer, das sich Brigitta und Frank teilten, war etwa doppelt so groß wie sein eigenes, soweit Konstantin das überblicken konnte.

»Richte dich schon mal ein, Liebling«, sagte Brigitta und verabschiedete Ben, der sich nur zu gern in das Einzelzimmer direkt daneben zurückzog. »Ich pack später aus, will mir erst mal den Pool ansehen. Und die Chicks.«

»Ja, ja, sicher, Liebling.« Brigitta winkte ab. »Ich glaube, der kommt nie aus der Pubertät raus«, flüsterte sie Konstantin zu, als Ben außer Hörweite war. Naja, die Pickel aus der Zeit hatte er jedenfalls auch heute noch.

Frank ließ sich in den gepolsterten Sessel fallen. Irgendwie erwartete Konstantin trotz besseren Wissens dennoch eine Art Feedback zu den Faces-Verhandlungen. Also eines das über ein müdes »gut gemacht« hinausging. Etwas mehr in die Richtung »ich habe mich geirrt«. Aber das Thema schien für Vater so uninteressant wie das Geschwätz der letzten Woche.

»Ich werde hier wohl nicht länger benötigt?«, meinte Konstantin also. »Denn ihr werdet euch sicher erst mal ausruhen und zu einem späteren Zeitpunkt über Henni sprechen wollen?« Er hatte sich das irgendwie anders vorgestellt, gehofft, mit Brigitta unter vier Augen sprechen zu können, nun aber wirkte Franks Einfluss auf sie.

»Ach, ich dachte, du würdest noch mit uns zu Mittag essen«, sagte Brigitta. »Die Familie ist doch so selten zusammen.«

»Ich bin ehrlich gesagt bereits verabredet.«

Jetzt horchte nicht nur Brigitta auf. »Du triffst eine Frau?«, fragte Vater, als wäre das etwas furchtbar Außergewöhnliches.

»Dein Sohn ist sehr attraktiv, Frank, das hat er von dir. Also sei nicht überrascht, dass sich die Damenwelt für ihn interessiert. Wer ist sie denn? Kennen wir sie?«

»Sidonie Albrecht.« Warum sollte er seiner Familie etwas vormachen und eine Geschichte erfinden? Ja, diese Liebesbeziehung war fürs Geschäft nicht das Beste, aber für sein Herz.

Vaters Augen wurden größer. »Unsere Frau Albrecht?« Er hatte sie damals persönlich als Azubi eingestellt und später übernommen. »Wurde die nicht gerade erst sitzengelassen?«

»Genau die.«

»Da solltest du aber umgehend die Rechtsabteilung inform…«, begann Frank.

»Lade sie einfach auch zum Essen ein. Dann lerne ich sie mal kennen«, unterbrach Brigitta ihn. »Oder was meinst du, Frank?«

Konstantin konnte sich schon denken, warum Brigitta erpicht darauf war, dass Sidonie mit ihnen zu Mittag aß. Natürlich spielte auch ihre Neugierde eine Rolle. Aber sobald jemand Außenstehendes mit Frank an einem Tisch saß, verwandelte er sich wie durch Zauberhand in das Lämmchen, als das ihn so ziemlich jeder, der nicht zur Familie gehörte, kannte. Ein paar Stunden Ruhe und Entspannung waren in Aussicht. Nach dem Flug, der in Franks Beisein gewiss anstrengend gewesen war, konnte Konstantin das nur zu gut verstehen.

»Sidonie ist eine sehr angenehme Person. Ich habe keine Einwände«, sagte Vater und damit war es entschieden.

Konstantin fuhr also mit dem Taxi zum Athena zurück und holte Sidonie ab, die er kurz zuvor am Handy über die Planänderung informiert hatte.

Und eine halbe Stunde später saßen sie gemeinsam mit seiner Familie in dem edlen Hotelrestaurant vom Triton, dessen Decke blaue Wellenmuster zierten. Poseidons Dreizack dominierte die Mitte, an der mittleren Spitze hing ein Kronleuchter, der aber nur Zierde zu sein schien. Zumindest hingen auch an den Wänden edle Kristalllampen.

»Schön, Sie wiederzusehen«, begrüßte Frank Sidonie galant.

»Ich freue mich auch sehr, Herr Grunberg.«

»Ich bitte Sie, für Sie bin ich Frank.«

»Sehr gern.«

»Schön, Sie kennenzulernen«, stellte sich anschließend Brigitta vor und wie durch ein Wunder hatte auch Ben mit einem Mal Manieren. Obwohl Konstantin nicht entging, dass sein jüngerer Bruder sie immerzu anstarrte, als wäre sie eine Kuriosität. Es fehlte nur, dass er anfing zu sabbern. Ja, er war eindeutig noch in der Pubertät …

»Sie haben sicher schon von Faces gehört?«, meinte Sidonie.

»Das habe ich, Sidonie«, sagte der alte Grunberg, ohne seinen Blick von Konstantin zu lassen. »Das Go von Faces haben wir dann wohl nur Ihnen zu verdanken?«

»Jetzt mach sie doch nicht so verlegen, Liebling«, meinte Brigitta. »War eine tolle Leistung«, sagte sie an Sidonie gewandt. »Hab ich mir sagen lassen.«

»Dankeschön.«

»Sidonie ist einer unserer besten Köpfe«, ergänzte Konstantin. Tja, Sidonie ahnte nicht, was Frank wirklich über ihre Entwürfe gedacht hatte.

»Das ist sie in der Tat, Junge. Jetzt verraten Sie uns doch mal, wie es dieser Herzensbrecher geschafft hat, Sie für sich zu gewinnen«, hakte Frank nach. Inzwischen waren die Bestellungen aufgegeben und kurz darauf die Getränke serviert worden. Ben hatte an einem Nachbartisch zwei junge Frauen entdeckt und fing an, hemmungslos mit ihnen zu flirten, was recht schnell Brigitta auf den Plan rief.

»Nicht hier«, zischte sie ihn an.

»Bleib doch mal locker. Ich mach doch gar nichts.« Manchmal vergaß man allzu leicht, dass Ben bereits Anfang zwanzig war. Allen voran: er selbst.

»Er war für mich da, als es mir nicht gut ging«, erklärte Sidonie und legte dabei ihre Hand auf seinen Oberschenkel. Konstantin war froh, dass sie hier war. So war ein Mittag mit der Familie direkt erträglich.

»Warum ging es Ihnen denn nicht gut?«, frage Brigitta besorgt.

Grunberg senior tat ebenso, als hätte er überhaupt nichts mitbekommen.

»Mein Verlobter ... er ... hat mich sitzenlassen.« Sie sagte das zögerlich, fast als schämte sie sich dafür.

Brigitta merkte wohl schnell, das war ein heißes Thema, und unterließ weiteres Nachfragen. Konstantin war erleichtert.

»Das muss ja ein Idiot gewesen sein«, warf Ben ein und erntete einen strengen Blick von Brigitta. »Ist doch wahr ...«

Das Essen wurde serviert: Fischfilets und Krabbensalate, für Ben Chicken Wings und Pommes, wie originell. Nach den ersten Bissen war man sich einig, die Küche hatte ihren Stern verdient. Und für die kleinen und spätpubertierenden Gäste hatten sie sogar Fast Food im Angebot, wenn das kein Service war.

»Ich mache mich mal eben frisch«, sagte Brigitta und erhob sich.

»Ich komme mit.«

»Aber gern doch, Sidonie.«

Kaum waren die beiden Frauen verschwunden, beugte sich Frank verschwörerisch vor. »Also jetzt hört mal, ich habe beschlossen, dass der Seniorenstift in Athen die einzig richtige Lösung für Henriette ist. Ich muss nur Brigitta überzeugen, sie schwankt noch, aber das wird mir gelingen. Ich hoffe, ihr helft mir dabei.«

»Klar doch«, sagte Ben einfach so.

Konstantin fiel das Gemüse aus dem Mund. Rasch tupfte er sich diesen mit der Serviette ab.

»Was ist mit dir?«, wollte Vater wissen und knetete ungeduldig seine Hände.

»Tut mir leid.« Er nahm einen großen Schluck von seinem Weißwein. »Ich kann das nicht unterstützen.«

»Hör mal, Junge. Das ist für alle das Beste. Vor allem für Henni.«

Von wegen! Er nahm ihr jede Entscheidungsgewalt. Aber so einfach ging das doch gar nicht. Sie war schließlich nicht entmündigt. Oder stand etwa sogar das noch auf Vaters Plan?

»Sie wird das nicht akzeptieren.«

»Dann werden wir es ihr begreiflich machen, bis sie es akzeptiert. So schwer kann das ja nicht sein.«

»Ohne mich.«

Vaters Augen verengten sich. »Wieder die Extrawurst, mh? Wieso kannst du nicht einmal das tun, was man von dir erwartet?«

»Habe ich nicht gerade bewiesen, dass ich bei Faces richtig lag?«

»Das kann man nicht vergleichen! Noch dazu hätte das schiefgehen können! Und was wäre dann gewesen? Du bist auf volles Risiko gegangen, aber eine Heldentat ist das nicht. Und wir beide wissen auch, warum du Sidonies Entwurf durchgeboxt hast.«

Wollte er ihm unterstellen, dass er sie bevorzugte? Das war unglaublich! Konstantin glaubte an ihre Arbeit! Das war der Grund. Und das sagte er seinem Vater auch.

»Papperlapapp! Aber darüber will ich jetzt gar nicht reden. Wir haben andere Sorgen. Was Henni anbelangt, da müssen wir diesmal alle an einem Strang ziehen.«

Konstantin schüttelte den Kopf.

»Junge, sei vernünftig, wir sind extra hergekommen, um das zu regeln. Jetzt blockiere uns nicht. Sogar Großmutter Liesl hat ihr Okay gegeben.«

Wer wusste schon, wie dieses ›Okay‹ zustande gekommen war. Frank konnte sehr überzeugend sein, wenn er es wollte. Und soweit Konstantin es beurteilen konnte, war Hennis jüngere Schwester von jeher sehr leichtgläubig gewesen. Reichte man ihr eines dieser Altenheimprospekte, auf denen einen nur glückliche Senioren anlächelten, dachte sie, dort ginge es allen bestens. Was waren diese Faltblätter anderes als Werbung? Und Werbung war selten ehrlich. Das Schlimmste aber war, dass Frank Henni im Grunde völlig egal war. Sie war für ihn kaum mehr als ein Gegenstand, der nicht richtig funktionierte und den man eben umräumte, wenn er einem nicht mehr am alten Platz gefiel.

»Sorry, dass ich keiner deiner Speichellecker bin und meinen eigenen Kopf gebrauche«, sagte Konstantin angewidert. »Und damit du es gleich weißt, ich werde dir jeden Stein in den Weg legen, den ich finden kann.«

Vater blieb die Luft weg. »Wie war das eben ...«

»Ey, Leute, beruhigt euch mal, das ist jetzt total uncool«, mischte sich Ben halbherzig ein. Die Leute schauten schon zu ihnen, obwohl Vater sich bemüht hatte, leise zu bleiben. Schließlich mochte er ja kein Aufsehen und war auf sein Saubermannimage bedacht.

»Ich verliere langsam die Geduld. Was bildest du dir eigentlich ein? Was glaubst du, wer du bist? Du willst mir Steine in den Weg legen? Ohne mich wärst du nichts!«, sagte Vater scharf, am ganzen Körper vor Erregung zitternd, und warf seine Serviette auf den Teller. Konstantin musste sich zusammenreißen, um nicht ebenfalls aufzuspringen. Jetzt zeigte er mal wieder sein wahres Gesicht.

»Ich habe Erfolge vorzuweisen, durch meine Arbeit hat die Agentur in Potsdam einen Aufschwung erlebt, aber das willst du nicht anerkennen.«

Vater winkte ab. »Peanuts«, schien sein brodelnder Blick zu sagen. Er beugte sich weit vor und funkelte Konstantin an. »Ich erwarte eine Entschuldigung und, dass du mich in dieser Sache unterstützt«, betonte er, doch es lag auch eine Drohung in seinen Worten.

Konstantin verschränkte die Arme vor der Brust und schwieg. Auf dieses Spiel wollte er sich gar nicht erst einlassen.

Das Bohren in Vaters Blick erlosch, dann schloss er sichtlich gequält die Augen, es sah aus, als hätte er schreckliche Zahnschmerzen.

»Wieso … enttäuschst du mich … immer wieder?«, fragte er anklagend. Es ließ ihn eigenartig kalt. Nichts war in Franks Augen je genug gewesen. Selbst wenn er genau das getan hatte, was Frank verlangte, war auch das keine Anerkennung wert gewesen. Früher hatte ihn das sehr verletzt, doch jetzt löste es nicht mal ein Gähnen aus.

»Aber das Eine sage ich dir, du wirst nichts ausrichten können. Hennis Schicksal ist besiegelt!«

»Was meinst du damit, Hennis Schicksal ist besiegelt?«, erklang Brigittas Stimme.

Frank riss die Augen auf und drehte sich erschrocken um, hinter ihm standen Brigitta und Sidonie. Vater zögerte einen Moment, dann verließ er wütend, viel eher fluchtartig, das Restaurant.

»Oh Gott, was ist denn jetzt schon wieder?«, fragte Brigitta verzweifelt und eilte Vater nach, während Sid sich neben ihn setzte. An ihrem Blick erkannte er, sie hatte mehr mitbekommen, als Frank wohl lieb war. Ihre Hand legte sich beruhigend auf seine. Aber er war ganz ruhig, innerlich. Das alles waren Dinge, die endlich hatten gesagt werden müssen. Und er hatte sich vor Henni positioniert, davon würde er nicht abrücken.

»Alter, mit euch kann man echt nirgendwo hingehen«, meinte Ben und verdrückte sich ebenfalls.

29. Kapitel

»Ich hatte keine Ahnung, wie Frank Grunberg wirklich ist«, sagte Sid leise und sah ihn an.

Nach dem Streit hatten sie das Restaurant verlassen, weil Konstantin an die frische Luft gewollt hatte. Gemeinsam waren sie durch die verwinkelten kleinen Gassen von Mykonos Stadt geirrt, bis sie den alten Hafen erreicht hatten.

Jetzt saßen sie auf der Kaimauer und ließen die Beine über dem Wasser baumeln. Sid lehnte ihren Kopf an seine Schulter.

Alles ergab plötzlich Sinn. Sein Arbeitseifer, die Überstunden, die ständigen Forderungen nach Neuanfertigungen … er hatte sich vor Frank von klein auf beweisen müssen, doch egal, wie sehr er sich auch angestrengt hatte, es war letztlich nie genug gewesen. Sid verspürte ein unangenehmes Ziehen in der Brust. Es tat ihr leid, wenn Eltern in ihren Kindern nicht sehen konnten, wie wundervoll sie waren.

»Ich dachte immer, meine Mam und mein Paps wären schräg«, fuhr sie fort. »Ich meine, wegen Lappalien hing bei uns schon der Haussegen schief. Weil der Videorekorder nicht richtig programmiert war oder jemand vergessen hatte, das Essen in den Kühlschrank zu stellen. Sie sind sich manchmal regelrecht an die Gurgel gesprungen, aber mich haben sie immer rausgelassen. Ich habe es natürlich trotzdem mitbekommen, selbst dann, wenn ich die Musik so laut aufdrehte, dass das ganze Haus die Bässe hören konnte.« Sid versuchte ein Lächeln, aber es misslang. Vorsichtig tastete sie nach seiner Hand.

»Brigitta wird mir bald eine SMS schicken, dass Frank sich beruhigt hat. Und dann ist wieder alles okay«, versicherte er.

Aber war es das wirklich?

»Mach dir deswegen keine Gedanken«, beruhigte er sie, weil er wohl an ihrem Blick erkannt hatte, wie wenig sie das überzeugte, und strich ihr eine Strähne aus der Stirn. Wie locker er das alles nahm. Wahrscheinlich war er einiges gewohnt. Sid jedenfalls hatte sich im falschen Film geglaubt, als sie vorhin an ihren Tisch zurückgekehrt und ihr alter Chef wie eine Rakete an die Decke gegangen war. Sonst hatte er sich immer freundlich, ja geradezu charmant gegeben.

»Er hat zwei Gesichter«, erklärte Konstantin. »Nach außen immer der Gutgelaunte. Nur seine Familie weiß, wie er wirklich tickt.«

Sid hob den Kopf und schmiegte ihr Gesicht an seins, atmete seinen Duft ein und seufzte. »Ich fand es jedenfalls großartig, dass du ihm die Stirn geboten hast.«

Seine Lippen suchten ihre, fanden sie und umschlossen ihren Mund leidenschaftlich. Sid knabberte sanft an seiner Unterlippe, während sein Atem ihre Nase kitzelte. »Ich konnte nicht anders«, flüsterte er. »So wie Frank darf niemand mit anderen Menschen umgehen. Du hattest von Anfang an recht, Henni ist nur hier glücklich.«

»Sollten wir sie vorwarnen?«

Konstantin nickte. »Ich rufe sie nachher an.« Seine Hand legte sich auf ihren Hinterkopf, zog sie näher an sich. Sid schloss die Augen, fuhr mit dem Mund über sein Kinn, runter zu seinem Hals, was ihn leise stöhnen ließ, und wieder auf zu seinen Lippen. Irgendwie landete sie immer wieder hier. Aber wen wunderte es, er schmeckte zu gut.

»Wenn die Lesung ... ein Erfolg wird«, keuchte sie, »dann muss auch dein Vater einsehen, dass das Altenheim keine Lösung ist.«

»Einsehen wird er es nicht. Aber was soll er schon tun? Hunde, die bellen, beißen nicht.«

Hoffentlich.

Sid ließ ihren Kopf auf seinen Schoß fallen. Direkt am Hafen war es etwas kühler, zumindest kam ihr das so vor. Aber dicht an ihn gekuschelt war es herrlich warm. Seine Hand glitt durch ihre Haare, spielte mit einzelnen Strähnen. So saßen sie eine ganze Weile da. Sid beobachtete die Segelschiffe in der Ferne.

»Vielleicht segeln wir auch mal eines Tages«, überlegte er.

Sie seufzte. »Das wäre toll. So lange wir nicht wieder irgendwo stranden.«

Er lachte leise. Eigentlich war es ein recht schöner Tag, wenn man das missglückte Mittagessen ausklammerte. Der Himmel strahlte mit dem Meer um die Wette und der Kondensstreifen eines Sportflugzeugs zeichnete sich zwischen den wenigen Wolken ab. Sid schloss die Augen, döste ein, bis das Schiffshorn der Fähre aus Delos sie weckte.

Gähnend richtete sie sich wieder auf, reckte und streckte sich. Konstantin blickte sie aus müden Augen an. Vielleicht war auch er eingedöst?

»Machen wir uns doch einen schönen Nachmittag auf deiner Terrasse«, schlug sie vor.

Er lächelte über das ganze Gesicht. »Klingt überaus verführerisch.«

»Ist es auch.« Sie richtete sich auf und balancierte die Kaimauer entlang. Am Ende angekommen, hatte Konstantin sie eingeholt, griff sie von hinten und hob sie hoch. Sid lachte und strampelte mit den Beinen. »Lass mich runter.«

»Auf welche Seite?«

»Nicht ins Wasser, du Verrückter!«

Sie wandte den Kopf, während er sie noch hielt, und drückte ihm einen innigen Kuss auf.

30. Kapitel

»Meine liebe Frau Cosmas, alle Plätze sind belegt. Und wir haben sogar Anfragen für eine weitere Lesung bekommen«, erklärte Grigorius und lief wie ein Tiger im Käfig hin und her. »Habe ich Ihnen zu viel versprochen?«

»Nein, das haben Sie nicht, mein Guter. Aber tun Sie mir dennoch den Gefallen und beruhigen Sie sich. Setzen Sie sich zu mir, Herr Grigorius. Sie machen mich sonst ganz nervös.«

Der Stuhl schabte über den Boden, als er ihn an der Lehne zurückzog, und genauso schabte er, als ihr guter Freund Platz nahm und ihn ran zog. Nun knetete er die Hände vor ihr auf dem Tisch.

»Ist das Ihre erste Lesung?«, fragte Henni amüsiert. Nikos war damals auch sehr nervös gewesen, als sie zum ersten Mal vor Publikum hatte lesen sollen. Viel aufgeregter als sie.

»Als Mitorganisator, darauf können Sie aber wetten. Natürlich war ich auch schon mal als Gast bei einer Lesung zugegen. Bei Neil Gammond zuletzt. Das Herz will, was der Kopf will. Oder umgekehrt? Jedenfalls ist das was anderes, als selbst beteiligt zu sein.«

»Sie sollten sich daran gewöhnen, vielleicht geben Sie ja irgendwann eine eigene Lesung? Ich habe Ihre Texte inzwischen eingängig studiert, und ich muss sagen, Sie haben Talent.«

Jetzt lief das Gesicht von Grigorius rot an. »Sie schmeicheln mir, liebe Henriette.«

»Es ist mir ernst. Sonst würde ich es nicht sagen.« Sie lächelte aufmunternd, doch auch das beruhigte den sonst so souveränen Portier nicht.

Aber wen wunderte es? Sie waren wie Sardinen in einer zu kleinen Dose eingepfercht in diesem winzigen Pausenraum des Buchstübchens, der sonst für die Mitarbeiter reserviert war. Es gab nicht mal ein Fenster. Und irgendein Genie war auch noch auf die Idee gekommen, ausgerechnet in diese bessere Besenkammer ein Regal zu stellen, in dem Bücher zur Abholung lagen.

»Es geht in fünf Minuten los«, ließ Gracia, die Buchhändlerin, verlautbaren, indem sie mit dem Kopf durch die Tür lugte. Auch sie wirkte sichtlich nervös. Jetzt begannen Grigorius' Beine unkontrolliert auf und ab zu wippen, wobei er mit den Knien immer wieder gegen die Tischplatte stieß.

Dabei hatte Henni doch viel mehr Grund nervös zu sein als jeder andere. Ihr Großneffe Konstantin hatte ihr verraten, wer heute im Publikum sitzen würde: Frank Grunberg war persönlich nach Mykonos gekommen, und er hatte Pläne, die sie nicht gutheißen konnte. Aber er sollte sich nicht einbilden, dass er irgendeine Art von Mitspracherecht hatte, was ihr Leben betraf. Oder auch nur ihren Aufenthaltsort. Nein, sie würde ihm heute zeigen, dass sie weder senil noch dumm war, sondern dass sie immer noch mit beiden Beinen im Leben stand!

»Fünf Minuten …«, murmelte Grigorius vor sich hin. Er geriet in eine Endlosschleife. Lieber Himmel, der alte Knabe war wirklich neben der Spur.

»Jetzt hören Sie mal auf mich, ich kenne mich schließlich aus. Es wird alles gut gehen. Und damit Sie ein bisschen zur Ruhe kommen, habe ich das hier für Sie.« Sie zog einen Flachmann aus ihrer Handtasche.

»Oh, das ist die beste Medizin vor einem Auftritt, was?« Er riss ihr die Flasche fast aus den Fingern und nahm einen kräftigen Schluck.

»Besser?«

»Besser«, bestätigte er und wischte sich mit dem Handrücken über den Mund. Henni verriet ihm lieber nicht, dass da nur Kirschsaft drin war.

»Meine lieben Gäste, liebe Besucher, ich freue mich sehr, dass Sie so zahlreich erschienen sind«, ertönte schließlich Gracias Stimme, die laut genug war, um problemlos durch die geschlossene Tür zu dringen. Jetzt wurde es ernst. Henni lächelte Grigorius an, der aussah, als würde er auf dem Zahnfleisch gehen. »Sie müssen ja fast nichts sagen. Nur ein, zwei Sätze zum großzügigen Sponsor.«

Er nickte und fingerte dabei unentwegt an seiner blau karierten Krawatte herum.

»Frau Henriette Cosmas wird uns heute aus ihrem bekannten Liebesroman ›Tochter der Titanen‹ vorlesen. Ich bin schon sehr gespannt. Zuvor aber gebe ich das Wort an Herrn Hantzopoulos.«

Herr Hantzopoulos? Wer war das denn? Ein Überraschungsgast? Grigorius schob mit bleichem Gesicht seinen Stuhl zurück. Zitternd griff er nach seiner Krawatte und rückte sie zurecht.

Da ging Henni ein Licht auf, und endlich wusste sie, wie Grigorius mit Nachnamen hieß. Na bitte. Das war doch wirklich wohlklingend!

Applaus drang von draußen in den Pausenraum vor. Das Klatschen klang dumpf und weit entfernt, wie unter einer Käseglocke, dabei saßen die Leute im Grunde nur ein paar Meter entfernt. Das konnte nicht an der Raumarchitektur liegen, eben noch hatte Gracia recht laut geklungen. Es war Hennis Ohrendruck, der sich nun bemerkbar machte. Ein Zeichen für Lampenfieber. Aber damit kam sie klar. War ja auch nicht das erste Mal.

Grigorius griff nach ihren Händen und drückte sie. Er öffnete den Mund, doch kein Ton kam heraus. Nur ein leises Zischen. Aber sie wusste eh, was er sagen wollte, und formte mit ihren Lippen ein »Viel Glück«. Dann ging er ohne ein Wort durch die Tür in den Buchladen, räusperte sich genau zwei Mal und schwieg dann einen Tick zu lange, was für leises Lachen und ein Raunen im Publikum sorgte.

Henni erhob sich, schlich auf leisen Sohlen zu der Tür und öffnete sie einen Spalt. Der Pausenraum lag seitlich zum Publikum, erlaubte also einen Blick auf den armen Kerl, der da stand mit Schweißtropfen auf der Stirn, ein Tuch schon zur Hand, um sie zu bändigen.

»Meine … Damen … und Herren«, ächzte er in Deutsch, denn die Lesung wurde auch in der Sprache, in der der Roman verfasst worden war, gehalten. Eine schöne Abwechslung für die vielen deutschen Touristen. Das Lachen wurde etwas lauer. Erneut wischte er sich über die Stirn.

›Das machen Sie doch nicht zum ersten Mal, warum nur so nervös?‹, wunderte sich Henni. Tagtäglich sprach er schließlich mit Gästen. War die Bühnensituation wirklich so anders? Oder spielte etwas anderes eine Rolle?

Als er zur Tür in ihre Richtung sah, hob sie den Daumen, um ihm zu zeigen, dass sie an ihn glaubte. Das half offenbar. Er nickte ihr zu, entspannte sich sichtlich, rückte nochmals seine Krawatte zurecht und warf sich schließlich in seine übliche Portier-Pose. Rücken durchgedrückt, gerade Schultern.

»Meine Damen und Herren, das Hotel Athena sponsert mit großer Freude diese einmalige Veranstaltung und bewirtet Sie mit köstlichen Snacks und Getränken, die Sie zu Ihrer Linken sehen.« Er deutete zu dem kleinen Buffet direkt am Fenster. »Einmalig ist diese Veranstaltung deshalb, weil es die letzte Lesung der großartigen Henriette Cosmas sein wird, der Sie heute beiwohnen dürfen. Eine Frau, die mit Charme und Gefühl über Leben und Lieben schreibt. Begrüßen Sie also ganz herzlich mit mir die Autorin, die seit Jahrzehnten unsere Freundin und Nachbarin hier auf Mykonos ist: Henriette Cosmas!«

Der Applaus wallte auf. Henni schloss die Augen, atmete tief durch und dachte an Nikos, so fest, bis sie ihn beinahe vor sich sah. Sie wusste, er hätte diesen Moment gern miterlebt. Ein warmes Gefühl breitete sich in ihrem Herzen aus. Er wäre stolz auf sie gewesen. Entschlossen verließ sie das Zimmerchen, nickte den Leuten zu und schaute zu dem Tisch zu ihrer Linken, auf dem auch schon ein paar Restexemplare von der *Tochter der Titanen* bereit lagen, um am Ende der Lesung signiert zu werden.

Sids Herz klopfte, als Frau Cosmas die kleine Tribüne betrat.

Ihr Traum wurde wahr.

Endlich durfte sie bei einer Lesung ihrer Lieblingsautorin dabei sein! Wie lange hatte sie sich das gewünscht? Henni wirkte in diesem Moment gar nicht mehr so zerbrechlich, sondern selbstbewusst und mit einer gewissen Bühnenpräsenz ausgestattet, die es einem leicht machte, sie sofort zu mögen. Sogar auf ihren Stock verzichtete sie. Herzlich begrüßte sie die Gäste, erzählte ein bisschen was über sich und wie sie zum Schreiben gekommen war, das alles garniert mit kleinen Witzen, die das Publikum zum Lachen brachte.

Nur einmal geriet sie etwas aus dem Takt, als sie in die erste Reihe blickte und wohl bemerkte, dass Konstantin Sids Hand hielt. Ein überraschtes, aber letztlich zufriedenes Lächeln breitete sich auf ihrem Gesicht aus.

Wie wohl Frank Grunberg diesen professionellen Auftritt von Henni fand? Sid hätte jetzt gern sein Gesicht gesehen. Doch er saß so weit hinten und am Rand, dass er ohnehin nicht allzu auffällig war. Und viel gesprochen hatte er mit ihnen auch nicht. Nur ein kurzes Hallo, von seinem gestrigen Auftritt hatte er gar nicht erst angefangen. Es schien ihr, als ginge er Konstantin und ihr sogar aus dem Weg. Aber ihr sollte das recht sein. Nur Brigitta hatte ihnen ein freundliches Lächeln geschenkt, Bens Mundwinkel hingegen hatten bis zu seinen Knien gehangen, weil er offensichtlich überall, nur nicht ausgerechnet hier sein wollte. Ganz kurzfristig hatten sich auch Katja und Leonidas entschieden, mitzukommen, und auf Sids anderer Seite Platz genommen. Katja hatte außerdem Sids Flyer auf allen Online-Kanälen gepostet, die ihr zur Verfügung standen. »Bissel Werbung schadet ja nie, aber wem sag ich das?«

Bissel Werbung war gut! Der Laden war proppenvoll. Und vor allem jüngere Leute – wahrscheinlich ihre neuen Mykonos-Follower – hatten sich hier eingefunden. Sid kam nicht umhin zu denken, dass sich hier alles mehr nach Zukunft als nach Vergangenheit anfühlte. Aber vielleicht war das auch nur so, weil sie mitten in einem Neubeginn steckte.

»Ich sag ja, mit Instagram kannst du viele erreichen«, meinte Katja und zwinkerte ihr zu. Sid wusste gar nicht, was sie sagen sollte. Jedenfalls hatte Katja dafür gesorgt, dass Hennis Lesung auch besuchertechnisch ein voller Erfolg wurde. Hätte sie vor einem halb leeren Raum lesen müssen, hätte es Sid das Herz gebrochen.

Vor den Füßen der besten Freundin kuschelten Shorty und Kessi miteinander. Die beiden waren so verliebt, dass sie nur Augen für sich hatten. Der kleine Westie hatte sogar seine Pfote um ihr wuscheliges Fell gelegt. Immer wieder leckte er über ihren Kopf.

»Ich werde Ihnen heute ein paar Zeilen aus der *Tochter der Titanen* vortragen, ich möchte Ihnen aber vor allen anderen Dingen ein neues Werk von mir vorstellen. Eines, das ich in den letzten Tagen niederschrieb, obwohl ich eigentlich nie mehr einen Stift in die Hand hatte nehmen wollen.«

Sidonie schlug aufgeregt die Hände vor dem Mund zusammen. Was? Wie aufregend war das denn? Endlich etwas Neues. Sie hatte mit ihrer Intuition also richtig gelegen.

»Alles neu macht Mykonos«, flüsterte sie Katja zu.

Diese nickte. »Darf ich mir den Spruch für meine Follower klauen?«

Sid nickte und zwinkerte, während Konstantin ihre ineinander verschlungen Hände zu seinem Mund führte und ihr einen Kuss auf den Handrücken drückte.

Henni lächelte sanft in ihre Richtung. »Inspiriert dazu wurde ich von vielen netten Menschen, um mich herum, die mich daran erinnerten, dass das Leben trotz aller Verluste weitergehen muss.« Und dann erzählte sie davon, wie sie im letzten Jahr nur noch funktioniert hatte und in ein tiefes Loch gestürzt war, nachdem Nikos gegangen war. Ein tiefer Einschnitt in ihrem Leben. Ein normaler Alltag war nicht möglich gewesen.

Sie hatte angefangen, in der Vergangenheit zu leben, war jeden Tag zum Café Muschelkuss gegangen, um dort in ihre Gedanken zu versinken, ihren Lieblingskaffee mit viel Milch und Zucker zu trinken und aufs Meer zu schauen, das Wellenspiel zu beobachten. Als hoffte sie, dadurch die Zeit zurückdrehen zu können, wieder seine Stimme zu hören.

»Aber: Nikos hätte nicht gewollt, dass ich alles hinwerfe, dass ich aufgebe. Henni, du bist eine Kämpferin, sagte er früher immer. Und ja, das war ich. Ich hatte für diese Liebe gekämpft, für unser gemeinsames Leben, die Akzeptanz durch meine Familie. In den letzten Tagen wurde mir eines jedoch klar. Es geht nicht nur mir so. Wir treffen Menschen, die uns nicht verstehen, sich uns in den Weg stellen oder glauben zu wissen, was gut für uns ist, ohne uns wirklich zu kennen.«

Ein schöner Seitenhieb an den alten Grunberg, dachte Sid amüsiert.

Henni holte einen gefalteten Zettel aus ihrer Handtasche und strich ihn auf dem Tisch glatt. »Das Leben ist ein Kampf, aber ein schöner. Wir kämpfen bis zum letzten Atemzug um das, was wir lieben«, begann sie vorzulesen und alle im Publikum hielten gebannt den Atem an. Niemand macht auch nur einen Mucks, noch nicht mal Frank Grunberg.

Die kleine alte Dame wirkte mit einem Mal so weise und würdevoll, während sie über die großen und kleinen Kämpfe des Lebens sprach, die alle tagtäglich ausfochten, die sie stärker machten und manchmal auch zurückwarfen. Es gäbe viele Wege und immer wieder neue, die sich eröffneten.

Konstantin drückte Sids Hand. Er war für sie ein solcher neuer Weg, den sie zuvor nicht gesehen, ja nicht einmal für möglich gehalten hätte. Und nun war Sid froh, diesem Pfad gefolgt zu sein.

Es wurde ein wunderschöner Nachmittag und am Ende der Lesung bekam Frau Cosmas so viel Applaus, dass sie noch zwei Mal auf die Bühne kommen musste, um sich zu bedanken. Schließlich trat Grigorius zu ihr vor und überreichte ihr einen bunten Strauß wunderschöner Blumen. Gerührt nahm sie ihn entgegen, hauchte ein zartes Küsschen auf die Wange des Portiers und Sid konnte sehen, dass sie kurz nach seiner Hand griff und sie genauso drückte, wie Konstantin es gerade mit ihrer getan hatte.

Grigorius' Gesicht lief rot an, aber das lächelte er weg. Und als er Henni schließlich noch etwas ins Ohr flüsterte, sie daraufhin nickte, hob er beide Hände, um den immer weiter anschwellenden Applaus einzudämmen.

»Meine Damen und Herren, hören Sie mir zu! Ich habe noch weitere gute Nachrichten für Sie! Die Nachfrage für diese Lesung war recht hoch und wir konnten nicht jedem einen Platz im Buchstübchen anbieten. Aus dem Grund hat sich Frau Cosmas bereit erklärt, noch eine weitere Lesung zu geben. Sie sind natürlich herzlich eingeladen, diesem Event erneut beizuwohnen.«

Sidonie war so begeistert, dass sie aufsprang und wie wild losklatschte. Neue Werke von Frau Cosmas! Weitere Lesungen! Die Frau war der Hammer! Katja und Konstantin taten es ihr gleich, auch alle anderen im Publikum machten mit. Standing Ovations! Dazu das aufgeregte Bellen von Shorty und Kessi im Einklang!

Als Sid sich aus Neugierde umdrehte, sah sie, wie sich schließlich auch Brigitta und Ben in der letzten Reihe erhoben und sogar Frank Grunberg schloss sich an, wenn auch zögerlich und alles andere als entspannt. Aber, ja, er klatschte. Vielleicht hatte der Auftritt von Henni ihn überzeugt? Sid hoffte das sehr. Schließlich konnte dieser Mann doch nicht völlig ohne Herz auf die Welt gekommen sein.

»Es war eine sehr ergreifende Veranstaltung«, hörte sie Brigitta später sagen, als man beisammenstand. Die Mehrzahl der Gäste war längst gegangen, fast jeder hatte ein Buch mit Original-Henni-Signatur mitgenommen. Das hatte sicher auch was in die Kasse gespült. Sid hatte sich die Chance nicht entgehen lassen, und selbst ein Exemplar erworben, obwohl bei ihr zu Hause auch die *Tochter der Titanen* auf dem Nachttisch lag. Aber doppelt hält manchmal eben besser. In ihrem Neuerwerb stand eine ganz besondere Widmung.

Für meine liebe Freundin Sidonie, ohne deren Inspiration ich heute nicht hier wäre.
Henni.

»Dann ist Athen wohl vom Tisch«, meinte Konstantin. »Allerdings, es war nie eine Option«, mischte sich Grigorius ein und legte den Arm um Henni. »Frau Cosmas hat jetzt nämlich einen Manager, der sich nicht nur um ihre neuen Buchprojekte kümmern wird, sondern ihr auch ein guter und verlässlicher Freund ist.« Henni hatte ihm wohl anvertraut, was die liebe Familie aus Berlin plante, das sah Sid an seinem kämpferischen Blick. »In meinem Haus habe ich ein kleines Büro, dass Henni bereits für ihren neuen Text genutzt hat. Und in diesem Büro gibt es alles, was es braucht, Computer, Tastatur, Sprachprogramm, wenn die Hände schmerzen«, erklärte Grigorius unumwunden. »Ich werde also immer ein Auge auf Henriette haben, machen Sie sich keine Sorgen. Sie ist bei mir in guten Händen.«

Brigitta strahlte über das ganze Gesicht. »Ich denke, wir haben heute eine sehr gute Lösung gefunden. Dürften wir uns dieses Büro denn auch mal ansehen. Nur aus Neugier.«

»Aber selbstverständlich. Wissen Sie was, ich lade Sie morgen zum Frühstück zu mir ein. Bringen Sie auch Ihren Mann mit. Ich mache die besten Pancakes diesseits und jenseits des Atlantiks. Und dann haben wir alle Zeit der Welt zum Plaudern. Morgen ist nämlich mein freier Tag.«

Brigitta stimmte zu und umarmte Grigorius und Henni. Erst da fiel Sid auf, dass Frank Grunberg fehlte.

Sie schaute sich um und entdeckte ihn in der Nähe der Tür, wo auch Ben stand. »Tante Henni hat's echt drauf«, hörte sie den jungen Mann begeistert sagen, offenbar hatte ihm die Lesung nun doch sehr gefallen. »Sie ist viel fitter, als ich dachte, findest du nicht auch, Dad? Das Altenheim ist doch dann übertrieben, oder?«

Wenn sogar Ben das so sah!

»Ja, ja, Junge.«

Sid schmunzelte. Da kamen wohl endlich alle zur Vernunft. Ein lautes Wuff lenkte Sids Aufmerksamkeit auf sich. Doch nicht nur ihre, alle waren entzückt von dem süßen Pärchen in Pelz, das es irgendwie geschafft hatte, sich in den Mittelpunkt zu stellen. Da saßen sie nun, aneinander gekuschelt mit wedelnden Schwänzen und schlabberigen Zungen. Katja machte gleich ein Foto für Instagram. Auch andere Gäste folgten ihrem Beispiel. »Die sind so süß«, hörte Sid jemanden sagen. »Einfach Zucker.«

»Sie sind süß, aber nicht halb so süß wie du«, flüsterte Konstantin ihr ins Ohr und legte den Arm um sie. Sid kuschelte sich an ihn. Sie war unglaublich froh, bei Hennis großem Moment dabei gewesen zu sein! Und ganz offensichtlich hatte Henni auch deutlich mehr Fans, als sie selbst vermutet hatte. Jetzt gab es sogar weitere Lesungen. Die Leute liebten sie einfach.

»Ich bin der Großneffe der Autorin«, vernahm Sid Bens Stimme in der Nähe. Als sie zu ihm schaute, belagerte er zwei junge Frauen, die offenbar noch auf ein Autogramm von Henni aus waren.

»Was du nicht sagst«, meinte die eine.

»Is wahr. Aber nicht nur das. Ich bin auch vermögend und sehr sportlich. Also ne echt gute Partie.«

»Sportlich? Das glaubst du wohl selbst nicht.«

»Wenn ich's euch sage. Ich hab den schwarzen Gürtel in Kung Fu, Jiu Jitsu und Tsatsiki.«

»Tsatsiki ist doch keine Kampfsportart!«

»Normalerweise nicht, aber wenn du mal das Tsatsiki meiner Tante probiert hast, denkst du anders darüber, höhö.«

Die Mädels rollten mit den Augen und ließen ihn stehen, was Ben irritierte. Ein wenig tat er ihr leid. Ben sah ja nun auch nicht allzu übel aus, schließlich war er Konstantins kleiner Bruder. Doch er war noch jung, unerfahren und manchmal etwas verpeilt. Was Sid in dem Moment aber viel mehr irritierte war die Frage, wo Frank Grunberg abgeblieben war, denn eben hatte er sich doch noch mit Ben unterhalten. Sid schaute sich um, doch im Buchladen war er nicht mehr. Also löste sie sich von Konstantin, der mit den anderen ins Gespräch vertieft war, und ging raus.

War Frank mit Grigorius' Lösung etwa nicht zufrieden? Sid erspähte ihn die Straße runter und folgte ihm, um genau das herauszufinden. Er blieb vor einem Schaufenster stehen und betrachtete überaus interessiert Tonkrüge, Töpfe und Kellen.

»Frank, warum kommen Sie nicht wieder rein?«, meinte Sid freundlich.

Erschrocken wandte er sich ihr zu, schüttelte dann den Kopf.

»Henriette wird es gut gehen, davon bin ich überzeugt«, sagte sie sanft. »Sie braucht gar keine Rundumpflege, sie kann für sich selbst sorgen.«

»Ich weiß«, gab er zu ihrer Überraschung zu und ließ dabei den Blick nicht von den verzierten Gefäßen.

»Dann wollen Sie Henni nicht mehr in ein Altenheim abgeben?«

Erneut schüttelte er den Kopf, atmete tief durch. Er wirkte anders als sonst. Weder wie ihr souveräner Chef von früher, noch wie der Choleriker, den sie im Triton Palast erlebt hatte. Nein, er wirkte zusammengesunken, obwohl er sich sichtlich bemühte, aufrecht zu stehen.

»Ich muss … mich bei Ihnen entschuldigen, Sidonie. Mein Verhalten gestern war … alles andere als angemessen.«

Sid nickte. Das war es zweifelsohne gewesen. Aber bei ihr musste er sich gar nicht entschuldigen. »Sagen Sie das Konstantin.«

Jetzt sah Frank Grunberg sie an. Seine Augen wirkten alt und traurig. Es kam ihr vor, als würde sie gerade ein völlig anderer Mann ansehen. »Ich weiß, ich sollte das tun. Ich war … ihm kein guter Vater.«

So viel Selbstreflexion hatte sie nicht erwartet.

»Als mich seine Mutter damals verließ, verspürte ich so viel Wut und wusste nicht, wohin mit meinem Zorn.«

Sid schluckte. Das war sicher weder für Frank noch für Konstantin einfach gewesen.

»Und jedes Mal, wenn ich ihn ansah, sah ich nur noch sie. Dieselben Augen, dasselbe Lächeln. Ihr blasser Teint.« Er fuhr sich mit der Hand über das Gesicht. »Er hat mich damals gebraucht. Er war zwölf. Aber ich war nur mit mir beschäftigt. Ich wollte Erfolg. Um jeden Preis.«

Sid verspürte ein flaues Gefühl im Magen.

»Es ist nicht leicht, Kinder zu haben. Das werden Sie eines Tages erleben, Sidonie. Ich wollte ihm nie schaden.«

»Das weiß ich doch.« Er musste sich vor ihr nicht so entblößen, doch irgendwie hatte sie das Gefühl, dass es ihm auch guttat.

»Ich kann gut verstehen, dass er mich heute verachtet.«

»Aber … das tut er gar nicht. Da bin ich mir sicher. Ich glaube, er wünscht sich nur, dass Sie stolz auf ihn sind. Oder zumindest zufrieden.«

Jetzt sah er wieder zu den Tongefäßen und Sids Blick folgte seinem. Das waren wirklich schöne Vasen und Schüsseln, Schalen und Becher, die wunderbar ablenkten …

»Das bin ich, auch wenn ich es nicht gezeigt habe, wie ich es vielleicht hätte zeigen sollen. Ich bin selbst so erzogen worden. Stark sein, sich keine Blöße geben. Auch wenn das im Berufsleben oft hilfreich ist, es kann in anderen Bereichen schädlich sein.«

»Dann zeigen Sie es ihm doch jetzt. Es würde ihm viel bedeuten.«

Er nickte langsam. »Das sollte ich wohl, ja. Aber … was, wenn er meine Entschuldigung nicht annimmt?«, fragte Frank zweifelnd.

»Er nimmt sie an«, entgegnete Konstantin, der wie aus dem Nichts plötzlich neben ihnen stand. Nur zwei Meter entfernt. Sie waren so auf die Vasen fixiert gewesen, dass sie ihn gar nicht bemerkt hatten. Offenbar war er Sid nach einer Weile gefolgt, nachdem sie das Buchlädchen verlassen hatte.

Jetzt stand er da, sichtlich ergriffen. Und sein Vater sah ihn an, zögerte erst, ging dann aber auf ihn zu, breitete die Arme aus und schloss ihn in diese ein. Konstantin tat es ihm gleich. Es sah so aus, als hätten beide Seiten diese Umarmung seit einer halben Ewigkeit ersehnt.

31. Kapitel

Ein paar ruhige Tage lagen hinter Sid und Konstantin. Sommer, Sonne, Strand, Meer und köstliche Drinks. Familie Grunberg war mit dem Büro in Grigorius' Haus zufrieden und hatte das gemeinsame Mittagessen mit Sid und Konstantin nachgeholt. Im zweiten Anlauf war es ein voller Erfolg geworden, und selbst Ben, der vor allem nach neuen ›Chicks‹ Ausschau gehalten hatte, war aufgefallen, wie entspannt der Umgang zwischen Frank und Konstantin gewesen war. Sicherlich gab es noch einiges aufzuarbeiten, doch ein Anfang war gemacht. Ohne großes Trara waren die Grunbergs schließlich abgereist, nicht jedoch ohne vorher Sid in die Familienvilla in Dahlem einzuladen, wenn sie wieder in Berlin war. Und das war recht bald, morgen schon endete dieser verrückte Urlaub, der so völlig anders verlaufen war, als sie sich in ihren kühnsten Träumen hätte vorstellen können. Sid würde die Insel vermissen, so viel stand fest! Gerade machten sie einen letzten Spaziergang durch die Küstenstadt, als ihr Handy vibrierte. Sie warf nur einen kurzen Blick aufs Display, indem sie das Smartphone halb aus ihrer Handtasche zog. Einfach, um sicherzugehen, dass es nichts Wichtiges war, als ihr Paulines Nummer entgegenblitzte. Ihre Kollegin hatte ihr eine WhatApp-Nachricht geschickt.

»Alles okay?«, fragte Konstantin.

»Ja, ich … denke schon …« Sie konnte nicht widerstehen und musste nachsehen, was Pauline wollte. Die Nachricht war kurz, nur die Frage, ob man am Montag wieder mit ihr rechnen konnte. Weder Pauline noch Tanja oder sonst wer ahnte schließlich, was in den letzten zwei Wochen alles passiert war. Und da fühlte sich Sid mit einem Mal wie kurz vor einer Lebensmittelvergiftung, inklusive Magendrücken.

»Nur … jetzt sind wir ja bald wieder in Berlin …«, meinte sie verunsichert. Sie bogen in eine kleine Seitengasse ein. Von den Fensterbrettern der Häuser hingen bunte Blumen, manche Stränge reichten fast bis zum nächsten Stockwerk. Ihr Geruch verteilte sich überall. Tief atmete Sid diesen ein. Die Sonne ging gerade unter, färbte die sonst schneeweißen Hauswände in ein kräftiges Orange. Verspielt streckten sich lange Schatten über die gepflasterten Wege. Sid hatte noch ein paar Souvenirs für Mam und Paps gekauft, bevor sie wieder nach Hause flogen. Zurück in den Alltag. Zurück ins Büro von Clue, wo Konstantin wieder ihr Chef wäre.

Paulines harmlose Nachricht hatte sie ganz schön durcheinander gebracht. Wenn sie sich nur vorstellte, wie sie wieder in dem großen Gemeinschaftsbüro in diesen abgegrenzten Kapseln saßen, und jeder wusste, dass sie mit dem Boss schlief …

Sie hielten vor einem Bäcker inne, der die Schaufenster leer räumte. Der Feierabend stand vor der Tür.

»Sidonie, du machst dir viel zu viele Sorgen.« Konstantin lächelte sie zärtlich an.

Tat sie das? Wirklich? »Ich meine … wie werden sie reagieren, wenn sie erfahren, dass du und ich …«

»Eigentlich ist mir das ziemlich egal, was sie darüber denken. Es ändert nichts an meinen Gefühlen für dich.« Zwei Finger legten sich unter ihr Kinn, hoben es an. Dann drückte Konstantin ihr sanft ein Küsschen auf den Mund. Er schmeckte so gut, aber diesmal konnte sein Kuss sie nicht beruhigen.

»Und wenn wir es vorerst niemandem sagen?«, überlegte sie, aber fand den Vorschlag selbst albern.

»Wovor fürchtest du dich?«, wunderte er sich.

»Dass man … meine Arbeit nicht mehr anerkennt. Dass es immer heißen wird, ich sei bevorzugt worden.« Sid liebte ihren Job. Sie liebte ihn wirklich. Und es täte einfach furchtbar weh, wenn man ihr unterstellte, sie sei nicht wirklich gut in dem, was sie tat, sondern hätte sich ihren Erfolg einfach nur »erschlafen«.

»Glaubst du denn, dass ich den Job und Privates nicht voneinander trennen kann?«

»Doch schon …«

»Aber?«

Sid seufzte. Er schien ihre Sorge nicht zu verstehen.

»Hör mal, ich stehe zu dir. Und wenn dir einer dumm kommt, dann lernt er mich kennen, verstanden? Vergiss doch mal die Kollegen. Wir tun nichts Illegales. Du kamst doch außerdem immer gut mit ihnen zurecht, oder? Bisher hatte ich immer den Eindruck, dass deine Kollegen dich mögen und schätzen. Vielleicht freuen sie sich auch einfach für uns?«

Tanja und Pauline würden das wahrscheinlich wirklich tun. Schließlich waren sie nicht nur Kolleginnen, sondern auch Freundinnen, wenn auch nicht ihre besten. Aber wie es mit dem restlichen Team aussah …

»Ich möchte nicht, dass wir uns vor irgendwem verstecken. Meinetwegen kann es die ganze Welt erfahren, dass ich dich liebe.«

Sid verspürte ein warmes Gefühl in ihrer Brust. Er liebte sie. So klar hatte er das bisher noch nicht gesagt. Sie kuschelte sich an ihn, wollte seinen Körpers ganz nah an ihrem spüren. »Du hast sicher recht.« Warum nur war sie trotzdem so unsicher? Oder lag das womöglich gar nicht an ihren Kollegen und deren möglicher Reaktion?

Sie gingen weiter, zurück zum Athena. »Was wollen wir heute, an unserem letzten Abend, machen? Mir ist alles recht, solange ich nicht auf dieses Konzert muss«, meinte Sid, eng an ihn geschmiegt. Inzwischen waren die Schatten mehr als doppelt so lang als am Tag.

»Keine Sorge, Tamina Witts Musik entspricht auch nicht ganz meinem Geschmack.«

»Das ist es ja nicht allein. Sie wäre fast meine Schwiegermutter geworden. Noch dazu konnte sie mich nie leiden, in ihren Augen war ich nämlich kein Pressematerial.«

»Kein was?«

»Kein Girl für Seite eins.« Sid rollte mit den Augen. »Bei ihr läuft es immer auf PR hinaus. Umso komischer, dass sie in diesem kleinen Hotel auftritt.« Sie sucht die Nähe zum Publikum, das waren ja völlig neue, haha, Töne. Aber gut, das war nicht mehr Sids Sache.

»Was hältst du von einem romantischen Dinner?«, schlug Konstantin vor. »Und danach ziehen wir alle Vorhänge zu, ignorieren die laute Musik und verstecken uns unter der Bettdecke.«

Sid schmunzelte. »Klingt nach einem guten Plan.« Sie zog sein Gesicht zu sich runter und küsste ihn zärtlich.

Genau in dem Moment kam eine weitere Nachricht an. Sie war von Katja.

Hast du ein bisschen Zeit für mich? Mir geht's nicht gut.

Oha. Das klang ernst. Sid schrieb gleich zurück, dass sie sofort kommen würde.

»Planänderung«, teilte sie dann Konstantin mit. »Ich muss mich um meine Freundin kümmern, das Dinner fällt also aus. Ich hoffe, dass ist okay für dich? Aber ich denke, die Sache mit dem Bett ist gebongt.«

Konstantin zog sie an sich. »Darauf würde ich auch ungern verzichten. Das ist nämlich mein Lieblingspart.« Seine Lippen suchten ihren Mund.

»Ich beeile mich«, versprach Sid.

»Nein, lass dir ruhig Zeit. Freundschaften sind wichtig. Ich werde solange arbeiten.«

»Echt? Arbeiten?«

»Ich habe vorhin eine Nachricht von einem neuen Kunden bekommen und werde ihm einen Budgetplan erstellen.«

»Also schön.« Den Workaholic würde sie wohl nie aus ihm rauskriegen, doch eigentlich störte sie dieser Aspekt auch gar nicht mehr – denn er wusste, dass er seinem Vater nichts mehr beweisen musste. »Dann sehen wir uns nachher?«

Sie kletterte auf eine kleine Steinmauer, die einen winzigen Garten umzäunte und balancierte darauf.

»Einverstanden«, sagte er und fing sie auf, als sie das Gleichgewicht zu verlieren drohte. Erneut landete ein Kuss auf ihren Lippen.

Als Sid wenig später die Suite betrat, hatte Katja sich zu ihrem Erstaunen in Schale geworfen. Ein glitzerndes grünes Kleid, eng, figurbetont. Sie sah aus wie ein Model.

»Wow, umwerfend«, erklärte Sid. Aber nach einem Notfall sah das nicht aus. Eher, als hätte die Freundin heute Abend noch einiges vor. Katja blickte jedoch alles andere als glücklich drein. Hatte sie sogar geweint?

»Was ist los?«, wollte Sid wissen.

Katja ging zum Balkon, ohne ein Wort, wo Shorty die letzten wärmenden Strahlen ausnutzte, um sich noch ein wenig zu sonnen. Sid folgte ihrer Freundin, die tief durchatmete, die Schultern straffte und sich gefasst zu ihr umdrehte. »Ich werde ihn nicht wiedersehen.«

»Hat er das gesagt?« Sid musste zugeben, sie hatte Leonidas viel zu selten gesehen, noch seltener hatte sie mit ihm gesprochen – eigentlich nur ein Mal, auf Hennis Lesung, um sich überhaupt ein Urteil über diesen Mann bilden zu können. Doch nach allem, was Katja über ihn verraten hatte, passte dieser Ausspruch doch gar nicht zu ihm.

»Nein, natürlich nicht. Aber es ist doch klar, oder?«

»Sag das nicht, denk an Henni und ihre Liebe zu Nikos.«

»Das … war ne andere Zeit. Schau dich doch um. Es kommen jeden Tag neue hübsche Urlauberinnen hier an.«

»Aber Leo hat nur Augen für dich, oder?«

Katja nickte, hielt sich die Hand vor den Mund und schluchzte leise. Sid nahm sie in den Arm. Aufgrund der super High Heels, die sie trug, musste die Freundin ihren Kopf richtig weit runterbeugen, um ihn an Sids Schulter lehnen zu können. »Ich weiß einfach nicht, was ich machen soll. Heute wollen wir zu dem Konzert gehen. Es ist … unser letzter Abend.«

Ach je, das klang ja wirklich nicht sehr aufbauend.

»Hast du denn überhaupt mal mit ihm über alles geredet? Wie sieht er das denn?«

»Ach, Sid. Du bist so süß. Als ob er sich Gedanken dazu machen würde. Er hatte vor mir garantiert schon andere Urlaubsflirts und wird sie auch nach mir haben. Sei doch realistisch.«

»Das bin ich. Womöglich bedeutest du ihm mehr, als du glaubst. Und wenn es dir mit ihm ernst ist, musst du mit ihm reden.«

Katja schluckte die Tränen runter. »Das sollte ich wohl, du hast sicher recht. Aber ich habe Angst vor seiner Antwort. Was ist, wenn er mich auslacht?«

»Das wird er ganz sicher nicht.« So viel Menschenkenntnis hatte Sid dann doch noch. Denn wenn Leonidas so hartherzig wäre, hätte Katja sich doch nicht in ihn verliebt.

»Na schön, ich werde es spontan entscheiden. Vielleicht ergibt sich die Gelegenheit.«

»Soll ich dich begleiten?« Ein wenig Zeit hatte sie ja noch.

»Ach, du bist doch sicher mit deinem Konstantin verabredet. Ich will dich nicht von ihm fernhalten.«

»Das tust du nicht, ehrlich, Katja. Er hat heute Abend zu tun. Und für mich wäre es auch schön, ein bisschen Zeit mit dir zu verbringen, sofern du das möchtest. Nur auf das Konzert will ich nicht.«

Katja überlegte einen Moment, dann nickte sie. »Lust auf einen Drink an der Strandbar?«

Sid grinste. Oh ja. Zu gern.

Die Drinks hatten auch schon mal besser geschmeckt, hinzu kamen ein paar dunkle Wolken, die die Stimmung drückten. Katja saß ihr gegenüber, die Miene starr wie eine Maske, Shorty auf dem Schoß. Sie brauche jetzt einfach jemanden, an dem sie sich festhalten könne, hatte sie gesagt. Es kam schließlich selten genug vor, dass sich Katja ernstlich in jemanden verliebte. Und dann ausgerechnet in einen Mann, den sie nur noch heute Abend für sich haben würde.

»Du musst sowieso nach Mykonos zurückkommen«, versuchte Sid sie aufzumuntern.

»Wieso?«, schniefte Katja.

»Wegen Shorty und Kessi.« Sid zwinkerte.

»Mein Hund hat mit Kessi mehr Glück als ich mit Leo.« Jetzt schluchzte Katja fast.

Aber wie das so ist, wenn man vom Teufel spricht … Leonidas kam gerade auf sie zu. In einem Shirt, unter dem sich seine Muskeln abzeichneten und das seine breiten Schultern zur Geltung brachte. Das schulterlange Haar wehte hinter ihm her. Sid konnte verstehen, was Katja an ihm reizte. Und mit Sicherheit war da auch noch mehr als nur ein attraktives Äußeres, sonst würde sie nicht so an ihm hängen.

»Guten Abend, ich habe dich gesucht. Was machst du denn hier draußen? Ich dachte, wir wollten auf das Konzert«, grüßte er sie und setzte sich neben den Rotschopf, hauchte ihr ein Küsschen auf die Schläfe, was Shorty missfiel, er schaute wenig erfreut hoch zu ihm. Einen Moment hielt Leo inne, als würde er den Geruch ihres Haares aufnehmen, Shorty dabei ignorierend. Dann nickte er Sid zu. Sie konnte sehen, dass Katja ihm nicht egal war. Nein, ganz sicher nicht. So zärtlich behandelte man nur jemanden, für den man etwas empfand.

»Alles in Ordnung? Ihr schaut ja so betrübt drein?«, wunderte sich Leonidas, wuschelte über Shortys Kopf, der leise brummte und es gerade so okay zu finden schien, und legte seine kräftige Hand dann auf Katjas Schulter, als wollte er klar machen, dass sie zu ihm gehörte.

Aber Katja schob sie runter, sprang auf und lief wortlos zum Seiteneingang des Hotels. Shorty hechtete ihr nach.

»Was … ist denn los? Habe ich was falsch gemacht?«, wunderte sich Leonidas. Konnte er sich denn wirklich nicht denken, was mit Katja los war?

»Wir reisen morgen ab. Katja wird dich sehr vermissen«, erklärte Sid.

»Ja, darüber habe ich auch schon nachgedacht. Das belastet

mich nämlich auch sehr«, sagte er und überraschte Sid mit diesen Worten.

»Ach ja?«

»Natürlich. Und deswegen habe ich mir etwas überlegt«, fuhr er fort.

Sid hing an seinen Lippen.

»Ich werde mit ihr nach Berlin gehen.«

»WAS?« Das war ja großartig!!! Moment, wie stellte er sich das vor? Einfach noch mal zwei Wochen dranhängen? Das wäre nur ein Pflaster auf der Wunde. Vermutlich würde es sogar Katjas Schmerz verlängern.

Aber Leonidas grinste überaus zufrieden, als würde er etwas wissen, was Sid nicht wusste.

»Noch mal von vorne, damit ich auch alles kapiere. Wie meinst du das, du willst mitkommen nach Berlin?«

»Na, mein Vater hat mir einen Praktikumsplatz im Gutsmann-Hotel in Mitte besorgt. Er meinte, wenn ich das Athena mal führe, wäre es gut, auch andere Betriebe kennenzulernen und gerade Deutschland ist …«

»Stopp!«, unterbrach Sid ihn energisch. »Dein Vater ist der Direktor vom Athena?«

Leonidas nickte ganz selbstverständlich. Wusste das Katja auch? Sie hatte doch gesagt, er sei Animateur. Na gut, das eine schloss das andere ja nicht unbedingt aus.

»Was ist denn?«

»Ich … krieg hier gerade einiges nicht auf die Reihe. Du bist doch hier für die Unterhaltung zuständig, oder?«

»Ja, ich verdiene mir ein bisschen was dazu. Aber eigentlich studiere ich Tourismus. Und dazu gehören auch mehrmonatige Auslandspraktika. Und Berlin macht mich neugierig. Außerdem möchte ich gern bei Katja sein. Wer weiß, wie sich das zwischen uns noch entwickelt. Darüber kann man ja nachdenken, wenn es soweit ist.«

Sid fasste es einfach nicht. Das war ja bereits *die* Lösung, von der nur noch Katja erfahren musste. Und zwar schnell.

»Du solltest sofort mit ihr sprechen. Sie glaubt nämlich, dass sie dir nichts bedeutet und sie nicht mehr als einer von vielen Urlaubsflirts für dich ist.«

Leonidas sprang auf, als hätte er erst jetzt verstanden, wie drängend die Angelegenheit war. Das Kinn nach vorne gereckt. Gleich einem antiken Helden. Es fehlte nur der wehende Umhang. Oder wenigstens ein Himation, das man sich fesch über die Schulter warf.

Ohne weiteres Wort eilte er los. Sid fiel ein Stein vom Herzen. Das hatte sich ja alles noch mal zum Guten gewendet. Da sah man mal wieder, Probleme wurden dann gelöst, wenn man einfach über sie sprach. Es konnte manchmal so einfach sein.

Sie blieb noch ein wenig sitzen, um den Abend zu genießen und ihren Drink auszutrinken, als ihr Handy klingelte. Vielleicht war das ja schon Konstantin, der sie genauso vermisste wie sie ihn. Oder Katja, die ihr die unglaublichen Berlin-Neuigkeiten mitteilen wollte. Sie zog das Smartphone aus der Handtasche und erstarrte, als sie Jonas' Namen auf dem Display entdeckte. Jonas!?

Schon flutschte ihr das Mobiltelefon aus der Hand, gleich einem glitschigen Fisch, und landete auf dem Tisch, wo es fröhlich weiterbimmelte. Was wollte der denn?

Sid schnappte nach Luft. Sie hatte mit allem gerechnet, aber sicher mit keinem Anruf von ihm!

Sie traute sich nicht, das Smartphone noch mal in die Hand zu nehmen, als wäre es ein gefährliches Tier, das sie womöglich beißen würde, wenn sie ihm zu nahe kam.

Erst als das Bimmeln aufhörte, atmete Sid tief durch und streckte die Hand aus, um das Handy wieder zu verstauen, als es abermals klingelte. Natürlich war es wieder Jonas.

Mistkerl, dachte sie und ließ den glitschigen Fisch erneut auf den Tisch fallen. Oh Gott! Was sollte das nur werden? Ihr Herz schlug ihr vor Wut bis zum Hals.

Warum ließ er sie nicht einfach in Ruhe? Aus dem Seiteneingang des Hotels kamen Leo und Katja zurück, Arm in Arm, und Shorty lief schwanzwedelnd vor ihnen her. Ihre Freundin strahlte über das ganze Gesicht, was Sid sofort aufmunterte und für einen Augenblick das nervige Telefon vergessen ließ. Offenbar hatten sich die beiden geeinigt. Wie schön, dass es für Katja doch noch ein Happy End gab, oder zumindest so etwas Ähnliches. Man musste ja auch nicht immer übertreiben.

Das Handy verstummte, für wenige Sekunden. Dann erklang ein Benachrichtigungston von WhatsApp. Sid stopfte das verfluchte Teil in ihre Handtasche zurück, ohne sich die Nachricht anzusehen.

»He, Süße, du siehst ja so blass um die Nase aus«, bemerkte Katja, als das Pärchen ihren Tisch erreichte und vor diesem stehen blieb. Shorty legte sich unter diesen, direkt auf Sids Füße.

Was sollte Sid dazu schon sagen? Zwei Anrufe. Plus WhatsApp-Nachricht. Das war die Horrorbilanz. Warum brachte sie das nur so aus dem Konzept? Und vor allem, was wollte er überhaupt von ihr? Die Frage aller Fragen.

»Es geht schon, alles gut«, murmelte sie.

»Wirklich?«, hakte Katja nach.

Sid nickte, sehr bemüht. Aber das schien Katja ihr nicht zu glauben. »Entschuldige uns bitte eine Sekunde«, sagte sie zu Leonidas und setzte sich an den Tisch. Leo nickte und zog sich an die Bar zurück.

»Es ist wirklich alles okay«, versicherte Sid.

»Ich kenne dich. Irgendetwas ist dir über die Leber gelaufen. Sprich mit mir«, forderte Katja sie auf.

Sid seufzte. Also schön, was hatte sie zu verlieren? »Jonas hat mich angerufen und mir danach eine Nachricht geschrieben.«

»Was?! Ernsthaft? Jetzt?«

Sid nickte.

»Und was wollte er?«

»Ich habe keine Ahnung. Ich bin nicht rangegangen und hab die Nachricht nicht gelesen.«

»Jetzt verstehe ich, warum du so durch den Wind bist, Süße.« Katja legte ihre Hand auf Sids. »Und was hast du nun vor?«

»Ich weiß nicht, ob ich sie lese oder ihn am besten gleich

blockiere. Hätte ich vielleicht viel früher tun sollen.« Aber nun war das Kind schon in den Brunnen gefallen.

»Ich weiß nicht, was ich machen soll«, gab Sid zu. Dabei wusste sie ja eigentlich noch gar nicht, was Jonas überhaupt von ihr wollte. Vielleicht war das ja auch ganz gut. Sie sollte es wohl dabei belassen.

»Wenn du willst, schau ich sie mir an«, schlug Katja plötzlich vor. »Und wenn mir nicht gefällt, was er schreibt, bekommt er auch gleich die Retourkutsche von mir. Ist ja nicht zu fassen, dass der sich traut, dir auch nur eine Zeile zu schreiben.«

Sid schmunzelte. Ein wenig heiterte sie Katja mit ihrer energischen Reaktion auf.

»Ich mein's ernst, gib mir das Handy.« Sie hielt schon die Hand auf, aber Sid schüttelte den Kopf.

»Schon gut, ich komme klar.«

»Sicher?«

»Aber ja.«

»Na schön, aber wenn du Hilfe brauchst, ihn zusammenzufalten, lass es mich wissen.«

»Versprochen.«

Katja schien beruhigt.

»Hör mal, Sid, Leo und ich würden uns nun gern zurückziehen. Also … das war … zumindest unser Plan«, druckste sie herum. Katja schien mal wieder ein schlechtes Gewissen zu haben, Sid alleinzulassen. Dabei hatte die doch auch etwas vor.

»Na klar, macht euch nen schönen Abend.«

»Aber … das ist doch jetzt wirklich ein blöder Moment …«

»Unsinn, ich treffe mich gleich mit Konstantin und werde keinen Gedanken mehr an Jonas verschwenden.« Das war der Plan!

»Na schön.« Katja hauchte ihr einen Kuss auf die Wange. »Und falls was ist, klingel durch, ja?«

»Sicher.« Vorausgesetzt, sie hatte das Handy bis dahin nicht fünf Mal gegen die Wand geworfen.

Katja erhob sich, umarmte Sid ganz fest und machte sich

dann auf den Weg zur Bar, wo Leo rasch sein Glas austrank und dann seinen Arm um sie legte. Dann gingen sie los, gefolgt von Shorty.

Sid sah ihnen nach, bis sie in dem Gebäude verschwunden waren, dann bekam sie Bauchschmerzen. Ihre Hand wanderte fast von selbst in die Handtasche. Sie konnte nicht anders. Sie musste wissen, was er ihr geschrieben hatte! Und danach würde sie den Kontakt löschen!

»Du siehst heute echt toll aus. Jonas.«

Sid erstarrte. Woher wusste er denn …? Sie schaute sich panisch um, konnte aber nirgends einen Kerl entdecken, der auch nur entfernt eine Ähnlichkeit mit Jonas aufwies. Jonas war außerdem an der Nordsee!

Oder doch nicht? Tamina und Phil waren schließlich auch hier. Und Jonas war verrückt genug, seinen Nordseetrip zu unterbrechen, um hier aufzuschlagen! Der Kerl war so spontan, dass man bei ihm mit allem rechnen musste! Früher hatte Sid das fasziniert. Aber jetzt wusste sie, dass sie sich eigentlich nach Sicherheit und Verlässlichkeit sehnte und nicht nach solch unkalkulierbaren Aktionen.

Das Handy vibrierte. Noch eine Whatsapp-Nachricht. Wieder von ihm. Woher wusste er denn überhaupt, dass sie hier war? Sie hätte sich schließlich auch zu Hause verkriechen können, wie es ursprünglich ihr Plan gewesen war. Mam und Paps hatten sicher nichts gesagt. Aber dann fielen ihr Katjas Instagram- und Facebook-Accounts ein. Natürlich hatte sie fleißig mitdokumentiert, wo sie waren und was sie gerade machten.

»Komm auf das Konzert heute, wenn du uns noch eine Chance geben willst. Bitte. Jonas.«

Aufs Konzert gehen? Wieso denn das? Weil er auch dort war, natürlich! Hätte sie sich das nicht gleich denken können? Sid schloss die Augen, schaltete das Smartphone aus, legte es zurück in ihre Tasche und lehnte sich in den Stuhl.

Was sollte das alles? Warum hatte er sie erst durch diese Hölle geschickt, nur um sie dann zurück zu wollen? Hätte er sich das nicht früher überlegen können. Zum Beispiel vor der Trauung?

Es war nicht ihm zu verdanken, dass sie aus all dem heil rausgekommen war. Und jetzt sorgte er dafür, dass ihr schwindelte, ihr Herz wie verrückt schlug und ihr Tränen in die Augen traten, weil sie ganz plötzlich nicht mehr wusste, was sie machen sollte. Noch eine Chance geben? Was für ein Irrsinn!

Aber gemeinsame Jahre konnte man nicht einfach wegwerfen. Vor allem dann nicht, wenn alles gestimmt hatte. Sie war doch glücklich mit ihm gewesen! Es war doch immer spannend und aufregend mit ihm gewesen. So aufregend, dass er sie vor der Trauung hatten stehenlassen … Das machte sich Sid klar und legte ein paar Münzen auf den Tisch. Dann ging sie runter zum Strand, spazierte gen Klein-Venedig, denn sie brauchte Zeit zum Nachdenken.

Was, wenn Katja von Anfang an recht hatte? Was, wenn sie sich wirklich nur ins erstbeste Abenteuer gestürzt hatte, um irgendwie über Jonas hinwegzukommen? Shit, sie fühlte sich wie eine verdammte Verräterin!

Genügte wirklich eine billige Nachricht auf WhatsApp, um sie alles infrage stellen zu lassen, was sie mit Konstantin erlebt hatte?

Oje, er wartete ja auf sie. Bestimmt war er inzwischen mit der Arbeit fertig. Die Gischt wurde schäumend weiß an den felsigen Strand gespült.

Sid erspähte das Café Muschelkuss. Es hatte geschlossen, kein einziges Licht brannte um diese Uhrzeit noch, was ungewöhnlich war, denn sonst hatte es länger auf. Aber die Leute waren sicher auf dem Konzert. Ihr wurde klar, dass sie sich nicht nur räumlich immer mehr entfernt hatte. Wovor lief sie eigentlich weg?

Sie war in Konstantin verliebt!

Entschlossen kehrte sie um.

Irgendwann rückte das Athena wieder in ihr Blickfeld. »Eine letzte Nacht«, drang laut aus den Boxen. Man hörte es über den ganzen Platz. Tamina sang live. Die Bässe dröhnten. Leute kreischten und jubelten.

»Die Luft bleibt weg, die ganze Nacht. Bis die Sonne wieder lacht…« Naja, wie diese Texte halt waren. Sie passten irgendwie immer zum eigenen Leben, ähnlich wie Horoskope. Stürmischer Beifall, noch mehr schwulstige Worte. Man hatte das Gefühl, selbst hier draußen in einem riesigen Stadion zu stehen. Oder zumindest direkt daneben.

»Das ist pathologisch! Warum schickst du mich in die Wüste?«, war der nächste Song mit besonders eingängigem Refrain, denn die Zuschauer antworteten mit: »Wüste! Wüste! Wüste!«

Sid kannte dieses Lied, sie hatte es schon hundert Mal gehört. Ihre Schritte verlangsamten sich, obwohl sie doch eigentlich schnell ins Hotel zurückwollte. Stattdessen stand sie nun mitten auf der Straße, beobachtete die bunten Lichter, die über den Himmel huschten. Auch dieser Song endete. Die Menge tobte.

»Meine Lieben, ich habe nun einen ganz besonderen Künstler anzukündigen«, schallte Taminas Stimme durch die Nacht. »Meinen Sohn Jonas mit seinem Coversong ›In your arms‹. Er hat eine wichtige Botschaft für jemand ganz Besonderes, der heute Abend vielleicht hier ist.«

Sid stolperte ein paar Schritte zurück. Was? Hatte sie sich gerade verhört? Deswegen war Tamina also wirklich nach Mykonos gekommen? Um Jonas zu helfen, sie zu zurückzugewinnen? Durch einen Auftritt! Da war Mutter Witt aber über ihren Schatten gesprungen, was? Sid wusste genau, dass sie für Tamina alles andere als eine Wunsch-Schwiegertochter gewesen war.

Und dann erklang Jonas' Stimme durch die Boxen. »Guten Abend. Seid ihr gut drauf?« Natürlich waren sie das. Die Leute flippten aus. »Ich habe jemanden verletzt, der mir sehr wichtig ist. Vielleicht kennt ihr das? Du sagst was Falsches, du tust was Blödes und merkst erst hinterher, es war der größte Fehler deines Lebens. Genau das ist mir passiert. Und ich bitte dich um Verzeihung,

Sidonie. Du bist das Beste, was mir je passiert ist. Ich will dich nicht verlieren.«

Es wurde ganz ruhig. Die Leute hielten inne. Sid biss sich auf die Unterlippe.

Inzwischen hatte sie das Hotel fast erreicht. Sie musste jetzt nur um das Gebäude herumgehen, schon wäre sie am Pool, wo das Konzert stattfand. Ganz nah bei Jonas. Oder sie ging durch die Lobby zum Seitenflügel, wo Konstantin wartete.

»Also Sidonie, dieser Song von Stanfour ist für dich. Ich hoffe, du kannst mir verzeihen.«

Erst erklang eine Akustikgitarre, dann stimmten die anderen Instrumente mit ein, und schließlich hallte Jonas Stimme über alles hinweg. Sie klang unglaublich samtig, während er davon sang, dass er gern in ihren Armen schlafen und das strahlende Licht, das sie aussandte, einatmen wollte.

Der Song passte perfekt zu seiner kuschelrockigen Stimme. Und Sids Füße trugen sie ganz von allein in Jonas' Nähe. Der Pool des Athena war mit Brettern abgedeckt worden. Familiäre Atmosphäre, ein eher kleines Publikum. Kein Vergleich zu Taminas sonstigen Auftritten. Aber genau deswegen irgendwie auch schön. Das Schwimmbecken hatte sich in eine kleine Bühne verwandelt. Auf dieser saß Jonas auf einem Hocker, die Gitarre in der Hand, das Mikro vor sich aufgebaut auf einem Ständer. Mit geschlossenen Augen sang er seinen Song so gefühlvoll, dass Sid unwillkürlich stehen blieb. Die Leute hielten Feuerzeuge und Lichter in die Höhe, bewegten sich im Rhythmus mit. Es war unglaublich, wie sie alle mitgingen – mitfühlten.

Konstantin fuhr sich mit der Hand über das Gesicht. Er war müde und unkonzentriert. Die Zahlen auf seinem Bildschirm verschwammen vor seinen Augen. Budgetplanungen gehörten nicht zu seinen Lieblingstätigkeiten, schon gar nicht im Urlaub. Aber der neue Kunde brauchte schnelle Antworten. Die laute Musik machte die Sache nicht besser. Wie sollte da ein vernünftiger Mensch arbeiten?

»Also Sidonie, dieser Song von Stanfour ist für dich. Ich hoffe, du kannst mir verzeihen«, hatte es eben aus den Boxen gedröhnt. Aber erst Sekunden später begriff Konstantin, was er da eigentlich gehört hatte. Das war Jonas' Stimme gewesen. Klar, der Sohn von Tamina hatte offenbar einen Gastauftritt in ihrer Show. Aber er hatte direkt Sidonie angesprochen und wollte, dass sie ihm verzieh.

Er schreckte hoch! Und mit einem Mal begann sein Herz heftig zu klopfen. Das war der armselige Versuch, sie mit großer Showeinlage zurückzugewinnen! Und das Schlimmste war, Sidonie war nicht hier, bei ihm, obwohl sie doch schon längst hätte da sein sollen! Was bedeutete das?

Schon hielt er das Handy in der Hand und rief sie an, aber ihr Gerät war offenbar ausgeschaltet. Jedenfalls ging sofort die Mobilbox ran. Konstantin lief wie ein Tiger im Käfig durch sein Zimmer. Was sollte er jetzt tun? Er konnte doch nicht seelenruhig abwarten! Er musste zu Sidonie! Allein der Gedanke, sie könne diesem Kerl noch mal eine Chance geben, ließ ihn am ganzen Körper verkrampfen. Er wollte sie nicht verlieren.

Jonas war für die Bühne geboren, genau wie seine Mutter. Die Leute liebten ihn. Sid sah, wie ihn ein paar Mädchen in der ersten Reihe anschmachteten, während er sich ganz auf seine Musik konzentrierte. Er lebte seinen Traum, dort, wo er jetzt war, hatte er immer hingewollt. Nicht in irgendein bürgerliches Leben als Musiklehrer, sondern als Schmuserocker, der die Welt bereiste. Doch es war auch Sids Leben, das er immer abgelehnt hatte. Den normalen Alltag. Sie spürte Kälte an ihren Armen hochkriechen, ein erster Regentropfen platschte auf ihre Stirn. Sie blickte zum Himmel und sah die dunklen Wolken. Es schien, als brauten sie sich genau über der Bühne zusammen.

Jonas hatte inzwischen einen zweiten Song, nämlich »Secrets« von OneRepublic, beendet. Und damit war wohl auch sein Auftritt vorbei. Er erhob sich, verbeugte sich und erntete tosenden Applaus.

Sids Herz klopfte noch immer wie verrückt. Aber irgendetwas stimmte nicht. Sie sah Jonas, den Mann, den sie einst geliebt hatte, und es fehlte etwas. Nachdem nun die erste Aufregung abgeklungen war, spürte sie das umso deutlicher. Als wäre da ein Loch in ihrer Brust, wenn sie ihn ansah.

»Ich wünsche euch allen einen schönen Abend! Nehmt die, die euch lieben und die ihr liebt, ganz fest in den Arm. Zeigt ihnen, was sie euch bedeuten. Und Sidonie, falls du hier bist, ich warte auf dich.«

Er wurde wie ein Rockstar bejubelt. Und irgendwie hatte er sie mit seinem Auftritt auch berührt. Aber er war fern, unerreichbar. Oder war sie es, die nicht erreicht werden konnte?

Jetzt brach der Regen richtig los. Jonas schaute sich in der Menge um, doch er fand sie anscheinend nicht.

Sid wollte auch nicht gefunden werden. Sie wich zurück, weil sich das alles furchtbar falsch anfühlte. Überhaupt hergekommen zu sein, anstatt zu IHM zu gehen! Sich Jonas' Songs anzuhören, anstatt in SEINEN Armen zu versinken.

Was sie hier gefunden hatte, war nur die Vergangenheit.

Sie rannte los. Wenn sie je etwas gebraucht hatte, dann war es sein Kuss auf ihren Lippen.

Rasch, rüber zum Hotel, dort peilte sie den hinteren Eingang an, als die Automatiktür sich aufschob und Konstantin herausrannte, direkt auf sie zu. Als er sie erkannte, verlangsamten sich seine Schritte.

»Konstantin!«

Nun stand er vor ihr, sein Blick war so intensiv, dass ihr unmerklich heiß wurde. Ein Wunder, dass der kühle Regen nicht auf ihrer Haut verdampfte.

»Sid …«, sagte er atemlos, presste seine Stirn an ihre. »Du bist hier, Gott sei Dank …« Das Regenwasser floss durch seine Haare über sein Gesicht. Sie waren beide völlig durchnässt vom Platzregen. Aber das spürte sie kaum. Und es störte sie auch nicht.

Sidonie griff mit beiden Händen nach seinem Gesicht und küsste ihn gierig, weil sie ihn wollte, nur ihn.

»Aber ja, ich bin hier.« Sie wollte nirgends anders sein.

»Ich habe alles gehört … und dachte …«

Sie verschloss erneut seinen Mund mit einem innigen Kuss, fuhr ihm dabei mit beiden Händen durchs Haar. Sid lachte auf vor Erleichterung, weil sie endlich wieder wusste, was sie fühlte.

Trotz des Regens hallten Taminas Songs durch die Nacht. Wie ein fernes Echo aus alten Tagen.

Sid sank in Konstantins Arme, während die Jubelschreie und der Applaus zu ihnen herüberdrangen. Doch Sid ignorierte alles um sich herum. Es gab nur noch Konstantin und sie an diesem letzten Abend auf Mykonos …

32. Kapitel

Fünf Monate später …

»Das war der Letzte«, sagte Sid erschöpft, doch glücklich, und faltete den sperrigen Umzugskarton zusammen.

»Die Wohnung sah nie besser aus«, flüsterte Konstantin ihr ins Ohr und legte die Arme von hinten um sie. Ein süßer Kuss landete auf ihrem Nacken.

»Weil ich mein ganzes Zeugs hier untergebracht habe, meinst du?« Sid lachte und warf einen Blick auf das edle Ledersofa, das nun mit Herzchenkissen dekoriert war. Konstantins Wohnung war kostspielig und zweckmäßig eingerichtet gewesen. Als Sid sie zum ersten Mal betreten hatte, hatte sie sich wie bei einem Museumsbesuch gefühlt. Ziemlich schnell hatte sich das aber geändert. Zum Beispiel, als sie immer öfter hier übernachtet und ihre Dinge zurückgelassen hatte. »Ich hab's dir doch gesagt. Kopf- und Herzmenschen ergänzen sich perfekt. Nur so entsteht Harmonie«, hörte sie Mam schon sagen. Und sie hatte recht. Konstantin und sie waren wie füreinander geschaffen, und die Wohnung trug nun ihre gemeinsame Handschrift.

Sanft zupften seine Lippen an den feinen Härchen ihres Haaransatzes. Ein zweiter Kuss jagte ihr einen angenehmen Schauer über den Rücken.

»Ich finde es schön«, gab Konstantin zu.

Sid drehte sich zu ihm um, stellte sich auf die Zehenspitzen und küsste ihn zärtlich. Endlich Nägel mit Köpfen. Sie hatte ja zunächst Zweifel gehabt, ob es wirklich richtig war, zu ihm zu ziehen. Vor allem nach so kurzer Zeit. Aber jetzt fühlte es sich einfach nur richtig an. Und sie war froh, diesen Schritt gewagt zu haben.

»Da ist ja noch ein Karton«, meinte sie plötzlich und nickte rüber zur Sofaecke. Es war allerdings kein Umzugskarton, sondern ein deutlich kleineres Päckchen. Sah nach einer Bestellung aus.

»Wie kommt das denn hierher?«, wunderte sie sich.

»Das wurde vorhin gebracht. Ich dachte, es gehört dir.«

Sie löste sich von ihm und musterte den Absender. »Es ist von Henni!«, rief Sid aufgeregt, denn plötzlich hatte sie eine Ahnung, was sich in der Sendung befand.

Rasch knibbelte sie die dicken Klebestreifen ab und klappte den Karton auf. »Wahnsinn!«, rief sie und zog gleich eines der unzähligen Bücher heraus, um es Konstantin hinzuhalten.

»Hennis neues Buch!« Nach so langer Zeit endlich wieder ein Roman von ihr! Aber das war ja noch gar nicht das Beste. Henni hatte nämlich Sid beauftragt, das Cover zu entwerfen. Und genau dieses Cover prangte nun auf dem Buchdeckel. Sid konnte es nicht glauben!

»Sieht toll aus«, freute sich Konstantin.

Warme Farben, ein abstraktes Paar, dazu der Titel »Erben der Titanen.« Worum es ging? Das wusste Sid bereits, denn sie hatte das Manuskript als eine der Ersten lesen dürfen, um eine Idee für das Cover zu entwickeln.

Offenbar hatte die Geschichte von Konstantin und ihr Henni dazu inspiriert, noch einmal einen Liebesroman zu verfassen. Es ging dabei um einen jungen Mann, der sich auf Mykonos in seine Mitarbeiterin verliebte. Sid schmunzelte. Eine Geschichte wie aus dem Leben gegriffen.

»Du hast viel für Henni getan«, meinte Konstantin, nahm ihr das Buch aus der Hand und schlug es mittendrin auf. Ein paar Zeilen las er, dann klappte er es wieder zusammen. »Ohne dich hätte sie das Schreiben ganz aufgegeben.«

»Du übertreibst. Auch Grigorius hat seinen Anteil geleistet.«

Er nickte. »Dennoch, ich bin wirklich froh wie alles gekommen ist.«

Das war sie auch. Henni hatte auf Mykonos bleiben dürfen und sie hatte wieder eine Aufgabe. Und auch für Sid hatte sich alles zum Guten gewendet. Ihre Kampagne für Faces würde bald starten, und dann würde man überall die Plakate ihrer Göttinnen sehen. Wenn sie daran dachte, wurde sie ganz aufgeregt. Das alles hatte sie nur Konstantin zu verdanken, der immer an sie geglaubt hatte.

Sie nahm ihm das Buch aus der Hand, legte es in den Karton zurück und schmiegte sich eng an ihn. Dabei schaute sie zu ihm auf, fixierte seine sinnlichen Lippen. Er beugte sich runter und küsste sie zärtlich. Sid schloss genussvoll die Augen und ließ sich seinen süßherben Geschmack auf der Zunge zergehen.

»Vielleicht laden wir Henni mal zu uns nach Berlin ein?«, überlegte er in einer Atempause. »Dann könnte sie einen zweiten Teil über uns schreiben.«

Sid lachte. Und wenn sie dann auch noch Grigorius und Kessi mitbrachte, womit sie Shorty gewiss eine große Freude machte, würden sich alle wiedersehen!

Sid konnte sich nichts Schöneres vorstellen.

ENDE

Danksagung

Liebe Leserin, lieber Leser!

Danke, dass Du meinen Roman »Liebe ist Chefsache« gelesen hast. Wenn es Dir mit Sid und Konstantin auf Mykonos gefallen hat, lass es mich doch wissen, zum Beispiel, indem Du mich auf meiner Homepage Kerstin-Garde.net besuchst (hier findest Du auch Kontaktmöglichkeiten zu mir) oder eine Rezension schreibst. Über Dein Feedback würde ich mich sehr freuen!

Ich möchte mich außerdem beim Piper Verlag, insbesondere Eliane Wurzer und ihrem Team, sowie der Agentur Kossack für die Unterstützung bedanken, und natürlich bei meiner fantastischen Redakteurin Theresa Schmidt-Dendorfer, mit der die Zusammenarbeit immer wieder unglaublich spannend und produktiv ist!

Last but not least sind da all die lieben Menschen in meinem Umfeld, die mir den Rücken freihalten und stärken sowie ein offenes Ohr für mich haben. Ihr seid einfach super!

Eure Kerstin Garde.